누구를 위하여 종은 울리나 2

For Whom the Bell Tolls

세계문학전집 289

누구를 위하여 종은 울리나 2

For Whom the Bell Tolls

어니스트 헤밍웨이

김욱동 옮김

민음사

마사 겔혼에게

어떤 사람도 그 혼자서는 온전한 섬이 아니다.
모든 사람은 대륙의 한 조각, 본토의 일부이니.
흙 한 덩이가 바닷물에 씻겨 내려가면, 유럽 땅은 그만큼 줄어들기 마련이다.
한 곶(串)이 씻겨 나가도 마찬가지고,
그대의 친구나 그대의 영토가 씻겨 나가도 마찬가지다.
어떤 사람의 죽음도 그만큼 나를 줄어들게 한다.
나는 인류에 속해 있기 때문이다.
그러니 누구를 위하여 종은 울리나 알려고 사람을 보내지 마라.
그것은 그대를 위하여 울리는 것이니.
— 존 던

차례

누구를 위하여 좋은 울리나 2   11

작품 해설   405

작가 연보   440

1권 차례

누구를 위하여 좋은 울리나 1

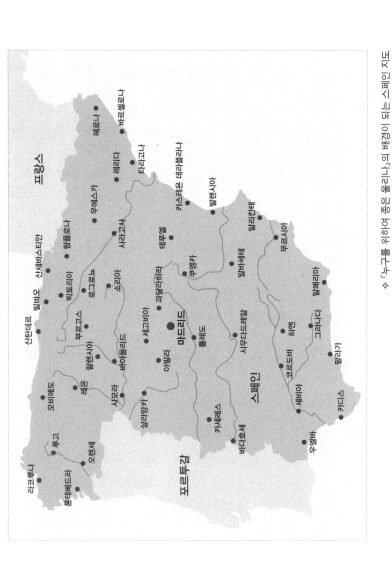

❖ 『누구를 위하여 종은 울리나』의 배경이 되는 스페인 지도

19

"거기 앉아서 뭐 해요?" 마리아가 그에게 물었다. 그녀는 바로 옆에 서 있었고, 그는 고개를 돌려 그녀에게 미소를 지었다.

"아무것도 아냐. 뭘 좀 생각하고 있었어." 그가 대답했다.

"무슨 생각이요? 다리 생각이요?"

"아니. 다리 생각은 끝났어. 당신 일과, 내가 러시아인들과 알게 된 마드리드의 호텔, 그리고 언젠가 쓰려고 벼르고 있는 책에 대해 생각했지."

"마드리드에는 러시아인들이 많아요?"

"아니. 아주 적어."

"하지만 파시스트 신문엔 수천 명이 있다고 쓰여 있던데요."

"거짓말이야. 거의 없어."

"당신은 러시아인들 좋아해요? 이곳에도 러시아인이 온 적이 있었어요."

"그 사람이 좋던가?"

"네. 그때 난 몸이 아팠는데, 그 사람을 보고 아주 잘생기고 아주 용감하다고 생각했어요."

"무슨 잠꼬대 같은 소리야, 잘생기다니. 코는 내 손바닥처럼 넓적하고 광대뼈는 염소 볼기짝만 했는데." 필라르가 끼어들었다.

"그는 좋은 친구고 동지였어. 그를 무척 좋아했지." 로버트 조던이 마리아에게 말했다.

"그랬겠지. 하지만 당신은 그 사람을 쏴 죽였잖아." 필라르가 말했다.

필라르가 이렇게 말하자 카드놀이를 하던 사람들이 테이블에서 고개를 들었고, 파블로도 로버트 조던을 바라보았다. 잠시 아무 말도 없었지만 얼마 뒤 집시 라파엘이 물었다. "그게 정말이에요, 로베르토?"

"정말이지." 로버트 조던이 대답했다. 그는 필라르가 이 이야기를 꺼내지 않았으면 좋았을 거라고 생각했고, 엘소르도한테도 그런 이야기를 공연히 했다고 후회했다. "그 사람이 쏴 달라고 부탁했던 거야. 아주 심한 부상을 입었거든."

"케 코사 마스 라라.(참 신기한 일도 다 있군.) 그 사람은 여기에 우리와 함께 있을 때도 그런 일이 일어날지 모른다고 입버릇처럼 말했거든요. 내가 그 일을 해 주겠다고 몇 번이나 약속했는지 몰라요." 집시가 말했다. "참 신기한 일도 다 있군." 그는 똑같은 말을 되풀이하면서 고개를 내저었다.

"아주 이상한 사람이었지." 프리미티보가 맞장구쳤다. "정말 묘한 데가 있는 사람이었어."

"이봐요, 당신이 교수인지 뭐인지라 물어보는데요. 인간은 자신한테 닥쳐올 일을 미리 알 수 있다고 믿어요?" 형제 중 하나인 안드레스가 말했다.

"믿지 않아." 로버트 조던이 대답했다. 파블로가 신기하다는 듯이 그를 빤히 쳐다보았고, 필라르도 무표정한 얼굴로 바라보았다. "그 러시아 동지는 너무 오랫동안 일선에만 있어서 신경이 몹시 예민해 있었지. 전에 이룬에서 싸웠는데, 당신들도 알다시피 그 전투는 아주 고약했어. 지독한 고전(苦戰)이었거든. 그 뒤에는 북쪽 전선에서 싸웠어. 후방 교란 부대가 편성된 후부터는 줄곧 이쪽 에스트레마두라와 안달루시아에서 일해 왔고. 너무 피로에 지친 나머지 신경과민 상태가 되어 불길한 일만 머리에 그리고 있었을 거야."

"온갖 참혹한 일만 보아 왔을 테니." 페르난도가 끼어들었다.

"세상 사람들과 똑같이 말이죠. 하지만 잉글레스 양반, 내 말 좀 들어 보시오. 앞으로 자신한테 닥쳐올 일을 미리 안다는 게 가능하다고 생각해요?" 안드레스가 물었다.

"아니. 그건 무지와 미신에 지나지 않아."

"계속해 봐요." 필라르가 말했다. "어디 교수님 의견 좀 들어 봅시다." 마치 조숙한 아이한테 말하는 듯한 어조였다.

"불길한 환상에 사로잡히는 건 공포심 때문이라고 믿고 있어." 로버트 조던이 말을 이었다. "불길한 전조를 보면……."

"오늘 아침에 본 비행기 같은 것 말이에요?" 프리미티보가 물었다.

"당신이 이곳에 온 일 같은 것 말이겠지." 파블로가 나지막한 목소리로 내뱉자 로버트 조던은 테이블 너머로 그를 바라보았다. 하지만 파블로가 시비를 걸려고 한 말이 아니라 그저 무의식적으로 중얼거렸을 뿐이라고 생각하고 말을 이어 나갔다. "불길한 전조를 보고 공포에 떠는 사람은 자신의 최후를 상상하지. 그러면서 상상한 대로 일이 일어났다고 믿어 버리는 거야." 로버트 조던이 결론을 맺었다. "그 이상은 아무것도 아니라고 생각해. 난 귀신이니 점쟁이니 초자연적이니 하는 따위를 절대로 믿지 않거든."

"하지만 그 이상한 이름을 가진 사람은 자신의 운명을 미리 똑똑히 알고 있었잖아요? 그리고 그대로 들어맞았고." 집시가 말했다.

"그가 미리 알고 있었던 게 아니지. 그런 일이 일어날지도 모른다는 공포심이 있었고, 나중에 그것이 강박관념으로 발전한 거야. 그러니 자신의 운명을 미리 알고 있었다고 말할 수 없어." 로버트 조던이 말했다.

"나도 말할 수 없다는 건가?" 필라르가 그에게 묻고 화덕 속에서 재를 한줌 집어다가 손바닥을 펴고 훅 불었다. "나도 예언할 수 없단 말이지?"

"없죠. 어떤 마술이든 집시의 미신이든 뭐든, 아주머니는 내 장래 일을 예언할 수 없죠."

"그건 당신이 믿기지 않을 정도로 귀머거리니까 그렇지." 필라르가 말했다. 필라르의 커다란 얼굴이 촛불에 비쳐 한층 더 넓적하고 거칠어 보였다. "그렇다고 당신이 바보라는 말은 아냐. 그저 귀머거리라는 거지. 귀가 먼 사람은 음악을 듣지 못해. 라디오도 못 듣고. 그런 사람은 그런 걸 들은 적이 없으니 그런 게 세상에 어디 있느냐고 묻는 거야. 어때, 내 말 틀리나, 잉글레스 양반! 난 그 이상야릇한 이름을 가진 사람의 얼굴에서 낙인이 찍힌 것처럼 똑똑히 죽음을 봤거든."

"그럴 리 없어요." 로버트 조던도 지지 않았다. "아주머니가 본 건 공포와 불안이겠죠. 그 공포는 그 친구가 지금껏 겪은 일 때문에 생겼고요. 그가 불안을 느낀 건 머릿속에서 상상한 불길한 일이 어쩌면 일어날지도 모른다고 생각했기 때문입니다."

"뭐라고? 죽음이 그의 어깨 위에 걸터앉아 있는 걸 이 눈으로 똑똑히 봤는데도? 어디 그뿐인가, 그 사람한테선 죽음의 냄새까지 풍겼어." 필라르가 대꾸했다.

"죽음의 냄새가 풍겼다고요? 공포의 냄새였겠죠. 공포에도 냄새가 있으니까요." 로버트 조던이 비웃는 투로 대답했다.

"데 라 무에르테.(죽음의 냄새야.)" 필라르가 대꾸했다. "내 얘기 좀 들어 봐. 페온 데 브레가(보조 투우사) 중에서 가장 뛰어났다는 블랑케*가 아직 마놀로 그라네로** 밑에서 일하고 있던 시절에 이런 얘기를 들려줬어. 그라네로가 죽던 그날 둘이서 투우장으로 가던 길에 예배당에 들어갔는데, 그라네로한테서 죽음의 냄새가 어찌나 지독하게 풍기던지 구역질이 날

---

* 엔리케 블랑케. 발렌시아 출신의 반데리예로.
** 마놀로 그라네로(1902~1922). 스페인의 투우사로 젊은 나이에 경기장에서 사지가 절단되어 사망했다.

지경이었다는 거야. 블랑케는 투우장에 들어가기 전 호텔에서 목욕을 하고 옷을 갈아입을 때도 마놀로하고 같이 있었거든. 투우장으로 가는 자동차 안에서는 서로 꼭 붙어 앉아 있었는데도 그 냄새는 풍기지 않더래. 예배당에서도 후안 루이스데라 로자 말고는 아무도 그 냄새를 못 맡았다 하고. 마르시알과 치켈로도 그랬고, 경기 전 투우장 입구에 네 사람이 나란히 서 있을 때도 모두 그 냄새를 조금도 못 맡았대. 하지만 블랑케 말로는, 후안 루이스의 얼굴이 죽은 사람처럼 창백했다는군. 그래서 그가 루이스에게 이렇게 물어봤다는 거야. '자네도 맡았나?'

'숨이 막힐 지경이야. 자네 투우사한테서 풍기는 냄새야.' 후안 루이스가 대답했지.

'푸에스 나다.(어쩔 도리가 없어.) 어쩔 도리가 없지. 우리가 잘못 생각한 거라면 좋겠는데.' 블랑케가 대꾸했지.

'그런데 다른 사람들은 어떨까?' 후안 루이스가 블랑케에게 물었어.

'아무렇지 않은 모양이야. 정말로 아무렇지도. 하지만 이 냄새는 탈라베라에서 호세가 풍기던 것보다 더 지독해.' 블랑케가 대꾸했지.

베라과 목장에서 자란 황소 포카페나가 마드리드의 플라자 데 토로스 1층 관람석 두 번째 줄 앞쪽 울타리 판자에 마놀로 그라네로를 찔러 죽인 것이 바로 그날 오후였지. 그때 난 피니토와 그곳에 있었기 때문에 두 눈으로 똑똑히 봤거든. 황소 뿔에 받혀 마놀로의 두개골이 박살나더니 황소가 그를 내동댕이

친 1층 특등석 아래쪽 기둥 밑으로 틀어박히고 말았어."

"아주머니한테도 그 냄새가 났어요?" 페르난도가 물었다.

"아니. 난 너무 멀리 떨어져 있었으니까. 1층 관람석 셋째 줄 일곱 번째 자리였거든. 내 자리에서는 비스듬하게 모든 게 잘 보였어. 그런데 그날 밤 블랑케가 ─ 호세가 죽었을 때도 그 사람은 그의 제자였으니까. ─ 포르노스에서 피니토에게 그때 얘기를 해 주었지. 피니토가 후안 루이스 델라 로사에게 물어보았는데, 후안은 아무 말도 하지 않으려고 했어. 하지만 그게 정말이라고 고개는 끄덕이더군. 그때 나도 있었지. 잉글레스 양반, 치켈로와 마르시알 랄란다, 그 사람이 부리는 반데리예로, 피카도르*, 후안 루이스와 마놀로 그라네로, 이 모두가 그날 일에 대해 귀머거리였던 것처럼 당신도 어떤 일에 대해선 귀머거리인지도 몰라. 하지만 후안 루이스와 블랑케는 귀머거리가 아니었거든. 나도 이런 일엔 귀머거리가 아니고."

"코 얘기를 하면서 왜 귀머거리를 들먹거려요?" 페르난도가 물었다.

"쯧쯧! 네놈이 이 잉글레스 양반 대신에 교수가 돼야겠군." 필라르가 대꾸했다. "그런데 잉글레스 양반, 다른 얘기를 좀 더 해 줄 테니 당신이 보지도 듣지도 못한 얘기라고 의심해선 안 돼. 개에게 들리는 것도 당신한테는 들리지 않지. 또 개가 맡는 냄새를 당신 코는 맡지 못하거든. 하지만 당신도 사람한

---

* 투우에서 반데리예로 다음에 등장하여 날쌘 솜씨로 말을 몰면서 창으로 황소를 찌르는 투우사.

테 일어날 법한 일을 조금은 경험했을 텐데."

마리아는 로버트 조던의 어깨에 손을 얹고 그대로 있었다. 이제 이런 쓸데없는 이야기는 집어치우자. 그리고 얼마 남지 않은 시간을 유용하게 보내자, 하고 그는 불현듯 생각했다. 하지만 아직 시간이 좀 이르군. 초저녁 시간은 이렇게 이럭저럭 보내야겠군. 그래서 그는 파블로에게 말을 걸었다. "당신은 그런 마술을 믿어요?"

"잘 모르겠어. 하지만 당신 의견에 찬성하는 편이야. 초자연적인 것이라곤 내겐 아직 한 번도 일어난 적이 없었으니까. 하지만 공포 — 응, 그렇지, 그건 확실히 있지. 얼마든지 있지. 하지만 난 필라르가 손금을 보고 미래를 알아맞히는 것은 믿어. 그 여자가 거짓말을 하는 게 아니라면, 어쩌면 그런 냄새를 맡는다는 게 사실일지도 모르지." 파블로가 대답했다.

"뭐? 내가 거짓말을 한다고? 내가 꾸며 낸 말이 아냐. 블랑케라는 사내는 말이지, 착실한 데다 신심이 아주 두터운 사람이었어. 집시가 아니라 발렌시아 태생의 어엿한 부르주아였다고. 당신은 그 사람 본 적이 없나?" 필라르가 말했다.

"본 적 있죠. 여러 번 봤어요. 조그마한 몸집에 얼굴이 잿빛이었지만 케이프를 두르는 데는 그를 따를 사람이 아무도 없었죠. 발이 빠른 게 마치 토끼 같았어요." 로버트 조던이 대답했다.

"당신 말 그대로야. 얼굴이 잿빛인 건 심장이 나쁘기 때문이지. 집시들 말로는 그 친구가 죽음을 짊어지고 다닌다지만 마치 책상 위의 먼지를 털어 버리듯 거침없이 케이프로 죽음을 털어 내고 있었어. 그 사람은 집시도 아닌데 탈라베라의 투우 때는 호셀리토*한테서 죽음의 냄새가 난다고 그랬지. 하기야 만사니야의 독한 냄새 속에서 어떻게 그 냄새를 맡았는지는 모르겠지만. 블랑케가 나중에 얘기했을 때도 아주 자신 없는 것 같았고, 그 얘기를 듣던 사람들은 그건 블랑케의 망상이고, 그가 맡았다는 냄새는 그때 호세의 겨드랑이에서 흘러내린 땀 냄새였다고들 그랬지. 하지만 훗날 후안 루이스 데라 로사도 참가한 마놀로 그라네로의 시합 때도 그런 얘기가 나왔어. 물론 후안 루이스는 명예심이라곤 별로 없는 사나이였지만 자기 일에 아주 민감하고 여자를 낚는 데는 대단한 명수였거든. 하지만 블랑케는 사람이 진실하고 무척 조용한 인물이어서 절대 거짓말을 할 사람은 아니었어. 그리고 분명히 말하지만, 여기 와 있던 당신 동지의 몸에서도 난 죽음의 냄새를 맡았거든." 필라르가 말했다.

"믿기지 않는데요. 게다가 아주머니는 블랑케가 투우장 입구에서 냄새를 맡았다고 그랬죠. 바로 투우가 시작되기 직전에 말이에요. 하지만 그 작전 때는 아주머니도 카슈킨도 기차도 모두 순조롭게 성공했어요. 카슈킨이 죽은 건 그때가 아닙니다. 그렇다면 어떻게 그때 그 냄새를 맡을 수 있었다는 거예요?" 로버트 조던이 물었다.

"그것과는 아무 관계 없어. 이그나시오 산체스 메히아스**가

* 호세 고메스 오르테가(1895~1920). 흔히 '호셀리토'로 잘 알려진 스페인 투우사.
** 이그나시오 산체스 메히아스(1891~1934). 스페인의 투우사.

죽던 마지막 시즌에도 그에게서 죽음의 냄새가 너무 심하게 나는 바람에 다들 카페에서 그 사람 옆자리에 앉는 걸 꺼려했어. 집시라면 누구나 아는 사실이야." 필라르가 설명했다.

"그 사람이 죽은 뒤에 꾸며 낸 얘기겠죠." 로버트 조던도 지지 않았다. "산체스 메히아스는 너무 오랫동안 연습을 하지 않았고 체중도 불어서 위험했던 데다 힘도 빠지고 다리도 말을 듣지 않았고 반사 운동도 예전 같지 않아서 뿔에 받히는 건 시간 문제였다는 걸 모르는 사람이 없었죠."

"물론 그랬어. 다 맞는 말이야. 하지만 그 사람한테서 죽음의 냄새가 풍긴 건 집시라면 누구나 알고 있었지. 그 사람이 바야 로사 술집에 들어서면, 리카르도와 펠리페 곤살레스 같은 사람은 술집 뒤에 있는 조그만 문으로 도망쳤어." 필라르가 말했다.

"그에게 빚이라도 졌나 보죠." 로버트 조던이 대꾸했다.

"그럴 수도 있지. 정말 그럴 수도 있어. 하지만 다른 사람들도 냄새를 맡았고, 그걸 모르는 사람은 없었다고."

"지금 아주머니가 하는 말은 사실이에요, 잉글레스 양반. 우리 사이에선 잘 알려진 사실이죠." 집시 라파엘이 끼어들었다.

"난 그런 건 하나도 믿지 않아." 로버트 조던이 말했다.

"하지만 이봐, 잉글레스 양반." 이번에는 안셀모가 입을 열었다. "나도 그따위 마술은 믿지 않는 편이지. 하지만 그런 일에선 이 필라르가 아주 정통하고 이름이 나 있어."

"어떤 냄새가 나는데요? 그 냄새라는 게 도대체 어떤 냄새냐고요? 냄새라면 무슨 이렇다 할 냄새가 있을 게 아니오?"

페르난도가 물었다.

"그걸 알고 싶은가, 페르난도?" 필라르가 그에게 빙그레 웃어 보였다. "당신도 그 냄새를 맡을 수 있을 거라고 생각하나?"

"정말로 냄새가 난다면야 나도 다른 사람처럼 못 맡을 리가 없잖아요?"

"물론 그렇고말고." 필라르는 커다란 손을 무릎 위에 겹쳐 놓고 그를 놀리듯이 말다. "배를 타 본 적 있어, 페르난도?"

"없어요. 타 보고 싶지도 않고요."

"그럼 자네는 알 턱이 없어. 그 냄새는 말이야, 배에서 폭풍우를 만나 선창을 꼭꼭 닫아 놨을 때 맡게 되는 냄새와 비슷하니까. 흔들리는 배 안에서 꽉 닫힌 선창의 구리 손잡이에 코를 갖다 대 봐. 그러면 정신이 멍해지고 배 속이 텅 빈 것 같아지면서 어디선가 그 냄새 비슷한 게 풍겨 오거든."

"그렇다면 평생 그 냄새를 맡아 보긴 글렀군요. 난 죽어도 배는 타기 싫으니까."

"난 여러 번 타 봤어. 멕시코에 갈 때도 베네수엘라에 갈 때도." 필라르가 말을 이었다.

"그럼 그 나머지 냄새는 어떤 거죠?" 로버트 조던이 물었다. 그러자 필라르는 비웃는 눈길로 그를 바라보더니, 지난날의 추억이 되살아나는 듯 항해 얘기를 자랑스럽게 꺼내기 시작했다.

"좋소, 잉글레스 양반. 잘 들어 두라고, 중요한 얘기니까. 귀담아 들었다가 배우란 말이지. 배의 냄새를 맡은 뒤에는 말이지, 이번엔 아침 일찍 마드리드의 언덕을 내려가 마타데로(도살장)로 빠지는 톨레도 푸엔테 다리로 가는 거야. 만사나레스* 강에서 안개가 자욱이 피어오르고, 아직 이슬이 촉촉한 포장 도로 위에 서서, 해도 뜨기 전에 일어나 도살한 소의 피를 마시고 돌아오는 노파들을 기다리는 거야. 그러면 어깨에 숄을 걸치고 창백한 얼굴에 눈이 움푹 파인 노파들이 도살장에서 나오지. 밀랍처럼 핏기 없는 얼굴에 움푹 꺼진 뺨과 턱에는 마치 콩에서 싹이 나온 듯 노령의 수염이 가득 나 있지. 까칠까칠한 털이 아니라 죽음의 얼굴에 나는 희끄무레한 솜털 말이야. 잉글레스 양반, 그 노파를 두 팔로 꼭 안고 끌어당겨 그 입에 키스해 봐. 그때 나는 냄새가 바로 그 나머지 냄새야."

"그 냄새를 맡으니 입맛이 다 떨어지더라. 그 솜털 냄새 참 지독하더군." 집시가 말했다.

"좀 더 듣고 싶은가?" 필라르가 로버트 조던에게 물었다.

"그럼요. 배워야 할 게 있다면 배워야죠."

"그 할멈들의 얼굴 솜털 냄새를 맡으면 토할 것만 같다니까. 할멈들한테서는 왜 그런 냄새가 나는 걸까요, 필라르? 우리한테선 나지 않는데." 집시가 말했다.

"그야 그렇지." 필라르가 경멸하는 듯한 목소리로 말했다. "우리 할멈들은 그래. 물론 젊은 시절에는 몸매가 버드나무처럼 날씬해서 — 하기야 남편의 귀여움을 받은 표시로 불룩 튀어나온 배를 제외하고는 말이지. — 집시들이 하나같이 언제

---

* 스페인 마드리드 시내를 흐르는 강.

나 몸을 앞쪽으로 밀어 대는…….”

“그런 소리는 관둬요. 점잖지 못해요.” 라파엘이 말했다.

“마음이 상하셨나. 자네는 집시 중에 아이를 낳지 않으려고 하거나, 낳지 않은 여자를 본 적이 있어?”

“아주머니가 있잖아요.”

“뭐라고!” 필라르가 쏘아붙였다. “너만 상처받는 줄 알아? 내가 얘기하려는 건, 누구나 나이가 들면 보기 싫어진다는 거야. 이건 구구절절 설명할 필요도 없지. 하지만 잉글레스 양반이 꼭 그 냄새를 맡고 싶고 알고 싶다면, 아침 일찍 도살장으로 가 보면 돼.”

“한번 가 보죠. 하지만 키스는 하지 않고 그들이 길을 지나갈 때 냄새를 맡아 보겠어요. 라파엘처럼 나도 그 솜털은 질색이니까요.” 로버트 조던이 대꾸했다.

“키스를 해, 잉글레스 양반. 그걸 알고 싶으면 키스를 해야 해. 그런 뒤 코에 그 냄새를 담은 채 시내로 돌아오란 말이야. 그리고 시든 꽃을 버린 쓰레기통이 보이거든 그 속에 코를 깊숙이 틀어박고 콧속에 담아 온 그 냄새와 쓰레기통의 냄새가 잘 섞이도록 깊게 숨을 들이마셔 봐.” 필라르가 말했다.

“자, 그대로 해 봤다고 치죠. 그게 어떤 꽃이죠?”

“국화꽃이야.”

“그럼, 그다음은요? 그 국화꽃 냄새를 맡았다면요?”

“그다음은 말이지, 중요한 건 그날이 비 내리는 날이든지, 적어도 안개 낀 가을날이든지, 그렇잖으면 적어도 초겨울이어야 해.” 필라르가 말을 이었다. “시내를 빠져나가 칼레 데 살루드 거리에 이르면 카사스 데 푸타스(갈보집) 앞에서 빗자루 질을 하거나, 더러운 물그릇을 시궁창에 쏟아 넣고 있을 거야. 하룻밤 사랑 냄새가 비눗물과 담배꽁초에 달콤하게 배여 은은하게 콧구멍으로 스며들 거야. 그곳을 지나면 이번에는 하르딘 보타니코(식물원)로 들어서게 되지. 그곳에서는 밤이 되면 집 안에서는 더 이상 그 짓을 할 수 없는 색시들이 공원 철문이나 쇠 울타리에 기대거나, 또는 뒷길에서 그 짓을 하지. 나무 그늘에서 쇠 난간에 기댄 채 색시들은 사내가 원하는 것은 뭐든지 다 해 주거든. 10센티모에서 1페세타의 적은 돈을 주면 요구하는 대로 그 중대한 행위를 해 주지. 우리가 이 세상에 태어난 것도 어쩌면 그 일을 하기 위해서인지도 몰라. 그곳은 시들어 떨어진 꽃이 그대로 수북이 쌓여 있어 부드러운 길바닥보다 더 부드럽고 훨씬 푹신하지. 거길 보면 축축한 흙하고 시든 꽃하고 전날 밤에 벌인 짓거리 냄새가 나는 버려진 삼베 자루가 눈에 띌 거야. 이 삼베 자루 속에 죽은 흙이며 시든 꽃줄기며 썩은 꽃 이파리며 인간의 죽음과 탄생이기도 한 냄새, 모든 것의 정수가 들어 있지. 이 삼베 자루를 머리에 휘감아 코에 대고는 그 사이로 한번 냄새를 맡아 보란 말이야."

"싫어요."

"아니, 꼭 그래 봐야 해." 필라르가 말을 이었다. "그 삼베 자루를 머리에 휘감고 숨을 한번 크게 들이마셔 봐. 그리고 깊이 들이마셨을 때 아까 말한 그 냄새들을 잊지 않았다면, 당신은 우리가 알고 있는 그 죽음의 냄새를 맡을 수 있을 거야."

"좋아요. 그럼 아주머니는 카슈킨이 여기 와 있었을 때 그런 냄새를 맡았다는 거예요?" 로버트 조던이 물었다.

"맡았지."

"그럼 말이죠, 만약 그게 사실이라면 내가 그 친구를 쏴 죽인 건 참 잘한 일이었네요." 로버트 조던이 엄숙한 표정으로 말했다.

"올레.(그렇지.)" 집시가 소리쳤다. 그러자 모두 웃어 댔다.

"그럼 참 잘했고말고요." 프리미티보도 맞장구를 쳤다. "그러니 이제 필라르 아주머니도 꼼짝 못하겠는걸."

"하지만 필라르 아주머니, 돈 로베르토 같은 교양 있는 양반이 그런 끔찍한 짓을 했다니 믿어지지 않는데요." 페르난도가 말했다.

"그건 그래." 필라르가 동의했다.

"뭐 하나 메스껍지 않은 게 없구먼."

"정말 그래." 필라르가 또다시 맞장구쳤다.

"그런 끔찍한 짓을 이 양반이 정말로 했으리라곤 아주머니도 생각 못 했겠죠?"

"그야 그렇지. 자, 이제 모두 잠이나 자." 필라르가 말했다.

"하지만 필라르 아주머니……." 페르난도가 말을 이으려 했다.

"이제 그만 입 다물어." 필라르가 갑자기 악의에 찬 듯 그에게 말했다. "자신을 바보로 만들지 마. 말귀도 못 알아듣는 위인을 상대로 지껄여 나가지 바보가 되고 싶지 않으니까."

"솔직히 고백하지만, 난 이해가 안 돼요." 페르난도가 입을 열고 말았다.

"고백하려고도 이해하려고도 하지 마." 필라르가 오금을 박았다. "그런데 바깥엔 아직도 눈이 내리고 있나?"

로버트 조던은 입구 쪽으로 걸어가 담요를 쳐들고 밖을 내다보았다. 밤공기는 맑고 싸늘했고, 눈은 그쳐 있었다. 하얗게 덮인 나무줄기 사이로 맑게 갠 밤하늘을 올려다보았다. 숨을 쉴 때마다 싸늘한 밤공기가 폐부를 찌르는 듯했다.

엘소르도는 오늘 밤 말을 훔친다고 했는데, 발자국깨나 남길 것 같군, 하고 그는 생각했다.

담요를 내리고 그는 연기 자욱한 동굴 안으로 돌아왔다. "맑게 갰어요. 눈보라도 그쳤고요." 그가 말했다.

20

한밤중 어둠 속에 누워 그는 아가씨가 오기를 기다렸다. 바람은 자고 솔밭은 어둠 속에 고요했다. 사방을 온통 뒤덮은 눈 사이로 소나무 줄기들이 삐죽삐죽 솟아 나와 있었다. 그는 손수 마련한 포근한 침낭 잠자리에서 두 다리를 쭉 뻗었다. 숨을 들이마실 때마다 머리에 닿는 공기는 차가웠고 콧구멍이 시렸다. 옆으로 눕자 머리 밑에 웃옷으로 구두를 싸고 그 위에 양복바지를 접어 얹어 베개로 만든 불룩한 것이 느껴졌고, 옆구리에는 옷을 벗을 때 가죽 권총집에서 꺼내 가죽 끈으로 오른 손목에 감아 둔 커다란 자동권총의 금속이 싸늘하게 느껴졌다. 그는 권총을 밀어젖히고, 눈 쌓인 저 너머 동굴 입구의 어두컴컴한 바위를 바라보면서 좀 더 깊숙이 침낭 속으로 파고들었다. 하늘은 완전히 개었고, 새하얀 눈에 반사된 빛에 나무줄기와 동굴이 있는 곳에 커다란 바윗덩이가 보였다.

그는 초저녁에 도끼를 들고 동굴 밖으로 나가 갓 쌓인 눈을 밟으며 빈터 끝까지 걸어가 작은 가문비나무 한 그루를 찍어 넘겼다. 그러고는 어둠 속에서 나무 밑동을 쥐고 바위 벽 그늘까지 끌고 왔다. 바위 가까이에서 그것을 똑바로 세워 한 손으로 줄기를 쥐고, 다른 한 손으로 도끼 손잡이를 치켜 올려 가지들을 쳐내어 한 무더기를 만들었다. 그런 다음 나뭇가지는 그대로 두고 막대같이 앙상한 줄기를 눈 위에 눕혀 놓고 굴속으로 들어가 벽에 세워 둔 판자를 한 장 들고 나왔다. 그리고 그 판자로 바위벽을 따라 눈을 치운 뒤 나뭇가지에 쌓인 눈을 깨끗이 털어 내고 겹겹이 쌓인 깃털처럼 그것을 착착 쌓아 올려 잠자리를 만들었다. 나뭇가지들이 흩어지지 않도록 막대기를 침상 발치에 걸쳐 놓고, 판자 끝을 쪼개서 끝을 뾰족하게 만든 말뚝을 양쪽에 박아 움직이지 않게 했다. 그런 뒤에 그는 판자와 도끼를 들고 담요 아래로 머리를 숙이고 동굴로 들어가 그것들을 벽에 기대 놓았다.

　"밖에서 뭘 했소?" 필라르가 물었다.

　"잠자리를 만들었습니다."

　"당신 잠자리를 만든다고 내 새 선반을 쪼개 버리진 마."

　"죄송합니다."

　"뭐, 그리 중요한 물건은 아냐. 제재소에 가면 널려 있으니까. 그런데 어떤 잠자리를 만든 건가?" 그녀가 말했다.

　"우리 나라에서처럼 만들었죠."

　"그럼 거기서 푹 쉬구려." 그녀가 이렇게 말하자 로버트 조던은 배낭 속에 든 침낭을 꺼내 들고 그 안에 들어 있던 물건들을 도로 집어넣은 뒤 또다시 담요를 쳐들고 밖으로 나왔다. 끝이 막힌 침낭 한쪽이 침대 발치에 비스듬하게 박아 놓은 말뚝 위에 기대어지도록 침낭을 나뭇가지를 깔아 놓은 위에 폈다. 침낭의 열린 머리 쪽은 절벽의 바위벽이 막아 주었다. 그런 뒤 또 한 번 배낭을 가지러 동굴 안으로 들어갔다. 그러자 필라르가 말했다. "다른 사람들은 어젯밤과 마찬가지로 나와 함께 자도록 하지."

"보초는 세우지 않을 건가요? 하늘이 개었고, 바람도 잠잠해졌는데요." 그가 말했다.

"페르난도가 갈 거야." 필라르가 대답했다.

마리아는 동굴 저쪽에 있어서 로버트 조던에게는 보이지 않았다.

"자, 그럼 모두 편히 주무십시오. 이제 나도 자러 나가야겠어요." 그가 말했다.

판자 테이블과 생가죽을 씌운 걸상을 밀어젖히고 자리를 만들어 화덕 앞 땅바닥에 담요며 이부자리를 펴고 있던 사람들 중에서 프리미티보와 안드레스만 그를 올려다보며 "부에나스 노체스.(잘 자오.)" 하고 대답했다.

안셀모는 한쪽 구석에서 벌써 담요와 케이프로 온몸을 싸고 코도 내놓지 않은 채 곤히 잠들어 있었다. 파블로도 의자에 걸터앉은 채 졸고 있었다.

"잠자리에 깔 양피가 필요한가?" 필라르가 로버트 조던에게 부드러운 목소리로 물었다.

"아뇨. 고맙지만 필요 없습니다." 그가 대답했다.

"그럼 잘 주무시게. 당신 물건은 내가 잘 보관할 테니." 그녀가 말했다.

페르난도가 함께 따라 나오더니 로버트 조던이 침낭을 펴놓은 데까지 와서 잠시 멈추었다.

"밖에서 잠을 자다니 기발한 생각이오, 돈 로베르토." 그가 담요 망토로 몸을 싸고 카빈총을 어깨에 걸친 채 어둠 속에 서서 말했다.

"이젠 몸에 익은 일이라서. 자, 그럼 안녕히."

"몸에 익었다면 걱정 없겠지만."

"몇 시 교대요?"

"4시."

"지금부터 그때까지 무척 추울 거요."

"나도 그것에 익숙하오." 페르난도가 대답했다.

"그렇다면 걱정할 건 없겠군……." 로버트 조던이 점잖게 말했다.

"그렇소. 자 이젠 가 봐야겠어. 그럼 잘 주무시오, 돈 로베르토." 페르난도가 말했다.

"수고해요, 페르난도."

그러고 나서 로버트 조던은 벗은 옷가지로 베개를 만들고, 침낭 속으로 들어가 마리아를 기다렸다. 그는 플란넬 천과 깃털처럼 가벼운 침낭 밑 나뭇가지의 푹신푹신한 온기를 느끼면서 눈 쌓인 저 너머 동굴 입구를 건너다보고 있었다. 기다리고 있으려니 심장이 고동치는 소리가 들리는 것만 같았다.

밤은 맑게 개었고, 그의 머릿속까지 밤공기처럼 싸늘하고 맑아지는 것 같았다. 그는 밑에 깔린 소나무 가지 냄새와 솔잎 향기, 잘린 가지에서 배어 나오는 좀 더 강렬한 송진 냄새를 맡았다. 필라르, 하고 그는 생각했다. 필라르와 죽음의 냄새. 하지만 내가 좋아하는 냄새는 이거야. 이 냄새, 이제 막 꺾은 클로버, 가축을 몰 때 짓밟는 샐비어, 나무 타는 연기, 가을에 낙엽 태우는 냄새, 그건 노스탤지어의 냄새가 틀림없어. 저 미줄라의 가을 거리에서 긁어모은 낙엽을 태우는 냄새. 하지만 어느 쪽이 더 좋으냐? 인디언들이 바구니를 만들 때 쓰는 향모? 훈제 가죽? 봄비 내린 뒤의 흙냄새? 갈리시아 곶의 낭떠러지 위쪽에서 가시금작화를 헤치고 걸을 때 나는 바다 냄새? 아니면 저물 녘 쿠바에 가까웠을 때 육지에서 불어오는 냄새? 그건 선인장 꽃이며 미모사며 가시솔나무의 향기였지. 그것도 아니면 배고픈 아침에 베이컨 튀기는 냄새가 더 좋으냐? 아니면 아침에 마시는 커피? 아니면 한 입 와삭 베어 물 때의 조너선 사과? 사과주스 공장에서 사과를 으깨는 향기? 오븐에서 갓 구워 낸 빵 냄새? 넌 지금 배가 고프구나, 하고 그는 생각했다. 그는 아직도 옆으로 누워 눈에 반사된 별빛으로 환한 동굴 입구를 지켜보고 있었다.

누군가 담요를 들치고 밖으로 나왔지만, 입구로 사용되는 바위틈에 서 있는 사람이 누구인지 알 수 없었다. 잠시 후 눈 위에 미끄러지는 듯한 소리가 들리더니 누군지 모르는 그 사람이 고개를 숙이고 다시 동굴 안으로 들어가 버렸다.

모두 잠들 때까지 그녀는 나오지 않을 거야, 하고 그는 생각했다. 더 이상 기다리는 건 시간 낭비인데. 벌써 밤이 절반이

나 지났잖아. 아, 마리아, 시간이 얼마 남지 않았으니 어서 나와. 나뭇가지에 쌓인 눈이 땅에 쌓인 눈 위로 부드럽게 떨어지는 소리가 들렸다. 바람이 조금 일고 있었다. 바람이 얼굴을 스쳤다. 갑자기 그녀가 오지 않을지도 모른다는 공포감이 엄습해 왔다. 바람이 부는 것으로 보아 이제 곧 새벽이 밝아 올 것 같았다. 바람이 소나무 우듬지를 흔드는 소리가 들리고 가지에서 더 많은 눈이 쏟아져 내렸다.

어서, 빨리 좀 와, 마리아. 제발 빨리 와 줘, 하고 그는 생각했다. 아, 이제 와. 기다리지 말고. 이제 더는 모두가 잠들기를 기다릴 필요 없어.

바로 그때 동굴 입구의 담요 자락을 들치고 마리아가 밖으로 나오는 모습이 보였다. 그녀는 그곳에서 잠시 걸음을 멈추었다. 마리아가 분명했지만 거기서 무엇을 하는지는 알 수 없었다. 그는 나직이 휘파람을 불었고, 그녀는 동굴 입구에 우두커니 선 채 바위 그늘의 어둠 속에서 뭔가 하고 있었다. 그러고 나서 그녀는 두 손에 뭘 들고 달려왔는데, 눈 위를 달리는 그녀의 긴 다리가 보였다. 다음 순간 그녀는 침낭 옆에 무릎을 꿇고, 얼굴을 그의 가슴에 세게 파묻고는 발에서 눈을 털었다. 그녀는 그에게 키스하고 가져온 보따리를 내놓았다.

"이것도 당신 베개로 삼아요. 시간을 아끼려고 저기서 이걸 벗었어요."

"아니, 이 눈 위를 맨발로 왔단 말이야?"

"네. 게다가 셔츠만 입었어요." 그녀가 말했다.

그가 두 팔로 그녀를 힘껏 끌어당겨 껴안자 그녀는 그의 턱에 머리를 갖다 대고 비볐다.

"내 다리에 몸이 닿지 않도록 해요. 얼음장처럼 차가우니까, 로베르토." 그녀가 말했다.

"다리를 여기다 넣고 녹여."

"싫어요. 금방 녹을 텐데요 뭐. 어서 날 사랑한다고 말해 줘요." 그녀가 말했다.

"당신을 사랑해."

"좋아요. 좋아요. 정말 좋아요."

"당신을 사랑해, 귀여운 토끼."

"내가 입은 이 셔츠 마음에 들어요?"

"늘 입고 있는 거잖아."

"맞아요. 어젯밤과 같은 거예요. 하지만 이건 내 결혼 셔츠예요."

"발을 이리 넣어."

"싫어요. 그런 짓 안 해요. 저절로 녹을 텐데요. 난 따뜻해요. 맨발로 눈 위를 걸어왔으니 닿으면 당신 몸만 차가울 뿐이에요. 한 번 더 말해 봐요!"

"당신을 사랑해, 귀여운 토끼."

"나도 사랑해요. 그리고 난 당신의 아내예요."

"모두 잠들었어?"

"아뇨. 하지만 더 이상 기다릴 수가 없었어요. 게다가 그런 거 이젠 아무래도 좋잖아요?"

"그야 그렇지." 그는 날씬하고 미끈하고 따뜻하고 귀여운 그녀의 몸이 자기 몸에 닿는 것을 느꼈다. "그래 다른 일은 아무래도 좋고말고."

"내 머리에 당신 손을 얹어 봐요. 그리고 내가 당신에게 키스할 수 있는지 한번 해 볼게요." 그녀가 말했다.

잠시 뒤 그녀가 물었다. "잘했어요?"

"잘했어. 셔츠를 벗지." 그가 말했다.

"벗어야 해요?"

"응, 춥지 않다면."

"케 바(아뇨), 춥다뇨. 몸이 활활 타는 것 같은데."

"나도 그래. 하지만 나중에 추워지지 않을까?"

"그럴 리 없어요. 이제 우리는 숲속의 한 마리 짐승처럼 될 텐데요. 너무 붙어 있어서 아무도 우릴 분간할 수 없을 거예요. 내 심장이 당신 심장이 된 것이 느껴지지 않아요?"

"왜 몰라. 이젠 구별이 안 돼."

"자, 만져 봐요. 난 당신이고, 당신은 나예요. 한쪽의 모든 게 이제 상대방의 거예요. 난 당신을 사랑해요. 아, 정말 당신을 끔찍이 사랑해요. 우린 정말 하나가 아닐까요? 당신은 그렇게 느껴지지 않아요?"

"암, 그렇고말고. 맞아." 그가 대답했다.

"좀 만져 봐요. 당신은 내 심장 말고는 심장이 없어요."

"어디 그뿐인가. 다리도 발도 몸도, 무엇이고 다 그렇지."

"하지만 우린 역시 달라요. 난 우리가 정말로 똑같으면 좋겠어요." 그녀가 말했다.

"설마 진심으로 그렇게 말하는 건 아니겠지."

"진심이에요. 정말 그래요. 당신에게 그렇게 말하고 싶어요."

"설마 그럴 리가."

"어쩌면 아닐지도 모르죠." 그녀가 그의 어깨에 입술을 갖다 대며 부드러운 목소리로 말했다. "하지만 그렇게 말하고 싶었어요. 우리가 결국 다르다면 당신은 로베르토, 난 마리아라는 게 기뻐요. 하지만 당신이 바꾸길 바란다면 나도 기꺼이 바꾸겠어요. 당신을 끔찍이도 사랑하고 있으니까 난 당신이 되고 싶어요."

"난 바꾸고 싶지 않아. 지금 그대로 서로 하나가 되는 게 더 좋아."

"우리는 꼭 하나가 될 거예요. 앞으로 절대 떨어지지 않을 거예요." 그녀가 다시 말을 이었다. "당신 곁에 있지 않을 때 난 당신이 되어 있을 거예요. 아, 내가 얼마나 당신을 사랑하고 있는지 몰라요. 그러니까 당신을 소중하게 아껴 줄게요."

"마리아!"

"네."

"마리아!"

"네."

"마리아!"

"네, 어서요, 제발."

"춥지 않아?"

"아뇨. 어깨에 침낭을 끌어 덮어요."

"마리아!"

"말도 못 하겠어요."

"아, 마리아, 마리아, 마리아!"

그리고 얼마 후, 바깥 공기는 싸늘한데 기다랗고 아늑한 침 낭 속에서 두 사람은 몸을 꼭 붙이고 있었고 그녀는 그의 뺨에 얼굴을 대고 조용히 행복하게 누워 있었다. 그녀가 부드러운 목소리로 말했다. "당신은 어땠어요?"

"코모 투.(당신과 똑같아.)" 그가 대답했다.

"그래요. 하지만 오늘 오후 같지는 않았죠?" 그녀가 물었다.

"응."

"하지만 난 그때보다 더 좋았어요. 사람은 죽을 필요는 없는 것 같아요."

"오할라 노.(제발 그렇게 되지 않기를.)" 그가 대꾸했다.

"본심에서 한 소리가 아니에요."

"알아, 당신의 말 뜻을 안다고. 결국 우린 똑같은 말을 하고 있는 거야."

"그럼 왜 당신은 내가 하려는 말과 다른 말을 하는 거죠?"

"남자는 말이지, 여자와는 다른 데가 있어."

"그렇다면 우리가 서로 다른 게 기뻐요."

"나도 그래. 하지만 죽고 싶다는 기분만큼은 알아. 남자니까 습관적으로 그렇게밖에 말할 수 없었지. 하지만 나도 당신과 똑같은 심정이야." 그가 말했다.

"당신이 어떤 사람이든, 어떤 말을 하든, 그대로의 당신이 좋아요."

"그리고 당신을 사랑하고, 낭신의 이름도 사랑해, 마리아."

"평범한 이름인걸."

"천만에. 평범하지 않아." 그가 말했다.

"이젠 그만 자야 하지 않을까요? 난 금세라도 곯아떨어질 것 같아요." 그녀가 말했다.

"그럼 자도록 하지." 그가 말했다. 그녀의 미끈하고 가벼운 몸이 그의 몸에 포근하고도 편안하게 닿은 것이 느껴지면서 이상하게도 그저 옆구리며 어깨며 다리에 몸이 닿는 것만으로도 기적처럼 고독이 사라졌으며, 또한 둘이 함께 힘을 합쳐 죽음에 저항하게 되었다. 그가 입을 열었다. "그럼 잘 자, 귀여운 토끼."

"난 벌써 잠들었는데요." 그녀가 말했다.

"나도 잠들려고 해. 잘 자, 귀여운 아가씨." 그가 말했다. 그는 이내 잠이 들었고, 자면서도 행복했다.

그러나 그는 밤중에 눈을 뜨고는 마치 그녀가 삶의 전부이며, 그것을 뺏기지 않으려는 듯 그녀를 꼭 껴안았다. 그녀를 껴안은 동안 그녀가 이 세상에 남은 삶의 전부인 것처럼 느껴졌다. 그리고 그것은 사실이었다. 그러나 그녀는 한 번도 눈을 뜨지 않고 곤히 잤다. 그래서 그는 몸을 굴려 모로 누워 침낭을 그녀 머리에 덮어 주고, 침낭 속에서 그녀의 목덜미에 키스했다. 그러고서 권총 끈을 잡아당겨 손이 쉽게 닿을 곳에 권총을 놓고 어둠 속에서 생각에 잠겼다.

21

날이 밝으면서 따뜻한 바람이 불어오자, 나뭇가지에 쌓인 눈이 녹으면서 떨어지는 묵직한 소리가 그의 귓가에 들려왔다. 늦은 봄의 아침이었다. 그는 첫 숨을 들이마시면서 어젯밤 눈이 산악 지대에서만 볼 수 있는 변덕스러운 눈보라에 지나지 않아서 정오까지는 완전히 녹아 버리리란 것을 알았다. 그때 기병의 말 한 마리가 축축한 눈 위로 둔탁한 말굽 소리를 내며 빠른 걸음으로 다가오는 소리가 들렸다. 카빈총의 총집이 살짝 부딪치는 소리와 함께 가죽이 삐걱거리는 소리도 들렸다.

"마리아!" 그가 그녀의 어깨를 흔들어 깨우며 불렀다. "몸을 침낭 속으로 움츠려." 그리고 그는 한 손으로 셔츠 단추를 잠그고, 다른 한 손으로 자동권총을 끌어당겨 엄지손가락으로 안전장치를 풀었다. 마리아가 짧게 깎은 머리를 재빨리 침낭 속으로 집어넣자마자 기병 하나가 나무 사이에서 쑥 나타났다. 그는 침낭 속에서 팔꿈치를 세우고 두 손으로 권총을 쥐고, 다가오는 사나이를 향해 총구를 겨누었다. 한 번도 본 적이 없는 사나이였다.

기병은 이제 거의 그와 마주 보는 곳까지 이르렀다. 커다란 회색 말에 타고 있었고, 카키색 베레모를 쓰고 판초 같은 담요 케이프를 걸치고 묵직한 검은색 장화를 신고 있었다. 안장 오른쪽 총집에서는 짤막한 자동소총의 총신과 장방형의 탄창이 삐죽 나와 있었다. 젊고 우악스러운 생김새의 사나이는 그 순간 로버트 조던을 발견했다.

그 사나이가 총집을 향해 손을 뻗으면서 낮게 몸을 휙 돌려 총집을 잡은 순간, 로버트 조던은 그 사나이의 카키색 담요 케이프 왼쪽 가슴에 달려 있는 새빨간 휘장을 보았다.

로버트 조던은 휘장 조금 아래 가슴 한복판을 겨누고 방아쇠를 당겼다.

권총 소리가 눈 덮인 숲을 요란하게 뒤흔들었다.

말은 세게 박차를 가한 것처럼 껑충 뛰어올랐고, 여전히 총집을 잡아당기려던 젊은이는 오른발이 등자에 걸린 채 땅에 굴러 떨어지고 말았다. 말은 거꾸로 매달린 젊은이를 끌고 이것저것에 부딪히면서 나무 사이로 달아났고, 로버트 조던은 한 손에 권총을 들고 벌떡 일어섰다.

커다란 회색 말은 소나무 사이로 달려가고 있었다. 눈 위에는 말에 끌려가는 젊은이의 시체로 넓은 길이 생기고, 길 한쪽으로 자줏빛 핏줄이 그어졌다. 사람들이 동굴 속에서 우르르 밖으로 몰려나왔다. 로버트 조던은 몸을 굽히고 베개에서 바지를 풀어 입기 시작했다.

"어서 옷을 입어." 그가 마리아에게 말했다.

머리 위 하늘 아주 높은 곳에서 비행기 한 대가 날아가는 소리가 들렸다. 숲 저쪽에 회색 말이 멈춰 서 있고, 젊은이는 여전히 발이 등자에 걸린 채 얼굴을 아래로 향하고 거꾸로 매달려 있었다.

"저 말을 붙잡아 와." 그가 자기 쪽으로 뛰어나온 프리미티보에게 외쳤다. 그러고 나서 또 소리쳤다. "꼭대기에서 누가 망을 보고 있나?"

"라파엘." 필라르가 동굴에서 대답했다. 그녀는 머리를 두 줄로 땋아 뒤로 늘어뜨린 채 아직도 동굴 속에 서 있었다.

"기병이 나타났어요. 자동소총을 준비해요."

그러자 필라르가 동굴 속을 향해 외치는 소리가 들렸다. "아구스틴!" 그녀가 안으로 들어갔고 곧이어 사나이 둘이 밖으로 나왔다. 한 사람은 자동소총을 삼각대와 함께 어깨에 멨고, 다른 한 사람은 탄약이 가득 든 자루를 들고 뛰어나왔다.

"그걸 가지고 그쪽으로 가요." 로버트 조던이 안셀모에게 소리쳤다. "영감님은 총 옆에 엎드려 총 다리가 움직이지 않도록 꼭 붙잡고 있어요."

세 사람은 일제히 오솔길을 따라 숲속으로 달려갔다.

해는 아직 산꼭대기 위로 솟아오르지 않았다. 로버트 조던은 손목에 매 놓은 끈으로 권총을 늘어뜨린 채 바지 단추를 잠그고 허리띠를 단단히 졸라맸다. 그리고 권총을 가죽 케이스에 넣어 허리띠에 건 뒤 끈으로 매듭을 만들어 목에 걸었다.

누군가 언젠가는 이것으로 내 목을 조를지도 모르지, 하고 그는 생각했다. 어쨌든 이것으로 해치웠어. 그는 가죽 케이스에서 권총을 꺼내 탄창을 빼내고, 가죽 케이스 옆에 붙은 탄띠에서 탄약통을 하나 꺼내 탄창에 채우고는 다시 탄창을 밀어 넣었다.

나무 사이로 프리미티보가 말고삐를 붙잡고 젊은이의 발을 등자에서 빼내는 모습이 보였다. 젊은이는 얼굴을 눈 속에 처박고 쓰러져 있었고, 그가 바라보는 동안 프리미티보는 젊은이의 주머니를 뒤지고 있었다.

"자, 말을 끌고 와." 그가 소리쳤다.

그가 무릎을 꿇고 로프로 바닥을 댄 신발을 신으려고 할 때 침낭 속에서 옷을 입고 있던 마리아의 몸이 그의 무릎에 닿았다. 이제 그의 삶에서 그녀가 차지할 자리는 없었다.

기병은 아무 예측도 하지 못한 상태였어, 하고 그는 생각했다. 말 발자국을 따라오지도 않았고, 경계는커녕 조심하는 기미도 없었지. 심지어 초소로 올라가는 말 발자국을 쫓아가지도 않았어. 틀림없이 이 근처 산속에 흩어져 있는 척후대의 한 사람일 거야. 하지만 척후대에서 그가 돌아오지 않았다는 것을 알게 되면, 반드시 그의 발자국을 찾아 나설 테지. 눈이 빨리 녹지 않는다면 말이지, 하고 그는 생각했다. 또 놈들에게 무슨 사고가 생기지 않는다면.

"당신은 저 아래쪽으로 내려가는 게 좋겠는데요." 그가 파블로에게 말했다.

이제는 다른 사람들도 모두 동굴 밖으로 뛰어나와 카빈총을 들고 수류탄을 혁대에 차고 서 있었다. 필라르가 수류탄이 든 가죽 주머니를 로버트 조던에게 내밀자 그는 그중 세 개를 받아 주머니에 집어넣었다. 그리고 몸을 굽히고 동굴 속으로 들어가 배낭 두 개 중에서 경기관총이 든 배낭을 열어 그 속에서 총열과 총대를 꺼내 조립한 뒤 탄창 하나를 기관총에, 셋은 주머니에 넣었다. 그런 다음 배낭을 꼭 잠그고는 입구를 향해 달렸다. 양쪽 주머니가 다 철물로 가득 찼군, 하고 그는 생각했다. 제발 솔기가 터지지 않으면 좋겠는데. 동굴에서 나오자마자 그는 파블로에게 말했다. "난 위쪽으로 가겠소. 아구스틴은 그 총을 쏠 줄 아나요?"

"물론." 파블로가 대답했다. 그는 프리미티보가 말을 끌고 오는 것을 바라보고 있었다.

"미라 케 카바요.(참 좋은 말이로군.) 봐요, 얼마나 좋은 말인가." 그가 말했다.

커다란 회색 말은 땀에 젖어 몸을 조금 떨고 있었다. 로버트 조던은 말의 어깨뼈 사이에 있는 융기를 가볍게 툭툭 두드려 주었다.

"이놈을 다른 말들이 있는 곳에 함께 둬야겠어." 파블로가 말했다.

"그건 안 돼요. 이놈은 여기까지 오면서 발자국을 남겨 놓았거든요. 그러니까 돌아나간 발자국을 만들어야 해요." 로버트 조던이 말했다.

"옳은 말이야. 그럼, 내가 이놈을 타고 가서 어딘가에 감춰 두었다가 눈이 녹은 뒤에 다시 끌고 오기로 하지." 파블로도 맞장구를 쳤다. "잉글레스 양반, 오늘 제법 머리가 잘 돌아가는군."

"그러면 누구를 대신 아래쪽으로 보내요. 우린 위쪽으로 올라가야 하니까." 로버트 조던이 대꾸했다.

"그럴 필요 없어. 놈들은 그 길로는 올 수 없으니까. 하지만 우린 그쪽으로도, 또 다른 두 군데로도 빠져나갈 수 있지. 비행기들이 날아온다면 발자국을 남기지 않는 게 상책이지. 필라르, 술 주머니를 줘." 파블로가 말했다.

"케 바(아니), 거기 가서도 취해 있을 작정이야?" 필라르가 쏘아붙였다. "여기 있어, 대신 이거나 갖고 가." 그는 손을 뻗어 수류탄을 두 개 집어 주머니에 넣었다.

"누가 취한댔나, 이런 위급한 때. 하지만 술 주머니를 가져다줘. 이런 일을 맹물을 마시며 하긴 싫어."

그는 두 팔을 올려 말고삐를 잡고는 재빨리 안장으로 뛰어올랐다. 그리고 히죽 웃으며 신경이 날카로워진 말의 목덜미를 가볍게 툭툭 두드려 주었다. 로버트 조던은 그가 다리로 말 양쪽 배를 다정하게 문질러 주는 것을 바라보았다.

"케 카바요 마스 보니토.(참 멋진 말이야.)" 그가 이렇게 말하며 다시 한 번 커다란 회색 말을 정답게 두드려 주었다. "케 카바요 마스 헤르모소.(참 잘생긴 말이야.) 가자. 여기서 빨리 빠져나갈수록 좋을 테니까."

그는 손을 내려 가죽 케이스에서 통풍식 총열이 달린 경기관총을 빼어 들고는 바라보았다. 9밀리 권총 탄약통을 사용할 수 있도록 만든 진짜 경기관총이었다. "이놈들 무장한 것 좀 봐. 이 신식 기병을 보라고." 그가 말했다.

"저기 그 신식 기병 한 녀석이 땅바닥에 나자빠져 있소." 로버트 조던이 그쪽을 가리켰다. "바모노스.(갑시다.)"

"안드레스, 당신은 말에 안장을 준비해. 총소리가 들리거든 골짜기 너머 숲까지 말을 끌고 와. 그리고 말은 여자들에게 맡기고 당신은 총을 들고 와. 페르난도, 당신은 내 배낭을 가져와요. 특히 조심해서 운반해야 하오. 아주머니도 내 배낭을 잘 지켜 줘요." 그가 필라르에게 말했다. "모두 말을 끌고 오는 걸 잊지 않도록 해요. 자, 그럼 갑시다. 함께 가요." 그가 말했다.

"도망할 준비는 마리아와 내가 하지." 필라르가 말했다. 그러고 나서 로버트 조던에게 말했다. "저 꼴 좀 봐. 말이 저 사람을 저 꼴로 만들었어." 그녀는 파블로가 넓적다리가 투박한 목동처럼 콧구멍을 넓게 벌름거리는 회색 말에 걸터앉아 자동소총의 탄창을 갈아 끼우는 모습을 턱으로 가리키며 말했다.

"말이 두 마리는 더 있어야 할 텐데요." 로버트 조던이 열띤 목소리로 말했다.

"당신한테 말은 위험해."

"그럼 노새를 주시죠." 로버트 조던이 히죽 웃었다.

"그것도 뺏어 보시지." 그는 눈 속에 나자빠져 있는 젊은이 쪽을 고개로 가리키면서 필라르에게 말했다. "주머니를 뒤져 뭐든 나오는 대로 가져다줘요. 편지건 서류건 몽땅 내 배낭 바깥 주머니에 넣어 둬요. 전부요, 알겠죠?"

"알았어."

"바모노스.(갑시다.)" 그가 말했다.

파블로가 앞장서자 사나이 둘이 눈 위에 발자국을 남기지 않으려고 한 줄로 그 뒤를 따랐다. 로버트 조던은 총구를 아래로 한 채 손잡이 앞쪽을 쥐고 경기관총을 들고 있었다. 저 안장에 있는 총이 이 경기관총의 탄알과 맞으면 좋겠는데, 하고 그는 생각했다. 하지만 그럴 리 없겠지. 저건 독일제니까. 이건 카슈킨이 쓰던 고물 총이고.

해가 막 산꼭대기에 떠오르고 있었다. 따뜻한 바람이 불어와 눈을 녹였다. 늦봄의 아름다운 아침이었다.

로버트 조던이 뒤돌아보니 마리아가 필라르와 나란히 서 있었다. 그때 마리아가 산길을 뛰어 올라왔다. 그는 마리아와 이야기하기 위해 프리미티보 뒤로 처졌다.

"저기, 당신하고 같이 갈 순 없나요?" 그녀가 물었다.

"안 돼. 필라르를 도와줘."

그녀는 뒤에서 걸어오면서 그의 팔을 붙잡았다.

"같이 갈래요."

"그건 안 돼."

그녀는 계속 그의 뒤에 바싹 붙어서 걸었다.

"당신이 안셀모 영감님에게 시킨 것처럼 나도 기관총 다리를 붙잡고 있을 수 있어요."

"당신은 다리 같은 건 붙잡고 있지 않아도 괜찮아. 총 다리건 무슨 다리건."

그녀는 옆에서 나란히 걸으면서 그의 주머니에 자기 손을 집어넣었다.

"안 된대도. 그러지 말고 당신 셔츠나 잘 지키고 있어." 그가 말했다.

"키스해 줘요. 그냥 가려거든." 그녀가 말했다.

"부끄럽지도 않아?"

"네, 그래요, 정말로 조금도 부끄럽지 않아요." 그녀가 대답했다.

"자, 이제 그만 돌아가. 해야 할 일이 많으니까. 놈들이 말발자국을 보고 따라오면 여기서 싸움을 해야 할지도 몰라."

"당신, 그 사람 가슴에 달린 휘장을 봤어요?" 그녀가 물었다.

"그럼, 보고말고."

"그건 '성심(聖心)' 표지였어요."

"그래. 나바레 사람들은 모두 그걸 달고 있지."

"그걸 겨누고 쐈어요?"

"아니, 그 아래를 쐈어. 자, 이제 그만 돌아가."

"난 다 봤어요." 그녀가 말했다.

"뭘 봤다고 그래? 사내 하나야. 사내 하나가 말에서 떨어졌을 뿐이라고. 베테.(어서 가.) 이젠 정말 돌아가."

"그럼 날 사랑한다고 말해 줘요."

"안 돼, 지금은 안 돼."

"그럼, 이제는 날 사랑하지 않는 건가요?"

"데하모스.(이제 돌아가.) 사람은 전쟁과 사랑을 동시에 할 순 없어."

"난 기관총 다리를 붙잡고 있고 싶어요. 그리고 총소리가 들리는 순간에도 난 당신을 사랑할 거예요."

"머리가 돌았군. 어서 돌아가."

"돌긴 왜 돌아요. 당신을 사랑하고 있을 뿐인데." 그녀가 말했다.

"그럼, 그만 가 줘."

"좋아요, 갈게요. 당신이 나를 사랑하지 않는다면 난 두 사람 몫을 사랑할 거예요."

그는 그녀를 바라보고 생각을 계속하면서 미소를 지었다.

"만약 총소리가 들리거든 말을 끌고 와. 그리고 필라르를 도와서 내 배낭을 운반해 줘. 하지만 아무 일도 일어나지 않을지도 몰라. 그러면 참 좋겠는데." 그가 말했다.

"그럼 가겠어요. 파블로가 타고 있는 말 참 근사하네요." 그녀가 말했다.

커다란 회색 말이 저만치 앞서서 오솔길을 걷고 있었다.

"그래. 어서 가."

"갈게요."

그의 주머니 속에서 꼭 쥔 그녀의 주먹이 그의 넓적다리를 힘껏 때렸다. 그는 그녀의 눈에 눈물이 글썽이는 것을 보았다. 그녀는 주머니에서 손을 빼고 두 팔로 그의 목을 끌어안고 키스했다.

"이제 그만 가겠어요. 메 보이.(가겠어요.)" 그녀가 말했다.

그가 뒤돌아보았을 때, 그녀는 갈색 얼굴과 짧게 자른 황갈색이 도는 금발에 아침 햇살을 받으며 그 자리에 서 있었다. 그녀는 그를 향해 주먹을 들어 보이고 몸을 돌리더니 고개를 숙이고는 산길을 내려갔다.

프리미티보도 고개를 돌리고 그녀의 뒷모습을 바라보고 있었다.

"머리만 저렇게 짧게 깎지 않았다면 참 아름다운 처녀일 텐데." 그가 말했다.

"그렇겠지." 로버트 조던이 대답했다. 그는 다른 생각을 하고 있었다.

"잠자리에서는 어땠소?" 프리미티보가 물었다.

"뭐라고?"

"잠자리에서 말이오."

"입조심해."

"뭘 화를 내고 그래요, 그런 일 가지고……."

"어쨌든 그만둬." 로버트 조던이 쏘아붙였다. 그는 방어할 지점을 바라보고 있었다.

22

"소나무 가지 좀 꺾어다 줘. 빨리." 로버트 조던이 프리미티보에게 말했다.

"그곳은 총을 놓을 자리치곤 좋지 않소." 그가 아구스틴에게도 말했다.

"어째서?"

"저쪽에 갖다 두시오." 로버트 조던이 손가락으로 가리켰다. "이유는 나중에 말해 줄게요."

"거기에 이렇게. 내가 도와주죠. 바로 여기요." 그는 이렇게 말하고 나서 쪼그려 앉았다.

그는 양쪽 바위의 높이를 살피면서 좁다란 장방형의 땅을 내려다보았다.

"좀 더 뒤쪽이요. 좀 더 저쪽에. 좋소. 그래 거기. 나중에 바로 놓을 때까지 거기면 되겠어요. 거기. 거기다 돌을 갖다 쌓도록 해요. 여기에 하나 있군. 옆쪽에 하나 더 갖다 놓고. 총구가 움직일 자리를 남겨 둬야죠. 그 돌은 좀 더 이쪽에 멀리 놔야겠고. 안셀모 영감님, 영감님은 동굴로 돌아가 도끼 좀 가져와요. 빨리요!" 로버트 조던이 말했다.

"이제껏 한 번도 총 놓을 자리를 만들어 본 적이 없소?" 그가 아구스틴에게 물었다.

"우린 늘 이쪽에 놓았는데."

"설마 카슈킨이 그쪽에 놓으라고 하진 않았겠죠?"

"아뇨. 그 총은 그 사람이 떠난 뒤에 가져온 거니까."

"사용법을 아는 사람이 가져온 게 아니고?"

"아니. 인부들이 갖고 왔소."

"무슨 일이 그렇소. 그럼 사용법도 모르고 받았단 말이에요?" 로버트 조던이 물었다,

"그런 셈이지. 선물로 받은 거니까. 우리에게 하나, 엘소르도 영감에게 하나. 네 사람이 날라 왔소. 안셀모가 그들을 안내해서."

"총을 잃지 않고 네 사람이나 전선을 넘어왔다니 기적에 가깝군."

"나도 그렇게 생각했소. 그걸 보낸 쪽에선 잃어버릴 각오로 보내 주었으려니 생각했으니까. 하지만 안셀모 영감이 잘도 그들을 데려왔거든." 아구스틴이 말했다.

"사용법은 압니까?"

"알지. 실험해 봤거든. 사용할 줄 알아. 파블로도 알고. 프리미티보도. 또 페르난도도. 동굴 테이블 위에 올려놓고 분해하

기도 하고 맞춰 보기도 하면서 연구했소. 한번은 분해했다가 조립을 못 해 이틀이나 진땀을 뺐다니까. 그 뒤론 절대로 분해하지 않지."

"지금도 쏠 수 있어요?"

"쏠 수 있지. 하지만 집시나 다른 사람들에겐 만지지도 못하게 하고 있어."

"알겠소? 저기에선 전혀 소용없다는 걸." 로버트 조던이 다시 말을 이었다. "봐요, 우리 측면을 방어할 저 바위는 공격해 오는 적도 보호해 줄 거라고요. 이런 총은 평지에서 발사해야 해요. 또 바위에 비스듬하게 놓아야 하고. 알겠소? 자, 여기 좀 봐요. 저기까지 쭉 내려다보이죠?"

"알겠어. 하지만 우리 마을을 빼앗길 때를 제외하고는 한 번도 수비전을 해 본 적이 없거든. 기차 습격 때는 기관총을 가진 병사들이 있었고."

"그럼 우리 모두 배우도록 하죠." 로버트 조던이 말을 이었다. "몇 가지 주의할 게 있어요. 집시 녀석은 여기 있어야 하는데 도대체 어디 있는 거지?"

"모르겠는데."

"놈이 있을 만한 장소 몰라요?"

"잘 모르겠는데."

파블로는 고갯길을 빠져나가자 한 번 뒤돌아보고, 자동소총의 사계(射界)인 꼭대기의 평평한 빈터를 한 바퀴 돌고 나서 아까 그 젊은이가 남긴 발자국을 따라 비탈을 내려가기 시작했다. 그러고는 다음 순간 왼쪽으로 구부러져 숲속으로 자취를 감추고 말았다.

저 사람이 기병들과 부닥치지 않았으면 좋겠는데, 하고 로버트 조던은 생각했다. 저 사람이 바로 우리 계곡에 있게 되면 야단이거든.

프리미티보가 솔가지를 꺾어 오자 로버트 조던은 그것으로 눈을 헤치고 얼지 않은 땅에 꽂고, 양쪽을 구부려 총을 가렸다.

"좀 더 잘라 와. 여기서 총을 쏠 두 사람을 가릴 것도 필요하니까. 이걸로는 부족하지만, 도끼를 가져올 때까지는 그럭저럭 될 테지. 잘 들어 둬. 만약 비행기 소리가 들리거든 얼른 바위 그늘에 납작 엎드려. 난 여기서 총과 함께 있을 테니." 그가 말했다.

해는 이제 하늘 높이 떠올랐고, 바람이 훈훈하게 불어 양지 쪽 바위틈은 상쾌했다. 말이 네 마리밖에 없는데, 하고 그는 생각했다. 여자 둘에 나, 안셀모, 프리미티보, 페르난도, 아구스틴, 빌어먹을 그 형제의 이름이 뭐라 했지? 모두 여덟 명이군. 집시 녀석을 빼놓고도 말이야. 그 녀석까지 넣으면 모두 아홉. 게다가 말을 타고 간 파블로까지 넣으면 열이야. 참 그형제 중의 하나가 안드레스였지. 그 다른 형제 말이야. 거기에다 또 하나는 엘라디오고. 열 명이야. 그러면 한 사람에 말 반 마리 차지도 안 되는군. 세 사람이 여기서 지키고 네 사람이 빠져나갈 수 있어. 파블로까지 치면 다섯이군. 그러면 두 사람이 남게 되지. 엘라디오를 넣으면 세 사람. 한데 빌어먹을 그놈은 도대체 어디 있는 거야?

만약 놈들이 눈 속에서 말 발자국을 찾게 된다면, 오늘 엘소르도에게 무슨 일이 일어날지는 오직 하느님만이 아실 거야. 참 재수도 없지. 눈이 그 지경으로 멈추다니. 하지만 오늘 중으로 녹아 버린다면 괜찮을지도 몰라. 하지만 영감에게는 그렇지도 않지. 그러기에는 이미 때가 늦은지도 몰라.

만약 우리가 오늘 하루를 무사히 싸우지 않고 넘길 수만 있다면, 내일은 우리가 갖고 있는 것으로 사태를 역전시킬 수도 있을 텐데. 암, 그럴 수 있고말고. 보기 좋게 해낼 순 없을지 몰라도. 계획하는 대로, 실패할 염려 없이 확실하게, 우리가 만족할 정도로 해낼 순 없겠지. 하지만 한 명도 빠짐없이 동원한다면 역전시킬 수도 있을 거야. 아, 오늘 하루만 싸우지 않게되어 준다면! 만약 오늘 꼭 싸워야 한다면, 하느님, 제발 우리를 도와주세요!

숨을 장소로 여기보다 좋은 곳은 없을 거야. 섣불리 이동하다가는 발자국만 남길 뿐이지. 여기가 어느 곳 못지않게 훌륭해. 최악의 경우가 생긴다 해도, 세 방향으로 도주할 수 있거든. 이제 곧 어둠이 깃들 것이고, 이 근처 숲속에 숨어 있기만하면, 날이 샐 무렵 그곳에 도착해 다리를 파괴할 수 있어. 그런데 왜 전에는 그렇게 걱정했을까? 지금 생각 같아서는 누워서 떡 먹기처럼 쉬워 보이는데. 한 번만이라도 좋으니 비행기가 제때 와 주면 좋겠는데. 정말 그래 주면 좋겠어. 내일이면 도로가 먼지투성이가 될 테지.

어쨌든 오늘은 아주 재미있는 날이 되거나, 아니면 그야말로 지루한 날이 될 것 같군. 그 기병대가 여길 그냥 지나가 버린 게 천만다행이야. 비록 다시 온다 해도 지금 이 발자국을 그대로 따르지는 않을 거야. 필경 놈들은 그 젊은이가 이 부근에 멈춰 빙빙 돌았으리라 생각하고 파블로가 남긴 발자국을 따라가겠지. 그런데 그 늙은 돼지 녀석은 도대체 어디로 갔을까? 시골에서 유령처럼 나타나는 늙어빠진 수사슴처럼 여기저기 발자국을 무수히 남기며 위쪽으로 돌아다니다가 눈이 다 녹으면 원을 그리며 다시 아래쪽으로 내려올 테지. 그 말때문에 녀석은 틀림없이 우쭐해졌어. 어쩌면 놈은 말과 함께 튀었는지도 몰라. 물론 자기 몸뚱이 챙기는 데는 이골이 난 녀석이니까. 오랫동안 그런 짓을 해 왔잖아. 한 손으로 에베레스트 산을 집어던졌다는 말을 믿으면 믿었지 그놈 말은 절대로 믿지 않겠어.

총 놓을 자리를 새로 만들기보다 여기 있는 바위를 멋지게 위장하는 편이 훨씬 현명한 일이 아닐까. 이제부터 땅을 파다 가는 놈들이 기습했을 때나, 비행기 공격을 받았을 때 당황하여 허둥댈 게 아닌가. 그 여자라면 이곳을 지켜 주겠지. 그런 일이 무슨 도움이 된다면 말이지. 하지만 난 남아서 싸울 수는 없어. 그 물건을 갖고 어떡하든지 여기를 빠져나가야 해. 그때는 안셀모를 데리고 가야지. 그런데 만약 여기서 싸워야 한다면, 우리가 다 도망치는 동안 누가 남아서 지켜 주지?

로버트 조던이 시야에 들어오는 모든 지역을 내다보고 있는 바로 그때, 왼쪽 바위 사이에서 집시가 걸어오는 모습이 보였다. 카빈총을 어깨에서 등으로 걸쳐 메고 갈색 얼굴은 히죽 웃고 있었으며 엉덩이를 쳐들고 껑충껑충 어색한 모습으로 바위 사이를 뛰어넘으며 걸어오고 있었는데, 두 손에 산토끼

한 마리씩을 들고 있었다.

"어이, 로베르토 양반." 그가 자못 즐거운 듯이 불렀다.

로버트 조던이 얼른 손을 입에 갖다 대자 집시는 깜짝 놀란 표정을 지었다. 그러더니 바위 뒤로 미끄러지듯 뛰어내려 나뭇가지를 덮어 씌워 둔 자동소총 옆에 쭈그리고 앉아 있는 로버트 조던에게 다가왔다. 집시도 쭈그려 앉더니 눈 위에 토끼를 내려놓았다. 로버트 조던은 그를 올려다보았다.

"이호 데 라 그란 푸타!(이 더러운 개자식아!) 빌어먹을, 도대체 어딜 쏘다니다 온 거야?" 그가 낮은 목소리로 물었다.

"요놈들을 쫓고 있었죠. 두 놈 다 잡았다니까요. 글쎄 요놈들이 눈 속에서 흘레하고 있지 않겠어요." 집시가 말했다.

"망보는 일은 어떡하고?"

"잠깐이었는데요 뭐. 무슨 일 있었어요? 급한 경보라도 있었어요?" 집시가 나직이 속삭였다.

"적의 기병대가 나타났어."

"레디오스!(빌어먹을!) 그래 놈들을 봤어요?" 집시가 물었다.

"한 놈은 지금 캠프에 있어. 아침거리라도 찾으러 왔나 봐." 로버트 조던이 대답했다.

"웬 총소리 같은 게 들리나 했더니. 제기랄, 그래 여기를 통과해 갔단 말이에요?" 집시가 물었다.

"그래. 자네가 맡은 초소 쪽에서 왔지."

"아이, 미 마드레!(아이고, 어머니!) 어쩌면 난 이렇게도 불쌍하고 운 없는 놈일까." 집시가 말했다.

"네놈이 집시만 아니었다면 당장에 쏴 죽였을 거야."

"오, 로베르토, 무슨 말을 그렇게 해요. 미안하게 됐어요. 이놈의 토끼가 죄죠. 날도 새기 전에 수컷이 눈 속에서 야단을 치잖아요. 놈들이 얼마나 음탕한 짓을 하고 있었는지 당신은 상상도 못 할 거요. 근데 소리 나는 쪽으로 가 봤더니 사라지고 없잖아요. 그래서 눈 위에 난 발자국을 따라가서, 거기 두 놈이 엉겨 있어 당장 때려 죽였죠. 지금 같은 계절치곤 통통하게 살찐 이 두 놈을 좀 만져 봐요. 필라르가 이 두 놈을 어떻게 요리할지 생각해 보라고요. 로베르토, 정말 미안하게 됐어요. 그럼 기병은 사살한 거요?"

"그랬지."

"당신이?"

"그래."

"케 티오!(아, 당신이!) 당신이야말로 정말 보통이 아니네요."

"망할 놈의 자식!" 로버트 조던이 내뱉었다. 그러면서도 집시를 보고 웃음을 참을 수 없었다. "토끼를 동굴로 갖다 놓고 뭐 아침 식사로 먹을 걸 가져와."

그는 손을 내밀어 털이 많고 다리가 굵고 귀가 긴 토끼를 더듬어 보았다. 눈 속에 파묻혀 있는 토끼는 검고 동그란 눈을 부릅뜬 채 길쭉이 처져 있었다.

"정말 살이 토실토실하군." 그가 말했다.

"정말 그렇고말고요! 한 놈의 갈빗대에서 기름 한 통은 나올걸요. 정말 이렇게 큰 놈을 잡을 줄은 지금껏 꿈도 못 꿨어요." 집시가 얼른 맞장구쳤다.

"얼른 갔다 와. 어서 가서 아침밥하고 그 레케테(민병대)가지니고 있던 서류를 가져와. 서류는 필라르에게 달라고 하면 돼." 로버트 조던이 재촉했다.

"지금 나한테 화내고 있는 건 아니죠, 로베르토?"

"화내는 게 아냐. 다만 자네가 위치를 멋대로 떠난 데 정나미가 떨어졌을 뿐이지. 만약 기병 부대가 나타났더라면 어떻게 됐겠어?"

"레디오스.(빌어먹을.) 구구절절이 맞는 말씀이에요." 집시가 대꾸했다.

"내 말 잘 들어. 또다시 그렇게 제멋대로 이탈하면 그땐 가만두지 않을 거야. 절대로 용납 못 해. 쏴 죽인다는 소린 그냥 해 본 게 아냐."

"물론이겠죠. 또 한 가지 있어요. 두 번 다시 토끼 두 마리가 함께 나타나는 일은 아마 없을 겁니다. 평생을 기다려도."

"안다!(어서 가!) 그리고 빨리 돌아와." 로버트 조던이 말했다.

집시는 산토끼 두 마리를 집어 들고 바위 사이를 미끄러지듯 빠져나갔다. 로버트 조던은 앞쪽 평탄한 빈터와 아래쪽 언덕바지를 내다보았다. 까마귀 두 마리가 머리 위를 빙빙 돌더니 그 아래 소나무에 내려앉았다. 그러자 또 한 마리가 날아와 그곳에 내려앉았다. 그것을 바라보며 로버트 조던은 생각했다. 좋은 보초가 생겼군. 저놈들이 가만히 있는 한, 숲속엔 아무도 들어오지 않은 거야.

집시 녀석, 하고 그는 생각을 이어 갔다. 정말 쓸모없는 녀석이야. 정치적으로 깨우친 것도 없고, 기율도 전혀 없어. 저런 녀석에게는 뭐 하나 믿을 구석이 없다니까. 하지만 녀석도 내일은 쓸데가 있겠지. 내일은 쓸모가 있을 거야. 전쟁 중에 집시를 만나다니 참 이상도 하지. 그들은 양심적 병역 거부자들처럼 이 일에서 제외됐어야 하는데. 아니면 신체적으로나 정신적으로 허약한 복무 부적합 판정자들처럼 말이지. 그놈들은 아무짝에도 쓸모가 없거든. 하지만 양심적 병역 거부자들도 이 전쟁에서 제외되지는 않았어. 누구 하나 제외된 사람이 없어. 단 한 사람도 예외 없이 모두 이 전쟁에 참가했으니까. 그렇다, 이 전쟁은 이 게으른 부대에까지 찾아온 거야. 그래서 녀석들까지 전쟁에 말려든 거지.

그때 아구스틴과 프리미티보가 나뭇가지를 꺾어 들고 왔다. 로버트 조던은 그것으로 자동소총 위를 덮어 공중에서 내려다보아도 총이 보이지 않고, 또 숲속에서 바라보아도 자연스럽게 보이도록 그럴듯하게 위장했다. 그러고 나서 그들에게 감시할 사람을 어디에 배치할지 설명해 주었다. 아래쪽과 오른쪽 전방을 모두 내려다볼 수 있는 오른쪽 바위 위와, 적이 왼쪽 벽을 타고 오를지도 모르는 유일한 활로를 조망할 수 있는 곳, 두 곳이었다.

"저쪽에서 적이 나타나도 쏴선 안 돼." 로버트 조던이 명령했다. "잔돌을 떨어뜨려 일단 알리란 말이야. 그리고 총으로 이렇게 신호를 보내." 그는 총을 머리 위로 올리고 머리를 방어하는 자세로 들고 있었다. "이렇게 적의 수만큼." 이렇게 말하면서 소총을 들었다 내렸다 했다. "만약 놈들이 말에서 내리면 총구로 땅을 가리켜. 이렇게. 이 기관총 소리가 들릴 때까지는 절대로 쏘면 안 돼. 그 높이에서 쏠 때는 적의 무릎을 겨눠 쏘도록 해. 그리고 내가 호루라기를 두 번 불면 내려와 바위 뒤에 숨어서 기관총이 있는 여기까지 기어 와."

프리미티보가 총을 번쩍 쳐들었다.

"알았어요. 아주 간단하네요." 그가 말했다.

"알겠지? 우선 돌멩이를 떨어뜨려 방향과 수를 알리는 거야. 눈에 띄지 않게 조심해."

"알았다니까요. 그럼 수류탄을 던져도 안 돼요?" 프리미티보가 물었다.

"이 기관총을 쏠 때까진 안 돼. 기병대가 동료를 찾으러 와도 여기까지 들어오지 않을 수도 있어. 어쩌면 파블로의 발자국을 따라갈지도 모르니까. 피할 수만 있다면 충돌은 피하고 싶어. 아니, 되도록 피해야 돼. 자, 그럼 이제 그만 가 봐."

"메 보이.(그럼 가겠어요.)" 프리미티보가 대답하고는 카빈총을 들고 높은 바위 위로 올라갔다.

"아구스틴! 총에 대해 얼마나 알고 있죠?" 로버트 조던이 말했다.

아구스틴은 그의 옆에 쭈그리고 앉아 있었다. 길쭉하고 검은 얼굴에는 뻣뻣한 수염이 텁수룩했고, 두 눈은 움푹 들어가고 입술은 엷고 커다란 두 손은 험한 일을 하여 거칠었다.

"푸에스(그러니까), 장전하고, 겨누고, 쏘는 건 알지. 그뿐이요."

"놈들이 50미터 이내까지 접근해 오기 전에는 절대로 쏴선 안 돼요. 그것도 놈들이 동굴로 향하는 산길로 가는 게 확실해졌을 때만 쏘는 거요." 로버트 조던이 말했다.

"알겠소. 그런데 50미터라면 어느 만큼이지?"

"저기 저 바위까지요."

"만약 장교가 있거든 그놈을 가장 먼저 처치해요. 그다음 다른 놈들에게 총부리를 돌려요. 아주 천천히 돌리는 거요. 조금밖에 움직이지 않으니까. 페르난도에게도 가르쳐 주겠소. 튀지 않도록 총을 꼭 쥐고, 조준을 잘한 다음 되도록 한꺼번에 여섯 발 이상은 쏘지 마시오. 안 그러면 총구가 앞으로 튀어 오를 테니까. 그리고 한 번에 한 놈씩 겨누고 처치한 뒤에 다른 놈으로 옮겨가는 거요. 말을 타고 있는 놈은 아랫배를 겨누고."

"알았소."

"한 사람은 총이 튀지 않도록 삼각대를 꼭 붙잡고 있어요. 이렇게. 그리고 탄알은 삼각대를 붙잡은 사람이 넣어 주는 거고."

"그럼 당신은 어디 있을 거요?"

"난 이 왼쪽에 있겠어요. 지대가 높으니까 모든 것을 내려다볼 수 있고, 또 이 기관소총으로 당신 왼쪽을 엄호할 수 있거든요. 여기 말이에요. 이제 놈들이 나타나면 몰살할 수도 있겠군. 하지만 아까 얘기한 지점까지 오기 전에는 절대로 쏘지 마시오."

"난 꼭 몰살할 수 있을 것만 같은데. 메누다 마탄사!(소규모 살육이지만!)"

"하지만 난 놈들이 오지 않았으면 해요."

"그 다리 일만 아니라면 여기서 놈들을 몰살하고 빠져나갈 수도 있겠는데."

"그런 짓을 한들 무슨 소용이 있겠어요. 몰살해 봤자 아무 이득도 없어요. 다리는 이 전쟁에서 이기기 위한 전략의 일부예요. 하지만 이런 건 아무런 가치도 없는 일이죠. 우연한 일에 지나지 않소. 정말 아무것도 아닌 일이죠."

"케 바(설마), 쓸데없다니. 파시스트 놈이 하나 죽으면 한 놈이라도 파시스트가 줄어들 텐데."

"그래 맞는 말이오. 하지만 그 다리만 폭파할 수 있다면 우리는 세고비아를 점령할 수 있어요. 한 주의 수도를 말이죠. 그걸 생각해 보라고요. 그건 우리가 처음으로 하는 작전이 될 거요."

"그것을 정말 믿고 있소? 우리가 세고비아를 점령할 수 있다고?"

"물론이죠. 다리만 제대로 폭파한다면 가능해요."

"난 다리도 폭파하고 놈들도 한꺼번에 몰살하고 싶은데."

"그건 욕심이 지나친데요." 로버트 조던이 그에게 말했다.

이런 이야기를 주고받으면서도 그는 까마귀를 계속 지켜보고 있었다. 그때 까마귀 한 마리가 뭔가를 쳐다보고 있는 것이 보였다. 한 마리가 깍깍 울더니 날아가 버렸다. 다른 한 마리는 그대로 앉아 있었다. 로버트 조던은 프리미티보가 있는 바위 위쪽을 올려다보았다. 프리미티보는 아래쪽을 주의 깊게 감시하고 있었지만 아무런 신호도 보내지 않았다. 로버트 조던은 앞쪽으로 몸을 숙이고 자동소총의 공이치기를 움직여 탄창의 탄환을 살펴보고 다시 원래대로 공이치기를 내려놓았다. 까마귀 한 마리는 아직도 가만히 나뭇가지에 앉아 있었다.

날아간 다른 까마귀는 눈 위에 크게 원을 그리며 한 바퀴 빙 돌더니 다시 아까 그 소나무에 앉았다. 따뜻한 햇살과 훈훈한 바람에 소나무 가지에 쌓인 눈이 녹아 떨어지고 있었다.

"내일 아침에는 너희들 먹이로 놈들을 몰살시켜 주마. 제재소에 있는 초소를 없애 버려야 할 테니까." 로버트 조던이 말했다.

"에스토이 리스토.(나도 각오는 돼 있소.)" 아구스틴이 맞장구쳤다.

"그리고 다리 아래쪽에 있는 도로 인부들의 초소도 말이오."

"그럼 난 어느 쪽으로 가는 거요? 양쪽 모두인가?" 아구스틴이 물었다.

"양쪽은 아니오. 동시에 해치워 버려야 하니까." 로버트 조던이 말했다.

"그렇다면 어느 쪽이라도 좋아. 작전을 하지 않은 지가 하도 오래돼서 온몸이 근질근질했거든. 파블로는 아무 일도 하는 것 없이 우릴 썩히고 있었지." 아구스틴이 말했다.

바로 그때 안셀모가 도끼를 가지고 올라왔다.

"나뭇가지가 더 필요한가? 내 생각에는 썩 잘 은폐된 것 같은데." 그가 말했다.

"가지는 아닙니다. 조그만 나무 두 그루가 필요해요. 이곳저곳에 세워 좀 더 자연스럽게 보이게 하려고요. 자연스럽게 보이기에는 이쪽에 나무가 좀 부족해요." 로버트 조던이 대구했다.

"그럼 나무를 찍어 오지."

"훨씬 뒤쪽에 가서 찍어 오십시오. 그루터기가 눈에 띄지 않도록 말이에요."

얼마 뒤 나무를 찍는 도끼 소리가 그의 등 뒤쪽 숲속에서 울려왔다. 로버트 조던은 높은 바위 위에 있는 프리미티보를 올려다보고 나서 이번에는 아래쪽 빈터 건너 소나무 숲으로 시선을 옮겼다. 까마귀 한 마리는 아직도 그곳에 앉아 있었다. 바로 그때 처음으로 높은 하늘에서 나지막하게 비행기가 웅웅거리는 소리가 들려왔다. 하늘을 올려다보니 비행기는 아주 높이 떠 있어 조그맣게 보였고 햇빛을 받아 은색으로 반짝이고 있었는데 움직임은 거의 없는 것 같았다.

"저놈들에게는 우리가 보이지 않겠군. 그래도 엎드리는 것이 좋겠소. 오늘만 이것으로 두 번째 정찰이잖아." 그가 아구스틴에게 말을 건넸다.

"어제 그놈들이오?" 아구스틴이 물었다.

"저놈들을 보니 어째 오늘은 악몽을 꾸는 것만 같군." 로버트 조던이 말했다.

"그렇다면 저놈들은 세고비아에 주둔하고 있는 게 틀림없소. 그 악몽이 거기서 현실이 되기를 기다리고 있는 거지."

비행기는 큰 산 너머로 사라져 버렸지만 모터 소리는 여전히 남아 있었다.

로버트 조던이 지켜보던 까마귀가 푸드덕 하고 하늘로 날아올랐다. 그리고 깍깍 소리도 내지 않고 일직선으로 숲 위 저쪽으로 날아가 버렸다.

23

"엎드려요!" 로버트 조던이 아구스틴에게 속삭이고 고개를 돌려 어깨 위에 마치 크리스마스트리처럼 소나무를 짊어지고 올라오는 안셀모에게 '엎드려, 엎드려' 하고 손을 흔들어 보였다. 노인은 지고 온 소나무를 바위 뒤에 내려놓고 얼른 바위 사이로 몸을 감췄다. 로버트 조던은 나무들이 서 있는 빈터를 똑바로 지켜보고 있었다. 심장이 뛰는 소리 외엔 아무것도, 보이지도 않고 들리지도 않았다. 바로 그때 돌멩이들이 탁 부딪치더니 조그마한 돌 하나가 아래로 딸깍 튀면서 굴러 떨어지는 소리가 들렸다. 고개를 돌려 오른쪽 바위 위를 쳐다보니 프리미티보가 총을 수평 상태로 들고 네 번 올렸다 내렸다 하는 것이 보였다. 그러나 그의 앞쪽으로 흰 눈이 덮인 땅에 말이 둥글게 원을 그리며 걸어 나간 말발굽 자국과 건너쪽 숲 말고는 아무것도 눈에 띄지 않았다.

"기병대요!" 그가 아구스틴에게 나지막하게 속삭였다.

그러자 아구스틴이 그를 돌아다보고 히죽 웃었고, 그 거무스름하고 움푹 꺼진 뺨이 옆으로 더욱 넓어졌다. 로버트 조던은 아구스틴이 땀을 흘리고 있는 것을 보았다. 그는 손을 뻗어 아구스틴의 어깨에 얹었다. 그 손을 떼기도 전에 기병 네 명이 숲속에서 말을 타고 나오는 것이 보였고, 동시에 아구스틴의 등 근육이 그의 손 밑에서 꿈틀꿈틀 가볍게 경련을 일으키는 것이 느껴졌다.

기병 하나가 앞장서고 세 사람이 그 뒤를 따르고 있었다. 앞장선 사나이는 말 발자국을 좇고 있었다. 그래서 그는 말을 타고 가면서 줄곧 아래만 바라보았다. 다른 세 사나이는 숲속에서 부채꼴로 퍼지며 나타났다. 모두 사방을 조심조심 살피고 있었다. 양쪽 팔꿈치를 넓게 벌리고 자동소총의 가늠쇠 너머로 그들을 지켜보고 있는 동안, 로버트 조던은 눈 쌓인 땅바닥에 대고 있는 심장이 마구 고동치는 것을 느꼈다.

앞장선 사나이는 오솔길을 따라 파블로가 되돌아간 지점까지 이르자 말을 멈춰 세웠다. 나머지 세 사나이도 그가 있는 곳까지 따라와서는 모두 멈춰 섰다.

로버트 조던은 푸른빛을 띤 강철 총신 너머로 그들을 똑똑히 보았다. 네 사나이의 얼굴, 허리에 매달려 있는 군도, 땀이 밴 거무스름한 말의 옆구리, 원추형으로 비스듬하게 내려온 카키색 케이프, 그리고 나바르인식으로 비뚜름하게 쓴 카키색 베레모가 똑똑히 보였다. 앞장선 기병은 로버트 조던이 총을 설치해 놓은 바위 부근 빈터 쪽으로 말머리를 돌렸다. 햇볕에 탄 거무스름한 젊은 얼굴에 좁은 미간, 매부리코, 지나치게 길쭉한 쐐기 모양의 턱이 보였다.

그 사나이는 말의 앞가슴을 로버트 조던 쪽으로 돌리고 말머리를 높이 일으켜 세우더니, 경자동소총의 총대를 안장 오른쪽에 매단 총집에서 삐죽이 내민 채, 총이 놓여 있는 빈터 쪽을 손가락으로 가리켰다.

로버트 조던은 땅바닥에 팔꿈치를 박고 저만큼 앞 눈 위에 서 있는 말 탄 네 사람을 총열을 따라 응시하고 있었다. 그중 세 사람은 자동소총을 꺼내 들고 있었다. 둘은 안장 머리에 자동소총을 대고 있었고, 나머지 하나는 총의 개머리판을 엉덩이에 대고 소총을 오른쪽으로 향하고 말을 타고 있었다.

이렇게 가까운 거리에서 적을 보는 것은 무척 드문 일인데, 하고 그는 생각했다. 이런 경기관총 총열로부터 이런 모양으로 적을 볼 순 없었지. 보통 때 같으면 뒤쪽 가늠자를 세워도 적군의 몸뚱이가 난장이만 하게 보여서 귀찮을 정도로 가늠쇠를 아래위로 움직여야 했을 텐데. 그렇지 않으면 적이 달리다가 엎드렸다가 또 달려오고, 우리 편은 산비탈에서 총을 쏘아 댄다든지 도로를 차단한다든지 건물의 창문을 총안으로 삼는다든지 하지. 아니면 먼 도로를 행군하고 있는 적의 대열을 볼 뿐이거든. 기차를 타고 있다면 이렇게 가까운 거리에서도 볼 수 있지. 오직 그런 경우에만 적들은 지금과 같은 위치에 있어. 이까짓 네 명쯤은 사방으로 날려 버릴 수 있겠지만 이렇게 가까운 거리에서 가늠자 너머로 바라보니 보통 사람의 두 배는 되어 보이는군.

넌 말이야, 하고 그는 뒤쪽 가늠자 구멍에 단단히 고정시킨 앞쪽 V 자형 가늠자를 바라보며 생각했다. V 자형 꼭대기가 인솔자의 가슴 한복판, 카키색 케이프에 비치는 아침 햇빛에 반짝이는 진홍빛 휘장 조금 오른쪽을 겨누고 있었다. 넌 말이야, 하고 그는 돌발적으로 발사되지 않도록 총을 꼭 쥐고 방아쇠 집에 손가락을 갖다 대면서 스페인어로 생각했다. 넌 말이야, 하고 그는 다시 한 번 생각했다. 넌 그 젊은 나이에 이제 죽는 거야. 그리고 넌, 하고 그는 생각했다. 그리고 넌, 그리고 넌. 하지만 그런 일이 일어나선 안 돼. 정말 그런 일이 일어나선 안 되지.

바로 옆에 있는 아구스틴이 기침이 나오려는 걸 억지로 참다가 숨이 막히자 침을 삼키는 것이 느껴졌다. 그 순간 아직도 방아쇠에서 손가락을 떼지 않은 조던이 나뭇가지 사이로 빈터를 향해 쑥 내밀어진 기름칠 한 푸른 총열을 따라 앞쪽을 내다보고 있으려니, 앞장선 인솔자가 말머리를 돌려 파블로가 사라져 간 숲 쪽을 손가락으로 가리키고 있었다. 그들 넷이 숲속으로 재빠르게 말을 몰자 아구스틴이 나지막하게 중얼거렸다. "빌어먹을 자식들!"

로버트 조던은 안셀모가 나무를 내려놓은 바위 쪽을 돌아보았다.

집시 라파엘이 어깨에 총을 멘 채 헝겊으로 만든 배낭을 들고 바위 사이로 올라오고 있었다. 로버트 조던이 손을 흔들어 엎드리라고 손짓하자 집시는 바위틈으로 자취를 감췄다.

"네 놈을 모두 몰살시킬 수 있었는데." 아구스틴이 나직이 말했다. 그는 아직도 땀으로 흠뻑 젖어 있었다.

"그랬죠. 하지만 발포했다면 어떤 일이 일어났을지 누가 알겠소?"로버트 조던이 속삭였다.

바로 그때 그는 또다시 돌멩이가 굴러 떨어지는 소리를 듣고 얼른 주위를 살펴보았다. 그러나 집시의 모습도 안셀모의 모습도 보이지 않았다. 손목시계를 들여다보고 나니, 프리미티보의 총이 쉬지 않고 계속해서 몇 번이고 오르락내리락하는 것이 보였다. 파블로가 떠난 지 사십오 분이 되었군, 하고 로버트 조던은 생각했다. 그런데 지금 기병대 일단이 몰려오는 소리가 들리고 있어.

"노 테 아프레스.(걱정할 것 없소.) 아까 그 녀석들처럼 그냥 지나쳐 갈 거요."그가 아구스틴에게 속삭였다.

아까 놈들과 똑같이 군복을 입고 무장을 한 기병 스무 명이 이열종대로 숲 가장자리를 따라 빠르게 오는 것이 보였다. 군도는 허리에 매달려 흔들거렸고, 카빈총이 안장의 총집에 꽂혀 있었다. 마침내 그들도 아까처럼 숲속으로 사라지고 말았다.

"투 베스?(봤소?)"로버트 조던이 아구스틴에게 물었다.

"여러 놈이군."아구스틴이 대꾸했다.

"아까 놈들을 해치웠더라면 이놈들을 상대해야만 했을 거요."로버트 조던이 아주 나지막하게 말했다. 가슴의 고동은 이제 진정되었고, 셔츠는 녹은 눈으로 축축하게 젖어 있었다. 그는 가슴에 큰 구멍이 뚫린 것처럼 공허했다.

해가 눈 위에서 밝게 빛나면서 눈이 빠르게 녹고 있었다. 나무줄기에서 눈은 마치 구멍이 뚫린 것처럼 녹아내리고 있었다. 총부리 바로 앞 그의 전면에서는 따뜻한 햇볕이 눈을 녹이고 대지의 온기 또한 쌓여 있는 눈에 온기를 불어넣어, 눈의 표면이 축축하게 젖어 레이스처럼 흐물흐물해졌다.

로버트 조던이 프리미티보가 망보고 있는 쪽을 올려다보자 그는 손바닥을 아래로 하고 두 손으로 십자가를 만들어 '아무 이상 없다'는 신호를 보냈다.

안셀모의 머리가 바위 위로 나타나자 로버트 조던은 올라오라고 신호를 보냈다. 노인은 바위에서 바위로 미끄러지듯 빠져나와 기관총 옆까지 기어 올라와서 납작 엎드렸다.

"놈들이 꽤 많던데. 아주 여러 놈이었어!" 그가 말했다.

"이제 나무는 필요 없게 됐어요. 더 이상 숲처럼 위장할 필요가 없으니까요." 로버트 조던이 그에게 말했다.

안셀모도 아구스틴도 히죽 웃었다.

"이것으로 놈들 눈을 속였으니까요. 이제 섣불리 나무를 세웠다가는 놈들이 다시 돌아왔을 때 오히려 위험할 겁니다. 놈들도 바보는 아닐 테니."

그는 뭐라고 지껄이지 않고는 배길 수 없는 충동을 느꼈는데, 그것은 그가 아주 위험한 고비를 넘겼다는 증거였다. 위험이 지나고 난 뒤 얼마나 지껄이고 싶냐 하는 욕망의 강도에 따라 그것이 얼마나 위험했는지 알 수 있다.

"어떻소, 근사한 위장이었지 않소?" 그가 물었다.

"좋았어. 우라지게 좋았지." 아구스틴이 말했다. "네 놈은 쏴 죽일 수 있었는데. 영감님도 봤죠?" 그가 안셀모에게 물었다.

"봤지."

"영감님, 이제부턴 어제 망봤던 장소나, 아니면 그 밖에 적당한 장소를 찾아서 도로를 감시하고, 어제처럼 무슨 변동이 있거든 모두 보고해 주십시오. 진작 그랬어야 했는데 늦었어요. 해가 질 때까지 거기 계십시오. 교대할 사람을 보내겠습니다." 로버트 조던이 안셀모에게 말했다.

"하지만 발자국이 생기지 않을까?"

"눈이 녹는 대로 아랫길로 가십시오. 그 길은 눈으로 진흙 투성이가 됐을 겁니다. 부드러운 눈 위로 트럭이 얼마나 지나갔는지, 탱크가 지나간 자취가 없는지 잘 살펴보세요. 영감님이 망을 보기 전에 있었던 일은 그렇게밖에는 알 길이 없으니까요."

"내 의견을 좀 말해도 되나?"

"그럼요."

"난 라그랑하에 가서 어젯밤 무슨 일이 일어났는지 동태를 물어 오고, 나 대신 누가 오늘 당신이 가르쳐 준 대로 망을 보는 게 더 낫지 않겠소? 그러면 그 사람이 오늘 밤에 보고를 할 수 있을 것이고, 그보다는 내가 보고를 받으러 또다시 라그랑하에 갈 수도 있고."

"기병대와 마주칠 염려는 없겠습니까?"

"눈이 녹기만 하면 문제없어."

"라그랑하에 그런 일을 할 수 있는 사람이 있을까요?"

"있고말고. 할 사람이 있어. 여자일지도 모르지만. 라그랑하에는 믿을 만한 여자가 여럿 있거든."

"나도 그렇게 생각해." 아구스틴이 나섰다. "그런 여자들이 있다는 건 나도 잘 알고 있소. 다른 일을 할 수 있는 여자도 몇 사람 있어요. 날 보내면 어떻겠소?"

"영감님더러 가라고 합시다. 당신은 이 기관총을 쏠 줄도 알고, 또 오늘 싸움도 아직 끝나지 않았으니까."

"눈이 녹는 대로 떠나지. 눈이 꽤 빠르게 녹고 있어." 안셀모가 말했다.

"파블로가 붙잡혔을 것 같지 않아요? 당신 생각은 어때요?" 로버트 조던이 아구스틴에게 물었다.

"파블로는 똑똑해. 사냥개도 없이 그 똑똑한 수사슴을 무슨 수로 붙잡겠소?" 아구스틴이 말했다.

"붙잡힐 때도 가끔 있긴 하죠." 로버트 조던이 대답했다.

"파블로는 어림없어. 하기야 지금은 예전 파블로의 허수아비에 지나지 않지만. 하지만 벽을 등지고 죽어 간 동지들이 무수히 있는데, 여전히 목숨을 부지하고 곤드레만드레 술에 취하면서도 이 산중에서 편안히 살고 있는 데는 다 이유가 있는 거요." 아구스틴이 말했다.

"그가 소문처럼 그렇게 영리한가요?"

"그 이상이지."

"하지만 여기선 별로 능력이 있어 보이지 않던데."

"코모 케 노?(그렇지 않다고?) 그렇게 능력이 없었다면 녀석은 아마 어젯밤에 골로 갔을걸. 잉글레스 양반, 당신은 정치니 유격전이니 하는 걸 잘 모르는 것 같소. 정치나 유격전에서 가장 중요한 건 오래 살아남는 거요. 어젯밤 그 사람이 어떻게 살아남았는지 봐요. 당신한테나 나한테나 그렇게까지 모욕을 당하고도 말이야."

이제는 파블로도 이 집단과 다시 행동을 같이하기로 했기 때문에 로버트 조던은 그에 대해 나쁘게 말하고 싶지 않았다. 그래서 그의 능력에 대한 이야기를 꺼낸 것을 곧 후회했다. 물론 그도 파블로가 얼마나 영리한지 잘 알고 있었다. 다리 폭파 명령에 문제가 있다는 사실을 그 자리에서 간파한 것도 파블로가 아니었던가. 그는 그저 파블로가 싫어서 그런 말을 한 것에 지나지 않았으며, 말을 하면서도 그것이 사실과 다르다는 걸 잘 알고 있었다. 그저 긴장이 풀린 뒤에 하는 수다 같은 것이었다. 그래서 그는 화제를 바꾸어 안셀모에게 물었다. "그럼 대낮에 라그랑하에 다녀오려고요?"

"별로 위험하지 않아. 군악대처럼 요란하게 가는 건 아니니까." 노인이 대꾸했다.

"목에 방울을 달고 가는 것도 아닐 테고요. 그리고 깃발을 들고 가는 것도 아닐 테고요." 아구스틴이 거들었다.

"어떻게 가려고요?"

"숲속을 오르락내리락하면서."

"하지만 만약 놈들에게 붙잡히면요?"

"난 증명서를 갖고 있거든."

"그건 우리도 모두 갖고 있지만, 문제가 될 만한 서류는 냉큼 삼켜 버려야 해요."

안셀모는 고개를 가로저으며 윗도리의 주머니를 두드려 보였다.

"몇 번이나 생각해 봤는데 난 종이를 삼키는 건 죽기보다도 싫어." 그가 말했다.

"전 서류에 겨자라도 조금 발라 두는 게 좋겠다고 생각했습니다. 전 왼쪽 가슴 주머니에는 우리 증명서를, 오른쪽 주머니에는 파시스트 증명서를 넣고 다니죠. 이렇게 해 두면 위급한 상황이 생겼을 때 실수할 걱정은 없거든요." 로버트 조던이 말했다.

모두 이렇게 마음 놓고 지껄이는 걸 보니 첫 번째 기병 대장이 동굴 입구 쪽을 손가락으로 가리켰을 때 꽤 긴장했던 모양이군. 하지만 너무 많이 지껄이는데, 하고 로버트 조던은 생각했다.

"하지만 로베르토, 우리 정부는 날로 우파 쪽으로 기울어져 가고 있다고 하던데. 공화국에선 이제 아무도 '동지'라고 하지 않고 '세뇨르(미스터)'니 '세뇨라(미시즈)'라고 부른다오. 당신 주머니도 왼쪽 오른쪽을 바꾸는 게 어때?"

"만약 지나치게 우파로 기울어 버린다면, 그때는 뒷주머니에다 넣고 한복판을 꿰매 둘 작정이오." 로버트 조던이 대꾸했다.

"당신 셔츠 속에 넣어 두는 게 좋을 거요. 우린 이 전쟁에서는 승리하고 혁명에서는 패배하는 건가?" 아구스틴이 물었다.

"그렇지 않소. 만약 이 전쟁에 승리하지 못하면 혁명도 공화국도 없을뿐더러, 당신도 나도 모조리 없어지고 가장 위대한 카라호(망할 놈들)만 남을 거요." 로버트 조던이 말했다.

"내 말도 바로 그거야. 우선 전쟁에서 이기고 볼 일이지." 안셀모가 맞장구쳤다.

"그리고 전쟁이 끝난 뒤에는 무정부주의자들이니 공산주의자들이니 또 그 카날라(폭도들)니 모두 총살해 버리고 훌륭한 공화주의자들만 남겨 두는 거죠." 아구스틴이 말했다.

"이 전쟁에서 꼭 이겨야 한다는 거지 누굴 총살하라는 건 아니야. 우리는 정당하게 다스려야 해. 그래서 전쟁에 이겨 얻은 이익은 노력한 만큼 나눠가져야 하지. 그리고 우리에게 맞서 싸운 녀석들은 자기들이 범한 과오를 깨닫도록 교육시켜야 하고." 안셀모가 말했다.

"쏴 죽여야 할 놈들이 너무 많아요. 너무, 너무 많다고요." 아구스틴이 말했다.

그는 주먹진 오른손으로 왼손 바닥을 딱딱 쳤다.

"한 사람도 죽여선 안 돼. 지도자 녀석들까지도. 노동을 시켜서 놈들의 버릇을 고쳐 주는 게 옳아."

"놈들에게 어떤 노동을 시켜야 할지 난 알고 있죠." 아구스틴은 이렇게 대꾸하고는 눈을 뭉쳐 입속에 집어넣었다.

"어떤 노동 말이오, 나쁜 거요?" 로버트 조던이 물었다.

"아주 기발한 것이 두 가지 있소."

"두 가지라니?"

아구스틴은 다시 눈을 입속에 넣으면서 기병대가 지나간 텅 빈 터를 바라보았다. 그러고 나서 녹은 눈을 탁 뱉어 냈다. "아침밥은 도대체 어떻게 된 거야. 염병할 집시 녀석은 어디 있는 거야?" 그가 말했다.

"어떤 노동인데요? 어서 얘기해 봐요, 이 입이 건 친구." 로버트 조던이 그에게 다시 말했다.

"낙하산 없이 비행기에서 뛰어내리게 하는 게 그 하나." 이렇게 말하는 아구스틴의 두 눈이 빛났다. "이건 그래도 우리가 좋아하는 녀석들에게 시키는 거지. 그리고 나머지 놈들은 울타리 꼭대기에 못박은 다음 뒤로 떠미는 거야."

"거 무슨 상스러운 소리야. 그런 짓을 해서는 공화국 건설은 요원해." 안셀모가 대꾸했다.

"난 놈들의 불알에서 짜낸 걸쭉한 국물 속에서 50킬로미터쯤 헤엄치고 싶어요. 아까 그 네 놈을 보고 죽일 수 있을지 모른다고 생각했을 때는 마치 우리에서 수컷을 기다리는 암말 같은 기분이었다니까." 아구스틴이 말했다.

"하지만 아까 왜 우리가 그놈들을 해치우지 않았는지는 알죠?" 로버트 조던이 부드럽게 물었다.

"그야 알지. 알고말고. 하지만 정말 한창 암내를 풍기는 암말처럼 죽이고 싶어 견딜 수가 없었소. 만약 그런 기분을 느껴보지 않은 사람은 도저히 알 수 없을걸."

"당신은 비지땀을 줄줄 흘리고 있던데. 난 무서워서 그러는 줄로만 알았죠." 로버트 조던이 말했다.

"무서웠지. 맞는 말이오. 무서움하고 방금 얘기한 또 하나의 감정. 그런데 이 세상에 그 두 번째 감정보다 더 강렬한 감정은 없을 거요."

그렇지, 하고 로버트 조던은 생각했다. 우리는 그런 일을 냉정하게 처리하지만 그들은 그렇지 않아. 아직까지 그래 본 적이 없으니까. 이것은 그들만의 특별한 성찬식인 거야. 먼 지중해 저쪽 해안에서 새로운 종교가 들어오기 전 그들이 갖고 있던 해묵은 종교, 그들은 절대로 그걸 포기한 적이 없고 다만 억누르고 감추고 있다가 전쟁이나 이단자를 심문할 때 다시 드러내는 거야. 그들이야말로 '아우토 데 페'*, 곧 신앙의 행위 속에서 살아가는 백성이지. 사람을 죽이는 행위는 인간이 해야만 하는 일 중 하나지만, 우리가 죽이는 것과 그들이 죽이는 것은 전혀 다르지. 그런데 넌 어떤가, 하고 그는 생각했다. 죽이는 일로 타락한 일은 없었는가? 산맥에서는 그러지 않았는가? 우세라에서는? 에스트레마두라에 있는 동안 한 번도 그런 적이 없었는가? 어느 때고 한 번도 그런 적이 없었는가? 그렇지가 않았지, 하고 그는 자신에게 말했다. 기차를 습격할 때마다 그러지 않았는가?

베르베르인과 고대 이베리아인에 대한 엉터리 이야기를 날조하는 일은 그만 집어치워. 자기가 좋아서 군대에 들어온 사람들이 그 일에 대해 거짓말을 하든 않든 때로는 사람을 죽이는 것을 즐긴 것처럼, 너도 사람 죽이는 건 즐겼다고 인정해. 안셀모가 살생을 좋아하지 않는 것은 그가 사냥꾼이지 군인은 아니기 때문이거든. 그러니 그 노인을 우상화하지 마. 사냥꾼은 짐승을 죽이고, 군인은 사람을 죽인다. 너 자신을 속여선 안 돼, 하고 그는 생각했다. 또 이 일에 대해서도 이야기를 날조해선 안 돼. 넌 오랫동안 그런 일에 물들지 않았더냐. 또한 안셀모를 경멸하지도 마. 그 노인은 기독교인이니까. 가톨릭

---

* 스페인이나 포르투갈의 종교재판에서 이단자나 배신자에게 판결을 내릴 때 이루어지는 공개 회개의 의식. 또는 이단자나 배신자의 화형.

국가에서는 아주 드문 일이지.

하지만 아구스틴의 경우는 공포였을 거야, 하고 그는 생각했다. 전투 시작 전에 응당 있는 자연스러운 공포감. 두 번째 감정이라는 것도 마찬가지야. 물론 그가 지금 허풍을 떨고 있는지도 모르지. 공포감이 무척 크니까. 그의 등을 누르고 있을 때 나는 손 밑에서 그 공포감을 감지했거든. 어쨌든 이제는 그만 지껄일 때야.

"집시가 아침밥을 가져오나 좀 봐 주십시오. 여기까지 올라오지 못하도록 해요. 바보 놈이니까. 영감님이 손수 가져오도록 하십시오. 그리고 놈이 아무리 많이 가져왔더라도 더 많이 가져오라고 돌려보내세요. 배가 무척 고프거든요." 그가 안셀모에게 부탁했다.

24

늦은 5월의 아침, 하늘은 높고 맑게 갰고 바람이 로버트 조
던의 어깨를 따뜻하게 스치고 지나갔다. 눈이 빠르게 녹는 가
운데 그들은 아침 식사를 했다. 고기와 산양 치즈를 끼운 커다
란 샌드위치가 두 개 있었다. 로버트 조던은 접는 칼로 양파를
두껍게 잘라 빵 조각 사이의 고기와 치즈 양쪽에 끼웠다.

"이렇게 양파 냄새를 풍기다가는 숲 저쪽 파시스트 놈들도
맡을 것 같은데." 아구스틴이 음식을 입 안 가득 틀어넣고 말
했다.

"술 부대 좀 건네주세요. 입가심하게." 로버트 조던이 고기
와 치즈와 양파와 베어 문 빵을 한입 가득 우물거리며 말했다.

그는 이렇게 배가 고파 본 적이 없었다. 가죽 술 부대에서
타르 냄새가 밴 듯한 술을 한입 가득 채웠다가 꿀꺽 삼켰다. 다
시 한 번 가죽 부대를 쳐들고 목구멍 속으로 술이 콸콸 흘러가

도록 해서 입안 가득히 마셨다. 그가 손을 들어 올리자 자동소총을 덮어놓은 소나무 가지에 술 부대가 닿았고, 술을 마시기 위해 고개를 뒤로 젖히자 그의 머리도 소나무 가지에 닿았다.

"이 샌드위치도 마저 들겠소?" 아구스틴이 샌드위치를 자동소총 너머로 그에게 내밀면서 말했다.

"아뇨, 어쨌든 고맙소. 당신 드시오."

"더 이상 먹을 수가 없소. 아침은 많이 먹지 않는 버릇이 있거든."

"정말로 싫은 거요?"

"정말이오. 어서 들어요."

로버트 조던은 그것을 받아 무릎 위에 올려놓고, 수류탄이 들어 있는 윗옷 옆 주머니에서 양파를 꺼내 칼을 열고 썰었다. 주머니 속에서 더럽혀진 껍질을 얇게 도린 뒤 두툼하게 잘랐다. 그러고는 양파의 겉 부분이 땅에 떨어지자 그것을 집어 둥그런 부분을 구부려 샌드위치 속에 끼워 넣었다.

"아침에는 늘 양파를 먹소?" 아구스틴이 물었다.

"있기만 하면요."

"당신 나라에선 모두 그렇게 하나?"

"아니, 우리 나라에서 그러면 천하게 여기죠."

"다행이군. 난 언제나 미국이 문명국이라고 생각하고 있었으니까." 아구스틴이 말했다.

"왜 양파를 싫어하죠?"

"그놈의 냄새 때문이지. 그뿐이오. 냄새만 없다면 장미와 다를 게 없지."

그러자 로버트 조던은 한입 가득 문 채 아구스틴에게 히죽 웃어 보였다.

"장미와 같다 말이죠. 꼭 장미 같죠. 장미는 장미인 동시에 양파이기도 하죠.*"

"양파 때문에 당신 머리가 좀 이상해진 모양이오. 조심해요." 아구스틴이 말했다.

"그럼 양파는 양파인 동시에 양파요." 로버트 조던이 즐거운 듯이 말했다. 그러고서 마음속으로 돌은 '스타인'이고** 바위이고 암석이고 자갈이지, 하고 그는 생각했다.

"술로 입가심 좀 해요. 당신은 참 특이한 사람이군. 지난번 우리와 함께 일했던 그 폭파원과는 아주 달라." 아구스틴이 말했다.

"아주 다른 데가 꼭 하나 있어요."

"어디 말해 봐요."

"난 살아 있지만 그 친구는 죽었죠." 로버트 조던이 대답했다. 그러고서 그는 생각했다. 아니, 도대체 어떻게 된 거 아냐? 그런 식으로 말하는 법이 어디 있어? 음식을 먹었다고 그렇게 기분이 그냥 좋아진 건가? 양파에 취하다니 도대체 넌 어떤 위인이냐? 이제 너한테는 그 일이 그런 의미밖에는 없단 말인가? 하기야 너한테는 그리 대단한 의미가 있었던 게 아니지,

---

*"장미는 장미이고 장미이다." 프랑스에서 주로 활약한 미국 소설가이자 시인인 거트루드 스타인(1874~1946)이 처음 한 말로 알려져 있다.
** '스타인'은 독일어로 돌을 뜻하며 거트루드 스타인을 염두에 두고 한 말장난이다.

하고 그는 스스로에게 말했다. 무슨 중대한 의의를 갖게 해 보려고 애썼지만 그렇게 된 적은 한 번도 없었지. 이제 얼마 남지도 않은 삶인데 거짓말할 필요는 없지 않은가.

"아니에요. 그 친구는 참으로 고통을 많이 받았어요." 이제야 그가 진지하게 말했다.

"그럼 당신은? 당신은 고통받지 않았단 말이오?"

"안 받았죠. 난 별로 고통받지 않은 쪽에 속해요." 로버트 조던이 대답했다.

"나도 그래. 이 세상에는 고통받는 사람들과 고통받지 않는 사람들이 있지. 난 고통을 별로 받지 않았어." 아구스틴이 그에게 말했다.

"하기야 그 편이 더 낫죠." 로버트 조던은 또다시 술 부대를 기울였다. "그리고 이것이 있으면 더더욱 그렇고."

"난 남을 위해 고통받소."

"착한 사람들이 모두 그러듯 말이죠."

"하지만 나 자신을 위해선 고통을 거의 받지 않거든."

"아내가 있소?"

"없소."

"나도 없어요."

"하지만 이제 당신에겐 마리아가 있잖소."

"그렇죠."

"세상엔 참 희한한 일도 다 있어. 기차 습격 때 그 아가씨가 우리한테 온 뒤로 필라르는 마치 그녀가 가르멜 수녀원에라도 들어가 있는 것처럼 아무도 얼씬거리지 못하게 했거든. 그 여자가 그 아가씨를 얼마나 사납게 보호했는지 당신은 아마 상상도 못 할 거요. 그런데 당신이 오자 이 여자는 마치 선물이라도 주듯 당신에게 그녀를 줘 버렸어. 그 일에 대해 어떻게 생각하시오?"

"사실은 그렇지 않아요."

"그럼 뭐요?"

"필라르는 그 아가씨를 돌봐 달라고 내게 맡긴 거예요."

"당신이 돌봐 준다는 게 밤새도록 그녀와 호데르(농탕) 치는 건가?"

"운 좋게 그렇게 됐어요."

"남을 돌봐 주는 법도 참 희한하군."

"그런 식으로 남을 돌봐 줄 수도 있다는 걸 아직 이해하지 못하는군요."

"그야 이해하오. 하지만 그렇게 돌봐 주는 건 우리 중 누구라도 할 수 있거든."

"그 얘기는 그만하지요. 난 진심으로 그 아가씨를 돌봐 주고 있으니까." 로버트 조던이 말했다.

"진심이라고?"

"이 세상에서 그 이상 진실한 일이 없을 정도로."

"그럼 앞으로는 어떻게 할 건가? 이 다리 일이 끝난 뒤에 말이오?"

"데리고 갈 겁니다."

"그렇다면 이제 어느 누구도 더 이상 그 일에 대해선 말하지 말아야겠네. 당신 두 사람의 행운을 빌 뿐이오."

아구스틴은 가죽 술 부대를 들고 쭉 마시고 나서, 그것을 로버트 조던에게 건네주었다.

"한 가지가 더 있는데, 잉글레스 양반." 그가 다시 말을 이었다.

"말해 봐요."

"나도 그 아가씨를 무척 좋아했소."

로버트 조던은 그의 어깨에 한 손을 얹었다.

"많이. 아주 많이. 아무도 상상하지 못할 정도로 좋아했소." 아구스틴이 말했다.

"알 것 같아요."

"그 여자는 내게 엄청난 인상을 남겨서 좀처럼 없어지지가 않아."

"상상이 됩니다."

"이봐, 난 지금 진심에서 이 이야기를 하는 거라고."

"어디 말해 봐요."

"그 아가씨의 손목을 잡아 본 적도 없고, 아무 일도 없었지만, 그래도 무척 좋아했소. 잉글레스 양반, 그 처녀를 함부로 다루면 안 돼. 그 처녀가 당신하고 잤다고 해서 절대로 갈보는 아니니까."

"그녀를 잘 보살펴 줄 겁니다."

"당신을 믿소. 하지만 할 얘기가 더 있어. 만약 혁명이 일어나지 않았다면, 저런 처녀가 어떻게 되었을지 당신은 알지 못할 거요. 당신에게는 큰 책임이 있는 거지. 그 처녀는 정말 너무 끔찍한 봉변을 당했어. 우리와는 달라."

"아가씨하고 결혼할 거요."

"아니, 그런 얘기가 아니오. 이런 혁명 때는 그렇게까지 할 필요는 없소. 하지만……." 그는 혼자서 고개를 끄덕였다. "될 수만 있다면 그렇게 하는 편이 좋겠지."

"난 결혼할 거예요." 로버트 조던은 이 말을 하면서 목구멍이 뜨거워지는 것을 느꼈다. "그 처녀를 아주 좋아하거든요."

"나중에. 그러기에 좋은 때가 오면 말이오. 하지만 중요한 건 그런 의지를 갖는 거지."

"그런 의지를 갖고 있어요."

"내 말 좀 들어 봐요. 참견할 권리가 없는 일에 쓸데없이 자꾸 지껄이는 것 같지만, 당신은 이 나라 아가씨들을 많이 알고 있소?"

"조금 알죠."

"갈보들 말이오?"

"그렇지 않은 여자도 있고요."

"몇 사람쯤 되나?"

"네댓 명쯤 될까."

"그 아가씨들하고도 같이 잤소?"

"아니요."

"그런데도 아나?"

"그럼요."

"내 말은, 마리아는 경솔하게 그런 짓을 할 여자가 아니라는 거요."

"나도 그렇지 않소."

"만약 당신이 그런 작자였다면, 어젯밤 당신이 그녀와 함께 누워 있을 때 내가 쏴 죽였을지도 모르오. 이곳에서는 그런 일 때문에 죽은 녀석이 많으니까."

"내 말 들어 봐요, 친구. 격식을 갖추지 못한 건 시간이 없었기 때문이에요. 우리에게 가장 부족한 건 시간이죠. 내일도 싸움을 해야 하니까. 나 개인한테 그런 일은 아무것도 아니오. 하지만 마리아와 내게는 이 짧은 시간에 두 사람의 삶을 아낌없이 살아야 한다는 걸 의미합니다." 로버트 조던이 말했다.

"하루 낮과 밤으론 너무 짧지." 아구스틴이 맞장구쳤다.

"그렇죠. 하지만 어제가 있었고, 그저께 밤이 있었고, 또 어젯밤이 있었어요."

"이봐, 뭐 도와줄 건 없소?" 아구스틴이 물었다.

"없어요. 우린 괜찮소."

"당신을 위해서나 그 까까머리 처녀를 위해서나 내가 도와줄 수 있는 일이 있다면……."

"없다니까요."

"정말이지 인간이 남을 위해 할 수 있는 일이란 별로 없지."

"천만에. 얼마든지 있어요."

"그게 어떤 일이지?"

"오늘과 내일, 전투의 결과가 어떻게 되든 날 믿어 주고, 비록 명령이 잘못된 것처럼 보이더라도 날 믿어 주는 거요."

"난 당신을 신뢰하고 있소. 그 기병을 쏴 죽이고, 말을 떠나보낸 뒤로는 말이지."

"그런 건 아무것도 아니오. 우린 단 한 가지 목적을 위해 일하고 있는 겁니다. 이 전쟁에서 승리하는 것. 승리하지 못하면 만사가 물거품이 되죠. 내일 우리에겐 아주 중대한 일이 주어져 있소. 비할 데 없이 중대한 일이. 또 전투가 벌어질 거요. 전투 중에는 규율이 있어야 합니다. 많은 일은 겉으로 얼핏 보는 것과는 아주 딴판이니까. 규율은 반드시 믿음과 신뢰에서 나와야 하죠.”

아구스틴이 땅바닥에 침을 뱉었다.

“마리아와 그런 일들은 별개지. 당신과 마리아는 두 인간으로서 남아 있는 시간을 잘 이용해야 해. 만약 내가 도울 일이 있다면 뭐든지 당신 명령대로 하겠소. 그리고 내일 일에 대해서는 무조건 당신 말에 복종하겠소. 내일 일을 위해 죽어야 한다면 기꺼이, 그리고 가벼운 마음으로 죽을 거요.”

“나도 그럴 생각입니다. 하지만 당신한테서 그런 말을 들으니 참 기분이 좋군요.” 로버트 조던이 대꾸했다.

“그리고 또 한 가지가 있소.” 아구스틴이 말을 이었다. “저 위쪽에 있는 저 친구 말인데.” 그는 프리미티보 쪽을 가리켰다. “저 녀석도 믿을 만해. 그리고 필라르는 당신이 생각하는 것보다도 훨씬 대단한 여자고. 안셀모 영감도 마찬가지죠. 안드레스도 그래요. 엘라디오도 그렇고. 너무 과묵하기는 하지만 믿을 만한 친구라오. 그리고 페르난도도. 당신이 그 사람을 어떻게 평가하는지는 잘 몰라. 정말이지, 그 사람은 바윗덩어리보다도 믿음직한 인간이오. 한길에서 짐마차를 끄는 황소보다 동작이 더 굼떠서 탈이지만. 하지만 싸움과 일만은 시키는 대로 하지. 에스 무이 옴브레!(진짜 사나이지!) 당신도 곧 알게 될 거요."

"우린 운이 좋군요."

"천만에. 하지만 우리에겐 두 가지 약점이 있소. 집시하고 파블로. 하지만 엘소르도 영감네 일당은, 우리와는 하늘과 땅 만큼 차이가 난다고 할까."

"그럼 만사가 다 잘된 셈이군요."

"그래요. 하지만 그날이 오늘이라면 얼마나 좋을까." 아구스틴이 말했다.

"나도 그렇소. 빨리 끝내고 싶어요. 하지만 그럴 수는 없으니."

"잘되지 않을 것 같나?"

"그럴 수도 있겠죠."

"하지만 당신은 지금 굉장히 기분이 좋아 보이는데, 잉글레스 양반."

"그건 그렇소."

"나도 그래. 마리아니 뭐니 하는 일이 있는데도 말이오."

"왜 그런지 알아요?"

"모르겠는데."

"그건 나도 몰라요. 아마 날씨 탓이겠죠. 날씨가 너무 좋거든."

"누가 알겠소? 어쩌면 이제 곧 우리가 작전을 시작하기 때문일지도."

"나도 그렇게 생각해요. 하지만 오늘은 아니오. 무엇보다도 중요한 건, 무엇보다 중요한 건 말이오, 오늘은 싸움을 피해야 한다는 거요."

그가 이렇게 말하는 순간 무슨 소리가 들렸다. 저 멀리서 나무 사이를 스치는 훈훈한 바람 위에서 들리는 소리였다. 그게 뭔지 확실히 말할 수 없었다. 그래서 입을 벌린 채 귀를 기울이고는 프리미티보가 있는 쪽을 올려다보았다. 틀림없이 무슨 소리를 들은 것 같았는데 곧 사라지고 말았다. 바람은 솔밭 사이로 불고 있었고, 로버트 조던은 온몸을 긴장한 채 귀를 기울였다. 마침내 바람을 타고 어렴풋하게 그 소리가 들려왔다.

"난 그 일이 그렇게 슬프지 않소. 마리아를 내 것으로 만들지 못했다고 해도 그건 아무것도 아니라고. 언제나 그랬듯이 갈보들을 상대하면 되니까." 아구스틴이 말하는 소리가 들렸다.

"조용히 해 봐요." 아구스틴의 말을 귓전으로 흘려보내며 그가 말하고는, 그 옆에 엎드려 머리를 뒤로 돌렸다. 아구스틴이 갑자기 그를 바라보았다.

"케 파사?(왜 그러나?)"

로버트 조던은 한 손을 입에 갖다 대고 계속해서 열심히 귀를 기울였다. 또다시 그 소리가 들려왔다. 희미하게 억눌린 듯한 메마른 소리가 아주 멀리서 들려왔다. 이제 더 이상 의심할 여지가 없었다. 그것은 탁탁 튀고 구르는 듯한, 자동소총을 발사하는 소리가 틀림없었다. 소리가 거의 들리지 않을 만큼 먼 곳에서 조그마한 폭죽을 잇달아 쏘아 대는 듯한 소리였다.

로버트 조던이 고개를 들고 프리미티보를 올려다보니, 그는 아래 두 사람을 바라보면서 한 손을 귀에 대고 있었다. 그가 바라보자 프리미티보는 가장 높은 고지를 향해 손가락으로 가리켰다.

"엘소르도 영감네 캠프에서 전투가 벌어지고 있어." 로버트 조던이 말했다.

"그럼 도우러 가야지. 사람들을 모아요. 바모노스.(갑시다.)" 아구스틴이 말했다.

"그건 안 돼요. 우린 여기 그냥 있어야 돼요." 로버트 조던이 말했다.

25

로버트 조던이 프리미티보 쪽을 바라보니, 그는 이미 망을 보는 자리에서 일어나 총을 높이 쳐들고 소리가 나는 쪽을 가리키고 있었다. 로버트 조던이 고개를 끄덕였지만 그는 귀에 손을 댄 채 아직도 알아채지 못했느냐는 듯 총 끝으로 계속 그쪽을 가리켜 보였다.

"이 총 옆에 있어요. 적이 쳐들어 오는 게 아주 분명하고 확실해질 때까지는 절대로 쏴선 안 돼요. 적이 저 관목 있는 데까지 올 때까진 말이오. 알겠소?" 로버트 조던은 그쪽을 손으로 가리켰다.

"알겠소. 하지만……."

"하지만이 아니오. 나중에 설명해 주겠소. 나는 프리미티보 있는 데로 가 보겠소."

안셀모가 그의 옆에 와 있었고, 그는 옆에 와 있던 노인에게도 말했다.

"비에호(영감), 영감님은 아구스틴과 함께 이 총 옆에 있어 주십시오." 그는 서두르지 않고 침착하게 말했다. "기병대가 정말 이리 오기 전까지는 절대로 쏘지 못하게 해 주세요. 그저 적들이 모습만 나타낸 것이라면, 아까처럼 그냥 가만히 내버려 둬야 해요. 꼭 총을 쏴야 한다면 영감님은 기관총 다리를 꼭 붙잡고, 탄창이 비면 새로 내주도록 하세요."

"알겠네. 그럼 라그랑하에 가는 일은?" 노인이 물었다.

"그건 나중에 할 일입니다."

로버트 조던은 축축한 회색 바위 위쪽과 그 둘레를 붙잡고 몸을 끌어올려 꼭대기로 올라갔다. 따스한 햇볕에 바위에 쌓였던 눈이 빠른 속도로 녹고 있었다. 바위 위는 거의 물기가 말라 가고 있었고, 위로 올라가면서 내려다보니 솔밭과 길게 트인 공터와 건너편 높은 산 바로 앞쪽으로 움푹 들어간 평지가 보였다. 얼마 뒤 그는 두 개의 바위 뒤 우묵한 곳에 있는 프리미티보의 곁에 섰고, 키가 작달막한 갈색 얼굴의 그 사나이가 그에게 말을 건넸다. "놈들이 엘소르도 영감을 공격하고 있어요. 어떻게 하죠?"

"아무 일도 할 수 없지." 로버트 조던이 대답했다.

거기서는 총성이 똑똑히 들렸다. 그가 바라보니 먼 전방, 평지가 다시 험한 비탈로 이어지는 골짜기 저쪽에서 기병 부대가 숲속에서 나타나 눈 덮인 산길 위쪽 총성이 나는 쪽으로 달려가는 것이 보였다. 옆으로 긴 두 줄의 대열과 말이 일정한 각도를 유지하면서 언덕을 올라가는 모습이 흰 눈 위에 거뭇

거뭇하게 보였다. 그는 두 대열이 산꼭대기에 이르렀다가 다시 그 뒤쪽의 솔밭 사이로 들어가는 것을 지켜보았다.

"도와주러 가야잖아요." 프리미티보가 말했다 그의 목소리는 메마른 데다 억양이 없었다.

"그건 불가능해. 아침 내내 이렇게 될 줄 알았어." 로버트 조던이 말했다.

"어떻게 알았어요?"

"그들은 어젯밤 말을 훔치러 갔거든. 그런데 눈이 그쳤으니 발자국을 쫓아간 거지."

"그래도 도와줘야 돼요. 이런 일을 모르는 척할 순 없어요. 동지들인데." 프리미티보가 말했다.

로버트 조던은 프리미티보의 어깨에 한 손을 얹었다.

"우리로선 아무 일도 할 수 없어. 도와줄 수 있다면 그렇게 했겠지." 그가 대꾸했다.

"저 뒤쪽으로 해서 그곳에 가는 길이 있어요. 기관총 두 자루만 갖고 말을 타면 그 길로 갈 수 있죠. 아래 있는 그 총과 당신의 총 이렇게 두 자루만. 그렇게 하면 도와줄 수 있다고요."

"저 소리를 잘 들어 봐……." 로버트 조던이 말했다.

"그래요, 저 소리, 나한테도 들려요." 프리미티보가 대꾸했다.

총성은 서로 겹쳐지는 파도처럼 파상(波狀)으로 울리고 있었다. 그리고 메마르게 구르는 듯한 자동소총 소리에 섞여 수류탄 터지는 소리도 둔탁하고 무겁게 들렸다.

"그들은 전투에 지고 있군. 눈이 그쳤을 때 이미 패배한 거야. 만약 우리가 간다면 우리마저 패배하고 말 거야. 지금 우리 병력을 둘로 나눈다는 건 불가능해." 로버트 조던은 나지막하게 한숨을 내쉬었다.

프리미티보의 턱과 입가와 목덜미에는 잿빛 수염이 점묘(點描)처럼 짧게 자라나 있었다. 그것을 제외한 나머지 얼굴, 납작한 코, 움푹 들어간 잿빛 눈은 완전히 갈색을 띠고 있었다. 그 얼굴을 바라보고 있는 로버트 조던의 눈에 그의 입가와 목줄기의 턱수염이 움찔거리는 것이 보였다.

"저 소리를 들어 봐요. 몰살이에요." 그가 말했다.

"분지에서 포위당한 거라면 그럴 거야. 하지만 몇 명은 도망쳐 나왔을지도 모르지." 로버트 조던이 말했다.

"지금 달려가면 배후에서 놈들을 공격할 수 있을 텐데요. 말과 우리 네 사람을 보내 줘요."

"그다음엔 어떻게 하려고? 놈들을 배후에서 공격한 다음에는 어떻게 되는데?"

"엘소르도 영감네와 합세하죠."

"그곳에서 죽으려고? 저 해를 좀 봐. 해가 아직 많이 남아 있어."

하늘은 구름 한 점 없이 드높았고, 햇빛은 그들의 등 위에 따갑게 내리쬐고 있었다. 그들 아래 숲속의 빈터 남쪽 산비탈에는 벌써 눈이 녹아 진흙이 큼직하게 드러나 있었고, 소나무 가지에 쌓인 눈도 완전히 녹아내렸다. 그리고 눈이 녹아내리면서 축축이 젖었던 발아래 바위에서는 따뜻한 햇볕을 받아 아련하게 김이 피어오르고 있었다.

"아이 케 아관타르세.(꾹 참고 견뎌야 해.) 전쟁에서는 이런 일이 얼마든지 있는 법이야." 로버트 조던이 말을 이었다.

"하지만 우리가 할 수 있는 일이 아무것도 없을까요? 정말로 없을까요?" 프리미티보는 그를 바라보았고, 로버트 조던은 그가 자기를 믿고 있다는 것을 알 수 있었다. "나와 또 한 사람을 경기관총을 갖고 가게 해 줄 수는 없어요?"

"소용없는 일이야." 로버트 조던이 대답했다.

그는 자신이 찾고 있는 무언가를 본 것 같다는 생각이 들었는데, 그것은 매 한 마리가 바람을 타고 빙 돌며 내려왔다가 저쪽 가장 먼 솔밭 너머로 날아가는 모습이었다. "우리가 모두 간다 해도 소용없는 일이야."

바로 그때 총성이 두 배로 커지면서 그 소리에 섞여 수류탄이 터지는 폭음이 들렸다.

"아, 제기랄 빌어먹을 놈들!" 극도의 경건에 가깝게 욕설을 퍼붓는 프리미티보의 두 눈은 눈물이 글썽거리고 턱은 바르르 떨렸다. "아, 하느님, 성모 마리아님, 놈들을 더러운 오물속에다 처박아 주소서."

"진정해. 이제 곧 놈들과 싸우게 될 거야. 아, 저기 필라르가 오는군." 로버트 조던이 말했다.

필라르가 바위 사이로 무거운 몸을 이끌고 그들이 있는 쪽으로 올라오고 있었다.

프리미티보는 포성이 바람에 실려 울려올 때마다 계속 뇌까렸다. "빌어먹을 놈들. 아, 하느님, 성모 마리아님, 놈들을 똥물로 벌해 주소서." 로버트 조던은 아래로 내려가 필라르를 끌어올려 주었다.

"케 탈(무슨 일이죠), 아주머니?" 그녀가 숨을 헐떡거리며 마지막 바위를 기어오를 때 그는 손목을 붙잡고 끌어올렸다.

"당신 망원경." 그녀는 이렇게 말하고는 목에 건 가죽끈을 풀었다. "역시 엘소르도 영감이 당했어."

"그래요."

"포브레(가엾어라), 불쌍한 엘소르도!" 그녀가 동정에 찬 목소리로 말했다.

그녀는 올라오느라 거칠어진 숨을 내쉬면서 로버트 조던의 손을 꼭 잡고 아래쪽을 내려다보았다.

"전투 상황이 어떤 것 같아?"

"말이 아니죠. 아주 나빠요."

"호디도?(포위당한 건가?)"

"그런 것 같아요."

"포브레(가엾어라), 틀림없이 말 때문이겠지?" 그녀가 물었다.

"아마 그럴 겁니다."

"포브레(가엾어라), 그 개똥 같은 기병대 놈들 얘기는 라파엘한테 모두 들었어. 어떤 놈들이 왔던 거야?" 필라르가 말했다.

"척후병과 기병 부대의 일부였습니다."

"어디까지 왔는데?"

로버트 조던은 아까 척후병이 서 있던 곳을 손가락으로 가리켰고, 또 기관소총을 감춰 둔 장소도 보여 주었다. 그들이 서 있는 곳에서 아구스틴의 장화가 위장물 뒤쪽으로 삐죽이 나온 것이 보였다.

"집시 녀석 말로는 우리 총구가 맨 앞에 선 놈의 가슴에 닿을 정도로 바싹 왔다고 하던데. 참 기막힌 족속이야! 당신 망원경이 동굴 안에 있더군." 필라르가 말했다.

"짐은 다 꾸렸나요?"

"갖고 갈 수 있는 건 죄다 꾸렸지. 파블로한테서는 소식이 왔나?"

"기병이 오기 사십 분 전에 떠났죠. 적들은 그 사람의 발자국을 따라갔어요."

필라르는 그에게 히죽 웃어 보였다. 아직도 그의 손을 잡고 있었다. 그제야 그녀는 손을 놓았다. "놈들은 그 사람을 찾지 못할 거야. 자, 엘소르도 영감 말인데, 어떻게 우리가 해 줄 일이 없을까?" 그녀가 말했다.

"아무것도 할 수 없어요."

"포브레(가엾어라), 엘소르도 영감을 무척 좋아했는데. 정말로 확실히 포위당한 것 같나?"

"그래요, 기병들이 많은 걸 봤으니까요."

"여기 왔던 놈들보다 많아?"

"일개 부대 전체가 저 산으로 넘어갔어요."

"이럴 수가. 포브레, 포브레(가엾어라, 가엾은) 엘소르도." 필라르가 말했다.

그들은 총성에 가만히 귀 기울이고 있었다.

"프리미티보는 도우러 가고 싶어 했죠." 로버트 조던이 말했다.

"당신 머리가 돌았어? 도대체 우리가 어떤 미친 녀석들을 여기서 키우고 있었던 거람?" 필라르가 얼굴이 넓적한 사나이에게 쏘아붙였다.

"그들을 돕고 싶었어요."

"케 바.(어렵쇼.) 여기 낭만적인 친구가 또 하나 있군. 그렇게 쓸데없이 움직이지 않아도 얼마 있으면 곧 죽을 거라는 걸 몰라?" 필라르가 쏘아붙였다.

로버트 조던은 인디언처럼 광대뼈가 두드러지게 튀어나온 두툼한 갈색 얼굴과 미간이 넓은 검은 눈, 매서워 보이는 두꺼운 윗입술로 웃고 있는 입을 바라보았다.

"사내답게 굴어야지. 어른답게. 머리카락이 희끗희끗한 나이에." 그녀가 프리미티보에게 말했다.

"놀리지 마요. 조금이라도 인정머리가 있고 상상력이 있다면……." 프리미티보가 퉁명스럽게 대꾸했다.

"그런 것들을 억제할 줄도 알아야 하는 법이야. 당신도 이제 얼마 안 가서 우리와 함께 죽을지도 몰라. 굳이 낯선 사람과 같이 죽으려 할 필요는 없잖아. 그리고 당신의 그 상상력 말인데, 그런 건 집시 한 놈으로 족하거든. 그놈이 얼마나 소설처럼 멋진 얘기를 해 줬는데." 필라르가 말했다.

"아주머니 눈으로 직접 봤다면 소설이라곤 못 할 겁니다. 숨이 막힐 듯 아슬아슬한 순간도 있었으니까." 프리미티보가 대꾸했다.

"케 바.(쳇.) 기병 몇 놈이 여기까지 왔다가 되돌아간 거잖아. 그런 걸 가지고 모두 영웅이나 된 것처럼 야단법석이군. 너무 오랫동안 싸움을 안 해서 이 꼴이 된 거야." 필라르가 말했다.

"그럼 엘소르도 영감네 일도 대단치 않단 말이에요?" 프리미티보가 경멸하는 태도로 물었다. 총성이 바람을 타고 들려올 때마다 그의 얼굴에는 고통스러운 빛이 역력히 감돌았다. 그는 싸우러 가든지, 아니면 필라르가 자신을 혼자 있게 내버려 두기를 바랐다.

"토탈, 케?(그래, 모두 몇인데?)" 필라르가 물었다. "한데 올 것이 왔을 뿐이야. 남의 불행에 네 불알을 잃진 마."

"제기랄, 똥이나 먹어! 이 세상에는 도저히 참을 수 없을 만큼 어리석고 잔인한 여자들이 있어." 프리미티보가 내뱉었다.

"여자들은 말이지, 제대로 새끼도 만들지 못하는 사내 놈들을 먹여 주고 돌봐 주기 위해 있는 거야." 필라르도 지지 않았다. "아무 볼일이 없으니 난 이제 돌아가야겠어."

바로 그때 로버트 조던의 귀에 하늘 높은 곳에서 비행기가 나는 소리가 들렸다. 고개를 들어 보니 오늘 아침 일찍 본 것과 똑같은 정찰기였다. 지금은 전선 쪽에서 돌아오면서 엘소르도가 공격을 받고 있는 고지 쪽으로 날아가고 있었다.

"또 하나 불길한 놈이 나타났군. 저쪽에서 일어나는 일이 눈에 띌까?" 필라르가 물었다.

"띄고말고요. 장님이 아니라면요." 로버트 조던이 대답했다.

그들은 밝은 햇살 속으로 드높이 은색으로 반짝이며 유유히 날아가는 비행기를 지켜보았다. 비행기는 왼쪽에서 날아왔고, 그들은 프로펠러 두 개가 만들어 내는 둥그런 빛의 원반을 바라보았다.

"엎드려!" 로버트 조던이 소리쳤다.

비행기가 어느새 머리 위로 날아와 아래 숲의 빈터에 그림자를 드리우고 지나갔다. 하늘을 뒤흔드는 듯한 엔진 소리가 불길한 징조의 절정에 달했다. 비행기는 그곳을 지나쳐 골짜기 위를 향해 멀어져 갔다. 코스대로 유유히 날아 그들의 시야에서 막 사라졌다고 생각된 순간, 비행기는 넓게 원을 그리며 하강하여 되돌아왔고 두 번이나 고지의 상공을 선회하고 나서야 세고비아 쪽으로 사라졌다.

로버트 조던은 필라르를 바라보았다. 그녀는 이마에 진땀을 흘리며 고개를 가로저었다. 이로 아랫입술을 지그시 깨물고 있었다.

"누구한테나 싫은 건 있는 법이지. 난 저놈들이 딱 질색이야." 그녀가 말했다.

"내 겁이 아주머니한테 전염된 건가?" 프리미티보가 빈정대는 투로 말했다.

"천만에. 네놈한테는 전염시킬 만한 겁도 없어." 그녀는 프리미티보의 어깨에 한 손을 얹었다. "난 그걸 잘 알아. 아깐 너무 놀려 대서 미안해. 우린 모두 한배에 탄 처지잖아." 그러고 나서 그녀는 로버트 조던에게 말했다. "음식과 술을 보내 주리다. 그 밖에 뭐 필요한 건 없나?"

"지금은 없어요. 다른 사람들은 어디 있죠?"

"자네 예비 병력은 말들과 함께 저 아래쪽에 무사히 있어." 그녀가 히죽 웃었다. "모든 걸 보이지 않도록 숨겨 놓았지. 갖고 갈 물건은 다 챙겨 놨고. 마리아는 당신 짐을 지키고 있어."

"만약 공습이라도 당하게 되면 그 아가씨를 동굴 속에 숨겨 줘요."

"예, 알겠습니다, 잉글레스 나리. 토끼를 요리하려고 나리의 집시를 ── 그 녀석을 나리께 드리겠나이다. ── 버섯을 따러 보냈어. 버섯은 지금이 한창이거든. 토끼는 내일이나 모레쯤이면 더 맛이 날 테지만 빨리 먹어 치우는 게 나을 것 같아." 필라르가 말했다.

"지금 먹어 치우는 게 좋겠네요." 로버트 조던이 말하자 필라르는 경기관총 끈을 십자형으로 가슴에 걸치고 있는 그의 어깨에 커다란 손을 얹고 위로 올리더니 손가락으로 그의 머리카락을 엉망으로 헝클어 놓았다. "어쩌면 이렇게도 훌륭한 잉글레스 양반일까. 요리가 되면 마리아에게 푸체로(스튜)를 들려 보내지." 필라르가 말했다.

멀리 고지에서 울려오던 총성은 이제 잠잠해졌고, 이따금씩 산발적으로 사격 소리만 들려올 뿐이었다.

"이젠 다 끝난 걸까?" 필라르가 물었다.

"아뇨. 지금까지 들려온 소리로 판단하면, 적은 일단 공격해 왔다가 격퇴당한 것 같아요. 공격해 온 놈들이 이제 영감네 소굴을 완전히 포위하고 있을 겁니다. 놈들은 방어물에 숨어 비행기가 올 때를 기다리고 있는 거예요."

"이봐, 당신을 모욕하려고 한 말이 아니라는 건 알겠지?" 필라르가 프리미티보에게 말했다.

"야 로 세.(알아요.) 여태껏 그보다 더 지독한 말을 듣고도 참았는데요. 원래 아주머니는 입이 거칠잖아요. 하지만 좀 조심하는 게 좋겠어요, 아주머니. 엘소르도 영감은 내 좋은 동지였는데."

"그럼 나하고는 그렇지 않다는 건가?" 필라르가 그에게 반문했다. "잘 들어 봐, 이 얼굴 납작한 사람아. 전쟁 중에는 느끼는 걸 그대로 다 말할 수 없는 거야. 엘소르도 영감네 일 아니고도 우리 일만 해도 태산 같아."

프리미티보는 여전히 시무룩한 표정을 짓고 있었다.

"자네 무슨 약이라도 좀 먹어야겠는걸. 이제 난 식사 준비나 하러 가야겠어." 필라르가 그에게 말했다.

"그 레케테(민병대)가 갖고 있던 서류는 가져왔습니까?" 로버트 조던이 그녀에게 물었다.

"아, 내 정신 좀 봐. 깜박 잊었군. 마리아 편에 보내 주리다." 그녀가 말했다.

26

비행기들이 나타난 건 오후 3시가 지나서였다. 정오가 되자 눈은 완전히 녹아 버렸고, 바위는 햇볕이 내리쬐어 뜨거웠다. 하늘에는 구름 한 점 없었다. 로버트 조던은 바위틈에 앉아 셔츠를 벗어 등에 햇볕을 쬐면서 죽은 기병의 주머니에 들어 있던 서류를 읽었다. 서류를 읽다 말고 이따금씩 앞이 탁 트인 비탈 너머 숲을 내다보고, 또 그 위쪽 고지를 쳐다보았다가 다시 서류로 시선을 옮겼다. 기병대는 그 뒤 다시 나타나지 않았다. 엘소르도 영감네 진지 쪽에서 총성이 간헐적으로 울려왔다. 그러나 총성은 산발적이었다.

군대 수첩을 조사해 보니 그 젊은이는 나바라의 타파야 태생으로 나이는 스물한 살, 아직 미혼이고 대장장이의 아들이었다. 로버트 조던이 놀란 것은 젊은이의 소속이 N 기병 연대라는 사실이었다. 그는 이 연대가 북부 전선에 있는 줄로 알고 있었던 것이다. 그는 카를로스주의자*로, 내전 초기 이룬에서의 전투에서 부상을 입었다.

어쩌면 팜플로나 축제** 때 거리 한복판에서 황소들보다 앞장서서 내달리던 이 젊은이를 보았을지도 몰라, 하고 로버트 조던은 생각했다. 전쟁에서는 꼭 죽이고 싶은 녀석만을 죽이진 못하지, 하고 그는 중얼거렸다. 그래, 그런 일은 거의 없어. 그는 고쳐 생각하고는 다시 서류를 읽어 나갔다.

가장 먼저 읽은 편지는 아주 격식에 맞추어 퍽 조심스럽게 쓴 것으로 주로 고향 마을에서 일어난 일들이 쓰여 있었다. 누이동생한테서 온 편지였는데, 타파야에서는 별다른 일은 없고 아버지는 건강하며 어머니도 가끔 허리가 아프다는 것을 빼고는 예전과 달라진 것은 별로 없었다고 쓰여 있었다. 누이동생은 오빠가 무사하기를, 너무 위험한 짓은 하지 말기를 빌면서도 오빠가 마르크스주의자 도당들로부터 스페인을 해방시키기 위해 빨갱이들과 싸우고 있어 기쁘게 생각한다고 적고 있었다. 그런 뒤에 지난번 편지를 쓴 뒤에 전사했거나 중상을 입은 타파야 출신의 젊은이들 이름을 열거했다. 그녀가 언급한 전사자는 열 명이나 되었다. 타파야 같은 조그마한 마을 치고는 꽤 많이 희생되었군, 하고 로버트 조던은 생각했다.

편지에는 신앙에 관한 내용이 아주 많았는데, 누이동생은 성 안토니오, 필라르의 성모 마리아, 그 밖의 다른 성모 마리

---

* 부르봉 왕가에 맞서 인판테 카를로스(1788~1855)에서 시작하는 스페인 왕실 계보를 수립하려던 세력.
** 스페인 나바레 주의 팜플로나에서 해마다 벌어지는 산페르민 축제.

아에게 오빠를 보호해 달라고 빌고 있었다. 또 오빠가 아직도 가슴에 언제나 지니고 다닐 것으로 믿고 있는 '예수 성심'의 가호도 받고 있다는 사실을 잊지 말라고 당부하고 있었다. 그 성심은 지금껏 헤아릴 수 없이 많이 ─ 이 말 아래는 밑줄이 그어져 있었다. ─ 탄알을 막아 준 영험이 있는 것으로 증명 되었다는 것이다. 마지막에는 "언제나 오빠를 생각하는 누이동생 코차가."라고 적혀 있었다.

편지 가장자리에는 때가 묻어 있었고, 로버트 조던은 이 편지를 군대 수첩과 함께 조심조심 다시 주머니에 집어넣고 이번에는 약간 흘려 쓴 편지를 펼쳤다. 이 편지는 젊은이의 노비아, 즉 약혼녀한테서 온 편지였는데 그녀는 차분하고 격식적이면서도 극도로 히스테릭하게 그의 안전을 걱정하고 있었다. 로버트 조던은 그것을 끝까지 읽고 나서 모든 편지를 서류와 함께 묶어 바지 뒷주머니에 집어넣었다. 더 이상 다른 편지는 읽고 싶지 않았다.

오늘 해야 할 선행은 충분히 한 것 같군, 하고 그는 생각했다. 넌 정말 잘한 거야, 하고 그는 다시 한 번 생각했다.

"뭘 그렇게 읽고 있었어요?" 프리미티보가 그에게 물었다.

"오늘 아침 우리가 쏴 죽인 레케테(민병대)의 증명서와 편지들. 읽고 싶나?"

"글을 읽을 줄 알아야 읽죠. 무슨 재미난 얘기라도 적혀 있던가요?" 프리미티보가 물었다.

"아니, 모두 개인적인 얘기뿐이야." 로버트 조던이 대답했다.

"그 녀석 고향은 사정이 어때요? 편지로 그걸 알 수 있던가요?"

"모두 잘 돌아가고 있는 것 같아." 로버트 조던이 대답했다. "그 녀석의 고향에서도 많은 전사자가 났더군." 그러고서 그는 자동소총을 위장해 놓은 곳을 내려다보았다. 눈이 녹은 뒤라 모양이 조금 그럴듯해 보였다. 이전보다 훨씬 진짜처럼 보였다. 그는 평지 저 너머로 시선을 옮겼다.

"그 녀석 고향이 어딘데요?" 프리미티보가 물었다.

"타파야." 로버트 조던이 대답했다.

이제 괜찮아, 하고 그는 속으로 중얼거렸다. 미안해. 만약 그게 무슨 도움이 된다면.

도움은 무슨 얼어 죽을 도움, 하고 그는 또다시 혼자 중얼거렸다.

그렇다면 잘된 거지. 이제 그만 잊어버려, 하고 그는 스스로를 타일렀다.

좋아, 벌써 잊어버렸어.

하지만 그 일은 그렇게 쉽사리 잊힐 것 같지 않아. 이제까지 네가 죽인 사람이 몇이나 되지? 하고 그는 스스로에게 물어보았다. 잘 몰라. 너는 사람을 죽일 권리가 있다고 생각하나? 아니 없지. 하지만 죽여야만 해. 네가 죽인 사람 중에서 도대체 몇이나 진짜 파시스트였지? 극소수야. 하지만 그들은 모두가 아군과 대항하는 군대에 속한 적들이었잖아. 하지만 넌 스페인을 통틀어 어느 곳보다도 나바라 사람들을 좋아하지 않는가. 그건 그래. 그런데도 넌 그들을 죽였어. 그랬지. 만약 믿지 못하겠다면 저기 캠프까지 내려가 보란 말이다. 살인 행위가 잘못이란 것을 모르는가? 알고 있어. 그런데도 죽이는 거야? 그래. 그래도 넌 대의명분이 옳다고 절대적으로 믿는 거야? 그럼 믿고말고.

옳고말고, 하고 그는 확신에 차서는 아니지만 자랑스럽게 스스로에게 말했다. 난 민중을 믿고, 민중이 바라는 대로 자치(自治)를 할 권리가 있다고 믿어. 하지만 넌 살인 행위가 옳다고 믿어서는 안 돼, 하고 그는 스스로를 타일렀다. 불가피하게 살인 행위를 해야 하더라도, 옳은 일이라고 믿어서는 안 돼. 만약 그렇게 믿는다면 모든 일이 그릇되고 말 거야.

넌 사람을 몇 명쯤 죽였다고 생각하나? 자취를 남겨 놓고 싶지 않으니, 알 수 없지. 그래도 알 텐데? 알지. 몇 명이야? 몇 명인지는 확실치 않지. 기차를 폭파해서 한꺼번에 여러 명을 죽였으니까. 아주 많이. 확실치는 않아. 그래도 그중에서 확실한 수는? 스무 명은 넘을 거야. 그렇다면 그중에서 진짜 파시스트는 몇이나 되지? 두 명은 확실해. 아군이 그 두 놈을 우세라에서 포로로 잡았을 때 내가 총살해야 했으니까. 그때 마음에 거리끼지 않던가? 아니. 그렇다고 기분이 좋은 것도 아니었겠지? 그랬지. 난 또다시 그런 짓을 않겠다고 결심했거든. 그래서 그런 일을 피해 왔어. 무장하지 않은 사람들을 죽이지 않으려고 피해 왔지.

어이, 이것 봐, 하고 그는 자신에게 말했다. 이제 이런 생각은 집어치우는 게 좋겠어. 그건 너를 위해서도, 네 일을 위해서도 아주 해롭거든. 그러자 내면의 그가 다시 그에게 말했다. 어이, 내 말 잘 듣고 있는 거야? 넌 지금 아주 중대한 일을 하는 중이고, 또 난 네가 그것을 잘 깨닫고 있도록 해야 돼. 네 머리가 똑바로 돌아가도록 만들어 놓아야 한다고. 만약 네 머리가 완전히 똑바르지 않다면, 네가 지금 하는 일을 할 권리가 없기 때문이야. 그런 일은 모두 범죄 행위이며, 또 어느 누구도 다른 사람들에게 더 나쁜 화가 미치지 않도록 방지하는 게 아닌 한 타인의 생명을 빼앗을 권리는 없기 때문이야. 그러므로 그 점을 확실히 인식하고 자신에게 거짓말하는 일이 없도록 해.

하지만 난 마치 상패의 수라도 세듯, 또는 총에다 금이라도 새겨 놓는 것처럼 메스꺼운 방법으로 내가 죽인 사람의 수를 세지는 않을 거야, 하고 그는 스스로에게 말했다. 나한테는 기록을 남기지 않을 권리가 있어. 그들을 망각할 권리가 있다고.

아냐, 그렇지 않아, 하고 마음속의 자신이 말했다. 너한테는 어떠한 것도 망각할 권리가 없어. 무슨 일이건 간에 눈을 감을 권리, 망각할 권리, 또 그것을 완화하거나 변경할 권리가 너한테는 없는 거야.

이젠 그만 닥치시지, 하고 그는 자신에게 말했다. 넌 지금 몹시 건방지게 굴고 있어.

무슨 일이건 간에 너 자신을 속일 권리는 없는 거야, 하고 내면의 그가 계속 말했다.

알았어, 그는 자신에게 대답했다. 여러 모로 좋은 충고를 해 줘서 고마워. 그런데 내가 마리아를 사랑하는 건 괜찮은가?

그럼, 괜찮고말고, 하고 내면의 그가 대답했다.

순수한 유물론적 사회관에서는 사랑 같은 존재는 인정하지 않는다고 해도?

도대체 언제부터 그런 사회관을 갖게 됐지? 하고 내면의 그가 물었다. 한 번도 가져 본 적이 없었지. 또 가지고 싶어도 그럴 수가 없었어. 넌 '자유', '평등', '박애'를 믿지. '생명', '자유', '행복의 추구'를 신봉하고. 그러니 필요 이상의 변증법으로 자신을 속이지 마. 변증법 같은 건 다른 사람을 위한 것일 뿐 너를 위한 것은 아니니까. 넌 그저 착취자가 되지 않기 위해 그걸 알아 둬야 할 뿐이지. 넌 이 전쟁에 승리하기 위해 정말 많은 일을 유보해 버렸지. 만약 이 전쟁에 패배한다면 그런 모든 것을 잃어버리게 될 거야.

하지만 전쟁만 끝난다면 너도 네가 믿지 않는 것들을 내버릴 수 있어. 네가 믿지 않는 것도 산더미같이 많지만, 믿는 것도 산더미같이 많아.

그리고 또 한 가지 있어. 사람을 사랑하는 데 결코 자신을 속이지 마. 남을 사랑한다는 것이야말로 보통 사람들 누구에게나 오는 행운이 아니야. 너도 전에는 한 번도 얻지 못했다가 이제야 겨우 얻었지 않은가. 마리아와 함께 누리는 게 비록 오늘 하루와 내일의 일부밖에 지속되지 않는 것이라 해도, 아니면 아주 오랫동안 지속된다 해도, 그건 인간에게 일어날 수 있는 가장 중요한 일이거든. 자신이 얻지 못했다고 그런 것이 세상에 존재하지 않는다고 말하는 인간은 어느 시대에나 있는 법이지. 하지만 확실히 말해 두지만, 사랑이라는 건 정말 존재하고, 넌 지금 그것을 누리고 있으며, 그래서 비록 네가 내일 죽는다 해도 넌 행복한 사나이인 거야.

죽음 얘기는 집어치워, 하고 그는 자신을 타일렀다. 이런 식으로 말해서는 안 돼. 그것은 바로 우리 동지인 무정부주의자들이 즐겨 쓰는 말투거든. 사정이 악화되면 그들은 언제나 뭔가에 불을 지르고 죽고 싶어 하지. 참 이상야릇한 생각을 품고 있는 녀석들이야. 참으로 묘하지. 그런데 이 친구야, 어쨌든 오늘은 이럭저럭 무사히 넘기는 것 같군, 하고 그는 자신에게 말했다. 벌써 3시가 다 됐으니 조금 있으면 먹을 것을 가져다주겠지. 저 위 엘소르도네 쪽에서는 아직도 사격을 해 대고 있군. 어쩌면 놈들이 영감을 포위하고 지원군이 더 오기를 기다리고 있다는 뜻일 거야. 어두워지기 전까지는 지원군이 와야 할 테지.

위쪽 엘소르도네는 지금 사정이 어떨까? 앞으로 시간이 충분히 있다면 언제든 우리 모두한테도 그런 일이 일어날 거라고 각오해야 하지. 엘소르도네 진지는 그다지 유쾌한 광경은 아닐 테지. 우린 확실히 그 말들 때문에 엘소르도를 엄청난 위험에 빠뜨리고 만 거야. 그런 처지를 스페인어로 뭐라고 하더라? 운 카예혼 신 살리다.(출구가 없는 막다른 골목.) 나 같으면 그런 경우에도 어떻게든 빠져나올 구멍이 있을 것 같은데. 단한 번으로 해치우고, 시간도 그다지 끌지 않고 끝내 버릴 거야. 하지만 적에게 포위당했을 때, 투항할 수 있는 전쟁을 얼마쯤이라도 치른다는 게 사치는 아닐까? 에스타모스 코파도스.(우리는 지금 포위당하고 있어.) 이것이 이 전쟁에서 커다란 공포의 절규가 아니던가. 그다음에 오는 것은 적의 총탄에 맞아 죽는거야. 사살되기 전에 지독한 봉변을 당하지 않는 것만으로도 천만다행이지. 엘소르도한테는 그런 행운이 있을 것 같지 않아. 하기야 언젠가는 놈들한테도 그런 행운은 없겠지만.

벌써 3시가 되었다. 그때 멀리서 고동치는 듯한 소리가 들려왔고, 고개를 들어 보니 하늘에 비행기 몇 대가 떠 있는 것이 보였다.

27

엘소르도는 산꼭대기에서 싸우고 있었다. 영감은 처음부터 이 산을 좋아하지 않았다. 이 산을 처음 보았을 때 마치 궤양처럼 생겼다고 생각했다. 그러나 영감은 이 산 말고는 달리 선택할 곳이 없었고, 눈에 보이는 가장 먼 거리에서 이 산을 목표로 삼고 달려왔다. 무거운 자동소총을 등에 지고 허벅지 한쪽에는 수류탄이 든 부대가 흔들거리고, 다른 한쪽에는 기관총 탄창이 덜컥거리고 있는 양쪽 넓적다리 사이에서 말은 몸통에 잔물결을 일으키면서 숨 가쁘게 뛰어올랐다. 호아킨과 이그나시오는 그가 자동소총을 설치해 놓을 만한 시간을 벌어 주려고 걸음을 멈추고는 쏘고 멈추고는 쏘고 하고 있었다.

그때 산에는 눈, 그들을 파멸시킨 근원인 눈이 아직 남아 있었다. 영감이 탄 말이 총알을 맞고 고통스럽게 헐떡이며 천천히 비틀거리고 반짝이는 것을 분출하듯 눈을 튀기며 겨우 산꼭대기까지 올라오자, 엘소르도는 굴레를 붙잡아 고삐를 어깨 위로 올려놓은 채 끌고 나아갔다. 무거운 배낭 두 개를 어깨에 짊어지고, 총알이 콩 튀듯 바위에 부딪치는 속을 뚫고 죽을힘을 다해 간신히 올라왔다. 그런 뒤 말의 갈기를 붙잡고 재빠르고도 교묘하게, 그러면서도 아주 부드럽게 그에게 꼭 말이 필요한 장소에서 한 방 쏘았다. 말은 껑충 뛰어올라 두 개의 바위틈을 가로막는 위치에서 목을 앞으로 쑥 내뻗고는 쓰러지고 말았다. 이 말 등 너머에서 자동소총을 설치해 탄창 두 개에 든 탄알을 모두 쏘았다. 총은 요란한 소리를 냈고, 탄피는 눈 속으로 튀어들었으며, 뜨겁게 달궈진 총구를 걸쳐 놓은 말 등에서 털 타는 냄새가 코를 찔렀다. 영감이 언덕 위로 올라오는 적들에게 총알 세례를 퍼붓자, 놈들은 어쩔 수 없이 뿔뿔이 흩어져 숨었지만, 그러는 동안에도 뒤에서 어떤 일이 일어나는지 몰라 줄곧 등에 오싹한 한기를 느꼈다. 부하 다섯 중 마지막 한 명이 산꼭대기까지 이르자 그제야 겨우 등에서 한기가 사라졌고, 그는 꼭 필요할 때를 위해 나머지 탄창을 절약해 두기로 했다.

산을 기어오르는 도중에 죽은 말이 두 마리 더 있었고, 산마루에 올라와서 죽은 말도 세 마리나 되었다. 어젯밤에는 말 세 마리를 훔치는 데 성공했을 뿐이고, 그중 한 마리는 캠프 울타리 안에서 그들이 안장 없이 타려던 순간 사격이 시작되자 달아나 버렸다.

산꼭대기까지 올라온 다섯 중 셋은 부상을 입었다. 엘소르도는 장딴지 한쪽과 왼팔 두 군데에 총상을 입었다. 목이 타고 상처는 뻣뻣하게 굳어지고, 왼팔의 상처 하나는 몹시 쑤셨다. 두통도 심했다. 그는 누워서 비행기가 오기를 기다리면서 농담을 생각하고 있었다. "아이 케 토마르 라 무에르테 코모 시 푸에라 아스피리나." 즉 "아스피린을 먹듯이 죽음을 받아들여야 해." 그는 이 농담을 소리 내어 말하지는 않았다. 두통과 함께 팔을 움직일 때마다 구토가 일었지만 그는 히죽 웃으며 살아남은 부하들을 돌아보았다.

부하 다섯 명은 모서리가 다섯 개인 별 모양으로 흩어져 있었다. 그들은 무릎과 손으로 땅을 파서 진흙과 돌로 머리와 어깨 앞에 조그마한 흙더미를 만들었다. 이 은폐물을 이용해서 각각의 흙더미를 돌과 진흙과 하나로 연결시키고 있었다. 열여덟 살 난 호아킨은 쓰고 있던 철모를 이용해 흙을 파서 나르고 있었다.

이 철모는 그가 기차 폭파 때 주운 것이었다. 철모에는 총알에 뚫린 구멍이 하나 있어 모두 이 철모를 간직하고 있는 그를 놀려 대곤 했다. 그러나 그는 총알이 뚫고 나간 톱날처럼 들쭉날쭉한 가장자리를 망치로 두들겨 편 뒤 나무 마개를 박고, 다시 그 나무 마개를 잘라 철모 안쪽의 쇠와도 평평하게 만들었다.

사격이 시작되었을 때 그는 이 철모를 너무 꽉 눌러 썼기 때문에 마치 냄비로 한 대 얻어맞은 것처럼 띵했다. 그리고 그의 말이 총에 맞아 쓰러진 뒤에는 가슴이 찢어지는 듯하고 다리는 휘청거리고 입속은 타는 듯 바싹 말랐으며, 총알이 비 오듯 쏟아지며 스치는 소리가 귓전을 때리던 마지막 순간에는 철모가 엄청난 무게로 머리를 짓눌러 당장이라도 터질 것처럼 쇠줄로 이마를 조이는 것 같았다. 그래도 그는 철모를 버리지 않았다. 지금 그 철모를 이용해서 거의 기계처럼 꾸준하게 필사적으로 땅을 파고 있었다. 그는 아직 부상을 입지 않았다.

"드디어 네 철모가 쓸데가 있구나." 엘소르도가 목구멍 속에서 울려 나오는 굵직한 목소리로 그에게 말했다.

"레시스티르 이 포르티피카르 에스 벤세르." 호아킨이 대꾸했다. 그는 흔히 전쟁터에서 맛보는 갈증보다도 심한 공포의 갈증 때문에 입이 뻣뻣하게 굳어 있었다. 그가 한 말은 공산당이 내건 슬로건 중 하나로 '저항하고, 보루를 견고히 하면 승리하리라.'라는 뜻이었다.

엘소르도는 시선을 옮겨 기병 하나가 바위 뒤에서 저격하고 있는 비탈 쪽을 내려다보았다. 영감은 이 소년을 퍽 사랑하고 있었지만 이 슬로건에 동조할 기분은 아니었다.

"지금 뭐라고 했나?"

흙무덤을 쌓고 있던 부하 하나가 고개를 돌렸다. 이 사나이는 납작 엎드려 턱을 바닥에 평평하게 대고 조심스럽게 두 손을 들어 돌을 하나 쌓아 올리고 있었다.

호아킨은 잠시도 흙 파는 일을 멈추지 않고 소년다운 메마른 목소리로 슬로건을 되풀이했다.

"맨 마지막 말이 뭐랬지?"

"벤세르. 승리한다는 뜻이죠." 소년이 대답했다.

"미에르다.(똥이나 먹어라.)" 땅에 턱을 대고 있는 사나이가 내뱉었다.

"지금 우리 상황에 꼭 어울리는 슬로건이 또 하나 있습니다."호아킨은 마치 부적이라도 되는 것처럼 말을 꺼냈다. "파시오나리아*가 한 말인데, 무릎을 꿇고 살기보다 두 다리로 서서 죽는 편이 더 낫다는 겁니다."

"그 말도 미에르다.(똥이나 먹어라.)"그 사나이가 이렇게 쏘아붙이자 다른 사나이가 어깨 너머로 말했다. "우린 지금 무릎을 꿇고 있는 게 아니라 배를 대고 엎드려 있는걸."

"어이, 공산주의자, 네가 숭배하는 파시오나리아에게 내전이 시작되면서부터 쭉 러시아에 가 있는 너만 한 아들이 있다는 걸 알고 있나?"

"그건 거짓말이에요."호아킨이 대꾸했다.

"케 바(아니), 거짓말이라니? 그 이상한 이름의 폭파원이 내게 얘기해 줬어. 그도 너와 마찬가지로 당원이야. 뭐 때문에 그가 거짓말하겠어?"다른 사나이가 말했다.

"거짓말이에요. 전쟁 중에 자기 아들을 러시아에 숨겨 둘 여자가 아니라고요."호아킨도 지지 않았다.

"나도 러시아에 가면 얼마나 좋을까. 네가 좋아하는 파시오나리아가 나를 러시아로 보내 줄 순 없을까, 공산주의자?"엘 소르도의 또 다른 부하가 물었다.

"네가 그렇게 파시오나리아를 좋아한다면, 그 여자에게 제발 이 산에서 우리를 구출해 달라고 부탁해 보지그래."넓적다리에 붕대를 감은 사나이가 한마디 했다.

---

* 이시도라 돌로레스 이바루니 고메스(1895~1989). '파시오나리아(정열의 꽃)'로 더 잘 알려진 그녀는 스페인 내전 중 바스크 출신의 공화파 지도자이자 공산주의 정치가였다.

"파시스트 놈들이 대신 해 줄 텐데 뭘 그래." 땅에 턱을 대고 있는 사나이가 말했다.

"그런 식으로 말하지 마요." 호아킨이 그 사나이에게 말했다.

"자, 네 입술에 묻은 어머니 젖 자국이나 닦고 어서 흙이나 철모에 담아서 이리 줘. 우리 중 아무도 오늘 해가 지는 걸 못 볼 거야." 땅에 턱을 대고 있는 사나이가 말했다.

엘소르도는 생각에 잠겨 있었다. 정말로 꼭 궤양같이 생겼구나. 젖꼭지가 없는 젊은 여자의 젖가슴 같기도 하고. 그렇잖으면 화산 분화구 같다고나 할까. 하지만 넌 아직 화산을 본 적은 없잖아, 하고 그는 생각했다. 앞으로도 볼 기회가 없을 테지. 그런데 이 산은 꼭 궤양같이 생겼어. 화산 이야기는 집어치워. 화산 얘기 하기에는 이미 때가 늦었어.

영감이 죽은 말의 어깨뼈 사이에 불룩하게 솟아오른 융기를 아주 주의 깊게 바라보고 있으려니 아래쪽 비탈에 있는 바위 뒤에서 망치로 두들기는 듯한 요란한 총소리가 들려오고, 경기관총 탄알이 말 몸뚱이에 푹푹 박히는 소리가 들렸다. 그는 말 뒤로 엉금엉금 기어가서 말 엉덩이와 바위 사이로 비스듬히 내다보았다. 바로 밑 산비탈에 시체 세 구가 쓰러져 있었다. 적이 자동소총과 경기관총의 엄호 사격을 이용하여 꼭대기로 몰려오는 것을 영감과 부하들이 수류탄을 던지기도 하고 굴리기도 하면서 격퇴했을 때 죽어 넘어진 시체였다. 산봉우리 다른 옆쪽에도 그의 눈에는 보이지 않지만 다른 시체들이 뒹굴고 있었다. 공격군이 이 봉우리로 돌격해 들어올 만한 완벽한 지점은 없었기 때문에 영감은 총알과 수류탄이 떨어지지 않고 또 적어도 네 명이나 되는 부하가 있는 한, 적이 박격포라도 가져오지 않는 한, 자기를 여기서 쫓아낼 수는 없으리라는 것을 잘 알고 있었다. 적이 박격포를 가지러 라그랑하로 사람을 보냈는지는 그로서도 알 수 없었다. 머지않아 비행기들이 올 테니 모르긴 해도 아마 가지러 가지는 않았을 것이다. 아까 그 정찰기가 머리 위를 날아간 지 벌써 네 시간이나 지났다.

정말 이 산은 궤양같이 생겼군, 하고 엘소르도는 생각했다. 우린 그 속에 든 고름 같은 격이고. 아까는 놈들이 바보 같은 짓을 하는 바람에 놈들을 꽤 많이 죽일 수 있었어. 어떻게 그런 식으로 우리를 해치울 수 있다고 생각한 걸까? 신식 무기로 무장했다고 지나치게 자만해 분별력을 잃고 말았던 거야. 그는 공격을 지휘한 젊은 장교를 수류탄을 던져 죽였다. 적들이 허리를 굽히고 봉우리를 향해 달려 올라올 때 그가 던진 수류탄이 비탈 아래쪽으로 튀면서 굴러 내려가 터졌던 것이다. 노란 섬광과 잿빛 연기 속에서 그 장교는 앞으로 곤두박히듯 쓰러졌다. 찢어진 누더기 옷 더미처럼 육중하게 쓰러져 있는 바로 그 지점이 적이 돌격해 온 최전선이었다. 엘소르도는 그 시체를 바라보고 나서 좀 더 낮은 곳에서 뒹굴고 있는 다른 시체들을 보았다.

용감하긴 하지만 바보 같은 놈들이야, 하고 그는 생각했다. 하지만 놈들도 이제는 분별이 생겼는지 비행기가 올 때까지는 공격해 오지 않는군. 물론 박격포를 가져올 생각이라면 문제가 다르겠지만. 박격포라면 문제는 간단할 거야. 이럴 때는 박격포가 제격이니까. 박격포가 올 때가 그들이 죽을 때라는 것을 알고 있었지만, 비행기가 나타날 것을 생각하니 옷은 고사하고 피부마저 벗겨진 알몸으로 그 봉우리에 서 있는 느낌이었다. 이렇게 알몸뚱이가 된 기분을 어느 누가 느껴 봤겠어, 하고 그는 생각했다. 비유적으로 말하자면, 껍질이 벗겨진 토끼가 곰 가죽을 뒤집어 쓴 정도라고나 할까. 그런데 뭐 때문에 놈들은 비행기까지 동원하는 걸까? 박격포 한 대만 갖고도 충분히 몰아낼 수 있을 텐데. 비행기를 갖고 있다는 걸 자랑하고 싶어서 그러는 거야. 그래서 비행기를 불러 오려는 거지. 자동 무기를 너무 자랑하고 싶어서 그런 바보 같은 짓을 한 것이나 마찬가지군. 어쨌든 놈들은 박격포를 가지러 간 게 틀림없어.

그때 부하 하나가 발포했다. 그리고 공이치기를 당기고 또 한 발 쏘았다.

"탄알을 아껴." 엘소르도가 말했다.

"후레자식 한 놈이 저 바위로 기어오르려고 하잖아요." 그 사나이가 그쪽을 손가락으로 가리켰다.

"그래, 맞았어?" 엘소르도가 가까스로 고개를 돌리면서 물었다.

"아뇨. 그 후레자식 놈이 고개를 움츠리고 숨어 버렸어요." 그 사나이가 대답했다.

"갈보 중의 갈보는 필라르야. 그 갈보 년은 우리가 여기서 죽어 가고 있는 걸 뻔히 알고 있을 텐데." 땅에 턱을 대고 있는 사나이가 말했다.

"그 여자인들 별 도리가 없을 테지." 엘소르도가 대답했다.

그 사나이가 영감이 들리는 귀 쪽에 대고 지껄였기 때문에 영감은 고개를 돌리지 않고도 알아들을 수 있었다. "그 여자가 도대체 뭘 해 줄 수 있겠어?"

"배후에서 저 자식들을 공격할 수 있잖아요."

"케 바.(글쎄.) 놈들은 지금 이 산 주위에 온통 흩어져 있어. 그런데 그 여자가 무슨 수로 놈들에게 대항한단 말이야? 놈들은 백 명하고도 오십 명은 더 될 텐데. 어쩌면 지금은 그보다 많을지도 몰라."

"하지만 어두워질 때까지 버텨 낼 수만 있다면." 호아킨이 말했다.

"그리고 12월 크리스마스가 4월 부활절에 온다면." 땅에 턱을 대고 있는 사나이가 대꾸했다.

"그리고 네 숙모가 불알만 달려서 숙부가 된다면." 다른 사나이가 그에게 말했다. "네가 좋아하는 파시오나리아를 불러와. 그 여자밖에는 우리를 도와줄 사람이 없으니까."

"아까 한 아들 얘기가 믿어지지 않아요. 설령 러시아에 가 있다면 조종사니 뭐니 하는 훈련을 받고 있을 거예요." 호아킨이 말했다.

"안전을 위해 거기 숨어 있는 거야." 그 사나이가 말했다.

"변증법을 공부하고 있는 거야. 네 그 파시오나리아도 그곳에 가 있었거든. 리스테르와 모데스토, 또 그 밖의 친구들도 그랬잖아. 그 이상한 이름을 가진 친구가 말해 줬어."

"모두 공부하러 갔다 와서 우리를 돕는 거죠." 호아킨이 대꾸했다.

"그놈들, 지금이야말로 우리를 도우러 와야 하잖아." 또 한 사나이가 말했다. "피를 빨아 먹고 사는 사기꾼 같은 러시아 놈들이 지금 우리를 도와줘야 해." 사나이가 총을 쏘고는 내뱉었다. "메 카고 엔 탈!(젠장 빌어먹을!) 에이, 또 놓쳤군."

"탄알을 아껴. 그리고 그렇게 지껄이지도 마. 안 그러면 목이 더 마르게 돼. 이 산에는 물이 없으니까." 엘소르도가 말했다.

"이걸 마셔요." 그 사나이가 이렇게 말하고는 옆으로 구르더니 어깨에 비스듬히 메고 있던 술 부대를 끌러 엘소르도에게 건네주었다. "이걸로 입을 적셔요, 영감님. 그렇게 부상을 입었으니 아주 목이 탈 텐데요."

"함께 나눠 마시지." 엘소르도가 말했다.

"그럼 내가 먼저 마실까." 술 부대 주인이 이렇게 말하고 쭉 들이켜고 나서 가죽 부대를 다른 사람에게 돌렸다.

"엘소르도 영감님, 비행기는 언제쯤 올 것 같아요?" 턱이 더러워진 한 사나이가 물었다.

"언제라도 올 수 있지. 벌써 왔을 시간인데." 엘소르도가 대답했다.

"저 후레자식들이 또 공격해 올까요?"

"비행기가 오지 않는다면 그러겠지."

그는 박격포 이야기는 꺼낼 필요가 없다고 생각했다. 박격포가 도착하면 곧 알 수 있을 테니.

"어제 보니까 놈들에게는 비행기가 꽤 많은 것 같던데요."

"너무 많아서 탈이지." 엘소르도가 대꾸했다.

그는 머리가 아팠고, 팔은 너무 굳어서 조금만 움직여도 견딜 수 없을 만큼 고통스러웠다. 쓸 수 있는 한쪽 팔로 가죽 술 부대를 쳐들면서 맑고 높고 파랗게 갠 초여름의 하늘을 올려다보았다. 쉰두 살인 그는 저 하늘을 보는 것도 이제 마지막이라는 생각이 들었다.

죽는 것은 조금도 두렵지 않았지만, 죽는 장소로나 써 먹을 수밖에 없는 이런 산에 갇혀 있는 것이 화가 났다. 만약 이곳을 빠져나갈 수만 있다면, 하고 그는 생각했다. 저 긴 골짜기로 놈들을 유인할 수만 있다면, 또 만약 저 도로를 넘어 도망칠 수만 있다면 만사가 잘될 텐데. 하지만 이놈의 궤양같이 생긴 산이라니! 어쨌든 이 산을 되도록 잘 이용하는 수밖에 없고, 지금까지는 잘 이용해 왔어.

영감은 인류 역사에서 얼마나 많은 사람이 산에서 죽었는지 알고 있다 해도 위안이 되지는 않았을 것이다. 자신이 일을 겪는 바로 그 순간에는 비슷한 상황에서 다른 사람에게 일어난 일 때문에 영향을 받지는 않기 때문이다. 어느 날 과부가 된 여자가 아내에게 사랑받던 다른 남편들 역시 죽었다는 소식을 듣더라도 조금도 위안이 되지 않는 것처럼 말이다. 죽음을 두려워하든 그렇지 않든 죽음은 받아들이기 어려운 법이다. 죽음을 받아들였지만, 쉰두 살의 나이에 세 군데나 총상을 입고 산꼭대기에서 독 안에 든 쥐처럼 갇혀 있는 엘소르도에게 죽음의 잔은 결코 달지 않았다.

그는 이런 일에 대해 혼자 농담을 지껄였지만 하늘과 먼 산을 바라보며 술을 들이켰다. 그러나 그는 죽음을 바라지 않았다. 어차피 죽어야 한다면, 하고 그는 생각했다. 죽는 것이 확실하다면 죽을 수 있어. 하지만 이렇게 죽기는 끔찍이도 싫어.

죽는다는 것은 아무것도 아니었고, 그는 마음속에서 죽을 때의 모습을 그려 보지도, 두려워하지도 않았다. 그러나 살아 있다는 것은 산비탈에서 바람에 나부끼는 곡식 들판이었다. 살아 있다는 것은 하늘에 떠도는 매였다. 살아 있다는 것은 도리깨질을 하고 왕겨를 불어 내는 먼지 자욱한 타작마당에 놓여 있는 질그릇 물동이였다. 살아 있다는 것은 두 다리 사이에 끼고 타는 말이요, 한쪽 다리로 누르고 있는 카빈총이요, 언덕이요, 골짜기요, 나무를 따라 흐르는 개울이요, 골짜기 저쪽 산비탈이요, 그 건너편 언덕들이었다.

엘소르도는 술 부대를 돌려주고 고맙다는 뜻으로 고개를 끄덕였다. 그러고는 앞으로 몸을 굽혀 자동소총의 총구에 털이 타 버린 말의 어깨를 가볍게 쓰다듬어 주었다. 아직도 그슬린 털 냄새가 났다. 총화에 포위되어 총알이 위에서도 주위에서도 빗발처럼 퍼붓던 탄막 속에서 몸을 부르르 떠는 말을 여기까지 끌고 온 일이며, 양쪽 귀와 눈을 연결하는 선이 교차하는 지점을 교묘히 쏘아 넘어뜨렸을 때의 일을 생각해 보았다. 갑자기 말이 껑충 뛰어올랐다가 쓰러지자마자 그는 따뜻한 땀에 축축이 젖은 말 등 뒤에 숨어 언덕을 향해 올라오는 적들에게 총을 겨누었던 것이다.

"에라스 무초 카바요.(정말 말다운 말이었어.)" 그가 말했다.

엘소르도는 부상을 입지 않은 쪽으로 누워 하늘을 올려다보았다. 탄피가 수북이 쌓여 있는 곳 위에 누워 있었지만, 머리는 바위에 가려지고 몸은 말의 그늘에 가려 있었다. 상처는 점점 굳어 갔고 고통도 더 심해졌기 때문에 이제는 몸을 움직이는 것조차 힘들었다.

"왜 그러시오, 영감." 옆에 있는 사나이가 물었다.

"아무것도 아냐. 좀 쉬고 있을 뿐이야."

"그럼 한잠 주무시오. 놈들이 쳐들어 올 땐 그들이 깨워 줄테니." 그 사나이가 말했다.

바로 그때 누군가 비탈 쪽에서 외쳤다.

"들어라! 도둑놈들아!" 그 소리는 자동소총을 세워 놓은 가장 가까운 바위 뒤쪽에서 들려왔다. "비행기가 와서 가루로 만들어 버리기 전에 얼른 항복해!"

"저놈이 뭐라는 거야?" 엘소르도가 물었다.

호아킨이 그에게 설명해 주었다. 영감은 한쪽으로 몸을 굴려 다시 한 번 총 뒤에 엎드리는 자세로 몸을 일으켰다.

"어쩌면 비행기는 안 올지도 몰라. 대꾸도 하지 말고 총도 쏘지 마. 어쩌면 우리가 놈들을 또 한 번 쳐들어 오게 만들지도 모르니까."

"욕을 좀 해 줘도 괜찮지 않을까요?" 파시오나리아의 아들이 러시아에 가 있다는 말을 호아킨에게 해 준 사나이가 물었다.

"그만둬. 자네 그 큰 권총을 내게 줘. 큰 권총 누가 갖고 있지?" 엘소르도가 물었다.

"여기 있습니다."

"이리 줘." 그는 무릎을 꿇고 대형 9밀리 스타르 권총을 받아 들고는 죽은 말 옆 땅바닥에 한 발을 쏘고 기다렸다가 다시 불규칙한 간격으로 네 번 발사했다. 그리고 입속으로 육십까지 세면서 기다린 뒤 죽은 말에 직접 최후의 한 발을 쏘았다. 그런 다음 히죽 웃고는 권총을 돌려주었다.

"탄알을 재어 둬. 그리고 아무도 입을 열지 마. 총을 쏴서도 안 돼." 그가 나지막한 목소리로 속삭였다.

"반디도스!(도둑놈들아!)" 또다시 바위 뒤에서 외치는 소리가 들려왔다.

언덕 위에서는 모두 아무 말 없이 잠자코 있었다.

"반디도스!(도둑놈들아!) 가루가 되기 전에 어서 항복해!"

"놈들이 이제 미끼를 물었군." 영감이 기쁜 듯이 속삭였다.

그가 지켜보고 있는데 한 놈이 바위 뒤에서 머리를 삐죽 내밀었다. 언덕 꼭대기에서는 아무도 총을 발사하지 않았지만 머리는 이내 자취를 감췄다. 엘소르도는 계속 지켜보면서 기다렸지만 더 이상 아무 일도 일어나지 않았다. 머리를 돌려 각자 맡은 비탈을 지키는 부하들을 바라보았다. 그가 바라보자 저마다 고개를 내저었다.

"아무도 움직이지 마." 그가 속삭였다.

"이 후레자식 놈들아!" 또다시 바위 뒤에서 외치는 소리가 들려왔다.

"붉은 돼지 놈들아! 제 어미하고 붙을 놈들아! 아비의 똥물을 마실 놈들아!"

엘소르도 영감은 히죽 웃었다. 마침 잘 들리는 쪽 귀를 그쪽으로 돌리고 있어 그 욕지거리를 들을 수 있었다. 이건 아스피린보다 나은데, 하고 그는 생각했다. 몇 놈이나 낚을 수 있을까? 어쩌면 저렇게 어리석을 수 있을까?

욕지거리를 하던 목소리는 다시 그쳤고, 삼 분 동안 아무런 소리도 움직임도 없었다. 그때 비탈 아래 90미터가 넘는 바위 뒤에 숨어 있던 저격병이 모습을 드러내고 총을 쏘았다. 탄알은 바위에 맞아 날카로운 소리와 함께 튀었다. 그 순간 엘소르도는 허리를 굽힌 한 녀석이 자동소총이 있는 바위 뒤에서 뛰어나와, 탁 트인 땅을 가로질러 아까 그 저격병이 숨어 있던 커다란 바위까지 뛰어오는 것을 보았다. 녀석은 마치 물속으로 다이빙하듯 바위 뒤로 숨어 버렸다.

엘소르도는 주위를 살펴보았다. 부하들은 다른 쪽 비탈에서는 아무런 움직임도 없다는 것을 손짓으로 그에게 알렸다. 엘소르도는 기쁜 듯 히죽 웃고 고개를 끄덕였다. 이것은 아스피린보다 열 배의 효과가 있군, 하고 그는 생각했다. 그리고 사냥꾼만 아는 기쁨을 만끽하며 기다렸다.

아래 비탈에서는 돌로 쌓아 올린 보루에서 바위 뒤로 달려온 사나이가 저격병에게 말을 건네고 있었다.

"정말로 믿어지나?"

"잘 모르겠는데요." 저격병이 대답했다.

"이치에는 맞을지도 몰라." 말을 건넨 사나이는 이 부대를 지휘하는 장교였다. "뭐니 뭐니 해도 놈들은 포위당한 상태야. 죽는 것 말고는 기대할 게 없지."

그러자 저격병은 아무 말이 없었다.

"자넨 어떻게 생각하나?" 장교가 물었다.

"아무것도 모르겠습니다." 저격병이 대답했다.

"총 소리가 난 뒤에 별다른 동작은 없었나?"

"전혀 보지 못했습니다."

장교는 손목시계를 보았다. 3시 십 분 전이었다.

"비행기가 벌써 한 시간 전에 왔어야 하는데." 그가 말했다. 바로 그때 다른 장교 하나가 바위 뒤로 뛰어들었다. 저격병은 옆으로 비키며 자리를 내주었다.

"어이, 파코, 자네 생각은 어떤가?" 첫 번째 장교가 물었다.

두 번째 장교는 자동소총이 있는 위치에서 산비탈을 타고 달려오느라 숨을 헐떡거렸다.

"속임수 같은데요." 그가 대답했다.

"만약 속임수가 아니라면? 죽어 나자빠져 있는 놈들을 포위하고 기다리고 있는 거라면 너무 우습지 않나."

"하지만 이보다 더 싱거운 짓도 해 왔잖습니까. 저 비탈을 좀 보십시오." 두 번째 장교가 말했다.

그는 꼭대기에 가까운 곳까지 시체가 널려 있는 산비탈 쪽을 올려다보았다. 그가 있는 곳에서 바라보니 언덕 꼭대기의 방어선에는 여기저기 흩어진 바위와 쓰러진 엘소르도의 말 배때기와 앞으로 쑥 비어져 나온 다리, 그리고 흙을 파서 쌓아 올린 새로운 진흙이 보였다.

"박격포는 어찌 됐습니까?" 두 번째 장교가 물었다.

"한 시간이면 올 거야. 만약 그 전에 오지 않는다면."

"그럼 그때까지 기다리죠. 어리석은 짓은 이것으로 충분하거든요."

"반디도스!(도둑놈들아!)" 첫 번째 장교가 갑자기 일어나 바위 위로 목을 길게 내밀며 소리쳤다. 막상 일어서서 보니 언덕 꼭대기가 훨씬 가깝게 보였다. "붉은 돼지 놈들아! 겁쟁이 놈들아!"

두 번째 장교가 저격병 쪽을 바라보며 고개를 흔들었다. 저격병은 얼굴을 돌렸지만 입술은 꼭 다물고 있었다.

첫 번째 장교는 바위 뒤에서 완전히 머리를 내밀고 서서 한 손에 권총을 쥔 채 언덕 꼭대기를 향해 고래고래 욕설과 저주를 퍼부어 댔다. 그러나 아무 일도 일어나지 않았다. 그러자 그는 바위 뒤에서 몸을 드러내고 언덕 꼭대기를 쳐다보며 섰다.

"살아 있거든 어디 쏴 봐, 이 비겁한 놈들아! 갈보 년의 배때기에서 나온 빨갱이 놈들을 난 한 번도 겁낸 적이 없어. 그러니 어서 날 쏴 보란 말이야!" 그가 소리를 질렀다.

이 마지막 말은 크게 소리치기에는 너무 길어서 이 말을 마칠 때쯤 장교의 얼굴은 붉어지고 두 눈은 충혈되었다.

햇볕에 탄 갸름한 얼굴에 차분한 눈, 길고 얇은 입술, 움푹 들어간 뺨에 짧은 수염이 텁수룩한 두 번째 장교는 다시 한 번 고개를 저었다. 최초의 돌격 명령을 내린 사람이 지금 소리치고 있는 이 장교였다. 산비탈 위쪽에 죽어 쓰러져 있는 젊은 중위는 파코 베렌도라는 중위의 둘도 없는 친구였다. 베렌도 중위는 지금 대위가 외치는 소리에 귀를 기울이고 있었다. 대위는 지금 누가 보아도 틀림없이 의기양양했다.

"저놈들이 내 누이동생과 어머니를 쏴 죽인 돼지 놈들이야." 대위가 계속 욕설을 퍼부었다. 그는 불그레한 얼굴에 금발이고, 영국 사람처럼 콧수염을 길렀으며, 두 눈이 어딘지 이상했다. 눈동자는 연한 푸른색이고 속눈썹 숱이 적었다. 그의 두 눈을 쳐다보고 있으면 어쩐지 초점이 천천히 맞춰지는 것 같았다. 그때 그가 다시 소리쳤다. "야, 빨갱이 놈들아! 이 비겁한 놈들아!" 그러고는 또다시 욕설을 퍼붓기 시작했다.

이제 그는 완전히 바위 밖으로 나와 조심스레 겨냥을 하며 언덕 꼭대기에 보이는 유일한 표적인 엘소르도의 죽은 말을 향해 권총을 쏘았다. 탄알은 말 있는 곳에서 10미터 넘게 아래의 진흙을 튀겼다. 대위는 다시 쏘았다. 탄알은 바위에 맞고 다시 한 번 튀었다.

대위는 그 자리에 서서 언덕 꼭대기를 올려다보았다. 베렌도 중위는 꼭대기 바로 아래에 나뒹굴고 있는 또 다른 중위의 시체를 바라보았다. 저격병은 눈 아래의 땅바닥을 내려다보고 있었다. 그러서 얼굴을 들어 대위를 보았다.

"살아 있는 놈은 한 놈도 없어." 대위는 이렇게 말하고는 저격병을 불렀다. "이봐, 올라가서 보고 와."

저격병은 눈을 내리깔고 아무 말이 없었다.

"이봐, 내 말 안 들려?" 대위가 소리를 질렀다.

"들립니다, 대위님." 저격병은 대위를 쳐다보지도 않고 대답했다.

"그럼, 어서 올라가." 대위는 아직도 손에 권총을 들고 있었다. "내 말 안 들려?"

"들립니다, 대위님."

"그럼, 왜 안 올라가는 거야?"

"올라가고 싶지 않습니다, 대위님."

"올라가고 싶지 않다고?" 대위는 저격병의 옆구리에 권총을 들이댔다. "올라가고 싶지 않다고?"

"무섭습니다, 대위님." 저격병이 당당하게 대답했다.

대위의 얼굴과 그의 이상한 사시 눈을 바라보고 있던 베렌도 중위는 이제 정말로 총을 쏘려나 보다 하고 생각했다.

"모라 대위님." 그가 말했다.

"왜 그래, 베렌도 중위?"

"저격병의 말이 옳은지도 모릅니다."

"겁을 집어먹고 있다고 말하는 게 옳다는 거야? 명령에 복종하고 싶지 않다는 게 옳다는 거야?"

"그게 아닙니다. 저게 다 속임수라고 생각하는 게 옳다는 말입니다."

"놈들은 모두 죽었다니까. 놈들이 모두 죽었다는 내 말이 안 들려?" 대위가 말했다.

"대위님은 비탈에 쓰러진 우리 전우들을 말하는 건가요?" 베렌도가 반문했다. "그렇다면 대위님 말씀이 옳습니다."

"파코, 바보 같은 소리 집어치워. 자네 혼자서만 훌리안을 좋아한 줄 아나? 빨갱이 놈들은 다 죽었어. 자, 봐!" 대위가 말했다.

그는 벌떡 일어서서 두 손으로 바위를 잡고 몸을 추켜세워 어색하게 무릎을 꿇고 기어오르더니 그 위에 우뚝 섰다.

"쏠 테면 쏴라!" 대위는 회색 화강암 위에 올라서서 두 팔을 내흔들면서 소리를 질렀다. "어디 쏠 테면 쏴! 나를 죽여 봐!"

언덕 꼭대기에서는 엘소르도가 죽은 말 뒤에 누워 히죽히죽 웃고 있었다.

참 별놈들이 다 있군, 하고 그는 생각했다. 그는 웃다가 팔뚝이 흔들려 통증이 일자 웃음을 참으려고 애썼다.

"빨갱이 놈들! 빨갱이 폭도들아, 날 쏴라! 죽여 봐!" 아래쪽에서 계속 소리를 질러 댔다.

웃는 바람에 가슴이 흔들거리는 엘소르도가 말 엉덩이 너머로 슬쩍 내다보니 바위 꼭대기 위에서 대위가 두 팔을 휘두르는 모습이 보였다. 또 다른 장교는 바위 옆에 서 있었다. 저격병은 그 반대편에 서 있었다. 엘소르도는 그곳에서 시선을 떼지 않고 행복한 듯 고개를 흔들었다.

"날 쏴라!" 그가 나지막하게 혼자서 중얼거렸다. "죽여봐!" 그러자 그의 어깨가 또다시 흔들렸다. 웃는 바람에 팔뚝의 상처가 아팠고, 웃을 때마다 머리가 터질 듯이 쑤셨다. 또다시 웃음은 경련처럼 그의 몸을 흔들었다.

모라 대위는 바위에서 뛰어내렸다.

"어때 파코, 이래도 믿어지지 않나?" 그가 베렌도 중위에게 물었다.

"믿지 않습니다." 베렌도 중위가 대답했다

"코호네스!(제기랄!) 여긴 바보 멍텅구리에 겁쟁이들밖엔 없군."

저격병은 조심스럽게 바위 뒤에 가 있었고, 베렌도 중위도 그 옆에 웅크리고 앉아 있었다.

바위 옆, 탁 트인 곳에 서서 대위는 언덕 꼭대기를 향해 욕설을 퍼붓기 시작했다. 세상에 스페인어만큼 상스러운 언어도 없다. 영어에 있는 상스러운 표현은 말할 것도 없고, 그 밖에 신성모독과 종교의 존엄성이 공존하는 나라들에서만 쓰이는 어휘나 표현도 있다. 베렌도 중위는 아주 독실한 가톨릭 신자였다. 저격병도 그랬다. 두 사람은 나바라 출신의 카를로스주의자로, 화가 났을 때는 상소리도 하고 저주도 퍼붓지만 그것이 죄임을 인정하고 정기적으로 고회할 때 반드시 참회를 하곤 했다.

바위 뒤에 웅크리고 앉아 대위를 바라보며 그가 퍼붓는 욕설에 귀를 기울이면서도 그들 두 사람의 마음은 대위가 내뱉는 말에서 멀리 떨어져 있었다. 그들은 어쩌면 죽을지도 모르는 오늘 같은 날에 양심을 거스르는 상소리를 귀담아듣고 싶지 않았던 것이다. 저렇게 지독한 말을 하면 운이 따르지 않지, 하고 저격병은 생각했다. 성모님에 대해 저렇게 말하다니 악운이 따를 수밖에 없어. 빨갱이들보다도 입이 더럽군.

훌리안은 죽고 말았어, 하고 베렌도 중위도 생각에 잠겨 있었다. 오늘같이 좋은 날에 산마루에서 죽다니. 그런데 입이 더러운 저자는 저기 서서 불경스러운 욕설로 악운을 불러들이고 있구나.

이윽고 대위는 욕설을 그치고 베렌도 중위 쪽을 돌아보았다. 그의 두 눈은 전보다 더 이상야릇하게 빛나고 있었다.

"파코, 자네와 나, 둘이서 올라가 보세." 그가 유쾌한 목소리로 말했다.

"싫습니다."

"뭐라고?" 대위가 또다시 권총을 뽑아 들었다.

저렇게 툭하면 권총을 휘두르는 녀석은 딱 질색이거든, 하고 베렌도는 생각했다. 무기를 휘두르지 않고는 명령을 내릴 수가 없는 거지. 이런 녀석은 아마 화장실에 가서도 권총을 들이대고 똥더러 어서 나오라고 명령할 거야.

"대위님의 명령이라면 올라가죠. 하지만 마지못해 하는 겁니다." 베렌도 중위가 대위에게 대꾸했다.

"그럼 나 혼자 가겠어. 이곳은 겁쟁이 놈들의 악취가 코를 찌르는군." 대위가 내뱉었다.

대위는 권총을 오른손에 들고 침착하게 비탈을 걸어 올라갔다. 베렌도와 저격병은 그를 지켜보고 있었다. 그는 방어물을 조금도 이용하지 않았고, 앞쪽에 있는 언덕 꼭대기의 바위와 죽은 말과 새로 쌓아 올린 진흙 더미를 똑바로 바라보았다.

엘소르도는 바위 모퉁이에 있는 말 뒤에 납작 엎드린 채 대위가 성큼성큼 올라오는 모습을 지켜보고 있었다.

겨우 한 놈이야, 하고 그는 생각했다. 한 놈밖에 낚지 못했어. 하지만 지껄이는 꼴로 보아 녀석은 카사 마요르(지휘관)인 모양이로군. 저 걷는 꼴을 좀 봐. 꼭 짐승 같군. 성큼성큼 걸어오는 꼴을 좀 보라고. 저놈은 내 밥이야. 저놈을 저승길 동무로 삼아야겠어. 지금 걸어오는 녀석이 나와 함께 저승길을 갈 녀석이야. 자, 어서 오시지, 길동무 동지. 성큼성큼 곧장 걸어와. 어서 똑바로 걸어와. 어서 걸어와 죽음을 만나 보시지. 자, 어서. 좋아, 그대로 계속 걸어와. 걸음을 늦추지 마. 똑바로 걸어오는 거야. 됐어, 지금처럼. 발을 멈추고 뒤돌아보는 게 아냐. 그렇지. 아래를 내려다봐선 안 돼. 똑바로 앞만 보고 와. 아니, 이것 봐라. 콧수염을 기르고 있잖아. 그것에 대해 어떻게 생각하나? 녀석은 콧수염을 기르고 있어, 내 길동무 동지 말이야. 대위로구나. 소맷자락을 보면 알 수 있거든. 그러니까 내가 거물이라고 그랬잖았어. 잉글레스 사람과 같은 생김새군. 저걸 좀 봐. 불그레한 얼굴에 금발이고 눈알이 푸르군. 모자는 쓰지 않고, 콧수염은 노랗고, 눈은 옅은 푸른색이고. 연푸른 빛깔인데 뭔가 좀 이상해 보여. 초점이 맞지 않는 연푸른 눈이군. 옳지, 이제 충분히 가까이 왔어. 너무 가깝군. 잘 왔어, 길동무 동지. 자, 이걸 받아라, 저승길 동무 녀석아!

영감이 자동소총의 방아쇠를 부드럽게 잡아당기자 다리가 세 개 달린 자동소총이 그 반동으로 몹시 흔들리며 그의 어깨에 세 번 부딪쳤다.

대위는 산허리에서 얼굴을 땅에 박고 쓰러졌다. 그의 왼팔이 몸 밑에 깔려 있었다. 권총을 쥐었던 오른팔은 머리 앞으로 쭉 뻗고 있었다. 아래쪽 비탈 사방에서 적들이 언덕 꼭대기를 향해 또다시 총을 쏘기 시작했다.

바위 뒤에 웅크리고 있던 베렌도 중위는 포화를 뚫고라도 저 트인 빈터로 달려가야 한다고 생각하고 있었는데, 그때 언덕 꼭대기에서 엘소르도가 부르짖는 그윽한 쉰 목소리가 들려왔다.

"반디도스! 반디도스!(도둑놈들아! 도둑놈들아!) 나를 쏴! 나를 죽여!" 하고 외쳐 대고 있었다.

언덕 꼭대기에서 엘소르도는 가슴이 아프도록 머리끝이 터져 버리도록 웃으면서 자동소총 뒤에 엎드려 있었다.

"반디도스!(도둑놈들아!) 나를 죽여, 반디도스!(도둑놈들아!)" 그가 다시 기쁘게 소리쳤다. 그러고 나서 그는 행복한 듯고개를 내저었다. 우리한테는 저승길을 같이 갈 친구들이 많군, 하고 그는 생각했다.

영감은 다른 장교가 바위의 엄호에서 벗어나면 자동소총으로 쏠 참이었다. 이제 곧 그 장교는 그곳을 벗어나야 할 것이다. 엘소르도는 그가 그곳에서는 명령을 내릴 수 없다는 것을 알고 있었고, 그래서 그를 처치할 기회가 아주 많다고 생각하고 있었다.

바로 그때 언덕 위에 있는 다른 사람들에게 비행기가 날아오는 첫 소리가 들려왔다.

그러나 엘소르도에게는 그 소리가 들리지 않았다. 자동소총으로 아래쪽 경사진 바위 가장자리를 겨누고 있는 동안 그는 생각에 잠겨 있었다. 저놈이 보이는 순간 놈은 벌써 달리고 있을 테지. 조심하지 않다가는 그만 놓쳐 버리고 말 거야. 저쪽 빈터를 가로질러 가는 동안 놈의 등 뒤로 쏠 수 있어. 녀석이 뛰어가는 쪽으로 총을 움직여서 그놈 앞에 휘갈길 수도 있어. 아니면 우선 달리게 됐다가 나중에 앞질러 한꺼번에 쏠 수도 있지. 될 수 있으면 바위 모퉁이에서 그놈을 겨누었다가 바로 앞쪽으로 돌려 갈기자. 바로 그때 누군가 어깨에 손을 얹는 것을 느끼고 그쪽으로 고개를 돌렸다. 호아킨이 겁을 집어먹은 창백한 얼굴로 하늘을 가리켰다. 그가 손가락으로 가리키는 곳을 보니 비행기 세 대가 이쪽으로 날아오고 있었다.

그 순간 베렌도 중위는 바위 뒤에서 얼른 몸을 일으켜 자동소총이 놓여 있는 바위 쪽을 향해 머리를 숙이고 두 발로 허공을 차듯 비탈을 뛰어 내려갔다.

비행기를 보고 있던 엘소르도는 그가 뛰어나온 것을 미처 보지 못했다.

"이것을 끌어낼 테니 좀 도와다오." 그가 호아킨에게 말했다. 그러자 젊은이는 자동소총을 말과 바위 사이에서 끌어냈다.

비행기들이 일정한 속도로 다가오고 있었다. 사다리꼴 편대로 일 초마다 더 크게 보이고 폭음도 점점 가깝게 들렸다.

"똑바로 누워서 쏴. 날아오면 정면을 겨누는 거야." 엘소르도가 말했다.

그는 비행기에서 시선을 떼지 않았다. "카브로네스!(비겁한 놈들아!) 이호스 데 푸타!(개자식들아!) 그는 재빠르게 외쳤다.

"이그나시오!" 그가 불렀다. "기관총을 호아킨의 어깨 위에 걸쳐 놔." 이번에는 호아킨에게 소리쳤다. "이봐, 거기 앉아서 조금도 움직이지 마. 그냥 쭈그리고 앉아 있어. 몸을 숙여. 아니, 좀 더."

그는 바로 누워 일정한 속도로 다가오는 비행기를 향해 자동소총을 조준했다.

"이봐, 이그나시오, 내 삼각대의 다리를 꼭 붙잡고 있어." 삼각대의 다리들은 청년의 등 아래쪽에 매달려 있었고, 소총의 총구는 호아킨의 몸이 움직일 때마다 흔들렸다. 머리를 숙이고 쭈그리고 있던 호아킨은 윙윙거리며 다가오는 비행기 소리를 듣자 몸을 제대로 가눌 수가 없었다.

이그나시오는 배를 땅바닥에 붙이고 납작 엎드려 적기들이

다가오는 것을 지켜보면서 두 손으로 자동소총의 다리를 꼭 붙잡아 총열이 움직이지 않도록 했다.

"머리를 숙여. 머리를 앞으로 내밀고 있으라고." 그가 호아킨에게 외쳤다.

"파시오나리아가 말하기를 '무릎을 꿇고 살기보다…….'" 호아킨이 윙윙거리는 소리가 점점 가까이 다가오자 혼잣말로 중얼거렸다. 그러더니 갑자기 기도를 드리기 시작했다. "은총이 가득하신 마리아님, 기뻐하소서! 주님께서 함께 계시니 여인 중에 복되시며 태중의 아들 예수님 또한 복되시나이다. 천주의 성모 마리아님, 이제와 저희 죽을 때에 저희 죄인을 위하여 빌어 주소서. 아멘. 천주의 어머니이신 거룩한 성모님." 바로 그때 그는 꿈틀하고 몸을 움직였다. 견딜 수 없을 만큼 요란한 폭음이 울리자 재빨리 기도 구절을 기억해 내고는 서둘러 통회의 기도를 올리기 시작했다. "오, 천주여, 나의 모든 사랑을 바쳐야 할 당신에게 죄를 지었사오니 용서해 주시옵고……."

그 순간 망치로 두들겨 대는 듯한 폭음이 귓전을 스치고 총신이 그의 어깨 위에서 뜨겁게 달았다. 다시 한 번 망치 소리가 울리더니 그의 두 귀는 총구에서 내뿜는 폭음으로 먹먹해졌다. 이그나시오는 자동소총의 삼각대를 힘껏 누르고 있었고, 총신이 그의 등을 뜨겁게 달구었다. 망치로 두들겨 대는 듯한 폭음에 더 이상 통회의 기도 구절을 생각해 낼 수가 없었다.

이제 죽음의 순간에 이르렀다는 것밖에는 생각해 낼 수 없었다. 아멘. 이제 죽음에 임하여 아멘. 이 죽음의 순간에 임하여. 이 죽음의 순간에 임하여. 아멘. 다른 사람들은 모두 총을 쏘고 있었다. 이제 그리고 죽음의 순간에 임하여 아멘.

바로 그때 망치로 두드리는 듯한 총성을 꿰뚫고 공기를 가르듯 날카로운 휘파람 같은 소리가 나더니, 검붉은 굉음과 함께 무릎 밑의 땅이 들썩이고 이어서 파도처럼 일어나 그의 얼굴을 후려갈기고, 그다음 진흙과 바위 조각들이 사방으로 쏟아져 내렸다. 이그나시오가 그의 위로 쓰러졌고, 총이 그 위에 얹혀 있었다. 그러나 휘파람 소리가 다시 들리고, 땅이 굉음과 더불어 그의 밑에서 흔들리는 것을 보니 아직 죽은 것 같지는 않았다. 그런 뒤 휘파람 소리가 다시 들리고, 땅바닥이 그의 배 밑에서 기우뚱하더니 언덕 한 모퉁이가 공중으로 올라가 곧바로 그들이 쓰러져 있는 위로 천천히 쏟아져 내렸다.

비행기는 세 번 되돌아와서 언덕 꼭대기에 폭탄을 떨어뜨렸지만 그것을 알아챌 사람은 아무도 없었다. 그 후 비행기는 언덕 꼭대기에 기총 소사를 퍼붓고는 날아가 버렸다. 마지막으로 언덕 꼭대기를 향해 급강하하며 망치를 두드리듯 기관총을 쏘더니 선두 비행기가 그대로 기수를 세워 날아올랐고 나머지 비행기들도 그 뒤를 따라 사다리꼴에서 V 자형으로 편대를 바꾸어 세고비아 쪽 하늘로 사라졌다.

베렌도 중위는 언덕 꼭대기에 맹렬한 사격을 가하면서 척후병 한 명을 시켜 꼭대기를 향해 수류탄을 던질 수 있는 폭격당한 구덩이 하나에 올라가게 했다. 그는 적이 한 사람이라도 살아서 혼란 속에서 그들을 기다리고 있을 위험을 감수하지 않았다. 그래서 죽은 말이며 깨어진 바위 조각이며 누렇게 솟아오른 화약 냄새가 나는 갈라진 땅이며 온통 난장판이 되어 있는 그곳에 수류탄 네 개를 던진 뒤 폭탄 구덩이에서 얼른 기어 나와 꼭대기로 올라가 주위를 살펴보았다.

산꼭대기에는 이그나시오의 시체 밑에서 의식을 잃고 있는 호아킨을 제외하고는 모두 죽어 있었다. 호아킨의 코와 귀에서는 피가 흘러내리고 있었다. 갑자기 벼락처럼 폭격에 휩싸인 순간부터 그는 의식도 없고, 아무런 감촉도 느끼지 못했을뿐더러 폭탄 하나가 바로 옆에 떨어지자 숨도 제대로 쉬지 못하고 있었다. 베렌도 중위는 성호를 긋고 나서, 엘소르도가 부상을 입은 말을 쏴 죽였을 때처럼 갑작스럽고도 부드럽게 ─ 이렇게 갑작스러운 동작도 부드럽게 할 수 있는 것이라면 ─ 청년의 뒤통수를 쏘았다.

베렌도 중위는 언덕 꼭대기에 서서 산비탈에 스러져 있는 아군 시체를 내려다보았고, 그다음에 엘소르도를 여기까지 몰고 오느라 자신들이 말을 타고 달려온 곳을 내려다보았다. 아군 부대가 지금까지 전개해 온 모든 작전의 배치를 살펴본 다음 아군 전사자들의 말들을 끌고 오게 하여 시체들을 라그랑하까지 운반하도록 안장에다 잡아매라고 명령했다.

"그놈도 끌고 가. 자동소총에 손을 얹고 있는 저 시체 말이야. 아마 엘소르도 영감일 거야. 나이도 가장 많고, 총을 다룬 것도 그놈이었으니까. 아냐, 모가지만 잘라서 판초에 싸." 그러고서 잠시 생각하더니 다시 말을 이었다. "놈들의 모가지를 모두 갖고 가는 게 좋겠어. 그리고 아래 비탈에 죽어 있는 놈들과 최초에 놈들을 발견한 장소에서 죽인 놈들의 모가지도 함께. 소총과 권총을 모아. 그리고 저 자동소총은 말에 붙들어 매."

그런 뒤에 그는 최초의 돌격 때 죽은 중위가 쓰러져 있는 곳까지 걸어 내려갔다. 시체를 내려다보기는 했지만 손을 대지는 않았다.

"케 코사 마스 말라 에스 라 게라.(전쟁이란 정말 끔찍해.)" 그가 혼자 중얼거렸다.

그러고 나서 그는 다시 성호를 그었고, 산을 내려오면서는 전사한 전우의 영혼의 안식을 위해 천주경과 성모경을 다섯 번씩 외웠다. 그는 그 자리에 남아서 자신의 명령이 실행되는 모습을 보고 싶지 않았다.

28

적기가 날아간 뒤 로버트 조던과 프리미티보는 폭격이 시작되는 소리를 들었고, 그 소리를 듣자 그의 심장은 또다시 고동치는 듯했다. 고지의 마지막 능선 위에 연기구름이 피어올랐고, 비행기들은 일정한 속도로 점점 멀리 사라지더니 조그만 반점 세 개처럼 보였다.

저놈들은 어쩌면 저희 편 기병들에게만 심한 폭격을 가하고, 엘소르도 영감과 그 일당에게는 손도 대지 못했을지도 몰라, 하고 로버트 조던이 혼잣말처럼 내뱉었다. 저 비행기는 죽일 듯 무섭게 겁을 주지만 그렇게 쉽게 사람들을 죽이지는 못하거든.

"아직도 싸우고 있군요." 치열한 폭격 소리에 귀를 기울이면서 프리미티보가 말했다. 그는 폭격 소리가 날 때마다 움찔움찔하더니 이제는 바싹 마른 입술을 핥고 있었다.

"물론이지. 그런 걸로 사람을 죽이지는 못하거든." 로버트 조던이 대꾸했다.

이윽고 총성이 완전히 멈췄고 그 뒤로는 더 이상 총성이 들리지 않았다. 베렌도 중위가 쏜 권총 소리가 이렇게 멀리까지 들려올 리는 없었다.

총성이 그쳤을 때 그는 아무렇지도 않았다. 그러다 고요가 계속되자 자꾸만 공허한 느낌이 그의 가슴에 파고들었다. 이어서 수류탄이 터지는 소리가 들리자 그의 가슴은 한동안 울렁거렸다. 다시 사방은 아주 잠잠해졌고, 고요함이 계속되자 그제야 그는 모든 것이 끝났다는 것을 알았다.

마리아가 토끼 고기와 버섯을 넣은 진한 스튜가 든 양동이에 빵과 가죽 술병, 양은 접시 네 개, 컵 두 개, 숟가락 네 개를 들고 캠프에서 올라왔다. 그녀는 자동소총이 있는 곳에서 걸음을 멈추고 안셀모와 교대한 아구스틴과 엘라디오에게 스튜 두 그릇과 빵을 건네주고 술 부대의 뿔 마개를 비틀어 컵 두 개에 포도주를 따랐다.

로버트 조던은 그녀가 어깨에 술 부대를 메고 한쪽 손에 양동이를 들고 까까머리를 햇빛에 반짝이면서 초소까지 가벼운 걸음걸이로 올라오는 것을 바라보고 있었다. 그는 내려가 양동이를 받아 들고, 그녀를 마지막 바위 위로 올라오도록 도와주었다.

"비행기가 무슨 짓을 했어요?" 그녀가 놀란 눈으로 물었다.

"엘소르도 영감네를 폭격했어."

그는 양동이의 뚜껑을 열고 접시에 스튜를 퍼 담았다.

"아직도 싸움이 벌어지고 있어요?"

"아니, 이젠 모두 끝났어."

"아!" 그녀는 이렇게 내뱉으며 입술을 깨물고 산야 건너 쪽을 내려다보았다.

"난 식욕이 달아나 버렸어요." 프리미티보가 말했다.

"그래도 먹어 둬." 로버트 조던이 그에게 권했다.

"음식이 목구멍으로 넘어갈 것 같지가 않아요."

"그럼 이걸 우선 한 모금 마시지. 그러고서 먹도록 해 봐." 로버트 조던은 그에게 술 부대를 건네주었다.

"영감네 일로 식욕이 딱 떨어지고 말았어요. 당신이나 어서 들어요. 난 생각 없어요." 프리미티보가 대꾸했다.

마리아는 그의 옆으로 다가가 두 팔로 그의 목을 감고 키스했다. "어서 먹어요, 아저씨. 모두 기운 차려야 해요." 그녀가 말했다.

프리미티보는 그녀에게서 얼굴을 돌렸다. 그는 술 부대를 쳐들어 머리를 뒤로 젖히고는 쏟아져 나오는 술을 꿀꺽꿀꺽 마셨다. 그런 다음 양동이의 음식을 접시에 수북이 담아 먹기 시작했다.

로버트 조던은 마리아의 얼굴을 바라보며 고개를 흔들었다. 그녀는 옆에 앉아 그의 어깨에 팔을 감았다. 서로 상대방의 기분을 알 수 있었다. 로버트 조던은 스튜를 먹으면서 천천히 버섯 맛을 음미한 뒤 술을 마셨다. 둘 다 아무 말이 없었다.

"있고 싶으면 여기 있어도 좋아, 아가씨." 음식을 모두 먹고 나서 잠시 뒤에 그가 말했다.

"안 돼요. 필라르한테 가야 해요." 그녀가 대꾸했다.

"여기 남아 있어도 괜찮아. 이젠 어떤 일도 일어날 것 같지 않으니까."

"안 돼요. 필라르한테 가 봐야 해요. 아주머니가 내게 교육시키고 있는 중이니까요." 그녀가 말했다.

"뭘 가르치는데?"

"교육이요." 그녀는 생글 웃고는 그에게 키스했다. "당신은 종교 교육을 받아 본 적이 없죠?" 그녀는 얼굴을 붉혔다. "그것하고 조금 비슷해요." 그녀는 다시 얼굴을 붉혔다. "하지만 그것과는 좀 달라요."

"그래, 그럼 교육을 받으러 가 봐." 그는 그녀의 어깨를 가볍게 두드려 주었다. 그녀는 또다시 그에게 생긋 미소 짓고는 프리미티보에게 말했다. "아래 쪽에서 가져올 건 없나요?"

"없어, 아가씨." 그가 대답했다. 두 사람은 그가 아직도 기분이 풀리지 않았다는 것을 알 수 있었다.

"그럼 살루드(안녕), 아저씨." 그녀가 그에게 말했다.

"이봐요, 난 죽는 건 조금도 무섭진 않지만, 그 사람들을 저렇게 홀로 죽게……" 프리미티보가 말을 하다가 목이 멨다.

"달리 도리가 없었잖아." 로버트 조던이 그에게 말했다.

"그건 나도 알아요. 하지만 알아도 기분은 매한가지일걸요."

"어찌할 도리가 없었어. 이제 그 얘기는 그만두는 게 좋겠어." 로버트 조던이 되풀이해서 말했다.

"알아요. 하지만 우리한테서 아무 도움도 받지 못한 채……"

"자, 이젠 그만둬." 로버트 조던이 말하고 마리아를 바라보았다. "아니, 왜 안 가는 거야? 교육받으러 어서 가."

로버트 조던은 바위 사이를 내려가는 그녀의 뒷모습을 지켜보았다. 그러고서 자리에 앉은 채 오랫동안 고지 쪽을 바라보며 생각에 잠겼다.

프리미티보가 말을 걸어도 그는 아무 대답도 하지 않았다. 양지의 볕이 따가웠지만 아랑곳하지 않고, 언덕 비탈이나 저쪽 가장 높은 꼭대기까지 쭉 뻗어 있는 긴 솔밭만 바라보고 있었다. 한 시간쯤 뒤 해가 훨씬 왼쪽으로 기울었을 무렵 그는 적들이 산꼭대기를 넘어오는 것을 보고 얼른 망원경을 집어 들었다.

높은 언덕의 푸른 비탈에 앞장선 기병 둘이 나타났을 때 말들은 아주 조그맣게 보였다. 그 뒤에 기병 넷이 넓은 언덕을 가로질러 흩어져서 내려오고, 얼마 뒤에는 이열종대로 늘어선 기마대가 망원경 속에 뚜렷하게 나타났다. 그 모습을 바라보는 동안 식은땀이 겨드랑이 밑에서부터 옆구리로 흘러내렸다. 종대의 선두에는 말을 탄 사나이가 있었다. 그 뒤를 따라 많은 기병이 나타났다. 다음에는 기수 없이 안장에 비스듬히 짐을 실은 말들이 따랐고, 그다음에는 나란히 선 기병 둘이 나타났다. 다음에는 부상병들이 병사들의 부축을 받으며 말을 타고 나타났다. 그 뒤에 다시 종대 꽁무니를 따르는 기병대가 나타났다.

로버트 조던은 그들이 비탈을 내려와서 솔밭 속으로 완전히 자취를 감출 때까지 지켜보았다. 그가 있는 곳으로부터는 너무 멀리 떨어져 있었기 때문에 안장 중 하나에 판초로 싼 길쭉하고 둥근 짐이 양끝과 중간 몇 군데가 밧줄로 묶여 실려 있는 것은 보이지 않았다. 짐은 묶은 끈 사이사이가 마치 콩 껍질처럼 불룩하게 솟아 있었다. 그 짐은 안장 위에서 말 양쪽 옆구리에 걸쳐 있었고, 양끝의 밧줄을 등자 가죽에 묶어 놓은 상태였다. 안장 위에는 엘소르도가 사용해 온 자동소총이 여봐라는 듯 한데 묶여 있었다.

측위병들을 산재해 놓고 선도 소대를 훨씬 앞으로 내보낸 채 종대 선두에 서서 말을 타고 있던 베렌도 중위는 조금도 우쭐한 기분이 들지 않았다. 으레 전투가 끝난 뒤에 오는 공허함을 느낄 뿐이었다. 그는 생각에 잠겨 있었다. 목을 벤다는 건 야만적인 행동이지. 하지만 증거와 확인을 위해서는 필요하거든. 이 일 때문에 나한테 귀찮은 일이 생기겠지만 누가 알겠어? 이 머리통들은 그들에겐 굉장한 호소력이 있을지도 몰라. 이런 걸 좋아하는 녀석들이 꽤 많으니까. 부르고스에 보내게 될지도 모르지. 어쨌든 야만스러운 짓이야. 비행기들은 너무했지. 지나쳤어. 정말 지나쳤어. 우리 같았으면 스토크 박격포로 거의 피해 없이 모조리 해치울 수 있었을 텐데. 나귀 두 마리에 포탄을 싣고 또 한 마리의 안장 양쪽에 박격포를 하나씩 실었으면 그것으로 충분했을 텐데. 그랬으면 훌륭한 군대가 되었을걸! 이만한 자동무기의 화력을 갖추고 있으니까. 그리고 나귀 한 마리, 아니 탄약을 운반할 두 마리만 있으면 돼. 이제 이 생각은 그만하자, 하고 그는 자신을 타일렀다. 그렇게 되면 벌써 기병대는 아니잖아. 이제 그만 생각해. 너 혼자 마음대로 군대를 만들고 있어. 그러다가는 다음에는 산포(山砲)까지 갖고 싶어 하겠는걸.

그러고서 그는 언덕 꼭대기에서 죽은, 지금은 시체가 되어 첫 번째 부대의 말 등에 묶여 있는 훌리안에 대해 생각했다. 산 위에서 내리비치는 저녁놀을 등지고 조용하고 어두컴컴한 솔밭으로 말을 몰고 가면서 다시 한 번 전사한 전우를 위해 기도를 올리기 시작했다.

"우리의 생명, 우리의 기쁨, 우리의 소망이신 인자하신 성모님을 찬송하나이다. 우리는 이 눈물의 골짜기에서 우리의 탄식과 슬픔과 눈물을 바치나이다⋯⋯."

말들은 땅바닥에 깔려 있는 솔잎을 가볍게 밟고 나아갔고, 저녁 햇살이 성당의 둥근 기둥 사이로 비쳐드는 것처럼 나무 줄기 사이로 새어 들어오는 동안 그는 기도를 계속했다. 기도를 올리면서 고개를 들어 앞쪽의 측위병들이 나무 사이로 전진하는 모습을 보았다.

솔밭을 빠져나와 라그랑하로 통하는 누런 도로로 들어섰다. 그들은 말발굽이 일으키는 먼지를 뽀얗게 뒤집어썼다. 안장을 가로질러 엎드려 있는 시체들도, 부상병들도, 그 옆을 걷고 있는 군인들도 온통 먼지투성이었다.

먼지투성이가 된 채 지나가는 적의 기병들을 안셀모가 본 것은 바로 이 지점이었다.

죽은 사람들과 부상병들의 수를 헤아리는 동안 엘소르도의 자동소총이 눈에 띄었다. 등자의 가죽끈이 흔들릴 때마다 말허리에 부딪히던, 판초로 싼 짐이 무엇인지 그는 알 수 없었다. 그러나 어둠을 헤치고 돌아오는 길에 엘소르도가 싸운 언덕에 이른 순간 비로소 그 기다랗게 둘둘 만 판초 속에 들어 있던 것이 무엇인지 알게 되었다. 어둠 속에서는 이 언덕 꼭대기에 있었던 사람들이 누구누구였는지 알 수 없었다. 노인은 그곳에 쓰러져 있는 사람 수를 세어 보고 나서 언덕을 넘어 파블로의 캠프로 향했다.

어둠 속에서 홀로 걷고 있으려니 폭격당한 자리의 구멍을 보고 느꼈던 감정과, 언덕 위에서 처참한 모습을 보고 느꼈던 심장이 얼어붙는 듯한 공포가 되살아나면서 그는 내일 있을 작전에 대한 생각을 마음속에서 모두 몰아내기 위해 애썼다. 그리고 한시라도 빨리 이 소식을 알리려고 허겁지겁 서둘러 걸었다. 걸음을 재촉하면서 엘소르도와 그의 동지들의 영혼을 위해 기도했다. 내전이 일어난 이후 그가 처음으로 드리는 기도였다.

"가장 자애롭고, 가장 아름답고, 가장 인자하신 성모님이시여." 그가 기도를 시작했다.

그러나 그는 내일 일을 생각하지 않을 수 없었다. 그래서 생각에 잠겼다. 난 잉글레스 양반이 하라는 대로, 명령받은 그대로만 하자. 하지만 아, 하느님, 내일은 저를 꼭 그 사람 옆에 있게 해 주소서. 그리고 그 사람의 명령이 정확하고 틀림없게 해 주소서. 비행기 공습을 당하면 저는 어찌할 줄을 모르는 위인이외다. 오, 하느님, 제발 내일 제가 사나이답게 최후를 장식할 수 있도록 도와주소서. 오, 하느님, 제발 저에게 내일 싸움의 중대함을 똑똑히 깨닫게 해 주소서. 오, 하느님, 최악의 순간이 오더라도 도망가지 않도록 제 다리를 꼭 붙들어 주소서. 오, 하느님, 싸움이 벌어지는 내일, 사내답게 행동할 수 있도록 도와주소서. 이만큼 비오니, 부디 이 못난 죄인의 청을 들어주소서. 사태가 이처럼 중대하지 않다면 이런 청은 드리지 않을 것이옵니다. 이제 다시는 당신께 청하지 않겠습니다.

　밤길을 홀로 걸으면서 기도를 올리고 나니 그는 한결 마음이 든든해졌고, 이대로라면 내일도 훌륭하게 처신할 수 있다는 확신이 생겼다. 고지에서 걸어 내려오면서 그는 다시 엘소르도네 사람들을 위해 기도했다. 얼마 후 위쪽 초소에 이르자 페르난도가 수하(誰何)를 했다.

　"나야. 안셀모." 노인이 대답했다.

　"좋아요." 페르난도가 대꾸했다.

　"자네 엘소르도 영감네 일에 대해 알고 있나?" 안셀모가 페르난도에게 물었다. 두 사람은 어둠 속에서 커다란 바위 어귀에 서 있었다.

　"알고말고요. 파블로한테 들었죠." 페르난도가 대답했다.

　"파블로가 위쪽까지 올라갔나?"

　"그럼요. 녀석은 기병들이 떠나자 바로 올라갔어요." 페르난도가 굼뜨게 대답했다.

　"그렇다면 그 사람이 자네들에게……."

　"우리 모두에게 다 얘기했어요." 페르난도가 대답했다. "파시스트 놈들은 어쩌면 그렇게도 야만인들인 거죠! 그런 야만인들은 한 놈도 빼놓지 않고 스페인에서 모조리 없애 버려야 해요." 그는 잠시 말을 멈췄다가 비통하게 다시 말을 이었다.

"놈들에겐 인간의 존엄성이라는 게 전혀 없어요."

안셀모는 어둠 속에서 혼자 히죽 웃었다. 한 시간 전만 해도 다시 웃는다는 건 상상조차 할 수 없었다. 이 얼마나 근사한 녀석인가, 이 페르난도란 놈 말이야, 하고 그는 생각했다.

"그렇고말고. 우리가 놈들에게 가르쳐 줘야 해. 놈들의 비행기와 자동무기와 탱크와 대포를 모조리 빼앗고, 그 대신 인간의 존엄성을 가르쳐 줘야만 해." 노인이 맞장구쳤다.

"바로 그거예요. 영감님 생각과 내 생각이 같다니 기뻐요."

안셀모는 근엄하게 혼자 보초를 서고 있는 페르난도를 그 자리에 남겨 두고 동굴 쪽으로 내려갔다.

29

안셀모가 동굴 속으로 들어가니 로버트 조던은 판자 테이블을 사이에 두고 파블로와 마주 앉아 있었다. 두 사람은 술이 찰랑찰랑한 그릇을 사이에 놓고 각자의 잔을 테이블 위에 올려놓고 있었다. 로버트 조던은 수첩을 펴 놓고 연필을 쥐고 있었다. 필라르와 마리아는 동굴 뒤편에 가 있는지 보이지 않았다. 필라르가 마리아를 뒤쪽으로 보내 사람들의 이야기를 듣지 못하게 하고 있다는 사실을 안셀모가 알 리 없었다. 그래서 그는 필라르가 여기에 앉아 있지 않은 것을 이상하다고 생각했다.

안셀모가 입구에 친 담요 자락을 쳐들고 들어오는 것을 로버트 조던은 바라보았다. 파블로는 똑바로 테이블을 응시하고 있었다. 그의 시선은 술그릇에 맞춰져 있었지만 그렇다고 그걸 쳐다보고 있는 건 아니었다.

"저 위쪽에 갔다 오는 길이야." 안셀모가 로버트 조던에게 말했다.

"파블로한테 들었어요." 로버트 조던이 말했다.

"언덕 위에는 시체가 여섯 구 있는데, 놈들이 머리를 몽땅 잘라 갔더군. 내가 갔을 때는 어두웠어." 안셀모가 말했다.

로버트 조던은 고개를 끄덕였다. 파블로는 술그릇을 바라볼 뿐 아무 말이 없었다. 그의 얼굴에는 아무런 표정도 없었고, 돼지 눈처럼 생긴 조그마한 눈으로 마치 난생처음 보는 듯이 술그릇을 바라보고 있었다.

"앉으세요." 로버트 조던이 안셀모에게 말했다.

노인이 생가죽을 씌운 걸상에 앉자 로버트 조던은 테이블 밑으로 손을 넣어 엘소르도가 선물로 준 작은 위스키 병을 꺼냈다. 술이 절반쯤 남아 있었다. 로버트 조던은 손을 뻗어 컵을 잡고 테이블 아래에서 위스키를 따라 테이블 위에서 안셀모 쪽으로 밀었다.

"드세요, 영감님." 그가 말했다.

파블로는 술그릇에서 눈을 떼고 술잔을 든 안셀모에게로 시선을 옮겼다가 다시 술그릇 쪽으로 돌렸다.

안셀모는 위스키가 목구멍으로 넘어갈 때 코와 입과 눈에 화끈한 기운이 도는 것을 느꼈고, 잠시 뒤에는 기분 좋고 편안한 온기가 배 속으로 퍼져 가는 것을 느꼈다. 그는 손등으로 입을 닦았다.

그러고서 그는 로버트 조던 쪽을 바라보며 입을 열었다.

"한 잔 더 마실 수 있나?"

"그럼요." 로버트 조던이 대답하고 술병에서 또 한 잔을 따라 이번에는 밀지 않고 손으로 건네주었다.

그는 단숨에 꿀꺽 들이켰는데 이번에는 타는 듯한 느낌은 들지 않고 두 배로 포근하고 편안한 느낌이 들었다. 출혈을 많이 한 환자에게 식염 주사를 놓는 것처럼 술은 그의 정신에 좋은 약이 되었다.

노인은 또다시 술병 쪽으로 시선을 주었다.

"나머진 내일 몫입니다. 영감님, 도로 쪽은 어땠던가요?" 로버트 조던이 말했다.

"대단한 이동이었어. 당신이 가르쳐 준 대로 종이에 모두 적어 왔어. 한 사람에게 감시를 부탁해 뒀으니 지금도 계속 살피고 있을 거야. 나중에 그 보고를 받으러 가지."

"대전차포도 봤어요? 총열이 길고 고무 타이어가 달린 것 말이에요."

"봤어. 도로에 트럭이 네 대나 지나갔지. 하나같이 솔가지를 덮은 대포를 싣고 가던데. 트럭에는 대포 한 문에 군인이 여섯 명씩 타고 있더군." 안셀모가 대답했다.

"대포가 네 문이라고요?" 로버트 조던이 그에게 물었다.

"그래, 네 문." 안셀모가 대답했다. 그는 종이에 적은 것을 들여다보지 않았다.

"그 밖에 또 뭐가 지나갔죠?"

로버트 조던이 수첩에 적고 있는 동안 안셀모는 도로에서 목격한 움직임 하나하나를 말해 주었다. 그는 처음부터 차례차례로, 글을 읽을 줄도 쓸 줄도 모르는 사람 특유의 놀랄 만한 기억력으로 이야기했다. 그동안 파블로는 두 번이나 술그 릇에 손을 뻗어 술을 펐다.

"엘소르도 영감이 싸운 고지 쪽에서 라그랑하로 가는 기병 대도 봤어." 안셀모가 말을 이어 갔다.

그러고서 그는 자신이 목격한 부상병의 수와 안장에 걸쳐 실려 가던 시체의 수를 말했다.

"안장에 가로로 매단 짐이 하나 있었는데, 그때는 그게 뭔 지 알 수 없었지. 그런데 지금 생각해 보니, 그게 모가지였던 거야." 그는 쉬지 않고 단숨에 이야기를 이어 갔다. "기병은 일개 대대더군. 살아남은 장교는 한 놈뿐이야. 오늘 아침 자네 가 자동소총 옆에 있을 때 여기 왔던 그 장교는 아니었어. 그 놈은 필경 죽은 놈 중 하나겠지. 소맷자락의 표지로 보건대, 시체 중 둘은 틀림없이 장교였어. 안장에 엎드린 채 매어 놔서 팔을 축 늘어뜨리고 있더군. 그리고 머리통을 실은 안장에는 엘소르도 영감의 자동소총도 묶여 있었어. 총신이 구부러져 있더군. 내 얘기는 이게 전부야." 노인은 이야기를 마쳤다.

"그만하면 충분해요." 로버트 조던은 이렇게 말하고는 술 그릇에 자기 잔을 담가 포도주를 펐다. "영감님 말고 전선을 뚫고 공화국 쪽으로 가 본 사람이 있습니까?"

"안드레스와 엘라디오."

"두 사람 중 누가 더 나아요?"

"안드레스."

"그 사람이라면 여기서 나바세라다까지 가는 데 얼마나 걸 릴까요?"

"짐 없이 조심하면서 가면, 운이 좋으면 세 시간이면 갈 거야. 우린 짐이 있어서 좀 더 안전한 길을 택하는 바람에 오래 걸렸지만."

"안드레스라면 확실하게 해낼 것 같아요?"

"노 세.(천만에.) 확실하게라는 건 없어."

"영감님도요?"

"그렇지."

그럼 이제 결정됐어, 하고 로버트 조던은 속으로 생각했다. 만약 이 영감이 자기는 확실하다고 말했다면 물론 나는 이 영감을 보낼 것이지만.

"안드레스도 영감님 못지않게 잘 갈 수 있을까요?"

"비슷하거나 나보다 더 잘 갈 거야. 나보다 젊으니까."

"하지만 이 보고서는 무슨 일이 있어도 저쪽에 꼭 전달해야 하거든요."

"별다른 일이 없는 한 그 친구라면 능히 해낼 거야. 무슨 일이 생긴다면 그땐 누가 가도 마찬가지지."

"그럼 보고서를 써서 그 친구 편으로 보내기로 하죠. 사령관을 만날 장소는 내가 그 친구에게 설명하겠습니다. 어쩌면 사단 사령부에 있을 거예요." 로버트 조던이 말했다.

"사단이니 뭐니 그 친구는 전혀 이해할 수 없을 텐데. 나도 언제나 헷갈리거든. 사령관 이름하고 그를 만날 장소를 그 친구에게 똑똑히 가르쳐 줘야 할 거야."

"하지만 그가 있는 장소는 대개 사단 사령부일 거예요."

"하지만 그건 장소 이름은 아니잖아?"

"물론 장소 이름이죠, 영감님. 하지만 그곳은 사령관이 필요에 따라서 정하는 장소예요. 사령관이 전투를 지휘하는 본부란 말이죠." 로버트 조던이 끈기 있게 설명해 주었다.

"그럼 그곳이 어디 있나?" 안셀모는 피곤해 머리가 잘 돌아가지 않았다. 또 여단이니 사단이니 군단이니 하는 말도 헷갈렸다. 무엇보다 먼저 종대가 있고, 다음이 연대, 그다음에 여단이 있었다. 그런데 지금은 여단과 사단이 있는 것이다. 그로서는 이해할 수가 없었다. 장소는 그저 장소일 뿐이 아닌가.

"천천히 잘 들어 보세요, 영감님." 로버트 조던이 말을 이었다. 안셀모에게 이해시키지 못한다면 안드레스에게도 결코 분명하게 설명할 수 없다는 것을 그는 잘 알고 있었다. "사단 사령부는 사단장이 지휘를 하는 본부를 두기 위해서 정하는 장소를 말하는 겁니다. 사령관은 사단 하나를 지휘하는데, 사단 하나에는 여단이 둘 있어요. 지금 사령부가 어디 있는지는 저도 잘 모릅니다. 그것을 정할 때 전 그곳에 없었으니까요. 어쩌면 동굴일 수도 있고, 아니면 참호처럼 숨는 장소일 수도 있지만 전화선을 가설해 놓고 있을 거예요. 그러니 안드레스는 사령관이 어디 있는지, 사단 사령부가 어디 있는지 물어봐야 할 거예요. 이 보고서를 사령관이나 참모장이나 또는 내가 이제 이름을 써 줄 그 사람에게 꼭 전해야 돼요. 세 사람 중에 두 사람이 공격 준비로 시찰하러 나가서 없다 하더라도 한 사람은 꼭 남아 있을 테니까요. 이제 이해가 됩니까?"

"그래, 이제 알겠어."

"그럼 안드레스를 데려오세요. 전 이제 이것으로 봉인할 테니까요." 그는 늘 주머니에 넣고 다니는 S. I. M.이라고 새긴 조그맣고 둥근 나무에 붙인 고무도장과 50센트짜리 동전만 한 둥그란 주석 갑에 든 스탬프잉크를 꺼내 보여 주었다. "이 봉인만 있으면 인정해 줄 거예요. 곧 안드레스를 불러다 주면 제가 그 사람에게 설명하겠습니다. 급히 가야겠지만 우선 용건부터 잘 숙지해야 할 테니까요."

"내가 이해한다면 그 친구도 이해하겠지. 하지만 아주 쉽게 잘 설명해 줘야 해. 참모니 사단이니 하는 건 내게도 수수께끼니까. 내가 지금껏 가 본 곳은 하나같이 구체적인 장소였거든. 나바세라다에서는 본부가 낡은 호텔에 있었어. 과다라마에서는 정원이 있는 집 안에 있었고."

"이 사령관의 경우에는 전선에서 아주 가까운 곳에 있을 거예요. 공습을 피하기 위해 아마 지하에 있을 거예요. 안드레스가 질문하는 방법만 똑똑히 알고 있다면 사람들에게 물어서 쉽게 찾아 낼 수 있을 겁니다. 제가 써 준 것만 보여 주면 되니까요. 이 보고서는 빨리 그곳에 닿아야 하니까 어서 그 친구를 데려오십시오." 로버트 조던이 말했다.

안셀모는 늘어진 담요 자락 밑으로 고개를 숙이고 밖으로 나갔다. 로버트 조던은 수첩에 보고서를 쓰기 시작했다.

"이봐, 잉글레스 양반." 파블로가 아직도 술그릇에서 시선을 떼지 않은 채 말을 건넸다.

"지금 보고서를 쓰는 중입니다." 로버트 조던이 얼굴을 들지도 않고 대꾸했다.

"이것 보라고, 잉글레스 양반. 오늘 이 일로 낙심할 필요는 없어. 엘소르도 영감이 없다 해도 우리에겐 초소를 공격하고 다리를 폭파할 인원이 충분하니까."

"그거 다행이군요." 로버트 조던은 여전히 손을 멈추지 않고 대꾸했다.

"충분하고말고. 오늘 당신의 판단이 정확한 것에 감탄했지, 잉글레스 양반." 파블로가 여전히 술그릇만 바라보며 말했다. "확실히 당신은 피카르디아(머리)가 좋아. 나보다 현명하다고. 그래서 당신을 믿고 있어."

골츠 장군에게 보낼 보고서에 골몰하고 있던 로버트 조던은 파블로의 말을 절반도 제대로 듣지 않았다. 그는 될 수 있는 대로 간결하면서도 상대방이 절대적으로 확신할 수 있는 보고서를 쓰려고 애썼다. 아군이 공격을 전면 포기해 줄 것을 권하면서, 그러나 이 권고는 자신이 임무 수행에 따른 위험을 두려워해서가 아니라, 본부에서 모든 진상을 사실대로 파악해 주기를 바라기 때문이라는 것을 각인시키고자 고심했다.

"잉글레스 양반." 파블로가 또 불렀다.

"지금 보고서를 쓰는 중입니다." 로버트 조던이 여전히 얼굴을 들지 않고 대답했다.

어쩌면 이 보고서를 두 통 써서 두 사람에게 각각 보내는 게 좋을지도 몰라, 하고 그는 생각했다. 하지만 그렇게 하자면 명령대로 이 다리를 폭파할 경우 작전에 필요한 인원이 모자랄 거야. 난 도대체 이 공격을 왜 감행해야 하는지 진짜 이유를 알고나 있는 걸까? 어쩌면 이것은 작전을 연장하기 위한 공격에 지나지 않을지도 몰라. 혹은 적의 병력을 다른 방면에서 이쪽으로 유인하기 위한 작전인지도 모르고. 아니면 적의 비행기를 북쪽 전선에서 이쪽으로 유인하기 위한 것인지도 몰라. 그 때문에 이 작전을 벌이는 것인지도 모르지. 어쩌면 처음부터 이 작전이 꼭 성공하기를 기대하지 않았는지도 모르고. 이 작전에 대해 내가 알고 있는 게 도대체 뭐지? 이건 골츠 장군에게 보내는 보고서야. 난 공격이 시작될 때까지는 다리를 폭파하지 않을 거야. 내가 받은 명령은 분명해. 그리고 공격이 중지되면 난 아무것도 폭파할 필요가 없지. 하지만 명령을 수행하는 데 필요한 최소한의 인원은 이곳에 확보해 둬야 하거든.

"뭐라고 그랬죠?" 그가 파블로에게 물었다.

"당신을 믿는다고 그랬지, 잉글레스 양반." 파블로가 여전히 술그릇을 바라보며 대답했다.

이봐, 나도 그렇다면 얼마나 좋겠어, 하고 로버트 조던은 생각했다. 그는 계속해서 보고서를 써 나갔다.

30

그날 밤 해야 할 일은 모두 끝났다. 필요한 명령도 모두 전달했다. 각자는 내일 아침에 해야 할 임무를 정확히 알고 있었다. 안드레스는 이미 세 시간 전에 출발했다. 작전은 먼동이 틀 때 벌어지든지 아니면 영영 벌어지지 않든지 둘 중 하나가 되겠지. 하지만 작전이 벌어지리라고 믿어, 하고 로버트 조던은 위쪽 초소에 있는 프리미티보를 만나러 갔다가 동굴로 돌아오면서 이렇게 생각했다.

골츠에게는 공격할 권한이 있을 뿐 공격을 중지할 권한은 없어. 중지하라는 명령은 마드리드에서 하달되어야 할 테니까. 하지만 아마 그쪽 사람들의 잠을 깨울 순 없을 테고, 깨울 수 있다 해도 그들은 너무 졸려 제대로 생각할 수 없을 거야. 적의 반격 준비를 좀 더 일찍 골츠에게 보고했어야 하지 않았을까? 하지만 일이 실제로 일어나기도 전에 그 일에 대해 어떻게 보고할 수 있단 말인가? 놈들이 무기를 이동하기 시작한 건 어두워진 뒤의 일이었어. 놈들은 도로상의 어떤 움직임도 우리 쪽 비행기에게 발견되기 싫었던 거지. 그렇다면 놈들의 비행기가 출동한 건 도대체 뭐지? 그 파시스트 적기들은 도대체 뭔가?

아군도 그 비행기들을 보고 틀림없이 경고를 받았을 거야. 하지만 파시스트들은 그 비행기들로 다시 한 번 과달라하라를 공격하려고 속임수를 쓰고 있는지도 모르지. 이탈리아군은 북부 전선 말고도 소리아*와 시겐자**에 다시 집결하고 있다고 했어. 하지만 적군은 대공세를 두 곳에서 동시에 전개할 만큼 충분한 군대도 무기도 없거든. 어림없는 일이지. 그저 허세에 지나지 않을지도 몰라.

하지만 우린 얼마만 한 이탈리아군 병력이 지지난달부터 지난달에 걸쳐 카디스***에 상륙했는지 잘 알고 있어. 놈들은 이전처럼 서투른 작전이 아니라 세 갈래로 흩어져 공격해 내려오면서, 점차 전선을 확대해 철도를 따라 고원 지대 서쪽으로 진격하는 방법으로 언제든지 다시 과달라하라를 공격할 수 있어. 훌륭히 해낼 수 있는 방법이 있거든. 독일군이 그것을 가르쳐 주었지. 하지만 처음 공격 때 놈들은 실수가 많았어. 전반적인 계획에 문제가 있었던 거지. 놈들은 마드리드-발렌시아 도로에 대한 아르한다 공격에선 과달라하라에서 동원한

---

* 스페인 북중부에 있는 도시.
** 스페인 중북부 과달라하라 주에 있는 도시.
*** 스페인 남서부에 있는 항구 도시.

부대를 이용하지 않았어. 어째서 적은 이런 공세를 동시에 전개하지 않았을까? 어째서일까? 도대체 무슨 이유일까? 언제쯤이면 그 이유를 알게 될까?

그래도 아군은 동일한 부대로 적의 공세를 두 번 모두 막아 냈지. 만약 적이 두 번의 공격을 동시에 했다면 도저히 막아 내지 못했을 거야. 하지만 걱정할 것 없어, 하고 그는 스스로를 타일렀다. 이 일보다 앞서 오늘 아침에 일어난 기적들을 생각해 봐. 넌 내일 아침 다리를 폭파해야 할 수도 있고, 폭파할 필요가 없을 수도 있어. 하지만 폭파할 필요가 없을지도 모른다는 생각에 사로잡혀 자신을 속여서는 안 되지. 내일 하지 않으면 언젠가 다른 날에 하게 될지도 모르거든. 또 이 다리가 아닌 다른 다리를 폭파하게 될지도 모르고. 무엇을 해야 할지 결정하는 것은 네가 아니야. 넌 다만 명령에 복종할 뿐 그 이상은 생각하지 마.

이번 명령은 아주 명료해. 지나칠 정도로 명료하지. 하지만 걱정할 필요도 두려워할 필요도 없어. 만약 네가 공포라는 사치를 스스로에게 허용한다면, 그 공포심은 너와 같이 일할 다른 사람들에게도 전염될 거야.

하지만 시체의 목을 잘랐다는 건 너무 끔찍한 일이야, 하고 그는 혼잣말을 했다. 그리고 그 영감이 언덕 꼭대기에서 혼자서 놈들과 대항했다는 사실도. 너 같았으면 놈들과 맞부딪히는 게 좋았겠는가? 어때, 그 일엔 너도 감동했을 거야. 오늘은 네가 감동한 일이 하나둘이 아니구나. 하지만 오늘 네가 한 행동은 좋았어. 지금까지 넌 상당히 잘 처신해 왔거든.

몬태나 대학교의 스페인어 강사치고는 참 잘했어, 하고 그는 스스로에게 농담을 했다. 그 직함치고는 잘했다고. 그렇다고 네가 무슨 특수한 인간이라고 생각해선 안 돼. 넌 이 작전에서는 한 발자국도 앞으로 나아가지 못했으니까. 아무런 군사 훈련도 받지 않은 데다 내전이 일어나기 전까지는 작곡가요 마을의 건달에 지나지 않았는데, 지금은 여단을 지휘하는 훌륭한 장군이 된 두란*을 기억해 봐. 마치 장기의 천재가 장기를 배우듯 두란에게는 작전을 배우고 이해하는 게 누워서 떡 먹기처럼 쉬웠지. 넌 어렸을 때 할아버지에게 남북전쟁 이야기를 듣고, 그때부터 전술에 관한 책을 읽고 공부해 오지 않았던가. 하기야 할아버지는 남북전쟁을 '반란'이라고 불렀지. 두란에 비하면 넌 장기 신동에게 대항하는 건실한 장기 선수 같아. 아, 두란! 두란을 다시 한 번 만나게 된다면 얼마나 좋을까. 이 일이 끝나면 게일로드에서 그를 만날 수 있을 거야. 그렇지, 이 일만 끝나면. 그 사람은 얼마나 훌륭하게 처신하고 있을까?

이 일이 끝나면 난 게일로드에서 그 사람을 만날 거야, 하고 그는 다시 한 번 스스로에게 말했다. 자신을 속이지 마, 하고 그는 혼잣말을 했다. 맡은 일이나 빈틈없이 완벽하게 실행하란 말이다. 냉정해지시지. 자신을 속이지 말고. 두란을 다시 만날 일은 절대로 없을 것이고, 그리 중요한 일도 아니거든.

---

* 구스타보 두란 마르티네스(1906~1969). 스페인의 작곡가로 스페인 내전 동안에는 장교로 그 뒤에는 외교관으로 활약했다.

그런 식으로 생각하지도 마, 하고 그는 스스로를 거듭 타일렀다. 그런 사치스러운 생각에 탐닉하지 마.

그렇다고 영웅처럼 체념하는 것도 좋지 않아. 이 산속에서는 영웅적인 체념으로 가득 찬 시민 따위는 필요 없어. 네 할아버지는 남북전쟁에서 사 년이나 싸웠지만, 넌 이 전쟁에서 겨우 일 년을 마쳐 가잖아. 넌 아직 시간이 많고, 이 임무에 딱 맞는 적임자거든. 게다가 지금 너에게는 마리아도 있지 않은가. 뭐야, 그러고 보니 너한테는 없는 게 없구나. 그러니 걱정할 건 없어. 유격대와 기병대 사이에서 사소한 충돌이 있었다고 해서 그게 대체 어쨌다는 거야? 아무것도 아니지. 설령 놈들이 목을 베어 갔다고 해서 그게 어쨌다는 거야? 그래서 뭐가 달라지기라도 했나? 달라진 건 아무것도 없어.

할아버지가 전쟁 뒤 포트 커니에 머물 무렵 인디언들은 늘 사람들의 머리 가죽을 벗겨 가곤 했지. 아버지 사무실에 있던 캐비닛이 생각나는가? 선반 위에 일렬로 진열해 두었던 화살촉, 벽에 걸려 있던 독수리 깃털이 비스듬히 꽂힌 군모, 불에 그슬린 사슴 가죽 냄새가 나는 각반과 셔츠, 구슬이 달린 사슴 가죽 신의 감촉을 기억하는가? 캐비닛 한쪽 모퉁이에 기대 세워 놓은 커다란 들소잡이 활대, 사냥용 화살과 전투용 화살이 들어 있는 화살통 두 개, 그리고 화살 다발을 한 손으로 움켜쥐었을 때의 그 느낌을 기억하는가?

뭔가 그런 것을 회상해. 뭐든 구체적이고 실제적인 것을 기억해. 움푹 들어간 칼집에 꽂혀 있던, 기름으로 잘 닦아 반들반들 빛나던 군도, 할아버지가 너무 여러 번 갈아서 날이 얇

아졌다며 보여 주던 일을 기억해. 할아버지가 갖고 있던 스미스 앤드 웨슨 권총도 기억해 봐. 단발식 장교용 32구경으로 방아쇠 집도 없었지. 네가 당겨 본 방아쇠 중에서 가장 부드럽고 기분 좋은 권총으로 늘 기름칠이 잘 되어 있었고, 갈색 총열의 금속과 탄창은 가죽집과의 마찰로 반질반질 닳아 있었지만 총구만큼은 깨끗했지. 거죽에 U. S.라고 찍힌 가죽 총집에 넣어, 총을 손질하는 도구와 총알 200발과 함께 캐비닛 서랍에 들어 있었어.

넌 서랍에서 그 권총을 꺼내 쥐어 볼 수도 있었지. "네 마음대로 한번 다루어 보렴." 하고 할아버지가 말했지. 하지만 '진짜 무기'였기 때문에 함부로 장난칠 수는 없었어.

넌 언젠가 할아버지에게 그 권총으로 사람을 죽인 일이 있느냐고 물어본 적이 있지. 그러자 할아버지는 "암, 있고말고." 라고 대답했어.

그래서 "그게 언제였어요, 할아버지?"라고 묻자 할아버지는 "반란 때하고 그 뒤였지."라고 대답했어.

넌 또 물었지. "그때 얘길 들려주세요, 할아버지."

그러자 할아버지가 대답했어. "그 얘기는 그다지 하고 싶지 않구나, 로버트."

그 후 네 아버지가 그 권총으로 자살하여 네가 학교에서 돌아와 장례식을 마쳤을 때, 검시관이 검시를 마친 뒤 이렇게 말하면서 권총을 돌려주었지. "밥, 이 권총을 간직하고 싶겠지. 사실은 내가 갖고 있어야 하지만, 네 아버지가 이걸 얼마나 소중히 간직하고 있었는지 난 잘 알고 있어. 아무튼 네 할아버지께서 전쟁 중에는 말할 것도 없고 기병 연대와 함께 이 지방으로 오셨을 때도 늘 이 총을 몸에 지니고 다니셨지. 지금도 썩 좋은 총이야. 난 오늘 오후에 이것을 꺼내어 시험해 보았지. 총알은 많이 쏠 수 없지만 잘 맞더구나."

로버트 조던은 그 권총을 늘 넣어 두는 서랍에 도로 갖다 넣었지만 이튿날 그것을 꺼내 처브와 함께 레드로지 너머 고지 꼭대기까지 말을 몰고 올라갔다. 지금 그곳에는 산길 너머 베어투스 고원을 횡단하여 쿡시티까지 가는 도로가 나 있다. 공기는 희박해지고 여름 내내 눈이 녹지 않는 위쪽에서 두 사람은 수심이 250미터 가까이 되는 호숫가에 말을 멈추었고, 그는 처브더러 말 두 마리를 붙잡고 있으라고 한 뒤 혼자 바위 위로 올라가 아래를 내려다보았다. 잔잔한 수면에 그의 얼굴과 권총을 들고 있는 모습이 비쳤다. 그가 총구를 잡고 물 위에 떨어뜨리자, 총은 물거품을 일으키면서 가라앉더니 맑은 물속에서 시계 장식품만 한 크기가 되었다가 마침내는 보이지 않았다. 그는 그런 다음 바위에서 내려와 껑충 말안장에 올라타 늙은 말 베스의 옆구리에 힘차게 박차를 가했고 말은 깜짝 놀라 요동치는 목마처럼 높이 뛰어올랐다. 호숫가를 따라 한바탕 거칠게 달리다가 말이 안정되자 그들은 오솔길을 따라 되돌아왔다.

"왜 네가 그 권총을 그렇게 했는지 알겠어, 밥." 처브가 말했다.

"그렇다면 그 얘기는 할 필요가 없겠지." 그가 대꾸했다.

그들은 그 뒤로 그 이야기를 한 번도 하지 않았고, 할아버지가 아끼던 무기는 군도를 제외하고는 그렇게 사라지고 말았다. 그는 지금도 그 군도를 다른 소지품과 함께 트렁크에 넣어 미줄라에 간직하고 있었다.

할아버지라면 지금의 이 상황을 어떻게 생각할까, 하고 그는 생각해 보았다. 모두 할아버지는 훌륭한 군인이었다고 말했지. 사람들 말로는, 만약 그날 할아버지가 커스터*와 함께 있었더라면 그가 그런 궁지에 빠지지는 않았을 거라고 했다. 아침 안개가 자욱하게 끼지 않고서야 커스터가 리틀빅혼**을 따라 도랑에 퍼져 있는 인디언 오두막들이 피운 연기도 먼지도 알아채지 못했을 리 만무하지 않은가? 하지만 그날은 안개가 전혀 끼지 않았다고 했다.

나 대신 할아버지가 여기 있어 주면 얼마나 좋을까. 글쎄, 어쩌면 내일 밤쯤엔 할아버지와 함께 있게 될지도 모르지. 만약 빌어먹을 내세라는 게 있다면 ── 난 그런 게 있다고 믿지 않지만 ── 할아버지와 이야기를 나누고 싶구나. 알고 싶은 게 너무 많으니까. 지금이라면 나도 할아버지와 똑같은 일을 해야 하니까 물어볼 자격이 있거든. 지금이라면 할아버지도 내가 무엇을 물어봐도 꺼리지 않을 거야. 전에는 내게 그럴 권리가 없었지. 그때는 할아버지가 나를 잘 몰랐으니까 말해 주지 않았다는 걸 알겠어. 하지만 지금이라면 잘 지낼 수 있을 것 같아. 그분과 얘기를 나누고 조언을 들을 수 있다면 얼마나 좋

* 조지 암스트롱 커스터(1839~1876). 미국 남북전쟁 당시 활약한 군인.
** 1876년 6월 지금의 몬태나 주 리틀빅혼에서 라코타-샤이엔 원주민 연합과 미국 육군 제7 기병 연대 사이에 전투가 벌어졌고, 커스터 장군이 전사했다.

을까. 제기랄, 조언을 얻을 수 없다면 그저 얘기만이라도 나누고 싶군. 할아버지와 나 사이에 이렇게나 시간의 차이가 있다니 정말 유감이야.

이렇게 생각하고 있는 동안 그는, 만약 내세에서 상봉한다고 해도 자신과 할아버지는 둘 다 그의 아버지 앞에서는 아주 어색할 거라고 생각했다. 누구한테나 자살할 권리는 있는 것 아닌가. 하지만 좋은 일은 아니야. 이해야 하지만 찬성할 수는 없어. '라체(빌어먹을)'라는 말이 바로 그거야. 하지만 넌 그 말뜻을 아는가? 물론 알지. 그래 이해는 하지. 그런 일을 하려면 머릿속이 온통 그 생각으로 가득 차 있어야 해.

아 빌어먹을, 할아버지가 여기 있어 주면 얼마나 좋을까, 하고 그는 생각했다. 어떻게든, 단 한 시간만이라도. 어쩌면 할아버지는 그 권총을 잘못 사용한 아버지를 통해 변변치 못하나마 내 소질을 전해 주었는지도 몰라. 아마 그것이 나와 할아버지를 잇는 유일한 끈인지도 모르지. 하지만 빌어먹을! 정말로 빌어먹을! 시간의 차이가 그리 크지 않아서, 아버지가 내게 결코 가르쳐 주지 않은 걸 할아버지한테서 배울 수 있었다면 얼마나 좋았을까. 하지만 할아버지도 사 년 동안 계속된 전쟁과 그 후의 인디언과의 전투에서 실컷 맛보고 억누르고 마침내는 몰아내야 했던 그 공포심이 ─ 하기야 인디언과의 전투는 그다지 무서운 것은 아니었겠지만 ─ 마치 투우사의 2세가 대개 그렇듯 자기 아들을 코바르데(겁쟁이)로 만들었다고 가정해 보면 어떨까? 만약 그렇다고 가정해 본다면? 어쩌면 그런 중간 단계를 거친 뒤에야 비로소 진짜 정액이 곧바로 전달되는 게 아닐까?

아버지가 코바르데(겁쟁이)라는 사실을 처음 알았을 때 얼마나 역겨웠는지 결코 잊지 못할 거야. 자, 그것을 영어로 말해 봐. Coward. 영어로 말하는 편이 훨씬 쉽고, son of a bitch라는 말도 외국어로 말하면 맛이 나지 않지. 아버지는 결코 개자식은 아니었어. 그저 겁쟁이였을 뿐, 사나이로서 그보다 불행한 일은 없지. 만약 아버지가 겁쟁이가 아니었다면 그 여자에게 지지 않고 끝끝내 대항해서 그렇게 제멋대로 하도록 내버려 두진 않았을 테니까. 만약 아버지가 다른 여자와 결혼했더라면 나는 어떻게 되었을까? 그건 아무도 모를 일이지. 이렇게 생각하고는 그는 쓴웃음을 지었다. 어쩌면 그 여자의 학대 때문에 아버지는 갖지 못한 것을 보충하게 되었는지도 몰라. 그러니 넌 그렇게 어렵게 생각할 거 없어. 정액이니 뭐니 하는 말은 아예 내일 일이 끝날 때까지 입에 올리지도 말라고. 걸핏하면 천해지는 것도 집어치워. 앞으론 결코 천하게 굴지 마. 내일은 네가 어떤 정액을 물려받았는지 알게 될 거야.

하지만 그는 다시 할아버지에 대해 생각하기 시작했다.

"조지 커스터는 기병대 대장치고는 그다지 현명하지 않았단다, 로버트. 똑똑한 사람 축에도 못 들었거든."

할아버지가 그렇게 말했을 때, 레드로지의 당구장 벽에 걸려 있는 안호이저-부시의 오래된 석판화* 속의 커스터에 대해 누가 비난을 할 때마다 화를 내고 싶었던 것이 기억났다. 석판

---

* 1896년에 제작된 컬러 석판화. 리틀빅혼 전투 모습을 담고 있다.

화 속에서 그는 사슴 가죽 셔츠를 입고 노란 고수머리를 바람에 나부끼면서 수 인디언들에게 사방으로 포위된 채로 권총을 쥐고 언덕에 서 있었다.

"하지만 그 사람은 곤경에 빠졌을 때 거기서 빠져나오는 굉장한 능력이 있었지." 할아버지는 말을 이었다. "그런데 리틀빅혼에선 빠져나올 수가 없었어.

하지만 필 셰리든은 똑똑한 사나이였고, 젭 스튜어트도 그랬지. 기병대장으로서는 존 모스비만 한 사람이 없었어."

그는 미줄라에 두고 온 가방 속에 필 셰리든 장군이 '말 백정' 킬패트릭*에게 보낸 편지를 보관하고 있었다. 그 편지에는 할아버지가 비정규 기병의 지휘자로서는 존 모스비보다도 뛰어나다고 적혀 있었다.

우리 할아버지의 이야기를 골츠 장군에게 해 줘야겠군, 하고 그는 생각했다. 골츠는 우리 할아버지 이야기를 한 번도 들어 본 적이 없을 거야. 존 모스비 이야기도 아마 들어 보지 못했겠지. 하지만 영국인들은 대륙 사람들보다 우리 남북전쟁을 훨씬 더 연구해 왔기 때문에 누구나 그들에 대해 들어 봤을 거야. 카르코프는 이 내전이 끝난 뒤 내가 원한다면 모스크바의 레닌 연구소에 갈 수 있을 거라고 했어. 또 내가 원한다면 붉은 군대의 군사학교에도 입학할 수 있을 거라고 했고. 할아버지가 이 얘기를 들으면 어떻게 생각할까? 한평생 민주당원하고는 한자리에 앉기도 싫어했던 할아버지가 아니던가.

---

* 휴 저드슨 킬패트릭(1836~1881). 미국 남북전쟁 때 북군 장군.

어쨌든 군인은 되기 싫어, 하고 그는 생각했다. 그건 확실하지. 그러니 그런 이야기는 그만두자. 난 다만 이 전쟁에서 아군이 승리하기를 바랄 따름이야. 정말 훌륭한 군인이라면 다른 일에서는 훌륭하기가 어려운 게 아닐까, 하고 그는 생각했다. 아니, 그것은 사실과 달라. 나폴레옹을 보고 웰링턴을 봐. 오늘 밤엔 머리가 제대로 돌아가지 않는군.

여느 때에는 꽤 명석했고, 오늘 밤에도 할아버지의 일을 생각하는 동안은 그랬다. 그러다가 아버지 생각을 하면서부터 엉망이 되고 말았다. 아버지를 이해하고, 모든 것을 용서하고 동정했지만 아버지 때문에 수치스러웠다.

아무것도 생각하지 않는 게 좋겠어, 하고 그는 자신에게 속삭였다. 조금 있으면 넌 마리아와 함께 있게 될 것이고, 그렇게 되면 생각할 필요가 없겠지. 모든 준비가 끝난 지금은 그게 최선이야. 한 가지 생각에 지나치게 집중하면 머리는 걷잡을 수 없이, 마치 브레이크가 고장 난 바퀴처럼 제멋대로 굴러가기 시작하지. 이제 생각하는 건 그만두는 게 좋겠는걸.

하지만 가령, 하고 그는 생각해 보았다. 가령 아군 비행기가 폭탄을 투하해 대전차포를 산산조각으로 파괴해 진지를 날려 버린 뒤, 낡은 탱크가 일제히 어떤 언덕을 짓밟고 올라간다고 상상해 봐. 또 골츠가 주정뱅이니 부랑아니 건달이니 광신자니 영웅이니 할 것 없이 14여단에 속한 사람들을 장화로 걸어차서 자기 앞으로 나가게 한다고 상상해 봐. 그리고 골츠의 또 한 여단에 있는 두란의 부하들이 얼마나 우수한 녀석들인지 나는 잘 알고 있지. 그렇게 된다면 우린 내일 밤이면 세고비아에 입성할 수 있을 거야.

그래, 바로 그거야. 조금만 생각해 봐. 마침내 라그랑하에 가게 될 거야, 하고 그는 혼자 속삭였다. 하지만 넌 그 다리를 폭파해야 해, 하고 그는 갑자기 엄연한 사실을 깨달았다. 중지되는 일은 절대로 없을 거야. 방금 네가 일 분 동안 상상해 본 건, 공격을 명령한 사람들에게 공격의 가능성이 어떻게 보이는가 하는 것이지. 그래, 넌 무슨 일이 있어도 다리 폭파 임무를 완수해야 해. 그는 그것을 똑똑히 알고 있었다. 안드레스에게 무슨 일이 일어나든 그것은 문제가 되지 않는다.

컴컴한 산길을 홀로 내려오는 동안, 앞으로 네 시간 동안 해야 할 일을 모두 끝냈다는 상쾌한 기분, 또 구체적인 일을 다시 생각하면서 생긴 자신감이 되살아났다. 가슴속에 품었고 그러자 다리를 폭파해야 한다는 생각이 오히려 그에게 위안이 되었다.

이 불안감, 안드레스에게 골츠 장군에게 보내는 보고서를 가지고 가게 한 뒤로 줄곧 그를 사로잡고 있던 증폭된 불안감이 이제는 말끔히 사라지고 말았다. 이 불안감은 날짜를 착각하는 바람에 초대한 손님들이 파티에 올지 오지 않을지 알 수 없을 때 느끼는 불안감과 비슷했다. 그는 축제가 취소되지는 않을 것이라고 확신했다. 확신하는 편이 훨씬 좋아, 하고 그는 생각했다. 확신하는 편이 언제나 훨씬 더 좋은 거야.

31

지금 두 사람은 다시 한 번 침낭 속에 들어가 있었고 마지막 밤도 깊어 갔다. 마리아는 그에게 바싹 붙어 누워 있었다. 그는 자기 넓적다리에 닿은 그녀의 넓적다리의 미끈하고 보들보들한 촉감, 그리고 샘물이 있는 긴 들판에 솟아 있는 조그마한 두 동산 같은 젖가슴을 어루만졌다. 그리고 그 동산 너머에 있는 먼 산하는 그가 지금 입술을 갖다 댄 그녀의 목이라는 골짜기였다. 그는 아주 편안히 누워 아무것도 생각하지 않았으며, 그녀는 한 손으로 그의 머리를 쓰다듬고 있었다.

"로베르토, 부끄러워요. 당신을 실망시키고 싶진 않지만, 너무 아프고 괴로워요. 당신한테 쓸모가 있을 것 같지 않아요." 마리아가 아주 부드러운 목소리로 말하고 그에게 키스했다.

"늘 그렇게 많이 괴롭고 아픈 거야. 괜찮아, 토끼. 아무렇지도 않아. 고통스럽다면 하지 않아도 돼." 그가 말했다.

"내 말은 그게 아니에요. 바라는 만큼 당신을 잘 받아들일 수 없다는 말이에요."

"그런 건 그렇게 중요하지 않아. 한순간이면 지나가는 일이니까. 같이 누워 있기만 하면 우린 한 몸이 되는 거야."

"그건 그렇지만 부끄러워요. 이렇게 된 건 그런 봉변을 당한 탓 같아요. 당신과 내 탓은 아니에요."

"그 얘긴 그만두지."

"나도 하기 싫어요. 그저 오늘 밤 당신을 실망시킨 게 참을 수 없다는 말이죠. 그래서 핑계거리를 찾아본 거예요."

"이봐, 토끼, 그런 건 모두 지나가는 일일 뿐이니까 그 뒤엔 아무런 문제가 안 돼." 그가 말했다. 하지만 마지막 밤치고는 운이 좋지 않군, 하고 그는 마음속으로 중얼거렸다.

그는 이내 부끄러운 생각이 들어 말을 이었다. "옆으로 좀 더 가까이 와, 토끼. 이렇게 어둠 속에서 몸을 맞대고 있어도 당신과 사랑을 나눌 때처럼 당신이 사랑스러워."

"엘소르도 영감한테 갔다 돌아올 때 고지에서 느낀 것처럼 오늘 밤도 그럴 줄 알았는데 정말 부끄러워요."

"케 바.(글쎄.) 어디 그런 일이 매일같이 있을 수 있나." 그가 그녀에게 말했다. "이렇게 하고 있어도 그때처럼 좋아." 실망감을 잠시 무시한 채 그가 거짓말했다. "이렇게 나란히 누워 있다가 조용히 자자. 우리 얘기할까? 얘기를 나누지 못해 당신에 대해 아는 게 별로 없어."

"내일 일, 그리고 당신의 일에 대해 얘기할까요? 당신이 할 일에 대해 알고 싶어요."

"그건 안 돼." 그는 이렇게 대답하고 침낭 끝까지 다리를 쭉 뻗어 완전히 편안한 자세를 취하고는, 뺨을 그녀의 어깨에 대고 왼팔로 그녀의 머리를 안고 조용히 누워 있었다. "내일 있을 일이나 오늘 있었던 일에 대해선 얘기하지 않는 게 제일 좋을 거야. 이 일에서 우리는 손실을 따지지 말기로 해. 내일 해야 할 일은 내일 할 거고. 두렵지 않아?"

"케 바.(그럴 리가.) 언제나 두려운걸요. 하지만 이젠 당신 일이 너무도 걱정돼서 내 걱정은 하지 않아요." 그녀가 대답했다.

"걱정할 것 없어, 토끼. 난 지금까지 온갖 일을 겪어 왔어. 이번 일보다 위험한 일도." 그가 거짓말을 했다.

그러다 갑자기 공상의 세계로 들어가는 듯한 사치스러운 감정에 사로잡혀서 그가 다시 말을 이었다. "마드리드에 대해서, 또 우리가 마드리드에 가게 될 때에 대해서 이야기하자."

"좋아요." 그녀가 이렇게 말하고 다시 덧붙였다. "아, 로베르토, 당신을 실망시켜 미안해요. 무슨 일이든 당신을 위해 해줄 게 없을까요?"

그는 그녀의 머리를 쓰다듬고 키스한 뒤, 밤의 정적에 귀를 기울이면서 그녀에게 바싹 붙어 편안히 누워 있었다.

"마드리드 얘기라면 당신도 할 수 있을 거야." 그는 이렇게 말하고서 생각에 잠겼다. 내일을 위해 그걸 넘치게라도 남겨 두겠어. 여기 있는 모든 것이 내일이면 필요할 거야. 지금 같은 솔잎이 내일만큼 필요할 때는 없을 거야. 성경에서 땅에다 자기 정액을 뿌린 사람이 누구였더라? 오난이었지. 그런데 오난은 어떻게 되었지? 하고 그는 생각했다. 오난에 대해서는 그 이상 들은 기억이 나지 않는군. 어둠 속에서 그는 미소 지었다.

그러고 나서 그는 또다시 비현실적인 생각에 빠져들어 공상의 세계로 미끄러져 가듯 몸을 내맡기면서 관능적인 쾌감을 맛보았다. 그 쾌감은 아무런 사유 능력도 없이 오직 받아들인다는 즐거움만이 있는, 한밤중에 찾아오는 뭔가를 그저 성적(性的)으로 받아들이는 것과 비슷한 감정이었다.

"내 귀여운 아가씨, 내 말 좀 들어 봐." 그는 이렇게 말하고 그녀에게 키스했다. "난 요전 밤에 마드리드를 상상한 적이 있었지. 당신을 데리고 마드리드로 가서 당신을 호텔에서 기다리게 해 놓고 사람들을 만나러 러시아 호텔로 가면 어떨까 하는 생각. 하지만 그건 거짓말이야. 난 호텔 같은 데서 당신을 기다리게 하지는 않을 테니까."

"왜요?"

"당신을 소중히 돌봐 줄 테니까 그렇지. 당신 곁을 떠나지 않겠어. 세구리다드(보안부)로 서류를 가지러 갈 때도 당신과 함께 갈 거야. 그리고 둘이서 필요한 옷을 사러 갈 거야."

"옷 같은 건 많이 없어도 되고, 또 나 혼자서라도 살 수 있어요."

"아냐, 옷은 많이 있어야 돼. 그러니 같이 가서 좋은 걸 사야지. 당신은 새 옷을 입으면 예쁠 거야."

"우린 호텔 방에 있고, 옷은 누구를 시켜서 사 오라고 하는 편이 좋겠어요. 그 호텔은 어디 있는데요?"

"카야오 광장에 있지. 호텔 방에서 대부분 함께 있게 될 거야. 깨끗한 시트를 깐 넓은 침대가 있고, 목욕탕에는 더운물이 나오고, 옷장도 두 개 있으니까 한쪽은 내가 다른 한쪽은 당신이 쓰면 돼. 그리고 높고 환한 창을 열어젖히면 거리의 분수가 보이지. 또 맛있는 음식을 먹을 수 있는 식당도 잘 알고 있거든. 무허가 식당이지만 맛은 그만이야. 그리고 요즘에도 포도주나 위스키를 파는 가게를 알고 있어. 배고플 때 언제든지 먹을 수 있도록 음식을 우리 방에 갖다 두기로 하지. 한잔하고 싶을 때를 위해 위스키도 갖다 두고. 당신에게는 만사니야를 사 줄 거야."

"나도 위스키를 한번 마셔 보고 싶어요."

"하지만 그건 구하기가 힘들어. 그리고 당신이 만사니야를 좋아한다면 그런다는 말이야."

"당신 위스키나 잘 간수해요, 로베르토. 아, 당신이 너무너무 좋아요. 당신도 사랑하고, 내가 마실 수 없는 당신의 위스키도 사랑해요. 당신은 정말 돼지같이 욕심쟁이예요." 그녀가 말했다.

"아니, 마셔 봐도 돼. 하지만 여자에겐 좋지 않거든."

"그러니까 난 지금까지 여자에게 좋은 것만 마셔 왔네요. 그런데 그곳 침대에서도 역시 이 셔츠를 입어야 할까요?" 마리아가 말했다.

"아냐, 당신이 좋아한다면 나이트가운이나 파자마를 몇 벌 사 줄게."

"난 셔츠만 일곱 벌 사겠어요. 그리고 일주일 동안 날마다 갈아입겠어요. 그리고 당신에게도 깨끗한 셔츠를 사 주겠어요. 당신은 셔츠를 세탁해 본 적 있어요?" 그녀가 물었다.

"가끔 빨아 입지."

"난 뭐든지 깨끗이 해 둘 거예요. 당신에게 위스키를 따라 줄 때는, 엘소르도 영감네 동굴에서 한 것처럼 물을 섞어 줄게요. 술안주로는 올리브와 소금에 절인 대구, 개암을 구해 줄게요. 그렇게 한 달쯤 방 안에 틀어박혀 아무데도 나가지 않기로 해요. 만약 내 몸이 당신을 받아들일 수 있다면요." 그녀가 갑자기 서글픈 목소리로 말했다.

"그건 아무것도 아냐. 정말 아무것도 아니라고. 당신이 전에 그곳에 상처를 입었는데, 지금 그 상처가 다시 아프다는 건 있을 수 있는 일이야. 얼마든지 있을 수 있는 일이거든. 하지만 그런 일은 모두 사라져. 그리고 정말 무슨 일이 있다 해도 마드리드에는 훌륭한 의사들이 있어." 로버트 조던이 그녀에게 말했다.

"하지만 전에는 아무렇지도 않았어요." 그녀가 호소하는 듯한 목소리로 말했다.

"그럼 다시 완전히 나아질 징조야."

"그럼 다시 마드리드 얘기를 해요." 그녀는 그의 다리 사이에 자기 다리를 넣어 휘감고, 그의 어깨에 머리를 비벼 댔다. "하지만 이런 까까머리로 그곳에 가면 보기 흉해서 당신은 날 부끄럽게 생각할 텐데요?"

"천만에. 당신은 사랑스러워. 얼굴도 귀엽고, 몸매도 날씬하고 가벼운 데다 살결도 부드럽지. 햇볕에 탄 금빛을 띠고 있으니 모두 나한테서 당신을 빼앗아 가려고 할 거야."

"케 바.(안 돼요.) 날 당신한테서 빼앗아 간다고요! 죽을 때까지 다른 남자는 손가락 하나 못 대게 할 거예요. 당신한테서 날 빼앗다니요! 케 바.(안 돼요.)" 그녀가 말했다.

"그래도 많이 덤벼들걸. 어디 두고 보라고."

"그들도 내가 당신을 얼마나 사랑하는지 알게 되겠죠. 그래서 내 몸에 손가락 하나라도 대는 날에는, 마치 납이 펄펄 끓고 있는 가마솥에 손을 집어넣는 것처럼 무사하지 못하리란 걸 알게 되겠죠. 한데 당신은요? 당신처럼 교양이 있는 아름다운 여자를 만나게 되면요? 내가 창피하다고 생각하지 않을까요?"

"천만에. 당신하고 결혼할 거야."

"당신이 원한다면요. 하지만 지금 우리에겐 교회가 없으니 그런 건 의미가 없을 것 같아요."

"난 결혼하고 싶어."

"원한다면 하겠어요. 하지만 내 말 좀 들어 봐요. 만약 이제라도 교회가 있는 다른 나라에 가게 되면, 그곳 교회에서 결혼식을 올릴 수 있을지 몰라요."

"우리 나라에는 아직도 교회가 있어. 그게 당신한테 중요하다면, 거기서 결혼할 수도 있지. 난 한 번도 결혼한 적이 없어. 그러니 조금도 문제 될 게 없거든."

"당신이 결혼한 적이 없다니 기뻐요. 내게 여러 가지 것들을 가르쳐 주고 또 그런 것들에 대해 알고 있어 기뻐요. 그건 당신이 여러 여자들과 알고 지냈다는 걸 뜻하죠. 그런 남자가 아니면 남편 될 자격이 없다고 필라르가 그랬어요. 하지만 당신은 이제 다른 여자들과 놀아나진 않겠죠? 그러면 난 죽을 것만 같아요."

"많은 여자와 놀아난 건 아냐. 당신을 만나기 전까지만 해도 한 여자를 이처럼 깊이 사랑하게 될 줄은 몰랐어." 그가 솔직히 털어놓았다.

그녀는 그의 뺨을 쓰다듬고 그의 머리 뒤로 두 손을 돌려서 깍지를 끼었다. "당신은 아마 아주 많은 여자를 알고 있을 거예요."

"사랑한 적은 없어."

"있잖아요, 필라르가 얘기해 준 적이 있는데……."

"어디 말해 봐."

"싫어요. 말하지 않는 게 좋겠어요. 마드리드 얘기나 다시 하기로 해요."

"방금 당신이 하려던 얘기가 뭔데?"

"말하고 싶지 않아요."

"어쩌면 중요한 일일 수도 있으니 말하는 게 좋을지도 몰라."

"중요한 얘기 같아요?"

"응."

"하지만 그게 뭔지도 모르면서 어떻게 알아요?"

"당신의 태도를 보면 알지."

"그럼 숨기지 않고 얘기할게요. 필라르 아주머니가 그러는데, 우린 모두 내일 죽을지도 몰라요. 아주머니와 마찬가지로 당신도 그것을 알지만 조금도 대수롭지 않게 생각하는 것뿐이래요. 아주머니는 비난하는 게 아니라 감탄하면서 그렇게 말했어요."

"그 여자가 그런 얘기를 다 했어?" 그가 물었다. 미친 암캐 같은 년, 하고 그는 이렇게 생각하고는 말을 이었다. "누가 집시 아니랄까 봐. 개똥 같은 소리야. 시장 바닥의 노파나 카페에서 노닥거리는 겁쟁이들이나 지껄일 얘기야. 개똥 같은 거짓말이라고." 그는 겨드랑이에서 땀이 배어 나와 팔과 옆구리로 흘러내리는 것을 느끼면서 마음속으로 말했다. 역시 너도 겁을 먹고 있구나? 그러고 나서 그는 큰 소리로 말했다. "그 여자는 입에 똥칠한 미신에 빠진 암캐야. 다시 마드리드 얘기나 하자."

"그럼 당신은 그런 것에 대해 아무것도 몰라요?"

"물론 모르지. 그따위 똥 같은 얘기는 그만둬." 그는 일부러 더럽고 추잡한 말을 골라 썼다.

그러나 이번에는 마드리드 얘기를 하면서도 공상의 세계로 빠져들 수 없었다. 이제 그는 애인과 자기 스스로를 속이면서 전투의 전날 밤을 보내고 있었고, 그는 그 사실을 잘 알고 있었다. 그러고 싶었지만, 그 일을 기꺼이 받아들이는 모든 사치스러운 쾌감은 이미 말끔히 사라지고 말았다. 그러나 그는 또다시 이야기를 시작했다.

"당신 머리카락에 대해 생각하고 있었어." 그가 말을 이었다. "또 당신 머리카락을 어떻게 할지에 대해 생각해 봤지. 이제 머리카락이 짐승 털만큼 자라서 만져 보면 아주 기분이 좋

아. 사랑스럽고 아름다워. 손으로 쓰다듬으면 바람에 나부끼는 밀밭처럼 쓰러졌다 일어났다 하거든."

"그럼 쓰다듬어 줘요."

그는 그녀가 하라는 대로 머리를 쓰다듬어 준 뒤 손을 그대로 머리에 얹어 두고 자신의 목이 부풀어 오르는 것을 느끼면서 그녀의 목에 대고 말을 이었다. "하지만 마드리드에 있는 미장원에 함께 가면 나처럼 옆머리와 뒷머리를 말쑥하게 깎아 줄 거야. 그러는 편이 머리가 자랄 때까지 거리를 걷기에도 나을 거야."

"당신 머리처럼 하고 싶어요." 그녀가 이렇게 말하고 그를 자기 쪽으로 끌어당겼다. "그리고 언제까지고 그렇게 해 두고 싶어요."

"그건 안 돼. 머리는 계속 자라니까. 그저 길게 자랄 때까지 처음 얼마 동안만 그렇게 다듬어 놓는 거지. 길게 자라려면 얼마나 걸릴까?"

"아주 길게요?"

"아니. 당신의 어깨쯤까지 길려면. 그 정도로 기르면 좋겠어."

"영화에 나오는 가르보처럼요?"

"그래." 그가 목이 메는 듯한 목소리로 대답했다.

갑자기 공상의 세계가 격류처럼 되돌아오자, 그는 모든 것을 받아들이고 싶어졌다. 또 한 번 공상의 세계가 그를 사로잡았고, 그는 다시 그 세계에 몸을 내맡긴 채 말을 이었다. "그러면 머리카락이 어깨까지 똑바로 흘러내려 끝이 파도처럼 돌

돌 말려 들어갈 테지. 색깔은 잘 익은 밀과 같고, 얼굴은 햇빛에 탄 황금색이고, 눈은 당신 머리카락과 살결에 잘 어울리는 검은 점이 군데군데 박힌 황금빛일 거야. 그리고 난 당신의 머리를 뒤로 젖히고 눈을 들여다보고는 당신을 품에 꼭 껴안고⋯⋯."

"어디서 그럴 건데요?"

"아무데라도 좋지. 어디든지 우리가 있는 데라면. 머리가 자랄 때까지 얼마나 걸릴까?"

"전에 한 번도 잘라 본 적이 없으니 모르죠. 하지만 모르긴 해도 여섯 달만 지나면 귀밑까지는 넉넉히 자랄 거예요. 일 년 안에는 당신이 바라는 길이까지 자랄 거고. 그보다도 먼저 무슨 일이 일어날지 당신 알겠어요?"

"얘기해 봐."

"둘이서 그 유명한 호텔의 방에 들어가 크고 깨끗한 침대 속에 들어가는 거예요. 나란히 그 유명한 침대에 앉아 옷장의 거울을 들여다보면 거울 속엔 당신도 있고 나도 있겠죠. 그러고 나서 내가 이렇게 몸을 돌려 당신에게 팔을 감는 거예요. 그다음 이렇게 당신에게 키스하죠."

두 사람은 꼭 달라붙은 채 조용히 누워 있었다. 가슴이 막힐 만큼 훅훅 달아오르고, 사지가 뻣뻣해지고, 한 몸뚱이처럼 그녀를 꼭 껴안고 있었다. 로버트 조던은 절대 현실로 일어날 수 없다는 것을 잘 알고 있는 그 모든 것까지도 꼭 끌어안았다. 그리고 일부러 그것에 매달리며 말을 이어 나갔다. "이봐, 토끼, 우리가 언제나 그 호텔에서만 사는 건 아냐."

"왜 안 돼요?"

"우린 마드리드에서 부엔레티로 공원을 따라 있는 거리에 아파트를 얻을 수 있어. 내전 전에 어떤 미국 여자가 가구가 딸린 아파트를 세놓고 있던 것을 알고 있어. 내전 전의 싼 방세로 그런 아파트를 빌리는 방법도 알고 있거든. 공원 쪽으로 향한 아파트 창문에서는 공원이 환히 내다보여. 쇠 울타리, 정원, 자갈 깐 길, 자갈길까지 자라는 푸른 잔디밭, 그늘이 짙은 나무들, 분수도 여러 개 보이지. 지금쯤은 아마 밤나무 꽃이 활짝 피어 있겠지. 마드리드에 가면 둘이서 공원을 산책하고, 연못에 옛날처럼 물이 고여 있다면 보트를 타고 노를 저을 수도 있을 거야."

"물이 없을 수도 있어요?"

"비행기가 폭격하러 오면 그것이 목표가 되기 때문에 11월에는 물을 빼내거든. 하지만 아마 지금은 물을 다시 넣었을 거야. 확실한 건 알 수 없지만. 물이 없더라도 우린 연못을 지나 공원 전체를 산책할 수 있어. 세계 곳곳에서 모아들인 나무들로 이루어진 숲이 있는데, 나무마다 이름이 적혀 있고 어떤 종의 나무인지 원산지가 어딘지 설명하는 표지가 붙어 있지."

"영화 구경도 빨리 가고 싶어요. 하지만 숲 구경도 무척 재미있을 것 같아요. 기억할 수만 있다면 그 나무들의 이름을 당신과 함께 일일이 외고 싶어요." 마리아가 말했다.

"그 나무들은 박물관에 있는 것들과는 달라. 모두가 저절로 자라거든. 공원에는 언덕도 있고, 정글 같은 곳도 있지. 그리고 아래로는 보도를 따라 책 시장이 서는데, 몇 백 개나 되는 노점이 쭉 늘어서서 헌책을 팔지. 내전 뒤 폭격당한 집과 파시스트 놈들의 집에서 약탈하거나 훔친 책이 많아. 훔친 책을 시장으로 들고 오는 바람에 시장은 책으로 넘치지. 나는 마드리드에서 시간만 나면 내전 전에 그랬던 것처럼 온종일 책 시장을 뒤지면서 매일을 보낼 수도 있을 거야."

"당신이 책 시장에 가 있는 동안 난 아파트에서 일을 하겠어요. 가정부를 둘 만한 돈이 있을까요?" 마리아가 말했다.

"물론이지. 당신 마음에만 든다면 호텔에 있는 페트라를 빼오겠어. 요리 솜씨도 좋고 깔끔한 여자야. 그 여자가 해 준 요리를 신문기자들과 함께 먹은 적이 있어. 그 친구들 방에는 전기난로가 있더군."

"당신이 원한다면 그렇게 해요. 아니면 내가 구해도 좋고요. 하지만 당신은 일 때문에 늘 나가 있지 않을까요? 그런 일에 난 따라갈 수 없을 테고요." 마리아가 말했다.

"어쩌면 마드리드에서 일자리를 얻을 수 있을지도 몰라. 벌써 이 일을 한 지 꽤 됐고, 내전 초기부터 전투만 해 왔으니까. 그러니 이제 마드리드에서 일자리를 줄지도 모르지. 한 번도 그런 부탁을 해 본 적은 없지만. 난 언제나 전선에 나가 있거나, 이 일 같은 작전을 해 왔거든.

당신을 만나기 전까지만 해도 아무것도 요구한 일이 없다는 거 알아? 아무것도 필요한 게 없었다는 걸? 이 내전과 전쟁의 승리 말고는 아무것도 생각하지 않은 걸 말이야? 정말 야심이 없이 너무 순수했지. 이제까지 그저 일만 해 왔고, 지금은 당신을 사랑하고 있고." 이제 그는 존재할 수도 없는 비현실적인 모든 것을 완전히 껴안으면서 말을 이어 나갔다. "난 우리가 싸워서 지켜 온 모든 것을 사랑하듯 당신을 사랑해. 자유와 존엄, 그리고 모든 사람이 일할 권리, 굶지 않을 권리를 사랑하는 것처럼 당신을 사랑해. 우리가 방어한 마드리드를 사랑하듯, 죽어 간 내 동지들을 사랑하듯 당신을 사랑해. 정말 많은 동지가 죽었지. 정말, 정말로 많은 동지들이. 당신은 얼마나 많은 동지가 죽었는지 아마 상상도 못 할 거야. 하지만 난 이 세상에서 내가 가장 사랑하는 것을 사랑하듯 당신을 사랑하고 있어. 아니, 그 이상으로 당신을 사랑하지. 정말로 사랑해, 토끼. 이루 표현할 수 없을 만큼 사랑해. 하지만 내가 이렇게 말하는 건 당신에게 조금이나마 뭔가 말하고 싶기 때문이야. 아내가 있어 본 적은 없지만, 이제 아내로서 당신이 있으니까 행복해."

"최선을 다해 당신의 좋은 아내가 되겠어요. 충분한 소양이 없다는 걸 잘 알지만 그걸 보충하도록 노력할게요. 만약 마드리드에서 산다면 좋죠. 다른 데서 살게 돼도 좋고요. 살 곳이 없어 당신과 함께 돌아다닐 수 있다면 더욱 좋고요. 만약 당신 나라로 가게 되면, 잉글레스 사람처럼 말할 수 있도록 영어를 배우겠어요. 그곳의 모든 예의범절까지 잘 배워서 꼭 그곳 사람들처럼 행동할 거예요." 마리아가 말했다.

"그러면 참 우스울 거야."

"물론 그렇겠죠. 여러 모로 실수도 하겠지만 당신이 가르쳐 주기만 하면 다시는 틀리지 않을 거예요. 어쩌면 두 번까진 틀릴지 몰라요. 그리고 만약 당신 나라에서 당신이 이따금 스페인 요리가 먹고 싶다고 하면 만들어 줄 수 있어요. 또 아내가 되는 것을 가르쳐 주는 학교가 있다면 그 학교에 다니면서 공부하겠어요."

"그런 학교가 있긴 하지만 그럴 필요 없어."

"필라르 아주머니가 당신 나라에는 그런 학교가 있을 거라고 했어요. 잡지에서 읽었대요. 그리고 영어를 배워서 당신이 나 때문에 창피하지 않도록 영어를 잘해야 한다고도 했어요."

"그 여자가 언제 그런 얘기를 다 했지?"

"오늘 짐을 꾸리면서요. 그동안에도 쭉 당신의 아내가 되려면 어떻게 해야 되는지 얘기해 줬어요."

그러면 그 여자도 마드리드로 갈 작정 같은데, 하고 로버트 조던은 생각했다. 그러고서 말을 이었다. "그 밖에 또 무슨 얘기를 했지?"

"몸매를 잘 가꿔야 한다고, 투우사처럼 몸의 선을 소중히 지키라고 했어요. 그게 아주 중요하다고요."

"맞는 말이야. 하지만 당신은 앞으로 몇 년 동안은 그런 걱정은 하지 않아도 돼." 로버트 조던이 말했다.

"아니에요. 필라르 아주머니 말이 스페인 여자들은 갑자기 몸이 뚱뚱해지니까 늘 몸매에 신경 써야 한다고 했어요. 아주머니도 옛날엔 나처럼 몸매가 날씬했는데, 그 시절에는 여자들이 운동을 하지 않았대요. 그리고 나보고 무슨 운동을 하면 좋은지 말해 주고, 너무 지나치게 음식을 먹어선 안 된다고 말해 줬어요. 또 어떤 음식을 먹어선 안 되는지도 말했거든요. 그런데 그 음식 이름을 잊어버려서 다시 물어봐야겠어요."

"감자." 그가 말했다.

"아, 맞아요. 감자하고 기름에 튀긴 음식이었어요." 그녀가 말을 이어 나갔다. "그리고 아픈 얘기를 했더니, 그건 당신에게 말하지 말고 참아야 하고 당신이 모르도록 해야 한다고 했어요. 하지만 당신에겐 절대로 거짓말하긴 싫어서 말한 거예요. 또 당신이 이제 다시는 둘이 함께 기쁨을 느끼지 못한다고, 아까 고지에서 그랬던 일이 정말 있었던 게 아니었다고 생각할까 걱정돼서 말한 거예요."

"말하길 잘했어."

"정말이에요? 하지만 부끄러워요. 당신이 원하는 건 뭐든 다 해 주고 싶어요. 필라르 아주머니가 남편에게 해 주는 일을 여러 가지 가르쳐 줬거든요."

"아무것도 할 필요 없어. 지금 우리가 가진 건 우리가 함께 가진 것이고, 그걸 소중히 간직하고 지켜 나가면 돼. 난 이렇게 당신 곁에 누워 있는 것과, 당신을 어루만지며 당신이 정말로 여기 있다는 걸 아는 게 좋아. 그리고 당신이 다시 준비가 되면 우린 모든 것을 갖게 될 거야."

"그런데 내가 해 줄 수 있는 꼭 필요한 게 없어요? 그것도 필라르 아주머니가 설명해 줬어요."

"없어. 우리에게 꼭 필요한 것은 둘이 함께 있는 거야. 당신을 떠나서 하고 싶은 건 아무것도 없어."

"그렇다면 훨씬 안심이 되는 것 같아요. 하지만 난 당신이 원하는 것을 언제든 해 줄 수 있다는 걸 잊지 마요. 하지만 그건 당신이 먼저 얘기해 줘야 해요. 난 정말 아무것도 모르고,

필라르 아주머니가 말해 준 것도 대부분 잘 이해할 수 없으니까요. 일일이 묻는 것도 부끄러운 데다, 아주머니는 이것저것 그 밖에도 아는 게 여간 많지 않더라고요."

"토끼, 당신은 정말 멋있어." 그가 말했다.

"케 바.(천만에요.) 하지만 캠프를 철거하고, 전투 준비로 짐을 꾸리고, 위의 고지에선 또 하나의 전투가 벌어지고 있는 와중에 하루 사이에 신부 수업을 마친다는 건 드문 일이죠. 그러니 만약 내가 큰 실수를 하면 당신이 가르쳐 줘야 해요. 당신을 사랑하고 있으니까요. 잘못 기억하는 것도 있을지 모르고, 게다가 아주머니가 가르쳐 준 건 대부분은 아주 복잡해요."

"그 밖에 또 무슨 얘기를 해 줬지?"

"너무 많아서 생각이 안 나요. 이런 얘기도 해 줬어요. 당신은 좋은 사람이고 벌써 모조리 알고 있으니까, 내가 봉변당한 그 일이 다시 생각나거든 당신에게 속 시원하게 말해 버리라고요. 하지만 예전처럼 악몽같이 무섭게 떠오르지 않는다면 굳이 얘기할 필요가 없다고요. 당신에게 말해 버리면 그 일에서 벗어나게 될지 모른다는 말도 했어요."

"지금도 그 일 때문에 마음이 무거워?"

"아뇨. 당신하고 처음 함께 지낸 뒤부터 그런 일이 언제 있었던가 싶어졌어요. 부모님 생각을 하면 언제나 슬프지만요. 그 슬픔은 언제까지나 사라지지 않을 거예요. 하지만 당신 아내가 된다면 당신이 자랑스러워할 일을 알려 주고 싶어요. 난 결코 누구에게도 굴복하지 않았어요. 계속 저항했기 때문에 봉변을 당할 때는 두 사람 아니면 더 많은 남자들이었어요. 한 사람이 내 머리에 올라타 날 붙잡고 있었어요. 당신의 자긍심을 위해서 말하는 거예요."

"내 자긍심은 당신한테 있어. 그러니 그 얘기는 이제 그만 둬."

"아니에요. 난 지금 당신이 아내에게 느낄 필요가 있는 자긍심에 대해서 말하는 거예요. 그리고 또 한 가지, 아버지는 마을 시장으로 훌륭한 분이었어요. 어머니도 정숙하고 신심이 깊은 가톨릭 신자였는데, 놈들은 어머니를 아버지와 함께 죽여 버렸어요. 아버지가 공화당원이었기 때문이죠. 두 분이 총살당할 때 지켜보고 있었어요. 놈들이 아버지를 우리 마을 도살장 벽에 세워 놓고 총살할 때 아버지는 '비바 라 레푸블리카!(공화국 만세!)'라고 외치셨어요.

어머니도 같은 벽에 기대서서 '이 마을 시장이었던 내 남편 만세!'라고 외치셨어요. 놈들이 나까지 함께 죽여 주었으면 좋겠다고 생각했죠. 그래서 나도 '비바 라 레푸블리카 이 비반 미스 파드레스!(공화국 만세 그리고 우리 부모님 만세!)'라고 외치려 했는데, 총살 대신 그런 못된 짓을 한 거예요.

한번 들어 봐요. 우리와 관계있는 일이니까 그중 하나만 얘기할게요. 마타데로(도살장)에서 총살이 끝난 뒤 놈들은 우리를, 또 그 현장에 있었지만 총살을 당하지 않은 친척들을 도살장에서 끌어내어 가파른 언덕 너머 마을의 큰 광장으로 끌고 갔어요. 거의 모두가 울고 있었지만 그중에는 방금 목격한 일 때문에 정신이 멍해져서 눈물이 말라붙은 사람들도 있었어요. 나도 울음이 통 나오지 않았어요. 그리고 무슨 일이 벌어지고 있는지 전혀 몰랐어요. 내 눈에는 총살당하던 순간의 아버지와 '이 마을 시장이었던 내 남편 만세!'라고 외치던 어머니의 모습밖엔 아무것도 떠오르지 않았으니까요. 그리고 그 외침이 언제까지나, 언제까지나 계속되는 비명처럼 귓가에 남아 있었어요. 어머니는 공화당원이 아니었으니까 '공화국 만세!'라고 외치고 싶지는 않았겠죠. 그래서 자기 발치에 얼굴을 처박고 쓰러져 있는 아버지 만세만을 외쳤던 거예요.

하지만 어머니의 외침은 비명처럼 아주 크고 날카로웠어요. 그래서 놈들이 쏜 총을 맞고 어머니가 쓰러지자, 나는 줄에서 빠져나와 달려 나가려고 했지만 우리는 모두 결박을 당했어요. 총살은 민병대가 했어요. 팔랑헤* 당원들이 우리를 언덕 위로 끌고 갔을 때도 민병대 놈들은 시체를 벽 옆에 그대로 내버려 둔 채 또 총살할 사람들을 기다리고 있었어요. 처녀들과 아낙네들은 기다란 밧줄에 손목이 묶인 채 언덕을 넘어 거리를 지나 광장까지 끌려갔죠. 놈들은 광장 건너 시청 맞은편에 있는 이발소 앞에서 걸음을 멈췄어요.

그때 두 녀석이 우리를 바라보았고 그중 하나가 '저게 이 마을 시장의 딸이야.'라고 소리치니까 또 한 녀석이 '그럼 그년부터 시작해.'라고 응수하더군요.

그러자 놈들은 내 양쪽 손목을 묶었던 밧줄을 끊었어요. 한 녀석이 '밧줄을 다시 연결해.'라고 다른 녀석에게 말하더군요.

---

* 이탈리아 파시즘의 영향을 받아 1933년 스페인에서 창설된 극단적인 민족주의 단체. 스페인 내전 중에 프란시스 프랑코가 이 정당의 절대적인 지지자로 활약했다.

그러고서 이 두 녀석이 내 팔을 붙잡고 이발소로 끌고 들어가 날 번쩍 들어 의자에 앉혀 놓고 움직이지 못하게 꼭 붙잡는 게 아니겠어요.

거울 속에 내 얼굴과 나를 누르고 있는 놈들의 얼굴, 내 위로 덮치듯 서서 들여다보고 있는 세 놈의 얼굴이 보였어요. 모두 처음 보는 얼굴들이었는데, 난 거울 속에서 나와 그놈들의 얼굴을 보고 있었지만, 놈들은 나만 쳐다보고 있었어요. 마치 누군가 치과병원 의자에 앉아 있고 여러 치과의사가 둘러싸고 있는, 하나같이 미치광이 같은 광경이었어요. 슬픔 때문에 얼굴마저 변했는지 내 얼굴도 알아볼 수 없었죠. 하지만 거울 속의 얼굴을 들여다보고 있으려니 그게 내 얼굴이라는 것을 알겠더군요. 그래도 슬픔이 너무 커서 슬픔 말고는 공포도 그 밖의 어떤 감정도 전혀 느낄 수 없었어요.

그때 난 머리카락을 두 갈래로 땋아 늘어뜨리고 있었죠. 거울을 들여다보고 있으려니 한 녀석이 한쪽 머리채를 갑자기 확 잡아당겼고 슬픈 중에도 아팠어요. 그러더니 그 녀석은 머리채를 면도칼로 바짝 잘라 버렸어요. 거울 속으로 한쪽 머리채만 남은 모습과 잘린 자리가 보이지 않겠어요. 곧 한쪽 머리채마저 잘려 버렸지만, 이번에는 머리채를 잡아당기지 않고 잘랐기 때문에 면도칼이 귀를 조금 스쳐 피가 났어요. 손가락으로 상처를 만져 볼래요?"

"음, 그렇군. 하지만 그 얘기는 이제 그만두는 게 좋겠어."

"이건 아무것도 아니에요. 정말 참혹한 얘기는 하지 않겠어요. 그렇게 그 녀석이 머리채를 밑에서부터 바짝 잘라 버리자,

다른 놈들은 낄낄거리며 웃어 댔어요. 난 귀에 상처를 입은 것도 모르고 있었는데, 이번엔 그놈이 바로 앞에 와서 다른 두 녀석에게 나를 꼭 붙잡고 있도록 하고는, 자른 머리채로 내 얼굴을 후려갈기면서 말했어요. '빨갱이 수녀는 이렇게 만드는 거야. 이게 바로 네 프롤레타리아 수사(修士)들하고 붙는 방식이야. 이 빨갱이 그리스도의 신부(新婦) 년아!'

녀석은 조금 전까지 내 것이었던 머리채로 몇 번이고 내 얼굴을 후려갈기고 나서, 머리채 두 가닥으로 내 입을 틀어막고는 목 뒤로 동여매 재갈을 만들었어요. 그러자 날 붙들고 있던 두 녀석은 깔깔대고 웃었고요.

놈들은 모두 웃어 대고, 거울 속으로 놈들의 모습을 본 난 비로소 울기 시작했죠. 그때까지는 총살 때문에 너무 겁에 질려서 울음조차 나오지 않았거든요.

내 입을 틀어막은 녀석이 이발 기계로 머리를 전부 깎아 버렸어요. 이마에서 시작해서 목 뒤까지, 그다음엔 정수리에서 사방으로 귀 뒤쪽까지 머리 전체를 바싹 깎았죠. 난 놈들에게 꼭 붙잡힌 채 처음부터 끝까지 놈들이 하는 짓을 거울 속으로 볼 수 있었어요. 그러면서도 그 모든 것이 도무지 현실 같지 않았고, 그래서 마구 울며 아우성을 쳤지만 입을 벌리려 해도 머리채가 틀어박혀 있었고 이발 기계 밑에서 내 머리가 까까중이 되는 끔찍한 모습에서 차마 눈을 돌릴 수조차 없었어요.

머리를 다 밀어버리고 나서 놈은 이발소 선반에서 요오드가 든 조그만 병을 꺼내 ── 그 이발소 주인도 역시 조합에 가입해 있었기 때문에 총살되어 이발소 문턱에 쓰러져 있었고, 놈들은 나를 끌고 들어갈 때도 그 시체를 넘어서 들어갔죠. — 병에 꽂혀 있던 유리관으로 귀에 난 상처에 발랐어요. 따끔따끔하게 찌르는 듯한 아픔이 슬픔과 공포 속에서도 느껴지더군요.

그런 뒤 놈은 내 앞에 떡 버티고 서서 요오드로 내 이마에 무슨 화가라도 되는 것처럼 천천히 조심스레 U. H. P.*라고 썼어요. 난 거울로 다 보고 있으면서도 더 이상 울지는 않았어요. 아버지와 어머니 일로 내 가슴은 꽁꽁 얼어붙어 내게 일어나는 일 따윈 아무렇지도 않았고, 나 자신도 그것을 잘 알 수 있었죠.

마침내 글씨를 다 쓴 팔랑헤 당원은 뒤로 한 걸음 물러서서 자기 솜씨를 보려는 듯 내 얼굴을 바라보고는, 요오드를 내려놓고 다시 이발 기계를 집어 들더니 '다음!' 하고 말더군요. 그러자 놈들은 내 양쪽 팔을 끼고 밖으로 끌어냈어요. 그때도 난 잿빛 얼굴로 나자빠져 있는 이발소 주인의 시체에 걸려 넘어질 뻔했어요. 그리고 마침 그때 두 놈에게 끌려 들어오는 나와 가장 친한 콘셉시온 그라시아와 하마터면 부딪칠 뻔했어요. 그라시아는 내 얼굴을 보기는 했지만 처음에는 나인 줄 몰랐다가 이내 알아보고는 비명을 질렀어요. 그 비명 소리는 내가 떠밀리듯 광장을 가로질러 시청 입구의 계단을 올라가 아버지 사무실로 끌려 들어가 소파에 눕혀질 때까지 계속 들

---

* '프롤레타리아 형제 연합(Uníos Hermanos Proletarios)'의 약어로 스페인 내전 중 공화파의 한 조직.

리더군요. 그리고 내가 그 참혹한 짓을 당한 것은 바로 거기서였어요."

"내 토끼, 그 얘기는 이제 더 이상 하지 마." 로버트 조던이 말하고는 그녀를 될 수 있는 대로 부드럽게 꼭 껴안았다. 그러나 그는 누구 못지않게 증오심으로 불탔다. "더 이상 말하지 마. 이제 더는 증오심을 참을 수 없으니까."

그의 품속에서 안긴 그녀는 몸이 빳빳하게 굳고 싸늘해졌다. "네, 더 이상 말하진 않겠어요. 하지만 나쁜 놈들이에요. 할 수만 있다면 당신과 함께 놈들을 죽이고 싶어요. 하지만 내가 이 이야기를 한 건 내가 당신의 아내가 된다면 이것이 당신의 자긍심을 위해 필요하다고 생각했기 때문이에요. 그러니 이해해 줄 거죠?" 그녀가 말했다.

"당신이 말해 줘서 기뻐. 내일 운이 좋으면 우린 놈들을 많이 죽일 수 있을 거야." 그가 대꾸했다.

"하지만 팔랑헤 당원 놈들도 죽일 수 있을까요? 못된 짓을 한 건 바로 그놈들이거든요."

"놈들은 전투를 하지 않아. 후방에서 사람들만 죽이고 있어. 우리가 전쟁터에서 싸우는 상대는 그놈들이 아냐." 그가 침울한 목소리로 대답했다.

"하지만 어떤 식으로든 놈들을 죽일 수는 없을까요? 그놈들을 죽이고 싶어요."

"내가 죽였어. 앞으로도 죽이게 될 거고. 기차 폭파 때도 놈들을 죽였지." 그가 말했다.

"당신과 함께 기차를 폭파하러 가고 싶어요. 필라르 아주머니에게 구출되던 그 기차 습격 때 난 반미치광이가 되어 있었어요. 그때 내가 어땠는지 아주머니한테서 들었죠?" 마리아가 말했다.

"들었어. 그 얘기는 이제 그만둬."

"머리가 멍해 죽을 것 같았고, 줄곧 울기만 했어요. 하지만 당신에게 얘기할 게 또 한 가지 있어요. 이것만은 꼭 해야 돼요. 이 얘기를 들으면 아마 당신은 나와 결혼하지 않을 거예요. 하지만 로베르토, 만약 나하고 결혼하고 싶지 않다 해도 그저 언제까지나 같이 있을 순 없나요?"

"당신과 결혼할 거야."

"아니에요. 이걸 깜박 잊고 있었어요. 아마 당신은 결혼하지 않을 거예요. 난 당신한테 아들이나 딸을 못 낳아 줄지도 몰라요. 필라르 아주머니가 그랬어요. 낳을 수 있었다면 그 봉변을 당했을 때 낳았을 거라고. 이 얘기만큼은 꼭 해야 돼요. 아, 왜 이 얘기를 잊고 있었을까."

"그게 무슨 대단한 얘기라고, 토끼. 첫째, 그건 사실이 아닐지도 몰라. 그런 얘기를 할 수 있는 건 의사뿐이야. 더구나 난 지금 같은 세상에서는 아들이고 딸이고 아이를 낳고 싶지 않아. 그래야 당신도 내가 주는 모든 사랑을 독차지할 수 있잖아." 그가 대꾸했다.

"하지만 난 당신의 아들과 딸을 낳고 싶어요. 그리고 파시스트들과 싸울 우리 아이들이 없다면 무슨 수로 세상을 바로잡겠어요?" 그녀가 말했다.

"마리아, 당신을 사랑해. 내 말 알아듣겠어? 자, 이제 그만 자야 해, 토끼. 날이 새기 훨씬 전에 일어나야 하니까. 요즘은 날이 일찍 밝잖아."

"그럼 내가 마지막에 한 얘기, 그래도 괜찮아요? 그래도 우린 결혼할 수 있어요?"

"이미 우리는 결혼한 거야. 지금 결혼한 거라고. 당신은 내 아내야. 하지만 자, 이제 그만 자, 토끼. 시간이 얼마 남지 않았으니까."

"그럼 정말 결혼하는 거죠? 말로만 그런 게 아니죠?"

"정말이라니까."

"그럼 이제 자겠어요. 깨면 그 일을 생각해 보겠어요."

"나도 그럴게."

"잘 자요, 나의 남편."

"잘 자, 나의 아내."

그녀의 숨소리가 규칙적으로 들려오자 그는 그녀가 잠이 들었다는 것을 알 수 있었다. 그는 눈을 뜬 채 그녀가 깨지 않도록 가만히 누워 있었다. 그녀가 얘기하지 않은 나머지 부분을 낱낱이 그려 보고 증오심을 느꼈고, 아침이 되면 놈들을 죽일 수 있으리라는 것이 기뻤다. 하지만 어느 것도 개인적인 문제로 받아들여서는 안 되지, 하고 그는 생각했다.

하지만 어떻게 개인적인 문제와 분리할 수 있단 말인가? 우리도 놈들에게 가혹한 짓을 했다는 건 나도 알고 있지. 하지만 그것은 우리의 교육이 부족해서 그 밖에 다른 좋은 방법을 알지 못했기 때문이었어. 하지만 놈들은 일부러, 계획적으로 그런 짓을 했거든. 그 짓을 한 놈들은 그들의 교육이 낳은 최후의 정화(精華)라고 할 수 있는 녀석들이야. 놈들이야말로 스페인 기사도의 꽃이지. 스페인 사람이란 정말 대단해. 코르테스*, 피사로**, 메넨데스 데 아빌라***로부터 엔리케 리스테르를 거쳐 파블로에 이르기까지 대단한 개자식들 아닌가. 그리고 또 얼마나 훌륭한 사람들인가. 이 세상에 이만큼 훌륭한 민족, 이만큼 나쁜 민족도 없을 거야. 또 이만큼 친절하고 이만큼 잔인한 민족도 없을 거야. 도대체 누가 이 민족을 이해할 수 있을까? 하지만 나는 아니야. 만약 이해한다면 모든 걸 용서해야 하기 때문이거든. 이해한다는 건 곧 용서한다는 것이지. 아니, 그렇진 않아. 용서라는 건 이제껏 과장되어 왔어. 용서라는 건 기독교적 사상인데, 스페인은 기독교 국가였던 적이 한 번도 없었거든. 교회 안에서도 그들 특유의 우상숭배가 있어. 오트라 비르헨 마스(또 하나의 다른 성모님) 말이지. 놈들이 적의 처녀들을 농락하지 않을 수 없는 까닭도 아마 그 때문일 거야. 그건 확실히 그들, 특히 스페인 종교를 광신하는 사람들일 경우에 일반 민중보다 훨씬 뿌리 깊은 것이었지. 교회는 정부와 결탁해 있었고, 정부는 언제나 부패해 있었으므로 민중은 교회에서 이탈해 버렸어. 이 나라야말로 종교개혁의 손길이 미치지 않

---

* 에르난 코르테스(1485~1547). 스페인의 탐험가로 멕시코 지역의 아즈텍 문명을 정복했다.
** 프란시스코 피사로(1475~1541). 스페인의 탐험가로 페루의 잉카 제국을 정복하고 리마 시를 건설했다.
*** 페드로 메넨데스 데 아빌라(1519~1574). 스페인의 해군 제독이자 탐험가로 미국 플로리다를 개척해 초대 총독이 되었다.

은 유일한 나라였거든. 그들은 이제 그 이단 심문에 대한 대가를 톡톡히 치르고 있는 거야.

그래, 그건 한번 생각해 볼 만한 문제야. 네가 할 임무에서 비롯하는 걱정거리를 잠시 잊게 해 줄 문제지. 허세를 부리는 것보다는 건전해. 아, 오늘 밤에 그는 꽤 허세를 부렸다. 필라르도 하루 종일 허세만 부렸다. 그건 사실이야. 만약 내일 그들이 죽는다면 어떻게 될까? 다리만 잘 폭파하고 죽는다면 죽는 것쯤은 문제 될 것도 없잖은가? 내일 그들이 할 일이라고는 그것뿐이야.

정말 그것은 문제가 되지 않아. 넌 이 일을 끝없이 계속해 나갈 수는 없지 않은가. 영원히 살 수 있는 것도 아니니까. 어쩌면 난 사흘 동안 모든 인생을 살았는지 몰라, 하고 그는 생각했다. 만약 그것이 사실이라면 나는 마지막 밤을 좀 다르게 보내고 싶군. 하지만 마지막 밤이라는 건 한 번도 좋은 적이 없었지. 마지막치고 좋은 거라곤 하나도 없어. 아니, 마지막 유언은 때로는 훌륭하지. "이 마을 시장이었던 내 남편 만세!" 이 얼마나 멋진 말이냐.

이 말을 혼자 중얼거렸을 때, 온몸이 후끈 달아올랐기 때문에 그는 이 말이 멋진 말이라는 것을 깨달았다. 그는 몸을 일으켜 잠든 마리아에게 키스했다. 그러고는 영어로 아주 부드럽게 속삭였다. "당신하고 결혼하고 싶어, 토끼. 당신 가족이 무척 자랑스러워."

32

같은 날 밤, 마드리드의 게일로드 호텔에는 많은 사람들이 모여 있었다. 푸른색 도료로 헤드라이트를 칠한 자동차 한 대가 호텔의 차량 출입구에 서자, 까만 승마용 장화를 신고 회색 승마 바지에 목까지 단추를 단 짧은 회색 윗도리를 입은 몸집이 작은 사나이가 차에서 내렸다. 그는 차문을 열 때 보초 두 명이 거수경례를 하자 답례하고 프런트에 앉아 있는 비밀경찰에게 고개를 끄덕이고 엘리베이터 안으로 들어갔다. 안 쪽의 대리석 문 양쪽에 보초가 한 명씩 의자에 앉아 있었는데, 이들은 키 작은 사나이가 엘리베이터 문 앞으로 지나가자 얼굴을 들어 흘끗 쳐다볼 뿐이었다. 낯선 사람이 들어오면 겨드랑이나 허리나 뒷주머니를 뒤져 권총을 갖고 있는지 조사하고, 만약 갖고 있으면 프런트 직원과 함께 그를 검사하는 것이 그들의 임무였다. 하지만 그들은 승마용 장화를 신은 몸집이 작은 그 사나이를 잘 알았기 때문에 그가 지나갈 때 얼굴을 거의 들지도 않았다.

사나이가 묵고 있는 게일로드 호텔 방은 그가 들어갔을 때 사람들로 가득했다. 사람들은 어느 응접실에서나 그렇듯 앉기도 하고 서기도 하고 지껄이기도 하면서 남녀 할 것 없이 보드카나 위스키소다, 혹은 커다란 피처에 들어 있는 맥주를 작은 컵에 따라 마시고 있었다. 그중 네 명은 군복 차림이었다. 다른 남자들은 방풍 점퍼나 가죽점퍼를 입고 있었고, 여자 네 명 중 세 명은 평범한 나들이옷을 입고 있었지만, 몹시 여위고 피부가 가무잡잡한 네 번째 여자는 단조롭게 재단한 여자 민병대 제복에 스커트를 입고 가죽 장화를 신고 있었다.

방으로 들어간 카르코프는 곧장 제복 차림의 여자에게 다가가 머리를 숙이고 악수했다. 이 여자는 그의 아내로 그는 아무에게도 들리지 않을 목소리로 러시아어로 말했는데, 잠시 동안 그에게서는 이 방에 들어올 때 보이던 교만한 태도를 찾아볼 수 없었다. 그러나 마호가니색 머리에 체격이 좋은 젊은 여자의 사랑에 지친 듯한 얼굴을 보자 그 교만한 태도가 되살아났다. 젊은 여자는 바로 그의 정부(情婦)였다. 그는 짧지만 정확한 걸음걸이로 그녀에게 성큼성큼 걸어가 머리를 끄덕이고 악수를 나누었는데, 누가 봐도 자기 아내에게 하던 인사와는 같지 않았다. 그의 아내는 방을 가로질러 가는 남편의 모습은 보지도 않고 키가 후리후리하고 잘생긴 스페인 장교와 함께 서 있었다. 그들은 러시아어로 대화를 주고받았다.

"당신의 대단한 애인은 요즘 살이 찌는 것 같아." 카르코프가 젊은 여자에게 말했다. "두 해가 가까워 오니 우리 영웅들도 하나같이 살이 찌는군." 그는 자신이 거론한 화제의 사나이를 쳐다보지도 않고 말했다.

"저따위 두꺼비를 다 질투하다니 볼썽사나워." 그녀가 자못 유쾌하다는 듯이 말했다. 그녀는 독일어로 말했다. "내일 공격에 당신을 따라가도 돼?"

"안 돼. 공격이 있는 것도 아니고."

"공격이 있다는 걸 모르는 사람은 없어. 그렇게 비밀로 하지 않아도 된다고. 돌로레스도 간다는데. 그 여자나 카르멘하고 같이 가겠어. 사람들이 많이 갈 모양이던데." 젊은 여자가 대꾸했다.

"데리고 가겠다는 놈이 있으면 아무하고나 가. 난 싫으니까." 카르코프가 내뱉었다.

그런 뒤 그는 젊은 여자 쪽으로 몸을 돌려 정색하며 물었다. "한데 그 말을 누구한테 들었지? 바른 대로 말해 봐."

"리하르트." 그녀도 정색하며 대답했다.

카르코프는 어깨를 으쓱하고 그녀 곁을 떠났다.

"카르코프, 무슨 좋은 뉴스라도 들었나?" 중키에 부은 듯한 얼굴, 가무잡잡하고 살이 찌고 눈꺼풀과 아랫입술이 축 처진 사나이가 언짢은 듯한 목소리로 그에게 물었다.

카르코프가 그의 앞으로 다가가자 사나이가 다시 말을 이었다. "나도 방금 들었어. 십 분도 채 안 됐어. 굉장한 뉴스더군. 세고비아 근처에서 파시스트들이 저희끼리 총질을 했다지. 놈들은 자동소총과 기관총으로 반란을 진압해야 했다는 거야.

오후엔 자기편 군대를 비행기로 폭격까지 했다지 뭔가."

"그게 정말이야?" 카르코프가 물었다.

"정말이고말고. 돌로레스가 직접 듣고 온 뉴스야." 눈이 부은 사나이가 대답했다. "그 여자가 그 소식을 갖고 이곳에 왔는데, 그렇게 흥분하는 모습은 처음 봤어. 그 뉴스가 사실이라는 건 그녀 얼굴이 반짝반짝 빛나는 것을 봐도 알 수 있거든. 그 위대한 얼굴이⋯⋯." 그가 기쁜 듯이 말했다.

"그 위대한 얼굴이라." 카르코프가 억양 없는 음성으로 되뇌었다.

"자네도 직접 들었다면 좋았을 텐데." 눈이 부은 사나이가 말을 이었다. "뉴스 자체가 이 세상의 것이 아니라는 듯한 광채를 띠고 그녀의 얼굴에서 빛을 내뿜더군. 음성만으로도 그녀가 진실을 말하고 있다는 걸 알겠던데. 난 《이즈베스티야》지에 그 기사를 쓸 작정이야. 그 소식을 연민과 동정과 진실이 섞인 그 대단한 목소리로 들었을 때, 그건 이 전쟁의 가장 위대한 순간 중 하나였어. 선과 진실이 마치 백성의 참된 사도에서 뿜어 나오듯이 그녀한테서 뿜어 나왔어. 그녀를 '라 파시오나리아'라고 부르는 것도 무리가 아냐."

"전혀 무리가 아니지." 카르코프가 나른한 목소리로 맞장구쳤다. "그 멋진 마지막 구절을 잊어버리기 전에 《이즈베스티야》에 기사를 써 보내는 게 좋겠어."

"그렇게 농담할 여자가 아냐. 자네 같은 냉소주의자라도 말이야. 자네도 여기서 그녀의 목소리를 직접 듣고 그녀의 얼굴을 보았더라면 좋았을걸."

"대단한 목소리, 대단한 얼굴. 그걸 쓰게. 내게 얘기하지는 말고. 기사의 전문을 내게 말한들 아무 소용없으니까. 어서 저 쪽으로 가서 기사나 써." 그가 말했다.

"지금 당장은 쓰지 않을 거야."

"지금 당장 쓰는 게 좋을걸." 카르코프는 이렇게 말하고 사 나이를 쳐다보다가 곧바로 얼굴을 돌렸다. 눈이 부은 사나이 는 보드카 잔을 든 채 몇 분쯤 더 서 있었다. 그의 눈은 여전히 부어 있었지만 조금 전에 보고 들은 아름다움에 정신을 빼앗 겨 있었고 마침내 기사를 쓰기 위해 방을 나가 버렸다.

카르코프는 마흔여덟 살쯤 되어 보이는 다른 사나이 쪽으 로 걸어갔다. 키가 작고 땅딸막하고 쾌활해 보이는 사나이로, 옅은 푸른색 눈에 숱이 적은 금발, 누렇고 까칠까칠한 콧수염 밑의 입가가 다정다감해 보였다. 이 사나이는 군복을 입고 있 었는데, 사단장이고 헝가리 사람이었다.

"돌로레스가 여기 왔을 때 그 자리에 계셨습니까?" 카르코 프가 그에게 물었다.

"있었지."

"무슨 얘기를 했습니까?"

"파시스트 놈들이 저희끼리 싸웠다나. 그게 사실이라면 멋 진 일이지."

"내일 일에 대해 말이 상당히 많은 것 같은데요."

"수치스러운 일이지. 신문기자나 이 방에 있는 사람들을 모 두 총살해 버려야 해. 그 빌어먹을 리하르트라는 독일 음모꾼 은 두말할 것도 없고. 빌어먹을 일요일에 여단 명령을 내린 놈도 누군지는 모르지만 총살해야 하고. 어쩌면 자네나 나도 총살감인지 모르지. 얼마든지 있을 수 있는 일이거든." 장군이 웃었다. "하지만 이런 얘기는 입 밖에 내지 마."

"그런 얘기는 저도 질색입니다." 카르코프가 맞장구쳤다. "가끔 여기 오던 미국인이 지금 그곳에 가 있습니다. 파르티잔과 함께 일하고 있는 조던이라는 사나이를 장군님도 아실 겁니다. 지금 사람들이 이야기하는 그 작전이 있을 곳에 가 있습니다."

"음, 그렇다면 오늘 저녁에는 보고서를 보내 와야 하지 않겠나. 모두 내가 그쪽으로 가는 걸 싫어해서. 그렇잖으면 내가 직접 가서 자네를 위해 알아볼 텐데. 그 친구는 이번 작전을 골츠와 함께하고 있지? 자네는 내일 골츠와 만날 거고." 장군이 말했다.

"아침 일찍 만납니다."

"일이 잘될 때까지 그가 하는 대로 그냥 내버려 둬. 나처럼 그 사람도 자네 같은 잡놈들을 끔찍이 싫어하니까. 하기야 나보다는 성질이 훨씬 괜찮지만."

"하지만 이 작전에 대해선……"

"어쩌면 파시스트 놈들이 기동훈련이라도 하는 게 아닌가 싶어." 장군은 히죽 웃었다. "어쨌든 골츠가 놈들을 어떻게 다룰지 어디 두고 보세. 마음대로 하도록 내버려 둬. 우리는 과달라하라에서 놈들을 골탕 먹였거든."

"장군께서도 이동하신다는 말을 들었습니다." 카르코프가 썩은 이를 드러내고 웃으면서 말했다. 그러자 장군은 갑자기

화를 냈다.

"나도 남의 입에 오르내리나? 이제는 나에 대해서까지 입에 올리는군. 밤낮 우리에 관한 소문뿐이군그래. 치사하게 입방아만 찧어 대니. 입 다물고 있을 수 있는 녀석이야말로 이 나라를 구해 낼 수 있을 거야. 그럴 수 있다는 신념만 있다면 말이지."

"장군님 친구인 프리에토는 입을 다물 수 있는 분이죠."

"하지만 그 사람은 전쟁에 이길 수 있다는 신념이 없어. 인민을 믿지 못하고 어떻게 전쟁을 승리로 이끌 수 있겠는가?"

"그건 각하가 결정하실 문제죠. 저는 이제 그만 가서 눈을 조금 붙여야겠습니다."

그는 담배 연기가 자욱한 시끄러운 방을 나와 뒤쪽 침실로 들어가 침대에 걸터앉아 장화를 벗었다. 떠드는 소리가 계속 들려오자 문을 닫고 창문을 열었다. 옷을 입은 채 자리에 누웠다. 새벽 2시에 출발해서 콜메나르, 세르세다*, 나바세라다를 거쳐 아침이 되면 골츠가 공격을 개시할 전선까지 가야 하기 때문이었다.

---

* 스페인 중부에 있는 소도시.

33

필라르가 그를 깨운 것은 새벽 2시였다. 처음 필라르의 손이 닿았을 때 그는 마리아인 줄 알고 그녀 쪽으로 몸을 굴려 "토끼!" 하고 불렀다. 그러다가 필라르의 커다란 손이 그의 어깨를 흔들자 완전히 잠에서 깨어나 정신이 들었다. 그는 한 손으로 맨살 오른쪽 다리 옆에 놓아 둔 권총 손잡이를 잡았다. 온몸이 마치 안전장치를 풀어 놓은 권총처럼 긴장되었다.

어둠 속에서 필라르라는 것을 알아차리자 그는 손목시계를 들여다보았는데, 반짝이는 바늘 두 개가 위쪽에서 좁은 각도를 이루고 있어 아직 2시밖에 되지 않았다는 것을 알 수 있었다. "아주머니, 무슨 일 있어요?" 그가 물었다.

"파블로가 사라졌어." 몸집이 큰 여자가 그에게 말했다.

로버트 조던은 바지를 입고 구두를 신었다. 마리아는 아직 잠에서 깨지 않았다.

"언제요?"

"한 시간쯤 됐을 거야."

"그러고요?"

"당신 물건을 갖고 갔어." 여자가 비참한 목소리로 말했다.

"그래요? 뭘요?"

"잘 모르겠어. 어서 와서 봐." 그녀가 그에게 말했다.

어둠 속에서 두 사람은 동굴로 걸어가 담요 밑으로 고개를 숙이고 안으로 들어갔다. 로버트 조던은 바닥에서 자고 있는 사람들을 밟지 않으려고 회중전등을 켜고 동굴 안에 떠도는 불이 꺼진 재 냄새와 탁한 공기, 자고 있는 사나이들의 냄새를 맡으며 그녀의 뒤를 따라 들어갔다. 안셀모가 눈을 뜨고 물었다. "벌써 시간이 된 건가?"

"아닙니다. 그냥 주무세요, 영감님." 로버트 조던이 나지막하게 말했다.

배낭 두 개는 동굴 안에 담요를 쳐서 칸을 지어 놓은 필라르의 침대 머리맡에 있었다. 로버트 조던이 침대 위에 무릎을 꿇고 회중전등으로 배낭 두 개를 비출 때, 침대에서는 인디언의 잠자리처럼 퀴퀴한, 땀이 흘렀다가 마른 시크무레한 냄새가 풍겼다. 배낭 두 개 모두 위에서 아래까지 길게 칼자국이 나 있었다. 왼손에 전등을 들고 오른손으로 첫 번째 배낭을 더듬어 보았다. 침낭을 넣어 가지고 다니는 배낭이었으므로 가득 차 있을 리는 만무했다. 실제로 가득 차 있지 않았다. 철사는 그대로 남아 있었지만, 폭약이 담긴 네모난 나무 상자가 없어졌다. 뇌관을 조심스레 싸서 넣어 둔 시가담배 깡통도 없어졌다. 퓨즈며 뇌관을 넣어 둔 나사 뚜껑이 달린 주석 상자도 없었다.

로버트 조던은 나머지 배낭도 만져 보았다. 전과 다름없이 폭약이 가득 들어 있었다. 폭약은 한 뭉치만 없어진 것 같았다.

그는 일어나서 필라르 쪽으로 몸을 돌렸다. 아침에 너무 일찍 잠에서 깬 남자가 느끼는 공허한 기분, 거의 비참에 가까운 기분을 느꼈다. 그런 기분을 천 배나 강하게 느끼고 있었다.

"남의 물건을 지켜 준대 놓고 고작 이런 꼴이오." 그가 말했다.

"머리를 거기 대고 한쪽 팔로 붙잡고 잤는데." 그녀가 대답했다.

"깊이 잠들었던 모양이네요."

"내 말 좀 들어 봐." 그녀가 말했다. "한밤중에 그 작자가 일어나기에 '파블로, 어디 가?' 하고 물었더니 '소변보러 가.' 하기에 그냥 자 버렸지. 얼마 후에 다시 눈을 떴는데 몇 시나 됐는지 알 수 없었어. 그 작자가 없어서 늘 하는 버릇대로 말을 보러 갔나 보다 했지." 그녀가 비참한 목소리로 말을 마쳤다. "그런데 계속 돌아오지 않자 걱정이 됐어. 그래서 배낭이 괜찮나 확인하려고 만져 보았더니 칼자국이 나 있는 게 아니겠어. 그래서 자네한테 달려간 거야."

"자, 나가죠." 로버트 조던이 말했다.

그들은 다시 밖으로 나왔지만 아직도 한밤중이라 날이 밝아 오는 기미는 느낄 수 없었다.

"보초 옆을 지나지 않고 말을 타고 빠져나갈 길이 있어요?"

"두 군데 있지."

"꼭대기엔 누가 있죠?"

"엘라디오."

로버트 조던은 말을 말뚝에 매어 풀을 먹이는 초원에 이르기까지 한마디도 하지 않았다. 초원에서 말 세 마리가 풀을 뜯고 있었다. 커다란 밤색 말과 회색 말이 보이지 않았다.

"그 작자가 사라진 지 얼마나 된 것 같습니까?"

"한 시간쯤 됐을걸."

"그 일은 그 일이고요. 난 남은 배낭이나 갖고 가서 한잠 더 자야겠어요." 로버트 조던이 말했다.

"배낭은 내가 지키리다."

"케 바.(천만에요.) 아주머니가 지킨다고요? 벌써 한 번 지켜 봤잖아요."

"잉글레스 양반, 나도 이 일에 대해선 당신과 똑같은 심정이야. 당신 물건을 되찾기 위해서라면 어떤 일이라도 하겠어. 그러니 내게 상처를 주진 말아 줘. 우리 둘 다 파블로에게 배신당한 거니까."

이런 말을 듣고 보니, 로버트 조던은 이 여자에게 심하게 굴 수도, 더구나 그녀와 싸울 수도 없다는 것을 깨달았다. 이미 두 시간 이상이나 지나간 오늘, 그는 그녀와 협력해야 했다.

그는 그녀의 어깨에 손을 얹었다. "괜찮아요, 필라르. 없어진 물건은 그리 중요한 건 아니에요. 급한 대로 임기응변으로 만들어 사용하면 돼요." 그가 그녀에게 말했다.

"뭘 갖고 갔어?"

"별것 아니에요. 혹시나 해서 여분으로 갖고 온 물건이죠."

"폭파에 필요한 장치 일부는 아닌가?"

"그렇긴 하지만, 다른 방법으로도 폭파할 수 있거든요. 그런데 파블로가 뇌관과 퓨즈를 갖고 있었지 않나요? 분명히 군에서 공급해 줬을 텐데요."

"그것들도 갖고 가 버렸지. 곧바로 찾아봤어. 역시 없어졌더라고." 그녀가 비참한 목소리로 말했다.

그들은 숲을 지나 동굴 입구로 되돌아왔다.

"좀 주무세요. 파블로가 없어져서 오히려 다행이에요." 그가 말했다.

"엘라디오를 만나 보고 와야겠어."

"아마 다른 길로 갔을 거예요."

"어쨌든 가 보겠어. 내가 똑똑치 못해 당신을 배신한 셈이돼 버렸으니까."

"아니에요. 눈을 좀 붙여요, 아주머니. 4시에는 출발해야 하니까."

그는 그녀와 함께 동굴로 들어가 배낭의 찢어진 곳에서 아무것도 빠져나오지 않도록 배낭 두 개를 두 팔로 끌어안고 조심조심 밖으로 나왔다.

"내가 꿰매 주지."

"그럼 떠나기 전에 해 주세요. 이걸 가져가는 건 아주머니를 믿지 못해서가 아니라 안심하고 잠을 자기 위해서예요." 그가 부드러운 목소리로 말했다.

"꿰매려면 좀 일찍 갖고 와."

"일찍 가져갈게요. 조금이라도 눈을 붙이세요, 아주머니."
그가 말했다.

"그럴 순 없어. 난 자네를 실망시켰고, 또 공화국을 실망시켰으니까." 그녀가 말했다.

"잠깐이라도 눈을 좀 붙여 봐요, 아주머니. 눈을 좀 붙여 보라고요." 그가 부드럽게 말했다.

34

파시스트들은 이 지방 산꼭대기를 장악하고 있었다. 그런데 헛간과 외양간이 딸려 있는 농가에 파시스트 군의 초소가 설치되어 있을 뿐 어느 쪽에서도 점령하지 않은 골짜기가 하나 있었다. 로버트 조던의 보고서를 가지고 골츠 장군을 찾아가는 안드레스는 이 초소를 멀리 돌아 어두운 밤길을 걷고 있었다. 총이 자동적으로 발사되도록 장치해 놓은 철사 덫이 어디 놓여 있는지 잘 알고 있었기 때문에 어둠 속에서 철조망을 찾아 뛰어넘고, 밤바람에 잎사귀가 나부끼는 포플러가 죽 늘어선 개울가를 따라 걸었다. 파시스트 군이 초소로 쓰고 있는 농가에서 수탉이 울었다. 개울을 따라 걸으면서 뒤를 돌아보니 포플러나무 줄기 사이로 농가의 창문 아래쪽에 불빛이 하나 보였다. 고요하고 맑게 갠 밤이었고, 안드레스는 개울을 떠나 풀밭을 가로질러 걸어갔다.

풀밭에는 내전이 시작된 지난해 7월 이후로 내버려 둔 건초 더미가 네 개나 있었다. 가져가는 사람이 아무도 없어서 네 계절이 지나는 사이 건초 더미는 납작하게 썩어 아무 쓸모가 없어지고 말았다.

안드레스는 두 건초 더미 사이에 쳐 놓은 철조망을 뛰어넘으면서 참 낭비라는 생각이 들었다. 여기가 공화국 측 땅이라면 풀밭 너머 오르막으로 되어 있는 과다라마 비탈로 운반해 갈 수도 있을 텐데. 아마도 파시스트 놈들은 소용이 없나 보군, 하고 그는 생각했다.

놈들은 건초도 곡식도 필요한 만큼 갖고 있군. 놈들한테는 뭐든지 넉넉하단 말이야, 하고 그는 생각했다. 하지만 내일 아침에는 놈들한테 본때를 보여 줄 테야. 엘소르도의 복수를 단단히 해 주고 말겠어. 어쩌면 그렇게도 야만스러운 놈들일까! 하지만 내일 아침이면 저 도로는 흙먼지로 뒤덮이겠지.

그는 보고서를 전달하는 임무를 마친 뒤 아침에 있을 초소 습격 시간에 맞춰 돌아가고 싶었다. 그러나 정말 돌아가고 싶은가, 아니면 돌아가고 싶은 척만 하는가? 잉글레스 양반이 보고서를 갖고 가라고 지시했을 때 안도감을 느낀 것을 그는 기억하고 있다. 그는 침착한 마음으로 내일 새벽 전투를 기다리고 있었다. 무슨 일이 있더라도 완수해야만 할 일이었다. 그 일에 찬성했고, 또 그 일을 해낼 생각이었다. 엘소르도 영감네가 소탕된 사건으로 그는 깊은 충격을 받았다. 그러나 그것은 어디까지나 엘소르도의 일이지 않은가. 그들의 일은 아니었다. 그들은 꼭 해야 할 일을 실행에 옮길 것이다.

그러나 잉글레스 양반이 그에게 보고서 얘기를 했을 때, 그는 어렸을 적 마을의 축제날 아침에 눈을 떠 보니 세차게 비가 내리는 소리가 들리고, 땅이 젖어서 광장에서 열릴 예정이던 소 몰이가 취소된 것을 알았을 때와 똑같은 기분을 느꼈다.

어린 시절 그는 소 몰이 축제를 좋아하여 마음 졸이며 그 축제를, 태양이 내리쬐는 먼지투성이의 광장에 들어서는 그 순간을 기다렸다. 짐마차를 둥그렇게 죽 늘어세우고 입구를 막아 폐쇄된 공간을 만들어 놓은 뒤 우리 문을 열면 황소가 네 발을 버둥거리며 그 공간으로 뛰어드는 순간을 어서 보고 싶다고 생각했다. 광장에서 소의 뿔이 운반 판자를 들이받는 소리를 흥분과 환희와 식은땀이 흐르는 공포감을 느끼며 기다렸다. 그러고 나서 황소가 머리를 치켜들고 콧구멍을 벌름거리고 귀를 움찔움찔하면서 반질거리는 시커먼 몸뚱이에 먼지를 뒤집어쓰고, 옆구리에 마른 똥을 묻힌 채 미끄러지고 버둥대며 광장에 들어오는 모습을 기다렸다. 미간이 넓은 두 눈은 모래에 닦인 부목(浮木)처럼 번지르르하고 단단한 두 뿔 밑에서 깜박거리지도 않았다. 황소의 뾰족한 뿔 끝은 가슴이 철렁 내려앉을 만큼 날카롭게 위쪽으로 치켜 올라가 있었다.

그는 일 년 내내 황소가 광장에 나오는 순간을 즐거운 마음으로 기다렸다. 그날이 되면, 황소가 갑자기 머리를 숙이고 뿔을 내휘두르며 고양이처럼 민첩하게 돌진해 떠받을 사람을 정하는 동안 그는 황소의 눈을 지켜보았다. 황소가 돌진해 오는 순간 그는 심장이 멈추는 것 같은 흥분을 느꼈다. 어린 시절 그는 일 년 내내 바로 그런 순간을 고대했다. 그런데 잉글레스 양반에게 보고서에 관한 명령을 받았을 때 그는 마치 아침에 눈을 뜨자 비가 슬레이트 지붕 위와 돌담, 마을의 진창길 물웅덩이 위로 떨어지는 소리를 들을 때처럼 안도감을 느꼈던 것이다.

그는 마을의 카페아(소 몰이) 축제에서 자기 마을은 물론 이웃 마을의 누구도 따르지 못할 만큼 아주 용감하게 황소와 맞섰다. 다른 마을의 행사에는 가 본 적이 없었지만, 자기 마을의 행사에는 무슨 일이 있어도 해마다 나갔다. 그는 황소가 달려들어도 태연히 버티고 섰다가 마지막 순간에 몸을 살짝 비킬 수 있었다. 황소가 다른 사람을 쓰러뜨린 뒤에도 그는 황소 앞에 나아가 보자기를 흔들어 옆으로 비켜 지나가게 했고, 다른 사나이가 땅에 넘어졌을 때 여러 번 황소의 양쪽 뿔을 움켜잡고 옆으로 돌리며 황소가 그 사나이를 버리고 다른 사나이에게 달려들 때까지 황소의 얼굴을 걷어차고 후려갈겼다.

또 그는 쓰러진 사나이로부터 황소를 떼어 놓기 위해 꼬리를 붙잡아 힘껏 잡아당기거나 비틀어 당기거나 했다. 언젠가 한번은 한 손으로 꼬리를 잡고 빙빙 돌다가 마침내 다른 손을 뻗어 뿔을 움켜잡았는데, 황소가 고개를 쳐들어 찌르려고 하자 얼른 뒤쪽으로 피하면서 한 손에는 꼬리를, 다른 한 손에는 뿔을 움켜쥔 채 황소와 함께 빙빙 돌았고, 마침내 칼을 든 군중이 달려들어 황소를 찌른 적도 있었다. 먼지와 열기와 아우성과 황소와 사람과 술 냄새 속에서 그는 언제나 황소를 향해 덤벼드는 군중의 선두에 있었다. 황소가 그의 몸 밑에서 흔들거리고 꿈틀거리는 것을 느낄 수 있었고, 한 팔로 뿔 아래쪽을 감고 한 손으로는 다른 쪽 뿔을 꼭 움켜잡고 손가락은 단단히 깍지를 긴 채 황소에게 몸을 떠받히고 뒤틀리면서 황소의 융기 위에 엎드려 있었다. 황소의 귀를 이로 꼭 물고 먼지투성이의 뻣뻣하고 털이 곤두선 뜨거운 근육의 융기 위에 엎드려 있으면, 그의 왼팔은 마치 어깨에서 떨어져 나간 것만 같았다. 그러면서 그는 부풀어 오르고 뛰어오르는 불룩한 목덜미에 몇 번이고 칼을 찔렀고, 높은 언덕 같은 융기에 매달린 채 목덜미를 향해 팍팍 칼을 찔러 대면 뜨거운 피가 솟구쳐 그의 주먹을 적셨다.

처음 그가 그처럼 황소 귀를 물고 늘어져 황소가 떠받을 때마다 목덜미와 턱이 뻣뻣하게 굳어 버릴 만큼 찰싹 달라붙었을 때, 사람들은 그 일을 두고 후에 그를 놀려 댔다. 그러나 사람들은 그를 놀려 대면서도 찬사를 보내지 않을 수 없었다. 그래서 그 뒤로는 해마다 그 일을 되풀이해야만 했다. 사람들은 그를 '비야코네호스*의 불도그'라고 불렀고, 그가 소를 산 채로 먹는다고 놀려 댔다. 그러나 마을 사람들은 그가 똑같은 행동을 되풀이하는 것을 보고 싶어 했고, 해마다 황소가 먼저 나와서 한동안 달려들고 치받고 하다가 마침내 관중이 죽이라고 떠들어 대면 그는 몰려드는 다른 투우사들을 헤치고 황소 뿔에 덤벼드는 일이 자신의 역할임을 잘 알고 있었다. 마침내 싸움이 끝나 황소가 다리를 움직이지 못하고 투우사들의 무게에 깔려 쓰러지고 나면, 그는 벌떡 일어나 귀를 물어뜯은 것

---

* 스페인 중부에 있는 소도시.

은 좀 창피하게 생각하면서도 다른 한편으로는 남자로서 큰 자부심을 느끼면서 걸어 나갔다. 짐마차 사이를 빠져나와 돌 분수가로 손을 씻으러 가면, 사람들은 그의 등을 두드리고 술 부대를 건네주면서 소리치곤 했다. "불도그 만세! 당신 어머니 만세!"

혹은 그들은 이렇게 말하기도 했다. "그래서 코호네스(불알) 두 쪽이 있어야 하는 거야! 해마다 말이지!"

안드레스는 부끄럽고 허전한 기분과 함께 가슴 뿌듯한 행복감을 느끼면서 사람들의 손을 뿌리치고, 두 손과 오른팔을 씻고 칼을 깨끗이 닦은 뒤 술 부대를 받아 들고 입에서 그해 황소의 귀 냄새를 헹궈 내곤 했다. 광장의 돌바닥에 입을 헹군 술을 뱉고 나면 술 부대를 번쩍 들어 꿀꺽꿀꺽 목구멍 깊이 술을 들이켰다.

정말로 그랬다. 그는 '비야코네호스의 불도그'로 무슨 일이 있어도 해마다 마을 축제에서 그 묘기를 보이는 것을 거르려 하지 않았다. 그러나 그는 빗소리를 들었을 때의 그 기분, 오늘은 그 일을 하지 않아도 된다는 안도감만큼 더 좋은 기분도 없다는 것을 잘 알고 있었다.

하지만 꼭 돌아가야 해, 하고 그는 스스로를 타일렀다. 어떻게든 초소와 다리 공격을 위해 돌아가야 한다는 데는 추호의 의심도 있을 수 없어. 나와 피를 나눈 형제 엘라디오가 거기 있지 않은가. 안셀모, 프리미티보, 페르난도, 아구스틴, 그리고 뭐 그리 대단한 놈은 아니지만 라파엘, 두 여자, 파블로, 잉글레스 양반도 있잖은가. 물론 잉글레스 양반은 외국인이고 명령을 받고 와 있으니까 그들 속에 포함되지 않지만. 모두가 그 일에 관련되어 있지. 우연히 보고서를 전달하게 된 것을 핑계로 그 일에서 빠져나올 수는 없어. 신속하고 정확하게 전달한 뒤 초소 습격에 늦지 않도록 서둘러 돌아가야 해. 이 임무를 핑계로 이번 작전에 참가하지 않는다는 건 수치스러운 일이야. 이보다 더 확실할 수는 없어. 그뿐만이 아니야, 하고 그는 속삭였다. 아주 힘든 일만 생각해서 그렇지 작전에 즐거움도 있다는 걸 갑자기 깨달은 사람처럼 말이야. 더구나 파시스트 놈들을 죽인다는 즐거움도 있지 않은가. 꽤 오랫동안 우리는 놈들을 하나도 죽이지 못했어. 내일은 무척 용감한 행동을 과시할 수 있는 날이 될지도 모르지. 내일이야말로 보람 있는 날이 될지도 몰라. 보람 있는 싸움이 될지도 몰라. 내일이 틀림없이 오기를, 그리고 나도 꼭 그 자리에 있게 되기를.

공화국 측 전선으로 통하는 험한 산비탈을 가시금작화 덤불에 무릎까지 빠지면서 올라가고 있는데, 꿩 한 마리가 어둠 속에서 요란스럽게 날개를 퍼덕이며 발치에서 날아올라 그는 숨이 탁 막힐 만큼 깜짝 놀랐다. 너무 갑작스러운데, 하고 그는 생각했다. 어쩌면 저렇게 빨리 날개를 움직일 수 있담? 어쩌면 알을 품고 있었을지도 몰라. 내가 알이 있는 곳 바로 옆을 디뎠나 보지. 이 전쟁만 아니라면 나무에 손수건을 매어 표시해 두고 낮에 다시 돌아와 둥지에서 알을 가져다가 우리 집 암탉에게 품도록 할 텐데. 그 알이 깨면 우리 집 닭장에 꿩 새끼들이 자랄 테고, 놈들이 자라면 사냥 미끼로 쓸 수 있을 텐데. 놈들은 틀림없이 나를 잘 따를 테니까 눈알을 빼는 잔인한 짓은 하지 않겠어. 눈알을 빼지 않으면 날아가 버릴까? 그럴지도 모르지. 그렇다면 눈을 멀게 해야겠는걸.

하지만 내가 손수 기른 놈의 눈알을 빼긴 싫어. 사냥 미끼로 사용하더라도 깃을 잘라 버리거나 다리 한쪽에 줄을 매어 두거나 하면 되겠지. 전쟁만 아니라면 그 파시스트 초소 옆의 개울로 가서 엘라디오와 함께 가재를 잡을 텐데. 언젠가 한번은 하루에 쉰 마리 가깝게 잡은 적도 있지. 만약 이번 다리 폭파가 끝나고 그레도스 산악 쪽으로 가면, 거기도 송어와 가재를 잡을 수 있는 맑은 시내들이 있어. 그레도스에 가고 싶구나, 하고 그는 생각했다. 그레도스에서는 여름과 가을에는 참으로 유쾌한 날을 보낼 수 있지만, 겨울은 지독히 춥거든. 하지만 겨울까지는 전쟁에서 이길지도 몰라.

만약 아버지가 공화당원이 아니었다면 엘라디오나 나나 지금쯤 군인이 되어 파시스트 군에 들어가 있을 테지. 놈들의 군인이 되었다면 아무 문제 없었을 거야. 그저 명령대로 움직였겠지. 살게 되면 살고, 죽게 되면 죽는 거겠지. 결국 될 대로 되는 거지. 정권 밑에서 살아가는 편이 정권에 맞서 싸우는 것보다는 훨씬 쉽거든.

하지만 게릴라전이란 것은 참으로 책임이 무거운 거야. 걱정하기 시작하면 걱정거리가 너무 많아. 엘라디오는 나보다 생각이 많은 편이지. 그러니 걱정도 많아. 난 내 대의명분을 진정으로 믿으니까 부질없는 걱정은 하지 않아. 하지만 게릴라전이란 참으로 책임이 무거운 생활이거든.

생각해 보면 우린 정말 살기 힘든 시대에 태어났어, 하고 그는 생각했다. 어느 시대도 지금보다는 살기 쉬웠을 거야. 인간은 어차피 고통과 싸우게 태어났으니 고생이 없을 수는 없지. 지나치게 고통스러워하는 사람은 이런 상황에는 적합하지 않아. 하지만 이제는 어려운 결심을 해야 할 때야. 파시스트 놈들이 공격을 해 왔으니까 우린 결심을 한 거지. 우리는 살기위해 싸우고 있어. 하지만 아까 그 나무에 손수건을 비끄러매었다가 낮에 다시 가서 알을 찾고, 그 알을 암탉에게 품게 해닭장에서 꿩 새끼를 키우고 싶구나. 그렇게 사소하고 평범한것이 마음에 들어.

하지만 네게는 집도 없고 집이 없으니 안마당도 없지, 하고그는 생각했다. 네게는 내일 싸우러 갈 형제가 하나 있을 뿐가족도 없어. 바람과 태양과 공복을 느끼는 창자가 있을 뿐 아무것도 가진 게 없어. 그런데 이제는 바람도 거의 없고, 태양도 없구나. 있는 것이라곤 주머니에 들어 있는 수류탄 네 개뿐인데, 그것도 던질 때밖에는 쓸데가 없지. 등에 카빈총을 메고는 있지만 이것도 남에게 총질할 때만 소용이 있어. 하지만 전달해야 할 보고서가 한 통 있잖아. 그리고 땅에 깔길 배설물을잔뜩 배 속에 넣고 있을 뿐이야, 하고 그는 어둠 속에서 히죽웃었다. 또 넌 그것에 오줌 칠을 할 수도 있어. 네가 가진 모든것은 죄다 남에게 줄 것뿐이구나. 넌 철학의 천재요 불행한 인간이로구나, 하고 그는 혼자서 생각하고 또 한 번 씁쓸하게 웃었다.

그러나 고상한 사색을 한 보람도 없이 마을 축제날 아침의

빗소리와 함께 찾아오던 안도감이 그의 마음속에서 찾아왔
다. 앞에 보이는 능선 꼭대기에는 정부군 초소가 있고 그는 그
곳에서 검문을 받으리란 것을 잘 알고 있었다.

35

로버트 조던은 침낭 속에서 아직도 자고 있는 마리아 옆에 누워 있었다. 돌아누운 그는 그녀의 날씬한 몸의 촉감을 등에 느끼고 있었는데, 그 촉감이 이제는 그저 아이러니에 지나지 않았다. 네 녀석은, 네 녀석은 말이야, 하고 그는 자신에게 화를 내고 있었다. 그래 네 녀석은, 네 녀석은 말이다. 처음에 그놈을 보았을 때, 그놈이 다정한 척 굴 때가 바로 그놈이 널 배신할 때라고 너 자신에게 말하지 않았던가. 어쩌면 넌 그토록 바보였더냐. 저주를 받고 지옥에나 떨어질 바보 놈아. 모두 집어치워! 지금 그러고 있을 때가 아냐.

그놈이 그 물건들을 숨기거나 내던져 버렸을 가능성이 있을까? 그렇게 했을 가능성은 그리 많지 않아. 더구나 이렇게 캄캄한 밤에는 찾아낼 수도 없어. 그놈이 아마 그 물건을 갖고 있을 거야. 다이너마이트까지 가져갔잖아. 아, 더럽고 비열한 반역자 놈! 더러운 똥덩어리 같은 놈! 왜 폭약이나 뇌관 같은 건 그냥 두고 맨몸으로 도망치지 못했을까? 왜 난 바보처럼 빌어먹을 여자에게 그 짐을 맡겼을까? 약삭빠르고 음흉스럽고 비열한 사생아 같은 놈! 더럽고 치사한 놈!

이제 그만두고 진정해, 하고 그는 스스로를 타일렀다. 너는 모험을 무릅쓸 수밖에 없었고, 그것이 최선의 선택이었어. 넌 실수를 했을 뿐이야, 하고 그는 혼잣말했다. 넌 사람이 좋아서, 또 자만심이 연(鳶)보다도 하늘을 찌를 듯해서 그런 실수를 저지른 거야. 그러니 냉철하게 머리를 가다듬고, 화내지 말고, 어린아이처럼 값싸게 울고불고 하는 짓도 그만둬. 이미 없어지고 만 게 아닌가. 제기랄, 그래 이미 없어져 버리고 말았지. 아, 비열한 돼지 같은 놈, 지옥에나 떨어져라. 넌 어떻게 해서든 이 위기에서 빠져나올 수 있어. 만약 견뎌 내야 한다면 말이다, 넌 그것을 반드시 날려 버려야 해. ── 자, 이제 그런 생각도 집어치워. 왜 넌 할아버지하고 상의하지 않는 거냐?

아, 할아버지 같은 건 똥이나 먹어라. 이 비겁한 낯짝에 똥 칠을 한 나라도 똥이나 먹어. 적군도 아군도, 스페인 놈들은 한 놈도 빠짐없이 똥이나 처먹어라. 그리고 라르고도, 프리에토도, 아센시오도, 미아하도, 그리고 로호도 한 놈도 빠짐없이 영원히 지옥에나 떨어져라. 모두 똥이나 먹여 지옥으로 쫓아 버려라. 비열함이 골수까지 사무친 이놈의 나라 전체가 똥이나 먹어라. 놈들의 이기주의와 놈들의 개인주의, 놈들의 개인주의와 놈들의 이기주의, 놈들의 자만심과 놈들의 배신 행위 모두 똥이나 먹어라. 지옥에 떨어져 영원히 똥이나 먹어라. 우리가 놈들을 위해 죽기 전에 똥이나 먹어라. 우리가 놈들을 위해 죽은 뒤에도 똥이나 먹어. 놈들에게 모두 똥을 먹여 지옥에 떨어뜨려라. 하느님, 파블로에게 똥을 실컷 먹여 주소서. 파블로는 그놈들을 모두 합해 놓은 것입니다. 하느님, 스페인 인민을 불쌍히 여겨 주소서. 그들의 지도자는 그들에게 똥을 먹이는 놈입니다. 이천 년에 한 번 나올 만한 선인은 이글레시아스 파블로 한 사람뿐, 나머지 놈들은 다 그들에게 똥을 먹이는 놈들입니다. 그가 이 전쟁에서 어떻게 떨치고 일어나려는지 우리가 어떻게 알겠습니까? 라르고가 괜찮은 인물이라고 생각했던 것이 기억납니다. 두루티는 좋은 친구였지만 푸엔테 데 로스 프란세세스 다리목에서 자기 부하들에게 살해되고 말았습니다. 부하들에게 공격을 명령했기 때문에 그들에게 살해당한 것이죠. 그 빛나는 기강 해이의 기강에 따라 살해당한 겁니다. 비겁한 돼지 같은 놈들. 아, 놈들은 모두 똥이나 처먹고 지옥에 빠져 저주를 받아라. 그리고 방금 내 폭약과 뇌관 상자를 훔쳐 달아난 파블로 놈. 아, 지옥의 가장 밑바닥에서 똥이나 처먹어라. 하지만 그게 아니지. 그놈이 우리에게 똥을 먹인 셈이거든. 코르테스와 메넨데스 데 아빌라로부터 미아하에 이르기까지 놈들이 언제나 네게 똥을 먹인 게 아니었던가. 미아하가 클레베르에게 한 짓을 봐라. 이기적인 대머리 돼지 놈. 바보 같은 인텔리 사생아 놈. 이제까지 스페인을 지배하고 그 군대를 지휘해 온 미친 이기주의자에다 배반자 같은 돼지 놈들도 빠짐없이 똥이나 처먹어라. 인민을 제외한 나머지 모든 놈은 똥이나 처먹어라. 그리고 인민이 권력을 장악했을 때 어떻게 되는지 명심해서 지켜봐.

그가 분노를 과장할수록, 또 모욕과 경멸의 폭이 넓어지고 부당해질수록 자기 자신도 그 말이 믿어지지 않게 되어 분노도 차차 식어 갔다. 만약 그것이 사실이라면 넌 무엇 때문에 여기에 있는 것이냐? 그건 사실이 아니며, 너도 그것을 잘 알고 있지. 선량한 사람들을 봐. 훌륭한 사람들을 봐. 그는 옳지 못한 생각에는 견딜 수가 없었다. 잔인함을 끔찍이 싫어하는 것처럼 그는 불의도 끔찍이 싫어했다. 그는 정신을 마비시키는 분노 속에 누워 있었지만 마침내 그 분노의 불길은 차츰 잦아들어 갔다. 새빨갛고, 새까맣고, 맹목적이고, 살인적인 분노는 흔적도 없이 모두 사라지고, 그의 마음은 마치 사랑하지 않는 여자와 섹스를 하고 난 남자처럼 이제 차분하고 공허한 듯 침착하고 날카롭고 냉철한 관찰력을 되찾았다.

"그리고 당신, 내 가엾은 토끼." 그가 마리아 위로 몸을 구부리고는 속삭였다. 그녀는 잠을 자면서 생글 미소를 짓고 그에게 몸을 바싹 붙였다. "조금 전에 당신이 뭐라고 지껄였다면 한 대 때렸을지도 몰라. 남자는 화가 나면 짐승이 되거든."

이제 그는 두 팔로 그녀를 껴안고 그녀의 어깨에 자기의 턱을 얹고 바싹 붙어 누워 있었다. 이런 자세로 누워 그는 뭘 할 것인지, 그 일을 어떻게 할 것인지 마음속에서 낱낱이 그려 보았다.

그리고 일이 그렇게 엉망이 된 것도 아니지 않은가, 하고 생각했다. 정말 그렇게 나쁘지는 않아. 전에 누가 그렇게 했는지 어쩐지는 잘 몰라. 하지만 앞으로 이와 비슷한 곤경에 빠졌을 때는 그렇게 할 사람이 언제든지 있을 거야. 만약 우리가 그렇게 하고, 또한 그들이 그것에 대해 듣게 된다면. 그래, 만약 그들이 듣게 된다면. 만약 그들이 우리가 어떻게 그 일을 했는지 궁금해하지 않는다면 말이야. 우리는 인원이 너무 모자라지만 걱정해도 아무 소용없는 노릇이지. 난 우리가 가진 힘만으로 다리를 폭파할 거야. 맙소사, 내가 화를 참아 내다니 정말 다행이야. 그것은 마치 폭풍우 속에서는 숨을 쉴 수 없는 것과 비슷하거든. 화를 내는 것은 네게 허락되지 않는 저주받을 또 하나의 사치일 뿐이야.

"이젠 모든 계획이 섰어, 귀여운 아가씨. 당신은 이 일에 대해서 조금도 걱정하지 않았지. 아직 아무것도 모르니까. 우린 죽을지도 모르지만 다리를 폭파하고 말 거야. 그렇다고 그 일 때문에 당신이 걱정할 필요는 없어. 이건 그다지 훌륭한 결혼 선물은 아니군. 하지만 하룻밤의 달콤한 잠은 더없이 소중한 가치가 있는 게 아니던가? 당신은 하룻밤 푹 잔 거야. 이 선물이 손가락에 낀 반지처럼 늘 당신 몸에 붙어 있을 수 있을까? 잘 자, 귀여운 아가씨. 잘 자, 내 사랑. 당신을 깨우지 않겠어. 이게 지금 내가 해 줄 수 있는 모든 것이거든." 그가 마리아의 어깨에 대고 나지막하게 속삭였다.

그는 아주 가볍게 그녀를 껴안고 그녀의 호흡과 심장의 고동을 느끼면서 손목시계에서 눈으로 시간을 좇고 있었다.

36

안드레스는 정부군 초소에서 검문을 받았다. 말하자면 세 겹으로 둘러 쳐진 철조망이 있는 데서 갑자기 내리막이 된 땅에 엎드려 바위와 흙으로 된 흉장을 향해 소리를 질렀다는 말이다. 방어선이 줄지어 계속되는 것도 아니어서 그는 어둠을 타고 이 초소를 빠져나가 검문할 사람을 만나기 전에 좀 더 깊숙이 정부군 측 지역으로 들어갈 수도 있었다. 그러나 이곳을 통과하는 편이 더 안전하고 간단할 것처럼 보였다.

"살루드!(안녕하시오!) 살루드, 밀리시아노스!(안녕하시오, 민병대 여러분!)" 안드레스가 소리쳤다.

그러자 공이치기를 젖히는 소리가 그의 귓가에 들렸다. 다음 순간 흉장 뒤쪽 너머에서 누군가 총을 한 발 쏘았다. 요란한 소리가 나고 어둠 속에서 노란 빛이 아래쪽으로 번뜩였다. 공이치기를 젖히는 소리를 듣는 순간 안드레스는 머리가 땅에 세게 부딪힐 정도로 납작 엎드렸다.

"쏘지 마오, 동지들. 쏘지 마! 그쪽으로 들어가려는 거요." 안드레스가 소리쳤다.

"몇 놈이야?" 누군가 흉장 뒤에서 물었다

"혼자요. 나 혼자뿐이오."

"넌 누구냐?"

"안드레스 로페즈, 비야코네호스 출신이오. 파블로 부대에서 왔소. 보고서를 가지고."

"총과 탄알을 갖고 있나?"

"갖고 있소."

"총과 탄알이 없는 녀석은 들여보내지 않고 있어." 그 목소리가 대답했다. "또 세 놈 이상도 안 돼."

"나 혼자뿐이오. 중대한 임무입니다. 들여보내 주시오." 안드레스가 소리쳤다.

흉장 뒤에서 중얼거리는 소리가 들렸지만 똑똑히 알아들을 수가 없었다. 또다시 소리가 들려왔다. "몇 놈이야?"

"한 사람이오. 나 혼자라고요. 하느님에게 맹세하오."

그들은 흉장 뒤쪽에서 또다시 수군거렸다. 그리고 다시 소리가 들렸다. "잘 들어, 파스시트."

"난 파시스트가 아니오. 파블로의 게릴라병이오. 사령부에 전달할 보고서를 갖고 왔소." 안드레스가 소리를 질렀다.

"저놈 미친놈이로군. 저놈에게 폭탄을 던져 버려." 누군가 말하는 소리가 들렸다.

"이것 보시오, 난 혼자란 말이오. 정말 혼자요. 성스럽고 신

비스러운 그 한복판에 있는 우라질 것에 대고 맹세하건대, 난 혼자요. 어서 들여보내 줘요."

"저놈 마치 기독교도처럼 지껄이네." 누군가 이렇게 말하고 웃는 소리가 들렸다.

그러자 다른 누군가 그 말을 받았다. "폭탄을 던져 버리는 게 상책이라니까."

"안 돼요. 그건 중대한 실수요. 중요한 일이라고요. 제발 들여보내 줘요." 안드레스가 고함을 질렀다.

바로 이런 이유 때문에 그는 전선을 오가는 일을 별로 좋아하지 않았다. 때로는 조금 나은 경우도 있기는 했다. 그러나 결코 쉬운 일은 아니었다.

"너 혼자란 말이지?" 누군가 다시 아래쪽에 대고 소리쳤다.

"메 카고 엔 라 레체.(이런 빌어먹을.) 도대체 몇 번이나 말해야 알겠소? 나-혼-자-요!" 안드레스가 큰 소리로 대답했다

"정말 혼자라면 일어서서 머리 위로 총을 들어 올려 봐."

안드레스는 일어서서 카빈총을 두 손으로 들고 머리 위로 올렸다.

"철조망을 넘어와. 기관총으로 너를 겨누고 있을 거야."

안드레스는 얼기설기 얽어 놓은 첫 번째 철조망 안에 들어서 있었다. "철조망을 넘으려면 두 손을 모두 써야 해요."

"두 손은 위로 든 채 있어." 목소리가 명령했다.

"철조망에 걸려 움직일 수 없어요." 안드레스가 소리쳤다.

"폭탄을 던져 버렸으면 더 간단했다니까그래." 한 목소리

가 말했다.

"총을 어깨에 메라고 해. 손을 위로 쳐들고선 철조망을 넘을 수 없잖아. 머리를 좀 써 봐라." 다른 목소리가 말했다.

"파시스트 놈들은 모두가 똑같다니까. 이런 조건 저런 조건 계속 조건을 내걸거든." 다른 소리가 받았다.

"이보시오. 난 파시스트가 아니라 파블로 부대의 게릴라병이오. 우린 장티푸스보다 파시스트를 더 많이 죽였소." 안드레스가 고함을 질렀다.

"파블로 부대라니, 그런 이름 들어 본 적 없어." 분명히 이 초소의 지휘관인 듯한 사나이가 말했다. "베드로니 바울이니 그 밖에 다른 성도나 사도의 이름도 들어 본 적이 없어. 그런 녀석들의 유격대가 있다는 소리도 못 들었고. 소총을 어깨에 걸머지고 두 손을 써서 철조망을 넘어와."

"네놈한테 기관총을 쏘기 전에 얼른." 다른 사람이 외쳤다.

"케 포코 아마블레스 소이스!(당신들 더럽게 불친절하군!)" 안드레스가 이렇게 말하고 철조망을 헤치며 걸어 나갔다.

"아마블레스.(친절 좋아하시네.) 우린 지금 전쟁 중이야, 바보야." 누군가 그에게 소리를 질렀다.

"그래, 그런 것 같군." 안드레스가 대꾸했다.

"저놈이 뭐라는 거야?"

또다시 공이치기를 젖히는 소리가 들렸다.

"아무 말도 안 했어요. 아무 말도 안 했다고요. 이 빌어먹을 철조망을 넘을 때까진 제발 쏘지 마시오." 그가 소리를 질렀다.

"우리 철조망을 욕하지 마. 안 그러면 네놈한테 폭탄을 던져 버리겠어." 누군가 소리쳤다.

"키에로 데시르, 케 부에나 알람브란다!(어쩌면 이렇게도 멋진 철조망일까!)" 안드레스가 큰 소리로 말했다. "말하자면 화장실 속의 하느님 같네요. 이 얼마나 아름다운 철조망이오. 형제들, 이제 곧 그쪽으로 가리다."

"폭탄을 던져 버려. 만사를 처리하는 데는 그게 최선이라니까 그러네." 누군가 말하는 소리가 들렸다.

"형제들!" 안드레스가 말했다. 그는 온몸이 땀으로 흠뻑 젖어 있었고, 폭탄을 던지자고 주장한 녀석이 아무 때고 수류탄을 던질 수 있다는 것도 잘 알고 있었다. "난 보잘것없는 녀석이오."

"나도 그렇게 생각해." 폭탄을 던지자고 제안한 사나이가 대꾸했다.

"형씨 생각이 옳아요." 안드레스가 이렇게 말하고는 조심스레 세 번째 철조망을 넘어 흉장 아주 가까이로 다가갔다. "난 어느 모로 보아도 보잘것없는 사람이죠. 하지만 용건만큼은 무이, 무이 세리오.(무척, 무척 중요합니다.)"

"자유보다 더 중요한 게 어디 있어." 폭탄을 던지자고 제안한 사나이가 대꾸했다. "넌 자유보다 중요한 일이 있다고 생각하나?" 그는 도전적으로 따져 물었다.

"없죠." 그제야 안드레스가 안심하고 말했다. 그는 지금 자신이 광신자들을 상대하고 있다는 사실을 깨달았다. 붉고 검은 스카프를 두른 광신자들. "비바 라 리베르타드!(자유 만세!)"

"비바 라 F. A. I.*(F. A. I. 만세.) 비바 라 C. N. T.**(C. N. T. 만세.)" 그들은 흉장 뒤쪽에서 그에게 호응하여 소리를 질렀다. "비바 엘 아나르코-신디칼리스모.(무정부주의 노동자 조합 운동 만세.) 그리고 자유도."

"비바 노소트로스.(우리들 만세.)" 안드레스도 맞장구쳤다.

"저 녀석은 우리와 같은 종교를 믿고 있군. 하마터면 이걸로 죽일 뻔했어." 폭탄을 제안한 사나이가 말했다.

그는 손에 들고 있는 수류탄을 내려다보면서 안드레스가 흉장을 넘어 다가오자 몹시 감동했다. 여전히 한 손에 수류탄을 든 채 팔을 벌려 안드레스를 끌어안자 수류탄이 안드레스의 어깨뼈에 닿았다. 폭탄 사나이는 안드레스의 양쪽 뺨에 키스를 했다.

"자네한테 아무런 일이 생기지 않아서 천만다행이야, 형제. 정말로 다행이야." 그가 말했다.

"지휘관님은 어디 있소?" 안드레스가 물었다

"내가 지휘관이야. 서류를 보여 줘." 한 사나이가 말했다.

그는 서류를 받아 들고 참호 속으로 들어가 촛불로 비추어 보았다. 한복판에 공화국 국기와 S. I. M.이라는 도장이 찍힌 네모낳고 조그마한, 비단 조각을 접은 것이 있었다. 로버트 조던이 수첩에서 찢어 낸 종이에는 안드레스의 이름과 나이, 신장, 본적, 사명 등이 적혀 있었고, S. I. M.의 고무도장을 찍은

---

* Federación Anarquista Ibérica(이베리아 무정부주의자 연합).
** Confederación Nacional del Trabajo(전국 노동자 총동맹).

살보콘둑토(안전 통행증)가 있었다. 또 골츠에게 보내는 보고서 네 장이 있었는데, 보고서는 노끈으로 묶어 초로 밀봉한 뒤 고무도장의 나무 손잡이 끝에 붙어 있는 S. I. M.이라는 금속 봉인이 찍혀 있었다.

"이건 나도 본 적이 있어." 초소 지휘관이 말하고 비단 조각을 돌려주었다. "이게 다군. 하지만 그걸 갖고 있어도 이게 없으면 아무런 증명도 못 돼." 그는 살보콘둑토(안전 통행증)를 다시 한 번 들여다보았다. "어디 태생이지?"

"비야코네호스요." 안드레스가 대답했다.

"그곳 특산물은 뭐야?"

"멜론이죠. 세계적으로 유명해요." 안드레스가 대답했다.

"그곳에서 아는 사람은?"

"왜 그러세요? 장교님도 그곳 태생이에요?"

"아니. 하지만 가 본 적은 있어. 난 아란후에스* 태생이야."

"그럼 누구든지 좋으니 물어보시죠."

"호세 린콘은 어떤 사람이지 말해 봐."

"술집을 운영하는 사람 말이에요?"

"그래."

"머리를 빡빡 밀고 배가 불룩 튀어나오고 한쪽 눈이 사팔뜨기죠."

"그렇다면 이 서류는 진짜군." 사나이는 이렇게 말하면서 그에게 서류를 돌려주었다. "그런데 자넨 적 후방에서 무슨

---

* 스페인 중부의 도시로 마드리드 남쪽에 위치해 있다.

일을 하고 있나?"

"우리 아버지는 내전이 일어나기 전까지 비야카스틴에 자리를 잡고 있었죠. 저 산 너머 아래쪽 평야에 있는 마을 말이에요. 바로 그곳에서 우리는 갑자기 내전을 맞이했어요. 내전이 일어난 이후 파블로의 게릴라 부대에 들어가 싸워 왔고요. 그런데 지금 서둘러 이 보고서를 전하러 가야 돼요." 안드레스가 말했다.

"파시스트 놈들의 지방은 전황이 어떤가?" 지휘관이 물었다. 그는 조금도 서두르지 않았다.

"오늘 우린 토마테(폭탄) 세례를 받았어요. 하루 종일 도로에 먼지가 일었죠. 오늘 놈들은 엘소르도 영감 부대를 전멸시켰어요." 안드레스가 자랑스럽게 대답했다.

"엘소르도 영감이라니 그 사람이 누구야?" 다른 사나이가 나무라듯 물었다.

"이 지방 산중에서 가장 우수한 게릴라 부대 대장이에요."

"자네들은 모두 공화국으로 들어와 정규군에 입대해야 해. 쓸데없고 뚱딴지같은 게릴라가 너무 많아. 모두 이쪽으로 와서 우리 자유주의 규율에 따라야 해. 그런 뒤에 우리가 게릴라 부대를 파견하고 싶을 때 필요한 만큼 보내면 되는 거야." 지휘관이 말했다.

안드레스는 누구보다 인내심이 강한 사람이었다. 그는 철조망도 태연히 통과해서 여기까지 왔다. 그래서 이런 질문에 조금도 당황하지 않았다. 이 사나이가 자기들에 대해서나 자기들이 하고 있는 일에 대해 전혀 모르는 것은 당연하다고 생각했고, 또 지휘관이 하는 말이 어리석으리라는 것도 처음부터 짐작하고 있었다. 또한 일이 이렇게 늦게 처리되리라는 것도 예상하고 있었다. 그러나 그는 이제 서둘러 이곳을 떠나고 싶었다.

"제 말 좀 들어 보세요, 장교 동지. 장교님 말이 옳다고 생각해요. 하지만 저는 제35사단 사단장에게 급한 보고서를 전달하라는 명령을 받았어요. 사단은 날이 새자마자 공격을 개시하기로 되어 있는데 벌써 밤도 깊었으니 속히 가야 돼요." 그가 말했다.

"무슨 공격? 공격에 대해 뭘 알고 있지?"

"아뇨, 저는 아무것도 몰라요. 하지만 지금 나바세라다까지 가서 거기서도 더 가야 돼요. 그러니 저를 사령관에게 데리고 가서 타고 갈 차편을 마련해 줄 순 없어요? 누가 저와 동행해서 지체해선 안 된다는 사정을 알려 줬으면 해요."

"이 모든 얘기가 도무지 믿어지지 않아. 차라리 자네가 철조망에 접근했을 때 쏴 죽이는 게 옳았을지도 모르겠는걸." 그가 대꾸했다.

"서류를 보지 않았나요, 장교 동지? 그리고 또 제 임무에 대해 설명해 드렸고요." 안드레스가 끈기 있게 그에게 말했다.

"서류는 얼마든지 위조할 수 있어. 파시스트 놈들은 이런 임무쯤은 누구나 꾸며 낼 수 있거든. 내가 직접 함께 사령관한테 가 주지." 장교가 말했다.

"좋습니다. 장교님이 함께 가 주시면 더욱 좋죠. 하지만 빨리 가야 돼요." 안드레스가 말했다.

"이봐 산체스, 자네가 내 대신 지휘하도록 해. 자네도 나만큼 임무를 잘 알고 있겠지. 난 이 자칭 동지를 사령관한테 데리고 갈 테니." 장교가 말했다.

그들은 언덕 꼭대기 뒤쪽에 파 놓은 얕은 참호를 내려갔다. 어둠 속에서 안드레스는 언덕 꼭대기의 수비병들이 고사리가 우거진 비탈 아무데나 깔긴 똥냄새를 맡았다. 그는 위험한 아이들 같은 이 사람들이 마음에 들지 않았다. 더럽고 교활하고, 규율이 잡혀 있지 않고, 친절하고 선량하고 바보 같고 무지하지만 무장하고 있어 언제나 위험천만했다. 안드레스는 정치는 잘 모르지만 그저 공화국에 충성을 다할 따름이었다. 지금까지 이런 사람들이 얘기하는 것을 몇 번 들은 적이 있었다. 그들이 하는 얘기는 제법 근사하고 훌륭한 것 같지만 어쩐지 마음에 들지 않았다. 네놈들이 깔긴 것을 땅에 묻지 않는 게 자유는 아니지, 하고 그는 생각했다. 그러고 보면 고양이보다 더 자유를 누리는 동물은 없어. 고양이는 제가 깔긴 것을 묻을 줄 아니까. 고양이는 가장 훌륭한 무정부주의자야. 네놈들이 고양이한테 그것을 배우기 전까지는 네놈들을 존경할 수 없어.

앞장서서 가던 장교가 갑자기 걸음을 멈추었다.

"자네 아직 카빈총을 갖고 있군."

"그렇습니다. 갖고 있으면 안 되나요?"

"그걸 이리 줘. 등 뒤에서 날 쏠지도 모르잖아." 장교가 말했다.

"왜요? 제가 왜 장교님을 등 뒤에서 쏜단 말이죠?" 안드레스가 물었다.

"누가 알아? 난 아무도 믿지 않아. 총을 이리 줘." 장교가 말했다.

안드레스는 어깨에서 벗어 총을 그에게 건네주었다.

"장교님이 갖고 있는 편이 안심이 된다면 드리죠." 그가 말했다.

"이 편이 좋아. 이 편이 더 안전해." 장교가 응수했다.

그들은 어둠 속에서 언덕 아래로 내려갔다.

37

　로버트 조던은 마리아 함께 누워 손목시계의 바늘이 움직이는 것을 지켜보고 있었다. 작은 시계여서 초침이 보이지 않기 때문에 시간은 거의 알아볼 수 없을 만큼 느리게 지나갔다. 그러나 분침을 들여다보며 정신을 집중하고 있으면 그 움직임이 어렴풋이나마 보였다. 그녀의 머리가 그의 턱 아래에 있었고, 시계를 들여다보려고 고개를 움직이면 그녀의 까까머리가 턱에 닿았다. 마치 덫에 걸린 담비를 문을 열고 끌어내 껴안은 채 털을 쓰다듬으면 손 아래서 담비의 털이 일어나는 것처럼 그녀의 머리는 부드러우면서도 살아 있는 듯 생생하게 비단처럼 물결쳤다. 그의 뺨이 마리아의 머리카락에 닿으면서 움직이면 목이 부풀어 오르고, 두 팔로 그녀의 몸을 끌어안으면 목에서 온몸을 타고 공허한 아픔이 흘러내렸다. 그가 머리를 숙여 시계 쪽으로 눈을 가까이 대면 창끝같이 뾰족하고 환히 드러난 바늘이 숫자판 왼쪽에서 천천히 움직였다. 이제 그 움직임이 지속적으로 똑똑히 보였기 때문에 그는 그 움직임을 정지시키려는 듯 마리아를 꼭 껴안았다. 자고 있는 그녀를 깨우고 싶지는 않았지만 이 마지막 시각에 그녀를 내버려 둘 수는 없었다. 그래서 입술을 그녀의 귓가에 갖다 대고 매끈한 살결이며 뺨의 부드러운 감촉을 느끼면서 목덜미를 따라 더듬어 갔다. 시계 바늘이 움직이는 것이 보였다. 그녀를 더 꼭 껴안고 혀끝을 뺨에서 귓볼로, 귀여운 귀의 기복을 따라 아름답고 단단한 위쪽 귓바퀴로 옮겨 가자 혀가 바르르 떨렸다. 그 전율이 공허한 아픔을 타고 전신에 흐르는 것이 느껴졌고, 시계 바늘이 벌써 예각을 이루어 시간을 가리키는 정점을 향해 올라가는 것이 보였다. 그녀는 아직 자고 있었지만 그는 그녀의 얼굴을 돌려 입을 맞추었다. 자면서 꼭 다물고 있는 입술에 가볍게 입술을 포개고 잠시 동안 두 사람은 가만히 누워 있었다. 누운 채 그들은 자느라고 꼭 다물고 있는 입을 가볍게 댔고, 그가 그녀의 입에 입술을 부드럽게 대자 입술이 가볍게 스치는 것이 느껴졌다. 그녀 쪽으로 몸을 돌리자 날씬하고 부드럽고 아름다운 몸이 바르르 떨고 있는 것이 느껴졌으며, 그녀는 잠결에 한숨을 내쉬더니 여전히 잠을 자면서 그를 붙잡고 있었다. 그리고 얼마 뒤 눈을 뜨고는 자기 입술을 그의 입술에 갖다 대고 꼭 눌렀다. 그가 말했다. "아파?"

그러자 그녀가 대답했다. "아니, 아프지 않아요."

"귀여운 토끼."

"아니, 말하지 마요."

"내 사랑스러운 토끼."

"말하지 마요. 잠자코 있어요."

다음 순간 두 사람은 하나가 되었고, 눈에 보이지 않지만 시계 바늘이 움직일 때 이제 한 사람에게 일어나지 않은 일이 상대방한테 일어날 수는 없다는 사실, 이 일 말고 다른 일은 일어날 리 없다는 사실을 잘 알게 되었다. 이것이 전부였고 언제나 이런 상태일 것이다. 이것이 과거에 일어난 일이었고, 지금 현재 일어나는 일이며, 또 그게 어떤 일이든 앞으로 일어날 일이었다. 이것은 그들이 누려야 할 것이 아니라, 지금 누리고 있는 것이었다. 그들은 지금도 누리고 있었고, 전에도 누리고 있었으며, 언제나 누리고 있었고, 그리고 지금, 지금, 지금도 누리고 있었다. 아, 지금, 지금, 지금, 오직 지금뿐, 무엇보다도 지금. 그리고 너의 지금 말고는 다른 지금이 없고, 지금은 너의 예언자다. 지금, 그리고 영원히 지금. 자, 지금, 지금, 지금 밖에는 아무런 지금도 없다. 그렇다, 지금이다. 지금, 제발 지금이다. 오직 지금뿐이다. 이 지금 말고 다른 것은 없다. 너는 지금 어디에 있고, 나는 지금 어디에 있는가. 다른 사람은 어디에 있는가. 왜 그런지 이유는 생각하지 말고, 그런 건 영원히 알 필요 없이 오직 이 지금만. 그리고 계속해서 부디 언제까지나, 그러고 나서 언제까지나 지금, 언제나 지금만이 있으라. 이제 지금 언제까지나 이 한 번만의 지금. 오직 지금 한 번이 있을 뿐, 이제 다른 지금은 없고 오직 하나의 지금이 있을 뿐. 하나의 지금. 지금이 가고 있다, 지금이 올라가고 있다, 지금이 미끄러져 가고 있다, 지금이 떠나가고 있다, 지금이 빙빙 돌고 있다, 지금이 하늘로 올라가고 있다, 지금이 멀어져 가고 있다, 지금이 끝까지, 아주 끝까지. 하나와 하나는 하나이고, 하나이고, 하나이고, 하나이고, 여전히 하나이고, 또 아직도 하나이고, 하나가 내려가고, 하나가 부드럽고, 하나가 동경하고, 하나가 다정하고, 하나가 행복하고, 하나가 착하고, 하나가 귀엽고. 소나무 가지와 밤의 향기가 떠도는 가운데, 가지를 잘라 깔아 놓고 그 위에 팔꿈치를 괸 채 땅 위에 엎드려 있는 지금. 지금 마지막으로 땅 위에, 그리고 밝아 오는 아침과 더불어 있다. 마침내 그가 입을 열었다. 또 다른 그는 그의 머릿속에만 있었을 뿐 여태껏 아무 말도 하지 않았다. "아, 마리아, 당신을 사랑해. 이렇게 사랑하게 돼서 고마워."

그러자 마리아가 대답했다. "말하지 마요. 아무 말도 하지 않는 게 좋아요."

"너무 멋있어서 당신에게 말하지 않을 수 없어."

"싫어요."

"토끼……."

그러나 그녀가 그를 꼭 껴안고 얼굴을 옆으로 돌려 버리자 그는 부드럽게 물었다. "아파서 그래, 토끼?"

"아뇨, 또다시 라 글로리아(영광 속)에 휩싸여 있었기 때문에 나 역시 고마워서 그래요."

얼마 뒤 두 사람은 바싹 붙어서 발꿈치를, 넓적다리를, 엉덩이를, 어깨를 나란히 하고 조용히 누워 있었고, 로버트 조던은 또다시 보이는 곳에 시계를 두었다. 그러자 마리아가 말했다. "우리 정말 행복했죠?"

"응, 그래. 우린 참 운이 좋아."

"잘 시간은 없겠죠?"

"없어. 곧 출발해야 하니까."

"일어나야 한다면 뭐 먹을 걸 가지러 가요."

"좋아."

"당신, 아무 걱정 없죠?"

"없고말고."

"정말이죠?"

"정말이야. 이젠 없어."

"그럼 전엔 있었단 말이에요?"

"잠깐 동안."

"내 힘으로 도울 만한 일이 있을까요?"

"없어. 당신은 벌써 많이 도와줬잖아."

"그것 말이에요? 그건 날 위한 것이었죠."

"우리 두 사람을 위한 것이었지. 이 세상에 홀로 존재하는 사람은 없어. 자, 토끼, 옷을 입어야지."

그러나 가장 좋은 동반자인 그의 마음은 '라 글로리아'에 대해 생각하고 있었다. 마리아는 '라 글로리아'라고 말했어, 그것은 영어의 glory나 프랑스인이 쓰고 말하는 La Gloire와는 아무런 관계가 없지. 그 말은 칸테온도*와 사에타스**에 속하는 것이거든. 물론 그레코나 산후안 데 라 크루스***와 그 밖의 다

* 스페인 안달루시아 지방의 민속 음악.
** 스페인의 종교 음악.
*** 산 후안 데 라 크루스(1542~1591). 스페인어의 시인이자 수도사.

른 것들에도 속해 있지. 난 신비주의자는 아니지만 그것을 부인한다는 건 마치 전화나, 지구가 태양의 주위를 돌고 있다든지 이 지구 말고도 다른 행성들이 존재한다든지 하는 사실을 부정하는 것처럼 무식한 짓이거든.

우리는 알고 있어야 할 일들을 얼마나 많이 모르고 있는가? 나는 오늘 죽지 않고 더 오래 살고 싶구나. 이 나흘 동안 삶에 대해 많은 것을 배웠기 때문이지. 지금까지 살아오면서 배운 것을 모두 합친 것보다도 더 많은 것을 배운 것 같아, 하고 그는 생각했다. 난 노인이 되어 진실로 삶에 대해 아는 사람이 되고 싶어. 인간이란 언제까지나 계속 배워야 하는 것일까, 아니면 사람마다 정해진 양밖에는 이해할 수 없는 것일까? 아무것도 모르면서 많이 알고 있다고 생각했던 게 아닐까. 좀 더 시간이 있었으면 좋겠는데.

"당신은 내게 많은 걸 가르쳐 줬어, 귀여운 아가씨." 그가 영어로 말했다.

"뭐라고 했어요?"

"당신한테 배운 게 많다고."

"케 바.(그럴 리가.) 당신이야말로 제대로 교육을 받은 사람이죠." 그녀가 말했다.

교육을 받은 사람이라, 하고 그는 생각했다. 교육치고는 아주 미미한 초보 수준을 받았을 뿐이지. 정말로 초보 수준에 지나지 않아. 만약 내가 오늘 죽는다면 이제 겨우 시작한 그 교육마저 허사로 돌아가고 말겠지. 시간이 얼마 남지 않아 지나치게 감수성이 날카로워진 탓에 넌 이제야 겨우 깨닫는단 말인가? 하지만 시간 부족이라는 건 있을 수 없어. 이제 너도 그런 것쯤은 깨달을 만한 머리가 있어야 할 텐데. 난 이곳에 온 뒤로는 줄곧 이 산속에만 있었지. 안셀모는 가장 오래된 친구야. 찰스보다, 처브보다, 가이보다, 마이크보다 그를 더 잘 알거든. 난 그들을 잘 알지. 입이 더러운 아구스틴은 내 형제야. 내겐 형제가 없었는데. 마리아는 내가 진정으로 사랑하는 여자요 아내지. 하지만 난 진정한 애인을 가져 본 적이 없었어. 아내도 없었고. 그녀는 또 내 누이동생이기도 하지만 내게 누이동생은 없었어. 그녀는 또한 내 딸이기도 하지만 난 앞으로 딸을 가질 일이 없을 테지. 이렇게 좋은 것과 헤어지긴 싫어. 그러는 동안 그는 로프로 바닥을 댄 신발의 끈을 다 맸다.

"삶이란 무척 즐겁다는 걸 이제야 깨달았어." 그가 마리아에게 말했다. 그녀는 그의 옆에서 두 손으로 발목을 감싸고 침낭 위에 앉아 있었다. 누가 동굴 입구에 쳐놓은 담요를 움직였는지 불빛이 새어 나왔다. 아직도 깊은 한밤중으로 날이 밝아 올 기미는 보이지 않았다. 다만 눈을 들어 쳐다보면 소나무 가지 너머로 별이 지평선 가까이 내려와 있었다. 이번 달에는 아침이 일찍 밝아 왔다.

"로베르토." 마리아가 불렀다.

"왜 그래, 아가씨?"

"오늘 일하는 동안 우린 함께 있게 되나요?"

"작전이 시작된 뒤에는 그럴 수 있어."

"시작할 때는 함께 못 있어요?"

"응, 당신은 말 옆에 있어야 돼."

"같이 있을 수 없어요?"

"응, 내가 아니면 안 되는 일이 있거든. 당신을 걱정하게 될 거야."

"하지만 일이 끝나는 대로 빨리 와 줄 거죠?"

"끝나자마자 갈게." 그가 어둠 속에서 말하고 웃음 지었다. "자, 아가씨, 뭘 좀 먹으러 가야지."

"침낭은 어떻게 하죠?"

"치우고 싶으면 둘둘 말아 둬."

"잘 말아 두고 싶어요."

"나도 거들게."

"아니, 혼자 하겠어요."

그녀는 무릎을 꿇고 침낭을 펴서 둘둘 말더니 도중에 마음이 변했는지 일어나서 침낭을 툭툭 털었다. 그러고서 다시 무릎을 꿇고 주름을 편 뒤 말았다. 로버트 조던은 배낭 두 개를 집어 들고, 찢어진 구멍에서 물건이 빠져나오지 않도록 조심하면서 소나무들을 지나 연기에 그슬린 담요가 걸려 있는 동굴 입구를 향해 걸어갔다. 팔꿈치로 입구의 담요를 밀어젖히고 동굴 안으로 들어갈 때 그의 시계는 3시 십 분 전을 가리키고 있었다.

38

그들은 동굴 안에 모여 있었고, 남자들은 마리아가 부채질
하고 있는 화덕 앞에 서 있었다. 필라르는 벌써 주전자에 커피
를 끓여 놓았다. 그녀는 로버트 조던을 깨운 뒤에 다시 잠자리
로 돌아가지 않았고 지금은 연기가 자욱한 동굴 안 의자에 걸
터앉아 찢어진 조던의 배낭을 꿰매고 있었다. 다른 배낭 하나
는 벌써 꿰맨 뒤였다. 화덕의 불빛이 그녀의 얼굴을 환하게 비
추었다.

"스튜를 좀 더 들어. 배만 채웠다 한들 그게 뭔 소용이야?
상처를 입어도 고쳐 줄 의사도 없잖아." 그녀가 페르난도에게
말했다.

"그런 식으로 말하지 마요, 아주머니. 꼭 똥갈보 말씨 같잖
아요." 아구스틴이 대꾸했다.

그는 긁힌 자국이 많은 총열에 삼각 다리를 바짝 접어 둔 자

동소총에 비스듬히 몸을 기대고 있었다. 두 주머니에는 수류탄이 가득 들어 있고, 한쪽 어깨에는 탄창 자루, 또 다른 쪽 어깨에는 탄알이 가득 든 탄띠를 걸치고 있었다. 그는 담배를 피우면서 한쪽 손에 커피 잔을 들고 있었는데, 입으로 잔을 가져갈 때마다 담배 연기를 커피 위에 내뿜었다.

"꼭 철물 행상 같군. 그렇게 짊어지고선 100미터도 못 걸을 걸." 필라르가 빈정거렸다.

"케 바.(천만의 말씀.) 쭉 내리막이잖아요." 아구스틴이 대꾸했다.

"초소까지 가려면 오르막도 있어. 내리막이 되기 전에 말이야." 페르난도가 말했다.

"그럼 산양처럼 기어 올라가지." 아구스틴이 말했다.

"그런데 네 형은 어떻게 된 거야? 네 유명한 형은 도망쳐 버렸나?" 그가 엘라디오에게 물었다.

엘라디오는 벽에 기대어 서 있었다.

"입 닥쳐!" 그가 쏘아붙였다.

그는 신경이 곤두서 있었고, 모두 그 사실을 알고 있다는 것을 그 자신도 알고 있었다. 전투를 하기 전에는 언제나 신경질적이고 초조해졌다. 그는 벽에서 테이블 앞으로 걸어가더니 테이블 다리에 기대어 열어 놓은 생가죽 뚜껑 광주리에서 수류탄을 몇 개 꺼내 주머니에 집어넣기 시작했다.

로버트 조던은 광주리 옆에 쭈그리고 앉아 있었다. 광주리에 손을 뻗어 수류탄 네 개를 꺼냈다. 그중 세 개는 톱니 모양의 묵직한 타원형의 밀스제(製) 수류탄으로, 손잡이의 용수철

이 고리가 달린 안전핀에 의해 아래로 고정되어 있었다.

"이건 어디서 가져온 건가?" 그가 엘라디오에게 물었다.

"그거 말이요? 공화국에서 온 거죠. 영감이 가져왔어요."

"성능은 어때?"

"발렌 마스 케 페산.(무게보다는 훨씬 가치가 있죠.) 하나하나 상당한 가치가 있어요." 엘라디오가 대답했다.

"내가 가져온 거야. 한 상자에 60개가 들어 있지. 33킬로그램이 넘어, 잉글레스 양반." 안셀모가 말했다.

"사용해 본 적이 있어요?" 로버트 조던이 필라르에게 물었다.

"케 바(글쎄), 사용해 본 적이 있느냐고? 파블로가 바로 그것으로 오테로에서 초소를 날려 버렸어." 필라르가 대답했다.

그녀가 파블로의 이름을 꺼내자 아구스틴이 욕설을 퍼붓기 시작했다. 로버트 조던은 화덕 불빛으로 필라르의 얼굴에 떠오른 표정을 볼 수 있었다.

"그만해. 말해 봐야 아무 소용도 없는 걸 가지고." 그녀가 아구스틴에게 날카롭게 쏘아붙였다.

"언제나 잘 폭발했나요?" 로버트 조던은 회색 칠이 된 수류탄을 손에 들고 엄지 손톱으로 쐐기못이 얼마나 굽어 있는지 시험해 보았다.

"언제나 폭발했어요. 우리가 사용한 것 중에 불발탄은 한 개도 없었으니까요." 엘라디오가 대답했다.

"얼마나 빨리 폭발했지?"

"힘껏 멀리 내던지면 바로 터졌죠. 금방 터졌어요. 곧바로."

"이건 뭐지?"

그는 철사 고리에 테이프를 감은 수프 깡통처럼 생긴 수류탄을 들어 보였다.

"그건 폐물이에요. 터지긴 하죠. 그래요. 하지만 번쩍 빛만 내뿜을 뿐 파편이 날아가지 않아요." 여전히 엘라디오가 대꾸했다.

"하지만 언제나 터지기는 하나?"

"케 바(글쎄), 언제나라. 우리 무기건 그들 무기건 언제나 꼭 터진다곤 할 수 없지." 필라르가 말했다.

"하지만 아까 어떤 것은 언제나 폭발한다고 하지 않았나요?"

"그런 말 한 적 없어. 당신은 다른 사람한테 물었잖아. 어느 수류탄이고 언제나 터지는 놈은 본 적이 없거든." 필라르가 대꾸했다.

"모두 잘 터졌단 말이에요. 사실대로 말해요, 아주머니." 엘라디오가 말했다.

"모두 터졌는지 네놈이 어떻게 알지? 그걸 던진 건 파블로야. 네놈은 오테로에서 한 놈도 못 죽였잖아." 필라르가 그에게 내뱉었다.

"빌어먹을 갈보 년의 자식!" 아구스틴이 또 욕설을 퍼붓기 시작했다.

"그 얘긴 이제 그만 집어치워." 필라르가 날카롭게 쏘아붙였다. 그러고서 말을 이었다. "그것들은 어느 것이나 다 마찬가지야, 잉글레스 양반. 하지만 그 골함석처럼 주름 잡힌 것들은 사용하기 훨씬 간단해."

그럼 한 세트에서 하나씩 쓰는 게 좋겠군, 하고 로버트 조던은 생각했다. 하지만 톱니 모양을 한 것이 더 쉽고 정확하게 터질 것 같아.

"폭탄을 던질 작정이오, 잉글레스 양반?" 아구스틴이 물었다.

"물론이죠." 로버트 조던이 대답했다.

그러나 그곳에 쭈그리고 앉아 수류탄을 고르면서 그는 이렇게 생각했다. 불가능해. 나도 모르는 일에 대해 어떻게 나 자신을 속일 수 있단 말인가. 눈이 그쳤을 때 엘소르도가 파멸했던 것처럼, 적들이 엘소르도를 공격했을 때 우리도 파멸한 셈이지. 다만 넌 그것을 받아들일 수 없을 뿐이야. 넌 이대로 계속해야 하고, 불가능하다는 것을 알고 있으면서도 계획을 세워야 하는 거야. 그 계획을 세웠고, 이제 와서 그것이 아무 소용없다는 사실을 깨닫고 있지. 아침이 되고 보니 소용없는 일이 돼 버렸어. 네가 지금 가진 것으로 초소 하나는 탈취할 수 있겠지. 하지만 두 곳은 불가능해. 말하자면 확신할 수 없다는 거지. 자신을 속여서는 안 돼. 곧 새벽이 다가오는데 자신을 속여선 안 되는 거야.

초소 두 곳을 다 탈취하려 들면 결코 성공하지 못할 거야. 파블로는 처음부터 알고 있었지. 생각해 보면 놈은 처음부터 도망칠 작정이었지만 엘소르도가 소탕 당했을 때 우리도 같은 운명에 처할 것을 알았던 것 같아. 기적이 일어날지도 모른다는 가정 아래 작전을 세울 수는 없지 않은가. 지금 갖고 있는 것 이상의 좋은 것을 확보하지 못한다면, 넌 이 사람들을 다 희생시키고도 다리를 폭파하지 못할 거야. 필라르를, 안셀모를, 아구스틴을, 프리미티보를, 몹시 신경질적인 엘라디오를, 쓸모없는 집시를, 나이 든 페르난도를 죽이고도 다리를 폭파하지 못할 거야. 기적이라도 일어나 골츠 장군이 안드레스의 보고서를 받아 보고 이 계획을 중지시킬 거라고 생각하는가? 만약 그런 기적이 없다면 넌 이 사람들을 모조리 죽게 만들 거야. 마리아마저도. 이 작전으로 그녀마저 죽이게 될 거야. 그녀를 이 위험에서 구출해 낼 수는 없을까? 죽일 놈의 파블로, 지옥에나 떨어져라, 하고 그는 생각했다.

안 돼. 이렇게 화를 내서는 안 돼. 화를 내는 건 겁을 집어먹는 것만큼이나 해롭거든. 하지만 넌 네 여자를 끼고 잠을 자는 대신 필라르와 밤새 산속을 돌아다니며 함께 일할 충분한 인원을 모아 왔어야 해. 그래, 그렇게 하는 게 옳았어, 하고 그는 생각했다. 하지만 내게 무슨 일이라도 일어나 돌아오지 못하고 다리를 폭파할 수 없게 되었다면? 그래, 그거야. 그래서 사람을 모으러 나가지 않았던 거야. 그렇다고 다른 사람을 대신 보낼 수도 없었잖아. 한 사람이라도 인원이 줄어들 위험을 무릅쓸 수 없었기 때문이지. 지금 있는 병력을 유지하면서 그들만으로 수행할 수 있는 계획을 세워야 했어.

하지만 네 계획에서는 썩은 냄새가 나. 정말이지 썩은 냄새가 나. 밤에 세운 계획인데 벌써 아침이잖아. 밤에 세운 계획은 아침이면 쓸모없게 마련이거든. 밤에 생각한 계획은 아침이 되면 쓸모없어져. 그러니 이제 너도 그게 쓸모없다는 것을 깨달았겠지.

만약 존 모스비가 이런 불가능한 일을 맡았다면 어떻게 했을까? 분명 잘 해냈을 거야. 이보다 훨씬 곤란한 일도 말이지. 그리고 이 점을 기억해 둬. 기습이라는 요소를 과소평가하면 안 된다는 걸. 그걸 잊지 마. 네가 끝까지 버틸 수만 있다면, 그렇게 어리석은 짓이 아니라는 걸 기억해 둬. 하지만 넌 그런 식으로 할 수는 없지. 이 일을 가능하게 할 뿐 아니라 확실하게 해야 하거든. 하지만 이제까지 일들이 모두 어떻게 되어 왔는지 생각해 보란 말이다. 처음부터 출발이 잘못되었고, 그렇게 되면 눈덩어리가 젖은 눈 위로 굴러가듯 재앙도 점점 커지게 마련이거든.

그가 쭈그리고 앉아 있던 테이블 옆에서 눈을 들어 마리아를 보자, 그녀는 그에게 생글 웃어 보였다. 그는 겉으로만 빙그레 웃어 보이고는 수류탄을 네 개 더 골라 주머니에 집어넣었다. 뇌관의 나사만 풀어 떼어 내면 이 수류탄은 사용할 수 있겠군, 하고 그는 생각했다. 폭발한 파편이 제대로 작동할 것 같기도 해. 화약이 폭발하는 것과 동시에 일어날 테니 폭약을 흩어지게 할 일은 없을 것 같군. 적어도 내 생각으로는 그래. 확실히 그럴 거야. 좀 더 자신을 가져 봐, 하고 그는 스스로를 타일렀다. 어젯밤만 해도 너와 네 할아버지는 꽤 용감했고 아버지는 겁쟁이였다고 생각했잖아. 자, 이제 좀 더 자신감을 보여라.

그는 마리아에게 다시 웃어 보였지만, 그 웃음은 여전히 광대뼈와 입언저리를 팽팽히 편 것이었을 뿐 피부보다 깊은 데서 우러나는 미소는 아니었다.

저 아가씨는 너를 훌륭한 사나이라고 생각해, 하고 그는 생각했다. 난 너를 썩어빠진 사나이라고 보지만. 그 '글로리아'나 그 밖에 네가 했던 모든 어리석은 수작들도 그래. 넌 훌륭한 생각을 하고 있었지 않았나? 이 세계의 본질을 꿰뚫어 보지 않았던가? 그런 건 이제 모조리 지옥에 날려 버려.

느긋하게 생각해, 하고 그는 스스로를 타일렀다. 화내지 마. 그것도 일종의 도피에 지나지 않거든. 하늘이 무너져도 솟아날 구멍은 있는 법이야. 넌 이제 못이라도 물어뜯듯 악물고 늘어져야 해. 잃어버릴 것 같다고 해서 지금까지 있었던 모든 것까지 부정할 필요는 없어. 자기 몸을 물고 늘어지는 등뼈 부러진 뱀 같은 흉내는 아예 집어치워. 네 등뼈는 멀쩡해, 이 비겁한 놈아. 부상을 입기 전에는 우는소리를 내지 마. 전투가 시작될 때까지는 화를 내지 마. 전투 중에도 그까짓 일을 할 여유는 얼마든지 있으니까. 전투 중에는 그런 짓을 하는 것도 조금은 도움이 될 거야.

필라르가 배낭을 들고 그에게 다가왔다.

"이젠 든든하게 됐어. 저 수류탄은 꽤 쓸 만한 것들이야, 잉글레스 양반. 믿어도 좋아." 그녀가 말했다.

"기분이 어때요, 아주머니?"

그녀는 그를 쳐다보며 고개를 흔들고 미소를 지었다. 그 미소는 얼마만 한 깊이의 미소일까, 하고 그는 생각했다. 겉보기에는 아주 깊은 미소였다.

"좋아. 덴트로 데 라 그라베다드.(절박한 상황이긴 하지만.)" 그녀가 대답했다.

그러고 나서 그녀는 그의 옆에 쭈그리고 앉으면서 말했다.

"이제 정말 시작될 모양인데 당신 생각에는 어떻게 될 것 같나?"

"인원이 부족해요." 로버트 조던이 그녀에게 재빨리 대답했다.

"내 생각도 그래. 아무리 생각해도 인원이 많이 부족하지." 그녀가 맞장구쳤다.

그러더니 여전히 그에게만 몸을 돌린 채 말했다. "마리아는 혼자서도 말들을 지킬 수 있어. 그러니까 난 거기 있을 필요가 없지. 말 다리를 동여매 두자고. 기병들이 쓰던 말이었으니까 총소리를 들어도 놀라지 않을 거야. 내가 아래 초소에 가서 파블로가 맡은 일을 할게. 그렇게 하면 한 사람이 늘어나는 셈이잖아."

"좋아요. 아주머니가 그렇게 해 줄지도 모른다고 생각했어요." 그가 말했다.

"괜찮아, 잉글레스 양반. 걱정할 거 없어. 모든 게 다 잘될 거야." 필라르가 그를 빤히 쳐다보며 말했다. "놈들은 이런 일이 있을 줄은 꿈에도 생각지 못했을 거라는 걸 기억해."

"알겠습니다." 로버트 조던이 대꾸했다.

"또 한 가지 얘기할 게 있어, 잉글레스 양반." 필라르가 걸걸한 목소리를 최대한 낮추어서 부드럽게 말했다. "손금 얘기 말인데……."

"손금이 어떻다는 거요?" 그가 화를 내며 말했다.

"그런 게 아냐, 내 말 좀 들어 봐. 화내지 말고, 도련님. 손금에 대해선 말이지, 그건 내가 일부러 잘난 체하려고 꾸며 댄 엉터리 집시 장난이었어. 이 세상에 그런 건 없어."

"그 얘긴 그만둬요." 그가 쌀쌀맞게 말했다.

"아냐, 그건 내가 꾸며 낸 터무니없는 장난이었어. 전투하는 날 당신을 걱정시키고 싶진 않거든." 그녀가 거칠지만 애교 있는 목소리로 말했다.

"걱정하지 않아요." 로버트 조던이 대꾸했다.

"지금 걱정하고 있어, 잉글레스 양반. 무척 걱정하고 있다고. 무리도 아니지. 하지만 모든 일이 잘 풀릴 거야, 잉글레스 양반. 우리가 태어난 건 오로지 이 일 때문이야."

"나한테 정치위원은 필요 없어요." 로버트 조던이 그녀에게 말했다.

그녀는 다시 그를 쳐다보며 까칠한 입술과 커다란 입으로 진실이 담긴 미소를 살짝 지었다. "당신이 너무 좋아서 그래, 잉글레스 양반."

"지금은 그런 게 필요 없어요. 니 투, 니 디오스.(당신이건, 하느님이건.)" 그가 말했다.

"그렇겠지. 잘 알고 있어. 그저 당신에게 말해 주고 싶었을 뿐이야. 그러니 지레 걱정하지 마. 우리 모두 잘 해낼 거야." 그녀가 쉰 목소리로 나지막하게 말했다.

"물론 잘 해낼 테죠." 로버트 조던은 이렇게 말하고 살갗을 살짝 움직여 건성으로 미소를 지어 보였다. "물론 우리는 잘 해낼 수 있죠. 모든 게 다 잘될 겁니다."

"그런데 언제 떠나나?" 필라르가 물었다

로버트 조던은 손목시계를 보았다.

"언제라도 좋아요." 그가 대답했다.

그는 배낭 하나를 안셀모에게 건네주며 말했다.

"어떠세요, 영감님?" 그가 물었다.

노인은 로버트 조던이 보여 준 견본대로 쐐기를 깎아 높이 쌓아 놓고 이제 그 마지막 한 개를 다듬는 중이었다. 만일의 경우를 위한 여분의 쐐기였다.

"좋아, 지금까지는 아주 좋아." 노인은 이렇게 대답하고 나서 고개를 끄덕였다. 그런 뒤 한 손을 내밀었다. "이걸 봐." 그가 말하며 싱긋 웃었다. 그의 두 손은 조금도 떨리지 않았다.

"부에노, 이 케?(좋아요, 그게 왜요?) 저도 손은 언제나 떨리지 않아요. 손가락 하나를 펴 보세요." 로버트 조던이 그에게 말했다.

안셀모가 손가락 하나를 폈다. 손가락은 떨리고 있었다. 그는 로버트 조던을 쳐다보며 고개를 저었다.

"제 손가락도 떨려요. 언제나 이래요. 이게 정상이죠." 로버트 조던이 그에게 손가락을 내보였다.

"내 건 떨리지 않지." 페르난도가 말했다. 그는 오른쪽 집게손가락을 내보였다. 그러더니 왼쪽 집게손가락도 내보였다.

"침을 뱉을 수 있나요?" 아구스틴이 이렇게 묻고 로버트 조던에게 눈짓을 해 보였다.

페르난도는 헛기침을 한 뒤 땅바닥에 가래침을 탁 뱉고 발로 문질러 버렸다.

"더러운 노새 같은 녀석! 담력을 자랑하려거든 화덕 속에나 뱉을 것이지." 필라르가 그에게 핀잔을 주었다.

"필라르 아주머니, 우리가 여길 떠나지 않는다면야 바닥에 침을 뱉을 리 있나요." 페르난도가 새침하게 대꾸했다.

"오늘은 침 뱉는 것도 조심해야 돼. 이제 떠날 곳도 없게 될지 누가 알겠어." 필라르가 그에게 말했다.

"검은 고양이 같은 말투군." 아구스틴이 말했다. 그는 신경이 날카로워져서 농담하지 않고는 견딜 수 없는 심경이었는데 그 말은 그들 모두가 느끼고 있는 기분을 달리 표현한 것이기도 했다.

"농담으로 그런 거야." 필라르가 변명했다.

"나도 그래요. 메 카고 엔 라 레체(빌어먹을 개자식 같은 놈), 하지만 막상 일이 시작되면 괜찮아질 거예요." 아구스틴이 내뱉었다.

"집시 녀석은 어디 갔지?" 로버트 조던이 엘라디오에게 물었다.

"말들 있는 곳에 가 있어요. 동굴 입구에서 보일 거예요." 엘라디오가 대답했다.

"지금 놈은 어때?"

그러자 엘라디오는 히죽 웃었다. "겁을 잔뜩 집어먹고 있을걸요." 그가 말했다. 다른 사람의 공포심에 대해 말하니 그는 안심이 되었다.

"쉿! 잉글레스 양반……." 필라르가 말하기 시작했다. 로버트 조던이 바라보니 그녀는 입을 헤벌리고 믿기지 않는 표정을 짓고 있었으므로 그는 얼른 권총에 손을 갖다 대면서 동굴 입구를 향해 몸을 돌렸다. 그곳에는 한 손으로 담요 자락을 젖힌 땅딸막하고 어깨가 넓은 텁석부리 파블로가 우두커니 서서 충혈된 조그마한 눈으로 특별히 누구를 쳐다보지 않고 서 있었다. 가늠쇠가 달린 짤막한 자동소총 총구가 삐죽이 어깨 위에 솟아 있었다.

"아니, 당신……. 당신." 필라르가 믿기지 않는 듯 그에게 말했다.

"나야." 그가 태연한 목소리로 말했다. 그는 동굴 안으로 들어섰다.

"올라(어이), 잉글레스 양반, 엘리아스와 알레한드로의 부대에서 다섯 사람하고 말을 데려왔어." 그가 말했다.

"폭파 장치와 뇌관은요? 그리고 다른 물건들은?" 로버트 조던이 물었다.

"골짜기에서 강물에 내던져 버렸어." 파블로가 여전히 아무도 쳐다보지 않고 대답했다. "하지만 수류탄을 써서 폭파시키는 방법을 생각해 냈지."

"그건 나도 생각해 냈어요." 로버트 조던이 대꾸했다.

"뭐 마실 것 좀 없나?" 파블로가 피곤한 목소리로 물었다.

로버트 조던이 납작한 술병을 건네주자 그는 꿀꺽꿀꺽 마시고 나서 손등으로 입을 닦았다.

"당신, 도대체 어떻게 된 거야?" 필라르가 물었다.

"나다.(아무것도.) 아무것도 아니라고. 이렇게 돌아왔잖아." 파블로는 다시 한 번 입을 닦으며 대답했다.

"하지만 어떻게 된 거냐고?"

"아무것도 아니래도. 잠시 마음이 약해졌을 뿐이야. 달아났지만 다시 돌아왔잖아."

그는 로버트 조던 쪽으로 몸을 돌렸다. "엔 엘 폰도 노 소이 코바르데.(난 마음속에서는 겁쟁이가 아니거든.)"

하지만 네놈은 별의별 잡놈이지, 하고 로버트 조던은 생각했다. 그게 사실이 아니라면 내 성을 갈겠어. 하지만 네놈이 돌아와 줘서 반갑구나, 이 개자식아.

"엘리아스와 알레한드로에게 얻을 수 있는 사람은 다섯이 고작이었어. 이곳을 나간 뒤 줄곧 말을 타고 돌아다녔지. 자네들 아홉으론 죽었다 깨도 그 일을 못 해. 어젯밤 잉글레스 양반이 그 일을 설명했을 때 난 알아챘지. 절대로 할 수 없다는 걸 말이야. 아래 초소에는 사병 일곱에 하사가 한 놈이잖아. 그곳에 경보 장치가 있거나 놈들이 대항하면 어떻게 할 거야?" 파블로가 말했다.

그는 로버트 조던 쪽으로 시선을 옮겼다. "내가 이곳을 떠나가면 그 일이 불가능하다는 걸 깨닫고 포기할 줄 알았어. 그런데 자네 물건을 내던져 버리고 난 뒤에 생각이 달라졌지."

"어쨌든 돌아와서 고맙소." 로버트 조던이 말했다. 그러고는 파블로 쪽으로 다가갔다. "수류탄만으로도 할 수 있어요. 잘될 거요. 이제 다른 것들은 문제가 되지 않아요."

"천만에. 난 자네를 위해서 하는 건 아냐. 자넨 불길한 친구니까. 이 모든 게 다 자네 때문에 일어난 일이지. 엘소르도 영감 일도 그렇고. 하지만 자네 물건을 버리고 난 뒤에 마음이 아주 쓸쓸해지고 말았어."

"니 어미……." 필라르가 말했다.

"그래서 이 일을 성공하게 하려고 말을 타고 다른 사람들을 모으러 돌아다닌 거야. 나로선 힘 닿는 데까지 모아 왔어. 자네한테 먼저 알리는 게 좋을 것 같아서 저 꼭대기에 그 사람들을 기다리게 해 뒀어. 놈들은 내가 두목인 줄 알고 있거든."

"당신이 두목이라고 해도 좋아. 그러고 싶다면." 필라르가 말했다. 파블로는 그녀를 바라보았을 뿐 아무런 대꾸도 하지 않았다. 그러다가 그는 마침내 차분한 목소리로 아무렇지 않은 듯이 말했다. "엘소르도 영감 일이 있은 뒤 여러 모로 생각했지. 어차피 끝낼 일이라면 우리가 함께 끝내야 한다고. 하지만 잉글레스 양반, 자네가 정말 원망스러워. 이 일을 우리한테 갖고 왔으니."

"그런데 이봐요, 파블로……." 페르난도가 주머니에 수류탄을 불룩하게 집어넣고 탄띠를 어깨에 걸친 채 여전히 빵조각으로 스튜 냄비를 닦으면서 말을 꺼냈다. "일이 잘되리라고 믿지 않는 거죠? 그저께 밤엔 제 입으로 일이 잘될 거라고 확신한다고 해 놓고서는."

"저 사람에게 스튜를 좀 더 떠 줘." 필라르가 못마땅한 듯이 마리아에게 말했다. 그러고서 눈가에 부드러운 표정을 지으며 파블로에게 말했다. "그래서 돌아왔다 이거지?"

"암, 그렇고말고, 마누라." 파블로가 대답했다.

"그렇다면 환영하지. 당신이 겉보기처럼 그렇게 쓸모없는 사람일 거라곤 생각하지 않았어." 필라르가 그에게 말했다.

"그런 짓을 하고 나니 어찌나 쓸쓸한지 견딜 수가 없었어." 파블로가 조용한 목소리로 그녀에게 말했다.

"견딜 수가 없었다." 그녀가 그의 흉내를 냈다. "십오 분도 견딜 수가 없을 만큼 말이지."

"놀리지 마, 마누라. 이렇게 돌아왔잖아."

"그러니까 반갑게 맞아 주는 거 아냐. 처음에 내가 한 말 못 들었어? 커피나 마시고 어서 출발합시다. 온갖 연극이 벌어지는 통에 난 그만 지쳐 버렸어."

"저게 커피인가?" 파블로가 물었다.

"맞소." 페르난도가 대꾸했다

"커피 좀 줘, 마리아." 파블로가 말했다. "그래 넌 어때?" 그가 마리아를 쳐다보지도 않고 물었다.

"좋아요." 마리아가 대답하고 그에게 커피를 가져다주었다. "스튜도 드시겠어요?" 파블로는 고개를 저었다.

"노 메 구스타 에스타르 솔로.(난 혼자 되긴 싫었어.)" 파블로는 다른 사람들이 자리에 없기라도 한 듯 필라르에게 계속 설명했다. "알겠어? 어제는 하루 종일 혼자 모두를 위해 일했지만 조금도 외롭지 않았어. 그런데 어젯밤에는. 옴브레! 케 말로 파세!(아! 얼마나 불행했는지 몰라!)"

"당신의 유명한 대선배인 저 가리옷 사람 유다는 목을 맸잖아."

"그런 식으로 말하지 마, 마누라. 아직 못 봤어? 이렇게 돌아왔잖아. 그러니 유다니 뭐니 하는 소리 하지 마. 이렇게 돌아왔잖아."

"당신이 데리고 왔다는 그 사람들은 도대체 어떤 작자들이지? 어딘가 쓸모 있는 것들인가?" 필라르가 그에게 물었다.

"손 부에노스.(착한 친구들이지)." 그가 대답했다. 그는 기회를 잡은 듯 필라르를 똑바로 쳐다보았다가 바로 고개를 돌렸다.

"부에노스 이 보보스.(착하고 우둔해.) 물불을 가리지 않는 놈들이야. 아 투 구스토.(당신 비위에 잘 맞을 거야.) 당신이 좋아할 친구들이거든."

파블로는 다시 필라르의 눈을 쳐다보았지만 이번에는 고개를 돌리지 않았다. 충혈된 조그맣고 돼지 같은 눈으로 그녀를 똑바로 쳐다보았다.

"당신, 당신. 한번 사내였다면 영원히 사내라고 생각해." 쉰 듯한 그녀의 목소리에는 또다시 애정이 깃들어 있었다.

"리스토.(들어 봐.) 오늘 무슨 일이 일어나든 난 각오가 단단히 돼 있어." 파블로가 그녀를 똑바로 바라보면서 단호하게 말했다.

"난 당신이 돌아올 거라고 믿었어. 그랬고말고. 하지만 옴브레(아), 당신은 꽤 멀리까지 갔군."

"당신 술병에서 한 모금 더 마십시다. 그러고 슬슬 출발하기로 하지." 파블로가 로버트 조던에게 말했다.

39

그들은 어둠을 뚫고 솔밭을 빠져나와 꼭대기의 오솔길을 향해 언덕을 올라갔다. 모두 무거운 짐을 지고 있어 느린 걸음이었다. 말들도 안장 가득 짐을 싣고 있었다.

"어쩔 수 없게 되면 말에 실은 짐을 버리면 돼. 하지만 버리지 않고도 견딜 수 있으면 다른 캠프를 만들 수도 있을 거야." 필라르가 말했다.

"나머지 탄약은 어떡하죠?" 로버트 조던이 짐을 꾸릴 때 물었다.

"저 안장 주머니 속에 넣지."

로버트 조던은 묵직한 짐을 진 데다 수류탄을 주머니에 잔뜩 넣었기 때문에 윗도리가 처져 목덜미가 당기는 것을 느꼈다. 또 넓적다리에 닿는 권총의 무게와 경기관총 탄창이 든 바지 주머니에 불룩한 것이 느껴졌다. 입 안에 커피 맛이 남아 있는 채로, 오른손에는 경기관총을 들고 왼손으로는 배낭 멜빵이 어깨를 조이는 것을 늦추기 위해 윗도리 깃을 끌어올렸다.

"잉글레스 양반." 파블로가 어둠 속에서 그에게 바싹 다가가며 불렀다.

"왜 그래요?"

"내가 데려온 녀석들 말이야, 그 녀석들은 내가 데려왔기 때문에 이 일이 잘될 거라고 생각하고 있어. 그러니 녀석들을 실망시킬 말은 하지 마." 파블로가 말했다.

"그러죠. 어쨌든 이 일을 성공시킵시다." 로버트 조던이 말했다.

"녀석들은 말을 다섯 마리 갖고 있어. 알겠어?" 파블로가 조심스럽게 말했다

"좋아요. 말은 모두 한군데에 두도록 하죠." 로버트 조던이 말했다.

"그게 좋겠군." 파블로는 이렇게 대꾸하고는 입을 꾹 다물었다.

이봐, 파블로, 당신이 타르수스*로 가는 길목에서 완전히 마음을 고쳐먹었다고는 믿지 않아, 하고 로버트 조던은 생각했다. 그럴 순 없을 테지. 하지만 네놈이 돌아오다니 정말 기적 같은 일이야. 네놈을 성인의 반열에 올려놓는 데도 아무런 이의가 없을 것 같군.

---

* 소아시아 지방의 도시 이름으로 오늘날 터키의 중남부에 해당한다. 신약성서에서 사도 바울의 고향으로 한때 그는 기독교인들을 박해했지만 뒷날 개심하여 복음을 전하는 사도가 되었다.

"이 다섯 명을 데리고 엘소르도 영감 못잖게 아래 초소를 해치우겠어. 약속대로 전화선을 끊은 뒤 다리로 퇴각하지." 파블로가 말했다.

그건 벌써 십 분 전에 다 의논한 거잖아, 하고 로버트 조던은 생각했다. 왜 이제 와서 새삼스럽게…….

"그레도스로 도망칠 수 있어. 사실 난 그 일에 대해 깊이 생각했거든." 파블로가 말했다.

네놈의 머릿속에 이 마지막 몇 분 동안 또 한 가지 번뜩 생각난 게 있었구나, 하고 로버트 조던은 혼잣말을 했다. 또 한 가지 계시를 받은 게로군. 하지만 내가 넘어갔다고 생각하면 큰 오산이지. 안 돼, 파블로. 그렇게 많은 것을 믿으라고 하면 곤란하지.

파블로가 동굴로 들어와서 사나이 다섯을 데려왔다고 말했을 때부터 로버트 조던은 기분이 좋아졌다. 또다시 파블로를 보게 되자 눈이 내린 뒤부터 작전 전체가 파묻혀 버린 것처럼 보이던 비극의 패턴이 깨졌기 때문이다. 파블로가 돌아온 뒤로 그는, 운명이라는 것을 믿지 않으니까 운명이 바뀌었다고 생각하지는 않았지만, 사태가 모두 호전되어 이제 전혀 불가능한 일도 아니라는 생각이 들었다. 틀림없이 실패할 거라는 생각 대신에 천천히 펌프로 공기를 주입해 타이어가 부풀어 오르듯 이제는 점차 확신이 마음속에 샘솟는 것을 느낄 수 있었다. 분명히 시작은 되었는데도 처음에는 이렇다 할 차이가 없었다. 마치 펌프가 작동하기 시작하면서 타이어의 고무가 조금씩 꿈틀거리는 것 같았다고 할까. 그러나 밀물이 차오르듯, 나무에 수액이 오르듯 끊임없이 확신이 솟아오르더니 마침내 불안감의 첫 자락이 물러가면서 전투 전에 흔히 느끼는 진정한 행복감에 젖어들기 시작했다.

이것은 그가 지닌 최상의 자질이며, 전투를 하기에 알맞은 재능이기도 했다. 제아무리 나쁜 결과가 될지라도 그것을 무시해 버리는 것이 아니라 경멸할 수 있는 능력이었다. 이 자질이 다른 사람에 대한 지나친 책임감이나 서투른 계획, 잘못된 계획을 반드시 실행해야 하는 필연성 때문에 엉망이 되었던 것이다. 좋지 못한 결과, 실패를 무시할 수는 없기 때문이다. 자신한테 해가 될지도 모른다는 가능성을 말하는 것이 아니다. 그런 것은 얼마든지 무시할 수 있었다. 그는 자신이 보잘것없다는 것을 잘 알고, 죽음이 별것이 아니라는 것도 잘 알았다. 자신이 아는 다른 것들 못지않게 그걸 잘 알고 있었다. 그런데 지난 며칠 동안 그는 또 다른 인간과 한마음이 됨으로써 자신이 정말 소중한 사람이 될 수 있다는 사실을 배웠다. 하지만 마음속으로는 이것이 예외라는 것도 잘 알고 있었다. 그 예외를 우리가 누렸던 거야, 하고 그는 생각했다. 이 점에서 난 참으로 행운아였어. 어쩌면 내가 그것을 구걸하지 않았기 때문에 주어졌는지도 몰라. 그건 빼앗기거나 잃어버릴 수 있는 게 아니거든. 하지만 그것도 이제 이미 지난 일이고, 오늘 아침으로 모두 끝난 일이지. 이제 우리에게 남아 있는 것이라곤 오직 임무뿐이야.

그리고 너에 대해 말하자면, 하고 그는 스스로에게 말했다. 난 네가 잠시 동안 잃어버렸던 뭔가를 조금이라도 되찾게 되어 기분이 좋아. 하지만 넌 조금 전만 해도 운이 그다지 좋지 못했어. 난 그런 너를 잠시 동안 정말 부끄럽게 생각했지. 너와 나는 한 덩어리였거든. 그래서 너를 판단할 내가 없었던 거야. 우린 모두 모양새가 좋지 않았어. 너도 나도 둘 다 말이야. 자, 정신 차려. 정신분열증 환자처럼 생각하지 마. 자, 이제 한 번에 한 가지씩만 하자. 이제 넌 아까처럼 제정신으로 돌아왔어. 하지만 알겠나, 이제부터는 하루 종일 그 아가씨 생각은 아예 하지도 마. 이 일에 관여하게 하지 않는 것 말고는 그녀를 지켜 줄 방법이 네겐 없어. 네가 지금 하고 있는 것처럼. 놈의 표정이 진실이라면 말은 이제 충분할 거야. 네 힘으로 그녀에게 해 줄 수 있는 가장 좋은 일이란 임무를 재빨리 해치우고 도망치는 것이지. 그녀를 생각하는 것은 이 일을 수행하는 데 걸림돌이 될 뿐이거든. 그러니 더 이상 그녀 생각은 마.

이런 것들을 충분히 생각하고 나서 그는 마리아가 필라르와 라파엘과 함께 말을 끌고 오기를 기다렸다.

"이봐, 아가씨. 기분이 어때?" 그가 어둠 속에서 그녀에게 물었다.

"괜찮아요, 로베르토." 그녀가 대답했다.

"조금도 걱정할 건 없어." 그는 이렇게 말하고는 총을 왼손으로 바꿔 들고 오른손을 그녀의 어깨에 얹었다.

"걱정 안 해요." 그녀가 대답했다.

"모든 일이 빈틈없이 계획돼 있어. 라파엘이 당신과 함께 말을 지킬 거야." 그가 그녀에게 말했다.

"당신과 함께 있고 싶어요."

"그건 안 돼. 당신은 말이 있는 곳에 가 있어야 해."

"좋아요. 그럼 그곳에 있겠어요." 그녀가 대답했다.

그때 말 한 마리가 히힝 소리 내어 울자 아래쪽 빈터 바위틈에서 다른 말도 따라 울었다. 울음소리는 날카롭게 끊어지면서 떨리는 소리로 높아졌다.

로버트 조던은 저만큼 앞 어둠 속으로 새로 끌고 온 말들의 윤곽을 바라보았다. 걸음을 재촉하여 파블로와 함께 말 쪽으로 가까이 다가갔다. 사나이들이 말 옆에 서 있었다.

"살루드.(안녕하시오.)" 로버트 조던이 먼저 입을 열었다.

"살루드.(안녕하시오.)" 그들이 어둠 속에서 대꾸했다. 얼굴은 보이지 않았다

"이 사람이 우리와 함께 갈 잉글레스 양반이야. 다이너마이트 폭파원이지." 파블로가 말했다.

이 말에는 아무도 대답하지 않았다. 어쩌면 그들은 어둠 속에서 고개를 끄덕였는지도 모른다.

"자, 그럼 떠나죠, 파블로. 곧 날이 샐 테니까요." 한 사람이 말했다.

"수류탄을 좀 더 가져왔어요?" 다른 사람이 물었다.

"충분히 가져왔어. 말을 묶어 두고 자네들끼리 나누어 갖도록 해." 파블로가 말했다

"자, 그럼 가죠. 여기서 하룻밤의 절반을 기다렸거든요." 또 한 사람이 말했다.

"올라(어이), 필라르." 그녀가 다가오는 것을 보고 한 사람이 말을 걸었다.

"케 메 마텐.(나를 쏴 죽여도 좋아.) 만약 자네가 페페가 아니

268

라면. 잘 있었나, 양치기 양반?" 필라르가 쉰 목소리로 말했다.

"잘 지냈어요. 덴트로 데 라 그라베다드.(호랑이 굴속에 들어온 셈이죠.)"

"당신, 어떤 말을 타고 있지?" 필라르가 그에게 물었다.

"파블로의 회색 말이요. 굉장한 놈이죠." 사나이가 대답했다.

"자, 가. 어서 가자고. 이런 데서 쓸데없이 지껄이면 뭐 해."

"어떻게 지냈나, 엘리시오?" 그가 말에 오를 때 필라르가 물었다.

"어떻긴 뭐가 어때요? 자, 아주머니, 우리에겐 할 일이 있다고요." 그가 건방지게 말했다.

파블로는 커다란 밤색 말에 뛰어올랐다.

"입 다물고 내 뒤를 따라와. 말을 놔둘 곳으로 안내할 테니까." 그가 말했다.

40

로버트 조던이 자고 있는 동안, 다리 폭파 계획에 골몰하고 있는 동안, 그리고 그가 마리아와 함께 누워 있는 동안, 안드레스는 천천히 전진하고 있었다. 공화국 측 전선에 이르기까지 시골을 가로질러 걸었고, 그곳 지리에 밝은 건강한 시골 사람처럼 거침없이 어둠 속을 걸어 파시스트 측 전선을 빠져나갔다. 그러나 일단 공화국 측 전선에 발을 들여놓고 보니 아주 천천히 나아갈 수밖에 없었다.

이론적으로 말하면 로버트 조던이 내준 S. I. M.이라는 봉인이 찍힌 안전 통행증과 역시 같은 봉인이 찍힌 급송 보고서를 보이기만 하면 가장 신속하게 목적지에 도착해야 했다. 그런데 처음 전선에서 중대장을 만났고, 그 중대장은 그의 임무를 무척 의심스러운 눈으로 보았던 것이다.

그는 중대장을 따라 대대 본부로 갔는데, 내전 전에 이발사였던 대대장은 그의 사명에 대한 설명을 듣자 자못 감격하고 흥분했다. 고메스라는 이 대대장은 중대장의 우둔한 행동을 꾸짖으며 안드레스의 등을 가볍게 다독거리고 값싼 브랜디를 한 잔 따라 주고는 이발사 출신인 자신도 평소에 게릴라 대원이 되고 싶었다고 했다. 그는 부관을 깨워 대대의 일을 부관에게 맡기고 연락병을 보내 오토바이 운전병을 데려오라고 명령했다. 고메스는 오토바이 운전병을 시켜 안드레스를 여단 사령부로 데려가게 하는 대신 일을 신속하게 처리하기 위해 자신이 직접 데려가기로 작정했다. 안드레스를 자기 뒷자리에 앉히고 꼭 붙들라고 한 뒤 두 사람은 커다란 나무들이 두 줄로 늘어선, 포탄을 맞아 곰보처럼 된 산길을 덜컹거리며 달렸다. 내전이 일어난 그해 여름 이 도로에서 전투가 벌어졌을 때 생긴, 포탄의 파편과 총알에 뚫리고 찢긴 나무 껍질과 하얗게 칠해진 나무 줄기와 나무 밑동을 오토바이의 헤드라이트가 환히 비추었다. 여단 사령부가 있는 지붕이 파괴된 산간 피서지 마을로 들어가자 고메스는 더트 트랙 경주* 선수처럼 오토바이를 멈추고 어떤 집 벽에 기대어 세웠다. 고메스가 그를 밀어젖히고 커다란 방으로 들어가자 그곳에서 졸고 있던 보초가 깜짝 놀라 부동자세를 취했다. 사방 벽에는 온통 지도가 붙어 있고, 몹시 졸려 보이는 장교가 차광용 녹색 모자챙을 쓴 채 독서용 램프와 전화기 두 대, 《노동 세계》가 한 부 놓여 있는 책상 앞에 앉아 있었다.

---

* 석탄재, 흙 등으로 만든 경주 도로에서 하는 오토바이 시합.

그 장교가 고메스를 쳐다보며 말했다. "아니 무슨 일로 왔나? 전화라는 물건이 있다는 소리를 아직 듣지 못했나?"

"중령님을 꼭 만나야 할 일이 갑자기 생겼습니다." 고메스가 대답했다.

"지금 취침 중이신데. 자네가 탄 오토바이의 헤드라이트 불빛이 도로 아래쪽에서 1킬로미터 반이나 넘게 보였어. 대포라도 한 방 얻어맞고 싶은 건가?" 장교가 말했다.

"어서 중령님을 깨워 주십시오. 극히 중대한 용건입니다." 고메스가 말했다.

"취침 중이라고 하지 않았나." 그가 말했다. "함께 온 놈은 도대체 누구야?" 그가 안드레스를 턱으로 가리켰다.

"전선 너머 쪽에서 온 게릴라 대원인데, 새벽녘에 나바세라다 저쪽에서 전개될 공격 명령을 내린 골츠 장군님 앞으로 중대한 급보를 갖고 왔습니다." 고메스가 흥분해서 열심히 설명했다. "제발 중령님을 깨워 주십시오."

장교는 녹색 셀룰로이드에 가려진 졸린 눈으로 그를 쳐다보았다.

"자네들 모두 돌았군. 난 골츠라는 장군도 모르고 공격에 대해서도 몰라. 이 운동선수를 데리고 어서 대대로 돌아가."

"테니엔테-코로넬(중령님)을 어서 깨워 달라니까요." 고메스가 말했고, 그의 입가가 긴장된 것이 안드레스에게 보였다.

"가서 용두질이나 쳐." 장교는 거드름을 피우며 말하고는 고개를 돌려 버렸다.

그러자 고메스는 묵직한 9밀리 스타르 권총을 가죽집에서 꺼내 장교의 어깨에 들이댔다.

"어서 중령을 깨우지 못해, 이 파시스트 개자식! 어서 깨우지 않으면 쏴 죽이겠어."

"진정해, 이 사람아. 이발사들이란 하나같이 감정적이라니까." 장교가 대꾸했다.

독서용 램프 불빛에 안드레스는 고메스의 얼굴이 증오로 뒤틀리는 것을 보았다. 그러나 그는 "중령을 어서 깨워!"라고 말할 뿐이었다.

"당번병!" 장교가 경멸에 찬 목소리로 외쳤다.

사병 하나가 문가에 나타나 거수경례를 하고 나갔다.

"중령님은 지금 약혼자하고 같이 있어." 장교가 이렇게 말하고는 다시 신문을 읽기 시작했다. "자네가 찾아온 게 무척이나 반가울 거야."

"이 전쟁에서 이기려고 아무리 애써도 장교님 같은 놈들이 방해를 한단 말입니다."

장교는 이 말에 아랑곳하지 않았다. 그러더니 신문을 계속 읽으면서 혼잣말로 중얼거렸다. "뭐 이따위 신문이 다 있어!"

"《엘 데바테》를 읽지 그래요? 장교님한테는 그 신문이 더 어울릴걸요." 고메스가 내란이 일어나기 전 마드리드에서 발행되던 유명한 가톨릭계 보수파 신문의 이름을 들먹이며 말했다.

"나는 자네 상관이고, 내 보고가 자네에게 영향을 미친다는 걸 잊지 마." 장교가 눈을 쳐들지도 않고 대꾸했다. "난 아직 《엘 데바테》 같은 신문은 읽은 적이 없어. 그러니 무턱대고 비난하지 마."

"그럴 테죠. 장교님은 A B C나 읽을 줄 알 테니까. 우리 군은 지금도 당신 같은 사람들 때문에 부패하고 있어요. 장교님 같은 직업 군인 때문에. 하지만 언제까지 이대로는 안 될 거요. 우린 지금 무식한 사람들과 냉소적인 사람들 사이에 끼어 꼼짝도 못 하고 있죠. 하지만 곧 한쪽은 교육시키고, 다른 한쪽은 몰아낼 거요."

"자네가 하고 싶은 말은 '숙청'이겠지." 장교는 여전히 신문에서 눈을 떼지 않고 말했다. "여기도 자네들이 좋아하는 러시아 명사들이 더 숙청됐다는 기사가 났군. 이 시대에는 그곳에서 황산마그네슘*보다도 더 정화시키고 있거든."

"구실은 아무래도 좋아. 구실은 아무래도 좋으니까 당신 같은 인간들은 청산해야 해." 고메스가 힘 주어 말했다.

"청산해야 한다고." 장교가 혼자 중얼대듯 거만한 말투로 대꾸했다. "카스티야 냄새가 거의 나지 않는 새로운 단어가 또 하나 나왔군."

"그럼 '총살'은 어떤가? 이건 카스티야 말이니까 이해할 수 있을 테지."

"이해하고말고. 하지만 목소리 좀 낮추게. 이 여단 사령 참모부에는 중령 말고도 잠을 자고 있는 사람들이 더 있으니까. 그리고 자네의 그 감정 과다증에 난 이제 질렸어. 내가 언제나 면도를 손수하는 건 바로 그 때문이지. 난 본래 지껄이는 것을

---

* 황산마그네슘은 흔히 설사제로 사용한다.

좋아하지 않아."

고메스는 안드레스를 쳐다보고 고개를 내저었다. 그의 두 눈은 분노와 증오 때문에 끓어오르는 눈물로 반짝거렸다. 그러나 그는 고개를 흔들 뿐 훗날을 위해 울분을 꾹 참고 아무 말도 하지 않았다. 산악 지대의 대대장으로 승진하기까지 일 년 반 동안 무던히도 참아 왔다. 바로 그때 중령이 잠옷 차림으로 방으로 들어오자 그는 차렷 자세를 하고 거수경례를 했다.

작달막한 키에 잿빛 얼굴의 미란다 중령은 평생 군대 생활을 해 온 사람이었다. 모로코에서 소화 기능이 약해지는 동안 마드리드에 있던 아내의 사랑마저 잃었다. 아내와의 이혼이 불가능하다는 것을 알게 되자 — 소화 기능을 회복하는 데는 별문제가 없었다. — 공화당원이 되어 육군 중령으로 이번 내전에 참가했던 것이다. 그는 이 전쟁이 끝날 때까지 현재의 자리에 머물러 있겠다는 한 가지 야심밖에 없었다. 산악 지대를 잘 방어해 낸 그는 그곳에 혼자 남아 앞으로의 공격도 방어할 수 있기를 바라고 있었다. 어쩔 수 없이 육식을 줄여서인지 내전 중에 훨씬 건강해졌다. 또한 산성탄산나트륨*을 많이 가지고 있었고, 밤이면 위스키를 마셨으며, 스물세 살 난 그의 정부는 작년 7월 여성 의용군으로 전쟁에 참가한 거의 모든 아가씨가 그렇듯 임신 중이었다. 그는 방으로 들어와 고메스의 거수경례에 고개를 끄덕이고는 손을 내밀었다.

"무슨 용건이지, 고메스?" 그가 묻고 나서 책상 앞에 앉아

---

* 약한 염기성을 띠는 흰색 가루로 흔히 소화제 대용으로 사용한다.

있는 그의 참모장인 장교에게 말했다. "미안하지만 담배 한 개비만 주게, 페페."

고메스는 안드레스의 서류와 지급(至急) 보고서를 그에게 보여 주었다. 중령은 얼른 통행증을 살펴보고 안드레스를 보더니 고개를 끄덕이며 미소를 지은 뒤 열심히 급보를 들여다보았다. 집게손가락으로 봉인을 만져 보고 확인한 뒤에야 통행증과 급보를 안드레스에게 돌려주었다.

"산중 생활은 무척 고생스럽지?" 그가 물었다.

"괜찮습니다, 중령님." 안드레스가 대답했다.

"골츠 장군의 사령부를 찾아가려면 어디로 가는 게 가장 가까운지 가르쳐 주던가?"

"나바세라다라고 하던데요, 중령님. 잉글레스 양반 말로는, 이 전선 후방 나바세라다 부근의 오른쪽 어딜 거라고 했습니다." 안드레스가 대답했다.

"잉글레스라니 어떤 영국 사람 말인가?" 중령이 조용한 목소리로 물었다.

"다이너마이트 폭파원으로 우리와 함께 있는 영국인입니다."

중령은 고개를 끄덕였다. 이 또한 이 전쟁에서 갑자기 생기는 설명할 수 없는 이상한 일 중 하나였다. "다이너마이트 폭파원으로 우리와 함께 있는 영국인이라."

"고메스, 자네가 오토바이로 이 사람을 데려다 주는 게 좋겠어." 중령이 말했다. "이 두 사람에게 골츠 장군의 참모 본부로 갈 수 있는 특별히 강력한 통행증을 써 주게. 내가 서명할 테니." 그는 녹색 셀룰로이드 차양을 쓴 장교에게 말했다 "타이프라이터로 쳐 주게, 페페. 자세한 문안은 이대로가 좋아." 그는 안드레스에게 통행증을 달라는 손짓을 했다. "그리고 봉인을 두 개 찍도록 해." 그가 고메스를 돌아보며 말했다. "오늘 밤 자네에겐 독한 게 필요할 테지. 당연히 그럴 거야. 공격을 계획할 때는 아주 신중해야 해. 되도록 독한 걸로 주지." 그러고 나서 그는 안드레스에게 아주 부드럽게 말했다. "자네도 원하는 게 있나? 먹을 걸 줄까, 마실 걸 줄까?"

"아닙니다, 중령님. 배고프지 않습니다. 여기 오기 전에 사령부에서 코냑을 얻어 마셨습니다. 더 이상 마시면 머리가 빙빙 돌 것 같아요." 안드레스가 대답했다.

"자네가 지나올 때 이 전선 맞은편에 있는 놈들이 이동하거나 움직이는 기색은 보지 못했나?" 중령이 정중하게 물었다.

"보통 때와 별로 다르지 않던데요, 중령님. 조용했습니다. 잠잠했어요."

"석 달쯤 전에 세르세디야*에서 자네를 만난 적이 없었던가?" 중령이 물었다.

"네, 맞습니다, 중령님."

"어쩐지 그런 것 같더라니. 자넨 안셀모라는 영감과 함께 있었지? 그 영감은 잘 있나?" 중령이 그의 어깨를 가볍게 두드렸다.

"잘 있습니다, 중령님." 안드레스가 대답했다.

---

* 스페인 중부에 위치한 산악 마을.

"다행이군. 그 말을 들으니 반갑네." 중령이 말했다. 장교가 타이프라이터로 친 서류를 보이자 그는 죽 훑어보고 서명했다. "자, 이제 어서 빨리 가도록 해." 그가 고메스와 안드레스에게 말했다. "오토바이 조심하게." 고메스에게 당부했다. "헤드라이트를 켜도 좋아. 오토바이 한 대 때문에 사고가 일어날 리는 없겠지만 조심은 해야지. 골츠 사령관에게 안부를 전해주게. 페게리노스 전투 이후에도 만난 적이 있어." 그는 그들과 악수를 나누었다. "서류를 셔츠 속에 넣고 단추를 잠그도록 해. 오토바이 타고 가면 바람이 셀 테니까."

그들이 나간 뒤 그는 찬장으로 가서 술병과 잔을 꺼내 위스키를 따르고 벽에 기대어 둔 도자기 병에서 물을 따랐다. 그러고는 잔을 들고 천천히 위스키를 마시면서 벽에 걸린 커다란 지도 앞에 서서 나바세라다 위쪽 지방에 대한 가능성 있는 공격 지점을 검토했다.

"이번 일을 내가 아니라 골츠가 맡게 돼서 참 다행이야." 그가 테이블 앞에 앉아 있는 장교에게 말했다. 장교가 아무 대답도 하지 않자 지도에서 눈을 떼어 장교 쪽을 보았는데, 그는 팔베개를 하고 잠들어 있었다. 중령은 테이블 쪽으로 걸어가 전화를 장교 머리 양쪽에 하나씩 닿을 만큼 바싹 붙여 놓았다. 그러고서 다시 찬장으로 걸어가 위스키를 또 한 잔 따르고 물을 타서 지도 앞으로 되돌아갔다.

오토바이가 요란한 소리를 내며 시골 도로의 어둠을 헤치며 질주하는 동안 안드레스는 고메스가 앉아 있는 자리를 꼭붙들고 머리를 숙이고 바람을 맞았다. 시골 도로는 오토바이 양쪽으로 키가 크고 거뭇거뭇한 포플러나무에 가려 어두운 앞길이 헤드라이트 불빛으로 뚜렷하게 탁 트이다가도, 어느새 도로가 개울 바닥을 따라 안개 속으로 내려가면 희미하고 노랗고 부드럽게 변하다가, 또다시 도로가 위쪽으로 올라가면 뚜렷하게 모습을 드러냈다. 마침내 그들 앞쪽에 네거리가 나타나자 산에서 내려오는 빈 트럭들의 회색 차체가 헤드라이트 불빛에 훤히 드러나 보였다.

41

파블로는 걸음을 멈추고 어둠 속에서 말에서 내렸다. 로버트 조던은 사람들이 말에서 내릴 때의 삐걱거리는 소리와 거친 숨소리, 말이 목을 움직일 때 내는 짤랑거리는 굴레 소리를 들었다. 말 냄새며, 새로 합류한 대원들의 빨지 않고 입고 잔 옷에서 풍겨 오는 시크무레한 땀내며, 동굴 속에 있던 대원들의 그을음이 밴 썩은 듯한 퀴퀴한 냄새를 맡았다. 바로 옆에 서 있는 파블로에게는 마치 입속에 넣은 동전처럼 놋쇠 냄새와 함께 썩은 포도주 냄새가 풍겼다. 로버트 조던은 손으로 불빛을 가리고 담배에 불을 붙여 가슴 깊이 빨아들였고, 파블로가 아주 나지막하게 말하는 소리를 들었다. "우리는 말 다리를 묶어 움직이지 못하게 할 테니 당신은 그동안 수류탄 자루를 내려, 필라르."

"아구스틴, 당신하고 안셀모 영감님은 나를 따라 다리로 가는 거요." 로버트 조던이 나지막한 목소리로 말했다. "기관총 탄창 자루는 갖고 있겠죠?"

"그럼, 당연히 있지." 아구스틴이 대답했다.

로버트 조던은 필라르가 프리미티보의 도움을 받으며 말에서 짐을 내리고 있는 곳으로 걸어갔다.

"이봐요, 아주머니." 그가 목소리를 죽여 나지막하게 불렀다.

"왜 그래?" 그녀는 말 배 밑에서 고리를 벗기면서 목쉰 소리로 대꾸했다.

"폭탄이 터지는 소리가 날 때까지는 초소를 공격하지 않는 거 알고 있죠?"

"몇 번 얘기해야 안심하겠어? 자네는 점점 할망구처럼 되어 가는군, 잉글레스 양반." 필라르가 오금을 박듯 말했다.

"다짐해 두려고 그래요. 그리고 초소를 공격한 뒤 다리 있는 데까지 후퇴해서, 다리 위쪽하고 내 왼쪽에서 도로를 감시하는 겁니다." 로버트 조던이 말했다.

"자네가 처음 설명해 줬을 때부터 잘 알고 있었어. 앞으로도 마찬가지고. 자네는 자네 일이나 잘해." 필라르가 말했다.

"폭탄 소리가 날 때까지는 한 사람도 움직이지 말고, 총도 쏘지 말고, 폭탄도 던져선 안 돼요." 로버트 조던이 조용히 말했다.

"이제 그만 괴롭히시지. 엘소르도 영감한테 갔을 때부터 다 알고 있었으니까." 필라르는 화가 나서 나지막하게 말했다.

로버트 조던은 파블로가 말 다리를 비끄러매고 있는 곳으로 갔다. "놀랄 것 같은 놈들만 묶어 놓았어. 줄을 조금만 잡아 당겨도 금방 풀어지도록 묶었지. 자, 보이지?" 파블로가 말했다.

"잘됐어요."

"그 아가씨와 집시 녀석에게 말 다루는 방법을 일러 줄 거야." 파블로가 말했다. 그가 새로 데려온 대원들은 자기들끼리 한패가 되어 카빈총을 짚고 서 있었다.

"할 일을 다 알고 있는 거죠?" 로버트 조던이 물었다.

"알고말고. 초소를 공격한다. 전화선을 끊는다. 다리 위로 퇴각한다. 당신이 다리를 폭파할 때까지 그곳을 엄호하는 거지." 파블로가 대답했다.

"그리고 폭격이 시작될 때까진 아무 일도 시작해서는 안 되고요."

"그렇고말고."

"그럼 행운을 빕니다."

파블로는 뭐라고 투덜거리더니 물었다. "우리가 퇴각할 땐 당신이 중기관총과 경기관총으로 우리를 엄호해 줄 테지, 잉글레스 양반?"

"데 라 프리메라.(만사를 제쳐 놓고.) 무엇보다 먼저요." 로버트 조던이 대답했다.

"그럼, 이젠 할 말은 다 한 셈이지. 하지만 일을 착수하는 순간에는 무척 조심해야 해, 잉글레스 양반. 여간 조심하지 않고서는 그 일이 그렇게 간단하지 않을 거야." 파블로가 말했다.

"기관총은 내가 직접 다룰 거예요." 로버트 조던이 그에게 말했다.

"사용해 본 경험은 많을 테지? 배때기에 선의만 가득 찬 아구스틴이 쏜 총알에 맞아 죽고 싶진 않아."

"사용해 본 경험이 많죠. 정말입니다. 그리고 만약 아구스틴이 어느 기관총이든 쏘게 될 경우엔 당신 위쪽을 겨누라고 주의시키겠습니다. 위쪽, 위쪽, 위쪽으로 말이죠."

"그럼 이젠 더 할 말은 없군." 파블로가 말했다. 그러고서 다른 사람에게 들리지 않게 나지막하게 말했다. "그래도 역시 말이 모자라거든."

빌어먹을 놈 같으니, 하고 로버트 조던은 생각했다. 이놈은 내가 처음부터 자기를 알아보지 못한 줄 아나 보군.

"그럼 난 걸어가죠. 말들은 당신 것이니까." 그가 대꾸했다.

"아니, 당신이 탈 말은 있어, 잉글레스 양반. 우리 모두에게 돌아갈 만큼은 있지." 파블로가 나지막하게 말했다.

"난 모르겠소. 나는 계산에 넣지 않아도 좋아요. 한데 당신이 가진 새 기관총의 탄알은 충분해요?" 로버트 조던이 말했다.

"충분해. 그 기병이 갖고 있던 걸 모두 챙겼어. 시험 삼아 네 발만 쏘아 봤을 뿐이야. 어제 산속에서 시험해 봤지." 파블로가 대답했다.

"자, 그럼 출발합시다. 그곳에 빨리 도착해서 잘 숨어 있어야 하니까." 로버트 조던이 말했다.

"자, 그럼 모두 떠나세. 수에르테(행운을 빌어), 잉글레스 양반." 파블로가 말했다.

저 개자식이 지금 무슨 궁리를 하고 있을까, 하고 로버트 조던은 생각했다. 하지만 난 꽤 알고 있지. 어쨌든 그건 제 놈 일이지, 내 일은 아냐. 이 새 대원들을 모르는 게 천만다행이야.

그는 파블로에게 손을 내밀면서 말했다. "수에르테(행운을 빌어요), 파블로." 두 사람은 어둠 속에서 손을 굳게 맞잡았다.

손을 내밀었을 때 로버트 조던은 파충류나 나병 환자를 잡는 기분일 것이라고 생각했다. 파블로의 손이 어떤 느낌일지 몰랐다. 그러나 어둠 속에서 파블로는 그의 손을 힘차게 잡고 꾸밈없이 꼭 쥐어 주었고, 조던도 그의 손을 꼭 쥐어 주었다. 어둠 속에서 느낀 파블로의 손은 기분이 좋았고, 로버트 조던은 그날 아침에 느꼈던 것처럼 이상야릇한 기분이 들었다. 우린 이제 틀림없이 맹우가 되었구나, 하고 그는 생각했다. 맹우끼리는 악수를 자주 하지 않는가. 훈장을 달아 주거나 두 뺨에 키스하는 것은 말할 것도 없고, 하고 그는 생각했다. 그런 짓을 하지 않아서 다행이군. 맹우란 모두 아마 이런 것일 거야. 그러면서도 마음속 깊이 언제나 미워하지. 하지만 이 파블로란 사나이는 참 이상야릇한 녀석이야.

"수에르테(행운을 빌어요), 파블로." 그가 이렇게 말하고는 이상하고 단단하고 결의에 찬 손을 꼭 쥐었다. "당신 쪽은 내가 잘 지켜 줄 거요. 그러니 걱정 마요."

"당신 물건을 갖고 나가서 미안했어. 수상쩍은 짓이었지." 파블로가 말했다.

"하지만 당신은 우리에게 필요한 걸 가져다줬어요."

"이젠 이 다리 일에 대해 당신과 맞서지 않아, 잉글레스 양반. 일은 잘 끝날 거야." 파블로가 말했다.

"아니, 당신들 둘이서 뭘 하고 있는 거야? 갑자기 마리코네스(동성애자들)라도 되어 가는 건가?" 필라르가 어둠 속 그들

바로 옆에서 내뱉었다. "당신한테 부족한 게 바로 그거였지." 그녀가 파블로에게 말했다. "자, 어서 가, 잉글레스 양반. 이 사람이 나머지 폭약을 훔쳐 내기 전에 냉큼 작별 인사를 끝내."

"임자는 내 마음을 잘 몰라. 잉글레스 양반하고 난 서로 이해하고 있거든." 파블로가 대꾸했다.

"당신을 이해하는 사람은 하나도 없어. 하느님도, 당신 어머니도 이해할 수 없지. 물론 나도 이해 못 하고. 자, 잉글레스 양반, 어서 움직여. 저쪽으로 가서 까까머리 아가씨하고나 작별하고 오시지. 메 카고 엔 투 파드레.(네 아비하고나 붙어라.) 하지만 황소가 나오는 걸 두려워하는 것 같다는 생각이 들기 시작하는걸." 필라르가 말했다.

"당신 어미나!" 이번에는 로버트 조던이 내뱉었다.

"당신도 어미하고 붙진 않았겠지." 필라르가 쾌활한 목소리로 속삭였다. "자, 빨리 가지. 어서 시작해서 잽싸게 끝내 버리고 싶어서 못 견디겠는걸." 그녀가 파블로에게 말했다. "당신은 저 사람들과 함께 가. 저 사람들의 굳은 결심이 얼마나 갈지 누가 알겠어? 당신하고도 바꾸고 싶지 않은 녀석이 두셋 있더군. 저 사람들을 데리고 어서 가 보지."

로버트 조던은 배낭을 지고 마리아를 찾으러 말이 있는 쪽으로 걸어갔다.

"안녕, 아가씨. 곧 돌아올게." 그가 작별 인사를 했다.

그는 전에도 이런 말을 한 적이 있었던 것처럼 모든 일이 현실과는 동떨어진 느낌이 들었다. 또는 기차가 막 떠나고 있는 것 같은 느낌, 기차가 막 출발하고 있고 자신은 기차역 플랫폼에 서 있는 것 같은 느낌이 들었다.

"잘 가요, 로베르토. 몸조심해요." 그녀가 말했다.

"물론이지." 그가 대답했다. 그러고서 키스하려고 머리를 숙이자 배낭이 앞으로 기울어져 그의 뒤통수를 누르는 바람에 그의 이마와 그녀의 이마가 세게 부딪쳤다. 이런 일이 일어나는 동안, 전에도 이런 일이 일어난 적이 있었던 것 같은 생각이 들었다.

"울지 마." 짐 때문이 아니라 왠지 어색한 느낌이 들어 그가 말했다.

"안 울어요. 하지만 빨리 돌아와야 해요." 그녀가 말했다.

"총소리가 들려도 걱정하지 마. 사격을 많이 하게 될 테니."

"걱정 안 할게요. 그저 빨리만 돌아와 줘요."

"그럼 잘 있어, 아가씨." 그가 어색한 말투로 말했다.

"안녕, 로베르토."

로버트 조던은 처음 학교에 가기 위해 레드로지에서 빌링스행 기차를 탔던 때 이후로 이처럼 어려진 기분을 느껴 본 적이 없었다. 그는 학교로 떠나가는 것이 두려웠지만 그런 마음을 아무한테도 알리고 싶지 않았다. 정거장에서 보통 객차의 계단으로 올라가는 발판을 차장이 들어 올리려고 할 때 아버지는 작별 키스를 하면서 "하느님께서 서로 떨어져 있는 동안 우리 두 사람을 지켜 주기를!" 하고 기도했다. 그의 아버지는 신앙심이 두터운 사람이었으므로 소박하고 진지하게 말했던 것이다. 그러나 북받쳐 오르는 감정으로 아버지의 수염은 젖어 있었고 눈에도 눈물이 어려 있었다. 눈물 젖은 경건한 기도 소리며, 아버지의 작별 키스며 그 모든 것 때문에 어리둥절하게 된 나머지 로버트 조던은 갑자기 아버지보다도 훨씬 나이가 든 것 같은 느낌이 들어 작별의 슬픔을 이기지 못하는 아버지가 오히려 가엾게 생각되었다.

기차가 출발하자 그는 뒤쪽 승강구에 서서 역과 급수탑이 점점 작아져 가는 모습을 지켜보았다. 침목이 교차하는 철로가 자기를 멀리 싣고 가는 기차의 덜커덕거리는 바퀴 소리 속에서 역과 급수탑이 이제 콩알만 하게 보이는 한 점을 향해 점점 좁아져 갔다.

"네 아빠는 네가 떠나는 게 무척 서운하신 모양이구나, 밥."
기관사가 말했다.

"네, 그래요." 그는 이렇게 말하면서 뒤쪽으로 쏜살같이 사라져 버리는 전봇대 사이 철로 노반 가장자리에서 여울처럼 흘러가는 먼지투성이 도로변까지 무성하게 자라는 쑥밭을 지켜보았다. 그의 눈길은 뇌조(雷鳥)를 찾고 있었다.

"넌 집을 떠나 학교에 가는 것이 아무렇지도 않니?"

"네." 그는 이렇게 대답했는데 그건 사실이었다.

그전이라면 사실이 아니었겠지만 그 순간만큼은 사실이었다. 그리고 그때 기차가 출발하기 직전에 느꼈던 어려진 기분을 다시 느낀 것이 바로 지금 이 작별의 순간이었다. 지금 아주 어리고 아주 어색한 느낌이 드는 그는 마치 학교에 다니는 소년이 되어 어떤 소녀에게 키스를 해야 할지 말아야 할지 망설이다가 바깥 현관에서 작별하는 것처럼 아주 어색하게 작별 인사를 나누고 있었다. 그때 그는 자신이 수줍어하는 이유가 작별 때문이 아니라는 것을 잘 알고 있었다. 그가 수줍은 것은 곧 있게 될 만남의 장면 때문이었다. 작별이란 다시 만날 것을 생각하고 느끼는 어색한 감정의 일부에 지나지 않았다.

넌 또다시 그때처럼 되어 가고 있구나, 하고 그는 스스로에게 말했다. 하지만 이런 일에 자신이 너무 어리다고 느끼지 않을 사람은 하나도 없을 테지. 그는 그런 것에 이런저런 이름을 붙이지 않을 것이다. 자, 정신 차려, 하고 그가 자신에게 말했다. 자, 제2의 유년기를 맞기에는 아직 너무 일러.

"안녕, 아가씨. 안녕, 토끼." 그가 말했다.

"안녕, 나의 로베르토." 그녀가 작별 인사를 했고, 그는 안셀모와 아구스틴이 서 있는 곳으로 걸어가서 말했다. "바모노스.(갑시다.)"

안셀모는 무거운 짐을 번쩍 들어 어깨에 멨다. 동굴을 나올 때부터 짐을 잔뜩 지고 있던 아구스틴은 나무에 기대 서 있었는데, 자동소총이 짐 위로 삐죽이 나와 있었다.

"바모노스.(가죠.)" 그가 말했다.

세 사람은 산 아래쪽으로 내려가기 시작했다.

"부에나 수에르테(행운을 비오), 돈 로베르토." 페르난도는 세 사람이 한 줄로 서서 나무 사이를 지나 자기 앞에 이르자 말을 건넸다. 페르난도는 그들이 지나가고 있는 데서 좀 떨어진 곳에 쭈그리고 앉아 있었지만 자못 위엄 있게 인사를 했다.

"당신에게도 부에나 수에르테(행운을 비오), 페르난도." 로버트 조던이 대꾸했다.

"모든 일에 행운이 있기를 빌어오." 아구스틴이 말했다.

"고맙소, 돈 로베르토." 아구스틴에게는 아랑곳하지 않고 페르난도가 말했다.

"저 사람은 참 별난 사람이지, 잉글레스 양반." 아구스틴이 속삭였다.

"당신 말인데 여부가 있겠소." 로버트 조던이 대꾸했다. "좀 들어 줄까요? 말처럼 짐을 잔뜩 짊어지고 있군요."

"괜찮소. 아, 막상 출발하고 보니 가슴속까지 시원하군." 아구스틴이 말했다.

"작게 말해. 여기서부터는 말도 거의 하지 말고, 또 할 말이 있거든 나지막한 소리로 해야 해." 안셀모가 말했다.

안셀모가 앞장서고 그 뒤를 아구스틴이 따르고 로버트 조던이 맨 뒤에서 내리막길을 조심스레 내려갔다. 조던은 로프로 바닥을 댄 신발 밑으로 낙엽을 느끼면서 미끄러지지 않도록 조심조심 발을 내딛었지만, 한쪽 발이 나무뿌리에 걸려 손을 앞으로 휘젓자 자동소총 총신의 차디찬 금속과 접어 둔 삼각대에 손이 닿았다. 그러고 나서 산을 비스듬히 내려가다가 그의 신발이 숲 바닥에서 미끄러져서 왼손을 내뻗자 꺼칠꺼칠한 나무껍질에 닿았는데, 그가 몸을 가누는 순간 손에 부드러운 감촉이 들어 살펴보니 손바닥 아래쪽에 나무껍질이 벗겨지면서 배어 나온 끈적끈적한 송진이 묻어 있었다. 얼마 뒤 그들은 나무가 우거진 가파른 언덕 비탈을 내려가 첫날 로버트 조던과 안셀모가 바라보던 다리 위쪽 지점에 이르렀다.

그때 안셀모가 어둠 속에서 소나무 한 그루 옆에서 걸음을 멈추더니 로버트 조던의 손목을 잡고 들릴까 말까 한 나지막한 목소리로 속삭였다. "저걸 좀 봐. 놈들의 화롯불이 보이잖아."

로버트 조던의 눈에 다리와 도로가 합치는 지점 아래쪽에 점 같은 불이 들어왔다.

"여기가 우리가 망을 보고 있던 곳이지." 안셀모가 말했다. 그러고는 로버트 조던의 손을 잡고 아래쪽으로 가져다가 나무 밑동에 갓 새겨 둔 조그마한 자국을 만져 보게 했다. "그때 당신이 망을 보고 있는 동안 내가 이 자국을 새겨 놓았어. 오른쪽이 당신이 기관총을 고정시키고 싶다고 한 곳이야."

"그럼 거기에 고정시키도록 하죠."

"좋아."

그들은 소나무 밑동 뒤쪽에 배낭을 내려놓았고, 두 사람은 안셀모의 뒤를 따라 애솔밭이 있는 평평한 곳으로 갔다.

"여기. 바로 여기지." 안셀모가 말했다.

"낮에 여기서는 도로 일부와 다리 입구가 보여요. 그리고 다리 전체와 다리 건너편으로 바위 모퉁이를 돌아가기 전 도로 일부가 보이죠." 로버트 조던이 작은 소나무 뒤에 쭈그리고 앉으며 아구스틴에게 속삭였다.

그러나 아구스틴은 아무 말이 없었다.

"당신은 우리가 폭파 준비를 하는 동안 여기 엎드려 위나 아래에서 나타나는 놈들을 모조리 쏘는 거요."

"저 불은 어디에 있는 거죠?" 아구스틴이 물었다.

"이쪽 길목에 있는 초소 안에 있소." 로버트 조던이 속삭였다.

"보초는 누가 해치우지?"

"아까 말했듯이 영감님과 내가 해치울 거요. 하지만 만약 우리가 해치우지 않거든 당신이 두 초소를 사격하고, 놈들이 나타나거든 놈들에게도 총을 쏴야 해요."

"맞아. 당신이 그렇게 말했지."

"폭파한 다음, 파블로 일당이 저 모퉁이를 돌아올 때 만약 적이 그 뒤를 추격하거든 우리 편 머리 위로 쏴야 해요. 우리 편이 나타나거든 적들이 따라오지 못하도록, 무슨 일이 있어도 우리 편 머리 훨씬 위쪽을 겨누고 쏴야 돼요. 알았죠?"

"알다마다. 당신이 어젯밤에 얘기한 그대로."

"또 질문이 있소?"

"없어. 내겐 배낭이 두 개 있소. 위에 둬도 보이진 않겠지만 여기 갖다 두는 게 좋을 것 같은데."

"하지만 여기서는 흙을 파면 안 돼요. 우리가 꼭대기에 있을 때와 마찬가지로 잘 숨어 있어야 해요."

"그럼. 어두울 때 진흙을 날라 올 거요. 어디 두고 보라고. 다 해 놓고 나면 감쪽같이 표가 나지 않을 테니까."

"적들은 아주 가까이 있어요. 알겠죠? 날이 새면 이 숲속은 아래쪽에서도 잘 보여요."

"걱정 마쇼, 잉글레스 양반. 당신은 어디로 가는 거요?"

"경기관총을 갖고 바로 이 밑으로 가요. 영감님은 여기서 골짜기를 건너 저쪽 초소를 해치울 준비를 하러 갈 거고. 저쪽 방향으로 향해 있거든요."

"그럼 더 이상 물어볼 게 없소. 살루드(조심하시오), 잉글레스 양반. 참, 담배 있소?" 아구스틴이 말했다.

"담배를 피워선 안 되오. 적들과 너무 가까이 있거든."

"피우지 않지. 그저 입에 물고 있으려고. 나중에 피우겠소."

로버트 조던이 담뱃갑을 건네주자 아구스틴은 담배 세 개비를 꺼내 목동들이 쓰는 납작한 모자의 차양 안쪽에 집어넣었다. 그러고는 총구를 나지막한 소나무에 올려놓고 기관총 삼각다리를 편 뒤 손으로 더듬어 배낭을 풀어 필요한 위치에 물건을 내려놓았다.

"나다 마스.(이제 없소.)" 그가 말했다.

안셀모와 로버트 조던은 그를 그곳에 남겨 두고 배낭이 있는 데로 돌아왔다.

"배낭을 어디 두면 가장 좋을까요?" 로버트 조던이 속삭였다.

"여기가 좋을 거야. 그런데 여기서 경기관총으로 보초를 확실히 해치울 수 있을까?"

"이곳이 정말 우리가 그날 왔던 바로 그 자리예요?"

"바로 그 나무야." 안셀모가 너무 나지막하게 말하는 바람에 로버트 조던에게는 거의 들리지 않았다. 첫날과 마찬가지로 안셀모가 입술을 움직이지 않고 얘기하고 있다는 것을 알 수 있었다. "칼로 표시를 해 두었거든."

로버트 조던은 다시 한 번 전에도 이런 일이 일어났던 것 같은 느낌이 들었지만, 이번에는 자신이 질문을 반복하고 안셀모가 그 질문에 대답했기 때문이었다. 그것은 아구스틴도 마찬가지여서 대답을 뻔히 알면서도 보초에 대해 물었던 것이다.

"꽤 가까워요. 너무 가까울 정도죠. 하지만 우린 햇빛을 등지고 있어요. 그러니 여기라도 괜찮을 것 같습니다." 그가 속삭였다.

"자, 그럼 난 이제 골짜기를 건너 저편 자리로 가겠어." 안 셀모가 말했다. 그러고서 다시 말을 이었다. "미안하지만, 잉 글레스 양반. 틀림이 없도록 하려고 그러는데. 내가 어리석은 짓을 할 경우에 대비해서 말이지."

"뭐 말입니까?" 그가 숨을 쉬듯 아주 나지막하게 물었다.

"틀림없이 해낼 수 있도록 다시 한 번 얘기해 주면 좋겠어."

"제가 총을 쏘기 시작하거든 영감님도 쏘십시오. 영감님이 놈들을 다 해치운 뒤에는 바로 다리를 건너 제가 있는 데로 오 는 겁니다. 배낭들을 그쪽으로 갖고 갈 테니 영감님은 화약을 장치할 때 제가 시키는 대로 하십시오. 그 밖의 자세한 일은 그때 가르쳐 드리죠. 만약 제게 사고가 생기거든, 가르쳐 준 대로 영감님 혼자서 하십시오. 쐐기가 빠지지 않도록 수류탄 을 단단히 붙잡아매야 하는데, 시간을 갖고 차근차근 해야 합 니다."

"이제 분명히 알겠어. 죄다 잘 기억하고 있어. 그럼 난 가. 날이 새거든 잘 숨어 있어야 해, 잉글레스 양반." 안셀모가 말 했다.

"총을 쏠 때는 서둘지 말고 확실히 겨눠야 해요. 상대를 사 람으로 생각하지 말고 표적으로 생각해요. 데 아케르도?(아시 겠죠?) 몸 전체를 쏘려고 하지 말고 한 군데만 노리는 겁니다. 적이 정면으로 이쪽을 향해 있거든 배 한복판을 쏘십시오. 다 른 쪽으로 돌아서 있거든 잔등 한가운데를 겨냥하고요. 알겠 죠, 영감님? 제가 쏘기 시작할 때 적이 앉아 있거든, 뛰든가 웅 크리기 전에 일단 일어날 테니 그때 쏘란 말입니다. 만약 그래도 계속 앉아 있으면 앉아 있는 놈을 그대로 쏘십시오. 우물쭈물해서는 안 됩니다. 하지만 정확히 겨눠야 해요. 40미터까지는 접근하십시오. 영감님은 사냥꾼이었으니 아무 문제 없을 겁니다." 로버트 조던이 말했다.

"명령대로 하지." 안셀모가 말했다.

"그래요. 이상이 제 명령입니다." 로버트 조던이 말했다.

명령을 내린다는 사실을 잊지 않아서 천만다행이군, 하고 그는 생각했다. 그래서 그를 도와주게 되다니 말이야. 무엇인가 억눌린 감정을 얼마간이라도 풀어 주겠지. 어쨌든 그러기를 빌어. 조금이라도 말이야. 영감을 처음 만난 날, 영감이 사람 죽이는 일에 대해 내게 한 말을 깜박 잊고 있었어.

"지금까지 명령한 거요. 자, 이제 그만 가요." 그가 말했다.

"메 보이(그럼 가지), 곧 다시 만나, 잉글레스 양반." 안셀모가 말했다.

"다시 만나요, 영감님." 로버트가 대답했다.

그는 정거장에 서 있던 아버지의 모습과 작별의 눈물을 떠올렸고, 그래서 '살루드(안녕)'라든지 '굿바이'라든지, '행운을 빈다'라든지, 또는 그와 비슷한 말은 아예 입 밖에도 내지 않았다.

"총구의 기름은 닦아 냈어요, 영감님? 그렇게 하면 잘 맞거든요." 그가 속삭였다.

"동굴에서 벌써 닦았어. 꽂을대도 아주 깨끗하게 닦았지." 안셀모가 대답했다.

"그럼 다시 만나죠." 로버트 조던이 말하자 영감은 로프로 바닥을 댄 신발로 소리를 내지 않고 나무 사이를 뚫고 성큼성큼 걸어갔다.

로버트 조던은 솔잎이 깔린 숲 바닥에 엎드려 날이 밝으면서 불어올 바람에 소나무 가지가 스치는 첫 소리를 기다리며 귀를 기울였다. 그리고 경기관총의 탄창을 꺼내 공이치기를 앞뒤로 움직여 보았다. 그러고서 총을 돌려 공이치기를 젖혀 둔 채 어둠 속에서 총구에 입술을 대고 훅 불었고, 혀가 총구 끝에 닿자 기름 맛과 금속 맛이 났다. 그는 솔잎이나 먼지가 들어가지 않도록 총구를 위로 향하게 해서 팔뚝에 걸쳐 놓고는 엄지손가락으로 탄창에서 탄알을 모두 꺼내 앞에 펴 놓은 손수건 위에 늘어놓았다. 그런 다음 탄알을 하나씩 어둠 속에서 만져 보고 손가락으로 굴려 본 뒤 다시 하나씩 탄창에 넣었다. 탄창이 다시 전과 같이 손 안에서 묵직하게 느껴졌다. 그러고서 경기관총에 도로 끼우자 철커덕 소리를 내며 제자리에 들어가는 것이 느껴졌다. 그는 소나무 줄기 뒤에 엎드려서 왼팔에 총을 걸치고는 아래쪽에 점같이 보이는 초소의 불빛을 지켜보았다. 가끔 불빛이 보이지 않을 때도 있었지만 초소의 보초가 화덕 앞에서 움직이기 때문이라는 것을 알 수 있었다. 로버트 조던은 그곳에 가만히 엎드린 채 날이 새기를 기다렸다.

42

파블로가 산악 지대에서 동굴로 돌아오고 그 일당이 말들을 매어 둔 장소까지 내려오는 동안 안드레스는 골츠의 사령부를 향해 급히 달리고 있었다. 트럭이 잇따라 산에서 돌아오고 있는 나바세라다로 통하는 간선도로로 나가자 검문소가 있었다. 고메스가 미란다 중령에게 받은 통행증을 보초에게 내보이자, 그는 회중전등 불빛으로 비춰 보고 함께 있던 다른 보초에게도 보이고는 그것을 돌려주면서 거수경례했다.

"시가(가시오), 지나가시오. 하지만 헤드라이트는 끄시오." 그가 말했다.

오토바이는 다시 시끄러운 소리를 내며 달리기 시작했고, 안드레스는 앞자리를 꽉 붙잡고 있었다. 고메스는 자동차와 마차 사이를 조심스럽게 피하면서 간선도로를 질주해 나갔다. 트럭은 모두 불을 끈 채 긴 대열을 지어 도로 아래쪽으로 움직이고 있었다. 짐을 싣고 길을 오르는 트럭들도 있었다. 트럭들은 하나같이 흙먼지를 일으켰지만 어두워서 안드레스에게는 보이지 않고 오직 얼굴에 구름처럼 불어오는 것을 느낄 뿐이어서 그는 이를 악물고 있어야 했다.

두 사람이 탄 오토바이는 굉음을 울리면서 트럭 뒤를 바짝 따라가다가 얼마 뒤 속력을 내어 그 트럭을 앞지르고 한 대 또 한 대, 그리고 또 한 대 계속해서 앞질러 나갔다. 그동안에도 다른 트럭들이 길 왼쪽으로 쉬지 않고 요란한 소리를 내며 그들을 지나쳐 갔다. 그들 뒤로 자동차 한 대가 따라오면서 트럭의 소음과 먼지 속에서 몇 번이나 경적을 울려 댔다. 그러다가 반짝 헤드라이트를 켜자 마치 굳어 버린 누런 구름 같은 먼지가 환히 드러나 보였으며, 기어가 낑낑거리는 소리를 내고 무리한 요구를 하듯 위협하듯 곤봉으로 때리듯이 경적을 울리면서 질풍처럼 날쌔게 그들을 지나쳐 나갔다.

그때 앞쪽에는 트럭들이 모두 멈춰 서 있었다. 앰뷸런스, 참모용 자동차, 장갑차, 또 다른 장갑차, 또 세 번째 장갑차 모두가 아직도 먼지 자욱한 가운데 묵직한 금속제 대포를 불쑥 내밀고 거북처럼 정차하고 있었는데, 그 대열을 앞질러 나가자 검문소가 또 하나 나타났고, 그곳에 충돌 사고가 나 있었다. 정차하고 있는 트럭 한 대를 뒤따라오던 트럭이 미처 보지 못하고 앞차의 꽁무니를 들이받아 휴대 무기 탄환 상자가 온 길 바닥에 내동댕이쳐져 있었다. 고메스와 안드레스가 오토바이에서 내려 통행증을 검문소에 보이기 위해 멈춰 있는 트럭들 사이를 헤치고 빠져나갈 때, 안드레스는 먼지 속에서 길 위에 흩어져 있는 무수한 탄알의 놋쇠 탄피를 밟고 지나갔다. 뒤에서 들이받은 트럭은 라디에이터가 완전히 박살 나 있었다. 그 뒤에 따라온 트럭이 바로 꽁무니에 붙어 있었다. 백 대가 넘는 자동차가 다닥다닥 붙은 채 쭉 늘어서 있었고, 장화를 신은 장교가 충돌한 트럭을 길에서 끌어내도록 차들을 뒤로 후진하라고 운전병들에게 고함치면서 뒤쪽으로 뛰어가고 있었다.

장교가 뒤에서 자꾸만 밀어닥치는 대열의 맨 끝으로 가서 자동차가 오지 못하도록 막지 않는 이상, 운전병들로서는 트럭들이 너무 많이 밀려 있어 뒤로 물러나려야 도저히 물러날 수가 없었다. 안드레스가 보고 있으려니 장교는 회중전등을 들고 정신없이 뛰어다니면서 소리를 지르며 욕설을 퍼부으며 야단이었지만, 어둠 속에서 트럭들은 계속 밀려오고 있었다.

검문소 보초는 통행증을 돌려주려 하지 않았다. 보초는 두 명이었는데 그들 역시 소총을 등에 메고 회중전등을 손에 든 채 고래고래 소리를 지르고 있었다. 한 보초는 통행증을 손에 든 채 길을 건너 언덕 아래로 내려가는 트럭으로 다가가더니 다음 검문소에 가서 거기 있는 보초에게 이 혼잡이 수습될 때까지 모든 트럭의 통행을 정지하도록 일러 달라고 부탁했다. 트럭 운전병이 그 말을 듣고는 앞으로 달려갔다. 그런데도 보초는 아직도 통행증을 손에 든 채 소리를 지르면서 짐을 내동댕이친 트럭 운전병 쪽으로 걸어갔다.

"그 짐은 그냥 내버려 두고 이 혼잡이 수습되도록 제발 어서 차나 앞으로 빼!" 그가 운전병에게 소리를 질렀다

"변속장치가 부서졌다니까요." 트럭 꽁무니에 몸을 구부리

고 뭔가를 들여다보고 있던 운전병이 대꾸했다.

"빌어먹을 변속장치가 뭐 말라비틀어진 거야. 어서 차나 빼."

"차동장치가 망가져서 움직이지 않아요." 운전병이 그에게 말하고 또다시 허리를 구부렸다.

"그럼 끌고 가기라도 해. 이 빌어먹을 다른 차를 길에서 끌어내도록 말이야."

보초가 회중전등으로 트럭의 부서진 꽁무니를 비추자 운전병은 시무룩한 표정을 지으며 상대방의 얼굴을 쳐다보았다.

"차를 앞으로 빼라니까. 앞으로 빼." 보초는 여전히 통행증을 손에 쥔 채 소리를 질렀다.

"통행증을 이리 줘. 통행증을 달라고. 우리는 아주 급해." 고메스가 그에게 말했다.

"빌어먹을 통행증 여기 있습니다." 보초는 통행증을 내주고는 길 건너편으로 달려가 내려오던 트럭 한 대를 정지시켰다.

"네거리에서 차를 돌려 이 부서진 트럭을 끌고 갈 수 있는 위치에 차를 대." 그가 운전병에게 말했다.

"내가 받은 명령은……."

"제기랄, 명령이고 나발이고 없어. 어서 시키는 대로 해."

그러나 운전병은 트럭의 기어를 넣고 똑바로 나가더니 자욱한 먼지 속으로 곧바로 사라져 버렸다.

고메스는 충돌한 트럭 옆을 지나 이제 정리된 길 오른쪽으로 오토바이를 몰았고, 자리에 꼭 매달려 있던 안드레스는 보초가 또 한 대의 트럭을 정지시키고 운전병이 차 밖으로 몸을 쑥 내밀고 보초의 말을 듣고 있는 것을 바라보았다.

이제 두 사람은 산으로 향하는 가파른 오르막을 질풍과 같이 꾸준히 올라갔다. 그들과 같은 방향으로 가던 차들은 모두 검문소에 멈춰 있었기 때문에 오토바이가 속력을 내고 올라갈 때 내려오는 트럭들이 그들 왼쪽으로 잇달아 스치고 지나갔고, 마침내 오토바이는 충돌 사고가 일어나기 전에 검문소를 통과해 올라가던 차들을 앞지르기 시작했다.

여전히 불을 끈 채 두 사람은 장갑차 네 대를 더 지나치고 군인을 실은 트럭의 긴 대열을 추월했다. 군인들은 어둠 속에서 말없이 있었기 때문에 안드레스는 그 옆을 지날 때 처음에는 먼지를 뚫고 트럭의 차체 위쪽에 희미하게 떠오르는 그들의 실체를 느낄 뿐이었다. 얼마 뒤 참모용 자동차 한 대가 그들 뒤에서 경적을 울리고 헤드라이트를 켰다 껐다 하면서 달려왔다. 헤드라이트가 비출 때마다 안드레스에게는 철모를 쓰고 소총을 수직으로 똑바로 세우고 어두운 밤하늘을 배경으로 기관총을 쳐든 군인들의 모습이 뚜렷하게 드러나 보였다가, 헤드라이트가 꺼지면 다시 어둠 속에 잠겼다. 한번은 군용 트럭을 바싹 스쳐 지나가다가 헤드라이트 불이 켜지자 갑작스러운 환한 불빛에 군인들의 경직되고 서글픈 표정의 얼굴들이 보였다. 공격이라는 것밖에는 알지 못하는 그 무엇을 향해 철모를 쓰고 어둠 속에서 트럭에 실려 가는 그들의 얼굴은 저마다 걱정으로 일그러져 있었다. 포격이나 공격이 시작될 때까지는 서로 눈에 띄는 것이 창피해 낮에는 남에게 보이려고 하지 않던 것이 헤드라이트 불빛에 환히 드러나 보였다.

그러면서도 누구 하나 자기 얼굴에 대해서는 관심을 가지고 있지 않았다.

안드레스가 트럭들을 한 대 한 대 지나치며 보는 동안 고메스는 뒤따르는 참모용 자동차들을 계속해서 교묘하게 앞서가면서도 그들의 얼굴에 대해 조금도 관심을 가지지 않았다. 그는 다만 이렇게 생각하고 있었다. '이 얼마나 훌륭한 군대인가. 이 얼마나 훌륭한 장비인가. 이 얼마나 훌륭한 기계화인가. 바야 헨테!(이들을 봐!) 이것이 공화국의 군대야. 이들을 봐. 잇달아 뒤따르는 트럭의 대열. 모두가 똑같은 군복을 입고 있지 않은가. 머리에는 모두 철모를 쓰고 말이야. 비행기들이 나타날 것에 대비해 트럭에서 하늘을 겨누고 있는 저 기관총들을 봐라. 훌륭하게 편성된 이 군대를 봐!'

오토바이는 군인들을 가득 싣고 달리는 높다란 잿빛 트럭들, 높다랗고 네모난 차체와 네모나고 보기 흉한 라디에이터가 달린 잿빛 트럭들을 지나치면서 흙먼지와 뒤따라오는 참모용 자동차의 꺼졌다 켜졌다 하는 헤드라이트들 속에서 꾸준히 오르막을 올라갔다. 이렇게 지나쳐 갈 때 먼지투성이의 차체 옆구리에 불빛이 비치면 트럭 뒤로 육군의 빨간 별표가 보였다. 그들이 트럭들을 지나 언덕길을 계속 올라가자 바람은 점점 차가워지고, 급커브가 많은 꾸불꾸불한 길이 나오면서 트럭들은 숨을 헐떡거리듯 힘겨워했고, 헤드라이트 불이 켜져 있을 때 보니 김을 무럭무럭 뿜어 내는 트럭도 있었다. 오토바이도 이제는 헐떡거리면서 위쪽으로 올라갔는데, 안드레스는 앞자리를 꼭 붙잡고 늘어지면서 오토바이를 타는 것이 이제 지긋지긋하다고 생각했다. 그는 이제까지 오토바이를 타 본 적이 한 번도 없었는데, 지금 두 사람은 공격에 참가하기 위해 이동하는 군대에 휩쓸려 산을 하나 넘고 있었다. 계속 올라가면서 초소 공격에 맞춰 늦지 않게 돌아간다는 것은 도저히 불가능하다는 사실을 그는 깨닫고 있었다. 이런 이동과 혼란 속에서는 이튿날 밤까지만 돌아가도 다행일 것 같았다. 지금껏 한 번도 공격이나 공격 준비를 본 적이 없는 그는 오토바이를 타고 도로 위쪽으로 계속 올라가면서 공화국이 건설한 이 군대 규모가 방대하고 강력하다는 데 새삼 놀라지 않을 수 없었다.

그들은 산허리를 가로지르는 긴 오르막을 올라갔다. 정상이 가까워지면서 경사가 갑자기 가팔라지자 고메스는 안드레스에게 오토바이에서 내려 둘이서 밀고 마지막 오르막을 오르자고 했다. 꼭대기를 넘자 바로 왼쪽에는 자동차를 돌릴 수 있을 만한 원형 도로가 있었고, 밤하늘을 배경으로 길쭉하고 거뭇거뭇하게 떠오른 커다란 석조 건물 정면에 등불이 반짝이는 것이 보였다.

"저기 가서 사령부가 어디 있는지 물어보기로 하지." 고메스가 안드레스에게 말했다. 그들은 커다란 석조 건물의 닫혀 있는 정문 앞에 서 있는 보초 두 명 쪽으로 오토바이를 밀고 갔다. 고메스가 벽에 오토바이를 기대 세울 때 가죽점퍼를 입은 또 다른 오토바이 운전병이 건물에서 비쳐 나오는 불빛을 등지고 밖으로 나왔다. 통신용 배낭을 어깨에 걸쳐 메고 있었고, 나무 케이스에 든 모제르총이 엉덩이 근처에서 흔들거렸다. 그는 불빛이 비치지 않는 어둠 속 문 근처에서 자기 오토바이를 찾아내더니 발동이 걸릴 때까지 밀고 가다가 굉음을 울리며 도로 위쪽으로 내달렸다.

문가에서 고메스가 보초에게 말을 건넸다. "제65여단의 고메스 대위다. 제35사단의 골츠 장군 사령부가 어딘지 가르쳐주겠나?" 그가 물었다.

"여기는 아닙니다." 보초가 대답했다.

"그럼 여기는 어딘가?"

"사령부입니다."

"무슨 사령부인가?"

"그냥 사령부입니다."

"무슨 사령부냔 말이야."

"그렇게 자꾸 따져 묻는 당신은 도대체 누굽니까?" 보초가 어둠 속에서 고메스에게 물었다. 산길 꼭대기까지 올라오니 하늘이 아주 밝고 별은 총총하여, 이제 먼지 속에서 벗어난 안드레스는 어둠 속에서도 사방을 훤히 내다볼 수 있었다. 저 아래 도로가 오른쪽으로 구부러진 곳에는 지평선을 배경으로 지나가는 트럭들과 자동차들의 윤곽이 뚜렷이 보였다.

"나는 제65여단 제1대대의 로헬리오 고메스 대위다. 지금 골츠 장군 사령부의 소재지를 묻는 거야."

그제야 보초는 문을 조금 열고 안쪽을 향해 소리쳤다. "위병대 하사를 불러."

그때 마침 커다란 참모용 자동차 한 대가 길모퉁이에서 나타나 안드레스와 고메스가 서서 위병대 하사가 나오기를 기다리는 커다란 석조 건물 쪽으로 돌아서 왔다. 자동차는 그들 앞으로 오더니 현관 앞에서 멈춰 섰다.

프랑스 육군 보병이 쓰는 지나치게 큰 카키색 베레모를 쓰고 외투를 입은 몸집이 크고 당당한 노인이 지도 케이스를 손에 들고 외투 위에 두른 혁대에 권총을 늘어뜨린 채 국제 여단의 제복을 입은 부하 둘과 함께 자동차 뒷자리에서 내렸다.

노인은 운전병에게 프랑스어로 자동차를 현관에서 돌려 그늘에 세워 두라고 명령했다. 그러나 안드레스는 이 말을 전혀 알아들을 수 없었고, 이발사 출신인 고메스도 겨우 몇 마디밖에는 알아듣지 못했다.

그가 장교 둘을 대동하고 현관으로 들어설 때 고메스는 불빛 속에서 그 얼굴을 똑똑히 보았고 그제야 그가 누구인지 알 수 있었다. 그는 이 노인을 정치 집회에서 본 적이 있었고, 프랑스어를 번역하여 《노동 세계》에 실린 그의 논문도 읽은 적이 있었다. 덥수룩한 눈썹과 물기를 머금은 듯한 잿빛 눈, 두 겹으로 겹쳐 있는 턱을 알아볼 수 있었다. 그는 이 노인을 흑해에서 일어난 프랑스 해군 폭동을 지휘한 현대 프랑스의 위대한 혁명가로 알고 있었다. 고메스는 국제 여단에서 이 노인이 차지하는 높은 정치적 지위를 알고 있었으므로 이 사람이면 골츠 사령부가 어디 있는지 가르쳐 줄 수 있을 것이라고 판단했다. 그러나 나이를 먹은 데다 실망과 가정 문제와 정치적인 고민과 좌절된 야심 탓에 이 노인이 지금 어떠한 인간으로 변해 있는지, 또 그에게 뭔가 물어본다는 것이 얼마나 위험한 일인지 잘 알지 못했다. 이런 사실에 대해 아무것도 모르는 그는 노인

앞으로 걸어가 거수경례를 하고 말을 걸었다. "마르티* 동지, 우리는 골츠 장군께 전할 급보를 갖고 왔습니다. 장군의 사령부가 어딘지 가르쳐 주시겠습니까? 아주 급합니다."

키가 크고 몸집이 큰 노인은 머리를 쑥 내밀고 물기에 젖은 눈으로 고메스를 찬찬히 살펴보았다. 이 전선에서 갓을 씌우지 않은 전등 불빛으로 보아도, 지금 막 차디찬 밤공기를 쐬고 무개차로 달려온 그의 잿빛 얼굴에는 노쇠한 기색이 역력했다. 그의 얼굴은 아주 늙은 사자의 발톱 밑에서 볼 수 있는 먹다 남은 먹이의 잔해처럼 보였다.

"무엇을 갖고 왔다고, 동지?" 그가 카탈루냐 사투리가 심하게 섞인 스페인어로 고메스에게 물었다. 그리고 곁눈으로 안드레스를 흘끔 쳐다보았지만 잠시 스쳤을 뿐 시선은 이내 고메스에게 돌아갔다.

"골츠 장군 사령부에 전달할 급보입니다, 마르티 동지."

"어디서 온 급보인가, 동지?"

"파시스트 전선 후방에서 보내온 것입니다." 고메스가 대답했다.

앙드레 마르티는 손을 내밀어 급보와 다른 서류를 받았다. 그리고 슬쩍 들여다보더니 주머니에 집어넣었다.

"이 두 사람을 체포해. 몸수색을 하고 나중에 부르거든 데려와." 그가 위병대 하사에게 명령했다.

---

* 앙드레 마르티(1886~1956). 프랑스 공산당에서 활약한 인물로 스페인 내전 중 국제 여단을 조직하여 지휘관으로 활약했다.

급보를 주머니에 넣은 채 그는 커다란 석조 건물 안으로 성큼성큼 들어가 버렸다.

바깥 위병소에서 고메스와 안드레스는 하사에게 몸수색을 당했다.

"저 사람 도대체 어떻게 된 건가?" 고메스가 하사에게 물었다.

"에스타 로코.(머리가 돌았죠.) 미쳤어요." 하사가 대답했다.

"그럴 리가. 아주 중요한 정치적 인물이잖아. 국제 여단의 최고 정치국원이 아닌가?" 고메스가 말했다.

"아페사르 데 에소, 에스타 로코.(그럴지 모르겠지만, 머리가 돌았어요.) 어찌 됐건 미쳤어요." 위병대 하사가 대꾸했다. "파스시트 전선 후방에서 무슨 일을 하고 있습니까?"

"이 동지는 거기서 게릴라 대원으로 활약하고 있어." 고메스는 몸수색을 당하면서 그에게 대답했다. "이 동지가 골츠 장군에게 전할 급보를 가지고 왔지. 그 서류를 소중히 다뤄 주게. 또 내 돈하고 줄 끝에 달린 총알도 조심해 주고. 그건 내가 처음으로 과다라마에서 부상을 입었을 때 빼낸 총알이니까."

"걱정 마십시오. 모두 이 서랍 속에 넣어 둘 테니까요. 골츠 장군이 있는 곳을 왜 제게 묻지 않았습니까?"

"물으려고 했지. 보초에게 물었더니 그 녀석이 자네를 부르지 않았겠어."

"그런데 바로 그때 그 미치광이가 나타났고, 그래서 장교님이 그에게 물어봤군요. 그 사람에게는 누구도 질문을 해선 안 됩니다. 머리가 돌았거든요. 장교님이 찾는 골츠 장군은 이곳에서 3킬로미터쯤 떨어진 길 위쪽 숲속 바위에 계십니다."

"자네가 지금 당장 우리를 장군님 있는 데까지 데려다 줄수 없나?"

"안 됩니다. 그러다간 제 목이 달아날 겁니다. 전 두 분을 그 미치광이한테 데리고 가야 하니까요. 게다가 그 사람이 급보를 갖고 있잖습니까."

"누구에게 이 사정을 좀 말해 볼 수 없나?"

"알겠습니다. 책임 있는 사람을 만나는 대로 말해 보죠. 저 사람이 정신이 돌았다는 걸 모르는 사람은 없습니다." 하사가 말했다.

"난 지금까지 그 사람을 대단한 인물인 줄로만 알고 있었어. 영광스러운 프랑스인이라고 말이지." 고메스가 대꾸했다.

"영광스러운 사람이니 뭐니 하는 사람일지도 모르죠." 하사가 이렇게 말하고 안드레스의 어깨 위에 한 손을 얹었다. "하지만 완전히 돌아 버렸어요. 사람 죽이는 걸 좋아하는 살인광이거든요."

"정말로 총살하나?"

"코모 로 오예스.(정말이고말고요.) 마타 마스 케 라 페스테 부보니카.(그 노인은 페스트보다도 사람을 더 많이 죽입니다.) 하지만 우리만큼 파시스트 놈들을 죽이진 못하죠. 케 바.(절대.) 마타 비초스 라로스.(이상한 놈들만 죽이거든요.) 트로츠키주의자들. 일탈자들. 어떤 유형이든 보기 드문 짐승 같은 녀석들을 죽입니다." 하사가 말했다.

안드레스에게는 도무지 이해가 가지 않는 이야기였다.

"에스코리알에 있을 때 우린 그 사람 때문에 얼마나 많은 사람을 총살했는지 몰라요." 하사가 말을 이었다. "우리가 늘 총살대 노릇을 했습니다. 여단의 군인들은 자기 부대의 동지들을 총살하기 싫어했으니까요. 특히 프랑스인들이 그랬죠. 그래서 문제를 피하기 위해 총살하는 건 언제나 우리 몫이었습니다. 우린 프랑스인들도 총살했고, 벨기에인들도 총살했습니다. 그 밖에 여러 국적의 사람들을 총살했죠. 온갖 유형의 사람들을 말입니다. 티에네 마니아 데 푸실라르 헨테.(정말로 사람 죽이는 걸 좋아하는 살인광이거든요.) 언제나 정치적인 문제로 말이죠. 미쳤어요, 푸리피카 마스 케 엘 살바르산.(살바르산 이상으로 숙청했습니다.)"

"이 급보에 대해서 누구한테 말해 주겠나?"

"알겠습니다. 틀림없이 그리 해 드리겠습니다. 이 두 여단이라면 제가 모르는 사람은 없으니까요. 모두가 이곳을 거쳐 갑니다. 러시아인들까지 모두 알고 있죠. 하기야 그들 중 스페인어를 할 줄 아는 사람은 몇 되지 않지만요. 우린 이 미치광이가 스페인 사람들을 총살하도록 그냥 내버려 두지는 않을 겁니다."

"하지만 이 급보를 꼭 부탁하네."

"급보도 잘 처리하겠습니다. 걱정하지 마십시오, 동지. 우린 그 미치광이를 어떻게 다뤄야 하는지 잘 알고 있으니까요. 그 사람은 자기네 동료들 사이에서만 위험한 존재거든요. 이제는 그가 어떤 사람인지 우리도 알게 됐죠."

"체포한 두 사람을 데려와." 앙드레 마르티의 목소리가 들려왔다.

"케레이스 에차르 운 트라고?(한잔하고 싶습니까?)" 하사가 물었다.

"마시고 싶고말고."

그러자 하사가 찬장에서 아니스 술병을 꺼냈고, 고메스와 안드레스는 술을 마셨다. 하사도 마셨다. 그는 술을 마시고는 한 손으로 입을 닦았다.

"바모노스.(가시죠.)" 그가 말했다.

그들은 입과 배와 가슴속이 아니스주로 확 달아오르는 것을 느끼면서 위병소를 나와 홀 아래쪽을 걸어 내려가 마르티가 기다란 테이블 끝에 앉아 지도를 앞에 펴 놓고 빨간색과 파란색 연필을 들고 사령관 티를 내고 있는 방으로 들어갔다. 안드레스로서는 또 하나의 사건이었다. 이런 사건이 오늘 밤 너무 많이 일어났다. 네 증명서가 확실하고 마음만 단단히 먹으면 위험할 건 없어. 결국은 석방되어 갈 길을 가게 될 거야. 하지만 잉글레스 양반은 빨리 서두르라고 했거든. 그는 다리 폭파에 맞춰 돌아갈 수 없다는 것을 알고 있었지만, 급보를 전달해야 했다. 그런데 그 급보는 지금 테이블 저쪽 끝에 앉아 있는 노인의 주머니 속에 들어가 있었던 것이다.

"거기 서." 마르티가 얼굴도 들지 않고 말했다.

"제 말 좀 들어 보십시오, 마르티 동지." 아니스 술기운으로 왈칵 화가 치밀어 오른 고메스가 갑자기 내뱉었다. "우린 오늘 밤 무부정주의자의 무지 때문에 방해를 받았습니다. 그 다음엔 관료주의적 파시스트들의 태만 때문에 방해를 받았고요. 그리고 이제는 공산주의자의 지나친 의심 때문에 방해를 받고 있습니다."

"입 닥쳐. 지금 우린 회의를 하고 있는 게 아냐." 마르티는 여전히 얼굴을 들지 않고 말했다.

"마르티 동지, 정말로 긴급한 용무입니다. 무척 화급한 일이라고요." 고메스가 말했다.

그들을 데리고 온 하사와 사병은 마치 지금까지 여러 차례 보아 왔지만 볼 때마다 훌륭한 장면을 즐기게 되는 연극이라도 보는 듯 몹시 흥미롭게 지켜보고 있었다.

"긴급하지 않은 게 어디 있나. 무슨 일이나 다 중요해." 그가 대꾸했다. 그러고 나서 연필을 손에 쥔 채 그제야 얼굴을 들었다. "귀관은 골츠가 여기 있다는 걸 어떻게 알았지? 공격 개시 전에 개별적인 사령관의 소재를 묻는 게 얼마나 위험한 일인지 알고나 있어? 그 사령관이 여기 있으리라는 걸 귀관이 어떻게 알았느냐 말이야?"

"자네가 설명해 봐." 고메스가 안드레스에게 말했다.

"장군 동지." 안드레스가 말을 시작했다. 마르티는 안드레스가 자기 계급을 잘못 부른 것을 정정해 주지 않았다. "전 그 보고서를 전선 저쪽에서 받았는데……."

"전선 저쪽에서 받았다고?" 마르티가 말을 가로막았다. "음, 저 친구가 파시스트 전선 저쪽에서 왔다고 했지."

"그 보고서는 말입니다, 장군 동지, 다리를 폭파할 임무를 띠고 우리에게 온 로베르토라는 잉글레스한테 받은 겁니다. 아시겠습니까?"

"계속 이야기해." 마르티가 안드레스에게 말했다. 그는 이 '이야기'라는 단어를 거짓말이라든지 허위라든지 날조라는 뜻으로 사용했다.

"그래서 말입니다, 장군 동지. 그 잉글레스 사람이 그것을 긴급히 골츠 장군에게 전달하라고 했습니다. 그 사람은 오늘 이 산속에서 공격을 개시하는데, 장군님만 허락하신다면 우리는 이 보고서를 골츠 장군께 곧장 갖고 가려고 합니다."

마르티는 다시 한 번 고개를 흔들었다. 눈은 안드레스를 향하고 있었지만 그를 쳐다보지는 않았다.

골츠란 놈이, 하고 그는 생각했다. 마치 사업 경쟁자가 끔직한 교통사고로 죽었다거나, 미워하기는 하지만 성실성만큼은 믿고 있는 사람이 명예 훼손죄에 걸려들었다거나 하는 얘기를 들을 때 느낄지 모르는 공포와 환희가 뒤섞인 감정으로 말이다. 골츠까지 놈들의 한패라니. 골츠까지 이렇게 버젓이 파시스트 놈들과 내통하고 있다니. 이십 년 가까이 알고 지내 온 골츠가 말이야. 그해 겨울 루카치와 함께 시베리아에서 금화 수송 열차를 해치웠던 그 사람이. 콜차크*에 맞서 싸웠고, 폴란드에서도 싸웠던 그 사람이. 코카서스에서도 전투를 했지. 중국에서도, 그리고 이곳에서는 10월부터 전투에 참가했지. 하지만 그 사람은 투카체프스키**와는 친밀한 사이가 아니었

---

* 알렉산드르 바실리예비치 콜차크(1874~1920). 소비에트 연방의 해군 사령관.
** 미하일 니콜라예비치 투카체프스키(1893~1937). 소비에트 연방의 원수.

던가. 보로실로프*와도 친밀한 사이였지. 하지만 다른 누구보다 투카체프스키와 가까웠거든. 그 밖에 또 누가 있더라? 이곳에 있는 카르코프를 들 수 있지. 그리고 루카치도 있군. 하지만 헝가리인들은 하나같이 음모가란 말이야. 그는 갈을 미워했지. 골츠도 갈을 미워했고. 이 점을 잊어버려선 안 돼. 어디에 적어 두기로 하자. 골츠는 늘 갈을 미워하고 있었거든. 하지만 푸츠는 좋아했어. 그것도 잊지 말자. 그리고 뒤발은 그의 참모장이야. 그 사실에서 무엇이 야기되는지 보란 말이야. 그 사람이 코픽**을 바보라고 말하는 걸 들은 적이 있지. 그게 결정적인 단서야. 확고부동한 사실이지. 게다가 지금 파시스트 전선에서 급보가 온 거야. 이런 썩은 가지를 잘라 버려야 나무가 건강하게 자라는 법이지. 썩은 부분은 먼저 분명하게 드러나야 제거할 수 있거든. 그런데 하고많은 사람 중에 왜 하필이면 골츠인가. 골츠가 반역자 중의 한 사람이라니. 그는 이 세상에 믿을 사람이 아무도 없다는 것을 새삼 깨달았다. 세상에 믿을 놈은 단 하나도 없어. 정말이야. 마누라도 믿지 못해. 형제도 믿지 못해. 가장 오랜 동지도 마찬가지야. 한 놈도 믿을 수 없어. 절대로 믿지 못해.

"이놈들을 데려가. 그리고 잘 감시해." 그가 위병들에게 명령했다. 하사가 사병의 얼굴을 쳐다보았다. 마르티의 태도치

---

* 클리멘트 예프레모비치 보로실로프(1881~1969). 소비에트 연방의 장군이자 정치가.
** 블라디미르 코픽(1891~1939). 크로아티아 출신의 공산주의 지도자로 스페인 내전 중 제15국제 여단을 지휘했다.

고는 정말 조용한 편이었다.

"마르티 동지, 정신 나간 행동은 그만두십시오. 충실한 장교이자 동지인 제 말을 들어 주십시오."고메스가 말했다. "무슨 일이 있어도 꼭 전해야 할 급보입니다. 이 동지는 골츠 장군에게 전달하기 위해 파시스트 전선을 뚫고 가져왔습니다."

"이자들을 데리고 가라니까."그가 이제는 부드러운 목소리로 위병에게 말했다. 만약 그들을 꼭 숙청해야 한다면 그도 인간으로서는 불쌍하다고 생각했다. 그러나 그가 가슴 아픈 것은 골츠의 비극이었다. 하필 골츠여야 하다니, 하고 그는 생각했다. 이 파시스트의 통신을 곧장 바를로프에게 가져가야지. 아냐, 골츠한테 직접 갖고 가서 이것을 받을 때의 태도를 살펴보는 게 좋겠어. 꼭 그래야겠어. 만약 골츠가 그들 중 하나라고 해도 바를로프에 대해서는 어떻게 확인하지? 아냐. 이 일은 아주 신중하게 처리해야 돼.

안드레스가 고메스 쪽을 돌아보았다. "보고서를 전달해 주지 않겠다는 말입니까?"그가 믿어지지 않는다는 듯 물었다.

"자네도 보지 않았는가?"

"메 카고 덴 수 프타 마드레!(제 어미하고 붙을 놈!) 에스타 로코.(미친놈.)"안드레스가 내뱉었다.

"맞는 말이야. 저 사람은 머리가 돌았어."고메스가 맞장구쳤다. "당신은 정신 나간 사람이오! 내 말 좀 들어 봐요! 미치광이!"그는 다시 색연필을 들고 지도를 들여다보고 있는 마르티를 향해 고함을 질렀다. "내 말을 들어 봐, 이 미친 살인마!"

"저리 끌고 가. 이놈들은 큰 죄를 저질러 머리가 어떻게 된 모양이야." 마르티가 위병에게 말했다.

그 말에는 하사가 알아들을 수 있는 구절이 들어 있었다. 전에도 그런 말을 들은 적이 있었기 때문이다.

"이 미친 살인마야!" 고메스가 소리를 질렀다.

"이호 데 라 그란 푸타.(이 더러운 개자식.) 로코.(미친놈.)" 안드레스도 외쳤다.

그는 이 사나이의 우둔함에 화가 치밀었다. 만약 이 사람이 미쳤다면 정신병자로서 파면시켜야 해. 급보를 놈의 주머니에서 빼내 와야 해. 이런 미친놈은 지옥에 처박아야 해. 불같은 스페인인의 분노가 보통 때의 온화하고 침착한 마음속에서 솟구쳐 올라왔다. 조금만 더 있으면 분노 때문에 눈이 멀 것만 같았다.

위병들이 고메스와 안드레스를 데리고 나가자 마르티는 지도를 들여다보며 슬픈 듯 머리를 흔들었다. 위병들은 그의 욕설을 재미나게 들었지만 대체로 그들의 연기(演技)에는 실망했다. 그들은 이제까지 훨씬 더 재미있는 연극을 보아 왔기 때문이다. 마르티는 자기에게 퍼붓는 심한 욕설에도 아랑곳하지 않았다. 지금까지 많은 사람이 나중에 가서는 그에게 욕지거리를 했던 것이다. 그는 인간으로서는 이런 사람들을 언제나 진심으로 가엾게 생각했다. 그는 언제나 그 점을 자신에게 말했고, 그것은 그 자신의 것으로 그에게 남아 있는 최후의 진실한 감정이기도 했다.

그는 그곳에 앉아서 수염과 눈을 쳐들어 그로서는 도무지 알 수 없는 지도, 또한 지도 위의 거미줄처럼 가늘게 동심원으로 그려져 있는 갈색 등고선을 뚫어지게 바라보았다. 등고선으로 고지나 골짜기는 알 수 있었지만, 왜 그것이 고지가 되고 골짜기가 되는지에 대해서는 전혀 이해할 수가 없었다. 그러나 정치위원회의 제도에 따라 여단의 정치 책임자로 작전에 참가하고 있는 참모 본부에서 그는 강줄기와 평행으로 나 있는 도로의 선에 의해 구분된, 녹색 숲 사이에 번호가 붙어 있고 가는 갈색 선으로 둘러싸인 이런저런 지점을 가리키면서 "여기. 여기가 바로 약점이야." 하고 말하곤 했다.

정치가이며 야심가인 갈이나 코픽은 이 말에 동의하곤 했지만, 그 뒤에 출발 지점을 떠나기 전에 지도 같은 것은 아예 보지도 못하고 산의 번호만을 듣고 땅에 참호를 파도록 지시를 받은 사람들은 그 산허리를 올라가다가 산비탈에서 죽음을 당하거나, 올리브 숲속에 설치해 놓은 기관총에 저지당해 전혀 올라가지 못하곤 했다. 또 다른 전선에서는 사람들이 산비탈을 쉽게 타고 기어오르다가 사태가 전보다 오히려 나아지지 않는 경우도 있었다. 그러나 골츠의 사령부에서 마르티가 지도 위에 손가락을 갖다 대고 있을 때, 머리에 흉터가 있고 얼굴이 허여멀건 골츠 장군은 턱의 근육을 긴장시키며 생각했다. '앙드레 마르티, 네놈이 그 썩은 잿빛 손가락을 내 지형도에 대기 전에 당장에 쏴 죽여 버릴 테다. 쥐뿔도 모르는 일에 참견한 죄로, 네놈이 죽인 모든 사람을 대신해 네놈을 지옥으로 보내 버리겠어. 트랙터 공장이나 마을이나 공동조합에 네놈의 이름을 따다 붙여서, 내가 손도 대지 못하도록 네놈을 우상으로 만들어 버린 그런 날에 저주가 내릴지어다. 네놈은 다른 곳에 가서 의심을 품고, 훈계하고, 방해하고, 고발하고, 도살이나 일삼을망정 내 사령부 일에는 참견하지 마.'

그러나 골츠는 그렇게 말하는 대신에 허리를 구부린 비대한 몸, 앞으로 내민 손가락, 물기에 젖어 있는 잿빛 눈, 희끗희끗한 수염과 퀴퀴한 숨결로부터 몸을 젖히고 이렇게 말할 것이었다. "마르티 동지, 당신 주장은 잘 알겠소. 하지만 그것으로는 충분하지 않으니 나로서는 동의할 수 없소. 당신이 원한다면 날 제쳐 놓고 상부에 말해도 좋아. 그래, 당신 말대로 이 문제를 당의 의제로 삼을 수도 있을 거야. 하지만 나로선 동의할 수 없소."

그래서 지금 마르티는 갓 없는 전등 불빛 아래 헐렁한 베레모를 깊숙이 내려쓰고 불빛을 피하며 테이블보도 씌우지 않은 책상 위의 지도를, 등사판으로 찍은 공격 명령 사본과 대조하면서 육군 대학에서 어려운 문제를 풀기 위해 머리를 짜내는 청년 장교처럼 천천히, 조심스럽게, 그리고 열심히 지도 위에서 그 명령을 연구하고 앉아 있었다. 그는 전투에 참가하고 있었다. 마음속으로 군대를 지휘하고 있었다. 그에게는 간섭할 권리가 있었으며, 간섭이 바로 지휘라고 믿고 있었다. 그래서 그는 로버트 조던이 골츠에게 보내는 급보를 주머니에 집어넣고, 고메스와 안드레스를 위병소에 기다리게 해 놓고, 로버트 조던을 다리 위쪽 숲속에 엎드려 있게 했던 것이다.

안드레스와 고메스가 앙드레 마르티의 방해를 받지 않고 곧장 나아갔다 해도 안드레스의 임무가 조금이라도 달라졌을지는 자못 의심스럽다. 지금 전선에는 그 공격을 취소할 권력을 쥔 사람이 없었기 때문이다. 이제 와서 갑자기 공격을 중단하기에는 전쟁이라는 기계가 너무 오래전부터 작동하고 있었던 것이다. 어떤 규모이건 군대의 작전이란 모두 엄청난 관성이 따르게 마련이다. 일단 이 관성을 극복하고 작동하기 시작하면 그것을 멈추게 하기란 그것을 시작하는 것만큼이나 어렵다.

그러나 이날 밤 이 노인이 베레모를 푹 눌러 쓰고 여전히 지도를 앞에 펴 놓고 테이블 앞에 앉아 있을 때 문이 열리면서 러시아 신문기자인 카르코프가 가죽 외투에 모자를 쓴 평복 차림의 러시아인 두 명과 함께 안으로 들어왔다. 위병대 하사는 그들이 들어가자 마지못해 문을 닫았다. 전에는 카르코프야말로 그가 누구보다도 먼저 마음을 터놓고 이야기할 수 있는 믿을 만한 사람이었다.

"마르티 동지." 카르코프는 정중하면서도 깔보는 듯한 혀 짧은 소리로 이렇게 부르고는 고르지 못한 이를 드러내며 싱긋 웃었다.

마르티가 자리에서 일어섰다. 그는 카르코프가 마음에 들지 않았지만《프라우다》지에서 파견되어 스탈린과 직접 선이 닿아 있는 카르코프는 현재 스페인에서는 가장 중요한 세 사람 중의 하나였다.

"카르코프 동지." 그가 말했다.

"공격 준비를 하고 있습니까?" 카르코프가 지도 쪽을 턱으로 가리키며 무례하게 물었다.

"지금 연구하고 있는 중이지." 마르티가 대답했다.

"동지가 공격하는 겁니까? 아니면 골츠가 하는 겁니까?"
카르코프가 자신 있게 물었다.

"알다시피 난 정치위원에 지나지 않아." 마르티가 대답했다.

"그건 아니죠. 너무 겸손하신데요. 실제로는 사령관이나 다름없죠. 지도를 갖고 있는 데다 망원경도 있고요. 하지만 원래 해군 제독 아니었나요, 마르티 동지?" 카르코프가 말했다.

"난 포병 사수였지." 하지만 그것은 거짓말이었다. 그는 폭동 당시 사무 담당 하사관이었다. 그러나 그는 언제나 그랬듯 지금도 자기가 포병 사수였다고 생각하고 있었다.

"허, 난 또 사무 담당 하사관이었다고 알고 있었죠. 언제나 이렇게 사실을 잘못 알고 있다니까요. 이게 다 기자 근성 때문인가 봅니다." 카르코프가 말했다.

다른 두 소련인은 그들의 대화에 끼어들지 않았다. 그들은 마르티의 어깨 너머로 지도를 바라보며 이따금씩 러시아어로 자기들끼리 얘기를 주고받았다. 마르티와 카르코프는 처음 인사를 나눈 뒤로는 프랑스어로 얘기했다.

"《프라우다》에는 사실을 그릇되게 보도하지 않는 게 좋아." 마르티가 말했다. 그는 자기 위신을 세우려고 일부러 무뚝뚝하게 말했다. 카르코프는 언제나 그의 기를 꺾어 놓았다. 이 말은 프랑스어로 '데공플레르'라고 하는데, 마르티는 상대방 때문에 마음을 쓰며 조심했다. 카르코프가 얘기할 때는 앙드레 마르티가 프랑스 공산당의 중앙위원회에서 어떤 중대한 사명을 띠고 왔는지 기억하고 있기가 힘들었다. 또 마르티가 손가락 하나 대지 못할 인물이라는 것도 기억하고 있기 어려웠다. 카르코프는 늘 아주 가볍게 그리고 마음대로 그를 주무르는 듯했다. 그때 카르코프가 말했다. "나는 《프라우다》에 기사를 보내기 전에는 언제나 바로잡습니다. 《프라우다》에서는 아주 정확성을 기하려고 합니다. 한데 마르티 동지, 세고비아 방면에서 작전 중인 우리 편 유격대에서 골츠 장군에게 보고서를 보내 왔다는 소식을 듣지 못했습니까? 그쪽에 조던이라는 미국인 동지가 있는데, 그에게서 연락이 오기로 되어 있거든요. 파시스트군 후방에서 전투가 있었다는 보고가 들어왔어요. 그가 골츠 장군에게 급보를 보냈을 텐데요."

"미국인이라고?" 마르티가 반문했다. 안드레스는 영국 사람이라고 했다. 그가 말한 사람이 바로 이 사람이었다. 그렇다면 자신이 잘못 생각했던 게 아닌가. 그 바보 같은 녀석들은 도대체 왜 이 친구에게 그 얘기를 한 것일까?

"그래요. 정치의식은 그다지 강하지 않지만 스페인 사람들과 친교가 두텁고, 유격대로서는 굉장한 업적을 올린 미국 청년입니다. 그 급보를 이리 내놓으십시오, 마르티 동지. 벌써 많이 지연됐습니다."

"급보라니?" 마르티가 반문했다. 이렇게 말하는 것이 아주 어리석은 짓이란 것은 그 자신도 잘 알고 있었다. 그로서는 자신이 실수를 범했다는 것을 그렇게 빨리 인정할 수 없었기 때문에 굴욕적인 순간을 조금이라도 지연시켜 보려고 했던 것이다. "당신 주머니 속에 들어 있는 그 안전 통행증 말입니다." 치아가 고르지 못한 카르코프가 말했다.

앙드레 마르티는 주머니에 한 손을 집어넣고 급보를 꺼내 테이블에 올려놓았다. 그는 카르코프의 눈을 빤히 들여다보았다. 옳았다. 그는 자신이 실수를 저질렀으며 지금 와서 어쩔 도리가 없었지만, 그렇다고 굴욕을 받아들일 수는 없었다.

"통행증도 내놓으셔야죠." 카르코프가 조용히 말했다.

마르티는 그것을 급보 옆에 올려놓았다.

"하사 동지!" 카르코프가 스페인어로 불렀다.

하사가 문을 열고 안으로 들어왔다. 그가 마르티를 흘끗 쳐다보자 마르티는 사냥개들에 쫓겨 궁지에 몰린 늙은 멧돼지처럼 그를 노려보았다. 마르티의 얼굴에는 공포도 굴욕의 표정도 어려 있지 않았다. 그저 화가 났을 뿐이며, 일시적으로 궁지에 몰리고 있을 뿐이었다. 그는 그 개들이 언제까지나 자기를 물고 늘어지지는 못한다는 것을 잘 알고 있었다.

"이 두 서류를 위병소에 있는 두 동지에게 내주고, 골츠 장군의 사령부로 가는 길을 알려 줘. 이미 많이 늦었어." 카르코프가 말했다.

하사가 밖으로 나가자 마르티는 그의 뒷모습을 좇다가 카르코프 쪽으로 시선을 옮겼다.

"마르티 동지, 당신이 얼마나 대단한, 손가락 하나 대지 못할 인물인지 알아내겠습니다." 카르코프가 말했다.

마르티는 그를 똑바로 쏘아볼 뿐 한마디도 대꾸하지 않았다.

"저 하사도 어쩌려는 생각은 아예 마십시오. 그 하사 때문이 아니니까요." 카르코프가 말을 이었다. "위병소에서 그 두 동지를 만났는데, 그들이 내게 말해 주더군요.(이것은 거짓말이었다.) 난 모든 사람이 언제나 내게 말해 줄 것을 바라고 있거든요.(이야기해 준 사람은 하사였지만, 이 말은 사실이었다.)" 그러나 카르코프는 자신이 직접 접근할 수 있는 데서 오는 선(善), 인간적으로 남에게 도움이 되도록 간섭할 수 있다는 데서 오는 선을 믿고 있었다. 그것이야말로 그가 결코 냉소적인 태도를 취할 수 없는 한 가지 일이었다.

"소련에 있을 때는 아제르바이잔 지방의 마을에서 무슨 부정한 사건만 있으면 그곳 사람들이 《프라우다》의 내 앞으로 투서를 보내곤 했습니다. 당신도 그건 알고 있었겠죠? '카르코프가 우리를 도와줄 거야.'라고 하면서 말입니다."

앙드레 마르티는 얼굴에 오직 분노와 증오의 표정만을 띤 채 그를 쏘아보았다. 이제 그의 머릿속에는 카르코프가 자신의 비위에 거슬리는 짓을 했다는 생각밖에는 아무것도 없었다. 좋아, 카르코프, 권력이니 뭐니 하는 걸 갖고 있다 해도 조심하는 게 좋을걸.

"이번 일은 좀 다르지만, 원리는 똑같아요." 카르코프가 말을 이었다. "당신이 얼마나 손가락 하나 댈 수 없는 사람인지 이제 곧 알아낼 겁니다, 마르티 동지. 트랙터 공장의 이름을 바꿀 수 없는지 알고 싶군요."

앙드레 마르티는 그에게서 눈길을 돌려 다시 지도를 들여다보았다.

"조던이라는 젊은이의 급보에는 뭐라고 쓰여 있던가요?" 카르코프가 그에게 물었다.

"읽지 않았지. 에트 맹트낭 피슈 무아 라 페(이제 나를 좀 가만히 있게 해 주시오), 카르코프 동지."

"좋습니다, 그럼 혼자서 군사 공부나 하시죠." 카르코프가 대꾸했다.

그는 방에서 나가 위병소로 걸어갔다. 안드레스와 고메스는 벌써 그곳을 떠난 뒤였고, 그는 잠시 그곳에 서서 이제 막 동이 트기 시작하는 희미한 빛 속에 드러난 도로 위쪽과 산꼭대기를 바라보았다. 우리는 무슨 일이 있어도 거기까지 올라가야 해, 하고 그는 생각했다. 곧 그렇게 될 거야.

안드레스와 고메스가 또다시 오토바이를 타고 도로를 달릴 때는 어느덧 날이 밝아 왔다. 오토바이가 길 위에 펼쳐진 희미한 잿빛 안개를 뚫고 지그재그로 모퉁이를 돌아 돌아 비탈길을 올라가는 동안, 앞자리에 달라붙듯 앉은 안드레스는 오토바이가 속력을 내고 달리다가 옆으로 미끄러지면서 멈추는 것을 느꼈다. 두 사람은 긴 내리막길 위에서 오토바이에서 내려 그 옆에 섰고, 그들 왼쪽 숲속에는 솔가지를 덮어 위장한 탱크가 여러 대 있었다. 숲 곳곳에 병사들이 있었다. 안드레스는 기다란 들것을 어깨에 메고 걸어가는 병사들을 보았다. 참모용 자동차 세 대가 길에서 오른쪽으로 벗어난 소나무 밑에 정차해 있었는데, 차체 옆과 위에 소나무 가지가 덮여 있었다.

고메스는 한 자동차 옆으로 오토바이를 밀고 갔다. 그리고 오토바이를 소나무에 기대어 세워 놓고 나무에 등을 기대고 앉아 있는 운전병에게 말을 걸었다.

"내가 장교님을 그분에게 안내하겠습니다." 운전병이 말했다. "저 오토바이를 보이지 않는 곳에 두고 이걸로 덮으세요." 그는 잘라 놓은 나뭇가지를 가리켰다.

높은 소나무 가지 사이로 햇살이 새어들기 시작할 무렵 고메스와 안드레스는 비센테라는 운전병의 안내로 도로를 가로질러 솔밭을 빠져나와 참호 입구로 향하는 비탈 위쪽으로 올라갔다. 참호 지붕에서 전화선들이 경사진 숲속 사방으로 뻗어 있었다. 운전병이 동굴 안에 들어가 있는 동안 그들은 동굴 밖에 서 있었다. 안드레스는 산허리에 뚫어 놓은 구멍으로 보일 뿐 주위에 흩어진 흙도 보이지 않는 참호의 구조에 감탄했다. 입구에서 들여다보니 참호는 속이 꽤 깊고, 묵직한 재목으로 천정을 만들어 놓아 사람들이 머리를 굽힐 필요도 없이 자유자재로 왕래할 수 있었다.

운전병인 비센테가 밖으로 나왔다.

"장군님은 지금 공격 배치를 하고 있는 위쪽에 가 계시답니다. 그래서 그것을 참모장에게 주고 왔습니다. 받았다는 서명을 해 주더군요. 자, 여기 있습니다." 그가 말했다.

그는 고메스에게 수령증이 든 봉투를 건네주었다. 고메스는 그것을 안드레스에게 주었고, 그는 그것을 쳐다보고 나서 셔츠 속에 쑤셔 넣었다.

"이 서명을 해 준 사람의 이름이 뭔가?" 그가 물었다.

"뒤발이라는 분입니다." 빈센테가 대답했다.

"그럼 됐어요. 그 보고서를 줘도 괜찮다는 세 사람 중의 하나니까요." 안드레스가 말했다.

"기다렸다가 회답을 받아 갈까?" 고메스가 안드레스에게 물었다.

"그렇게 하는 게 가장 좋겠군요. 하기야 다리를 폭파한 뒤에는 그 잉글레스 사람도, 또 다른 사람들도 어디 가서 만날지 모르겠지만요."

"장군님이 돌아올 때까지 제가 있는 데서 기다리십시오. 두 분에게 커피를 대접해 드리죠. 무척 시장하실 텐데요." 비센테가 말했다.

"그런데 이 탱크들은 뭔가?" 고메스가 물었다.

그들은 나뭇가지를 덮은 진흙색 탱크 옆을 지났는데, 솔잎 위에 새겨진 진한 초록색 자국 두 줄이 이 탱크가 도로를 드나들었음을 보여 주고 있었다. 탱크에 달린 45밀리 포들이 나뭇가지 밑에서 수평으로 쑥 나와 있고, 가죽 외투를 입고 차양이 달린 철모를 쓴 운전병들과 포수들이 나무에 기대 앉아 있거나 땅바닥에 누워 잠을 자고 있었다.

"이건 예비용 탱크입니다. 이 군대도 예비군이고요. 공격을 개시할 부대는 산꼭대기에 있죠." 빈센테가 대답했다.

"많기도 하군요." 안드레스가 말했다.

"그래요. 1개 사단이오." 빈센테가 맞장구를 쳤다.

참호 속에서 뒤발은 로버트 조던이 보낸 개봉된 급보를 왼손에 들고 왼팔에 찬 손목시계를 들여다보면서 네 번째로 다시 읽고 있었다. 읽을 때마다 겨드랑이에서 땀이 나와 옆구리를 타고 흘러내리는 것을 느끼면서 전화통에 대고 고함을 질렀다. "그럼 세고비아 진지를 연결해. 그 사람이 벌써 떠났다고? 그럼 아빌라 진지를 대 줘."

그는 계속해서 전화를 걸었다. 그래도 아무 소용이 없었다. 그는 양쪽 여단에 연락을 취했다. 골츠 장군은 공격 준비의 배치를 점검하려고 위쪽에 올라가 있었는데 지금 관측소로 이동하는 길이었다. 참모장은 관측소를 불러냈지만 아직 도착하기 전이었다.

"제1비행대를 연결해." 뒤발은 갑자기 모든 책임을 떠맡으면서 말했다. 공격을 중지시키는 책임을 자신이 질 생각이었다. 공격을 중지시키는 쪽이 더 낫지. 대기 중인 적군에 대항하여 기습 공격을 하도록 그들을 보낼 순 없어. 도저히 그럴 수 없지. 그건 살인 행위와 마찬가지니까. 절대로 안 돼. 그렇게 해서는 안 돼. 어떤 문제가 일어나도 그것만은 해선 안 돼. 만약 그들이 원한다면 그들은 그를 총살할 수도 있을 것이다. 그는 직접 비행장으로 연락해 폭격을 중지시키려고 했다. 하지만 만약 이것이 견제 공격이라고 한다면 어떻게 될까? 만약 우리가 모든 군수품과 병력을 철수하도록 되어 있다면? 이 모든 것이 그것 때문이라면 어떻게 할까? 공격을 할 때 그게 견제 공격이라고 말해 주는 법은 결코 없지.

"제1비행대 호출은 취소. 제69여단 관측소를 연결해." 그가 통신병에게 명령했다.

그가 연결을 기다리고 있을 때 처음으로 비행기의 폭음이 들려왔다.

관측소와 연결된 것은 바로 그때였다.

"뭐야?" 골츠가 조용히 말했다.

그는 바위에 다리를 걸치고 아랫입술에 담배를 문 채 모래주머니에 기대 앉아 통화하면서 고개를 들어 어깨 너머를 쳐다보았다. 아침 햇살이 비치기 시작한 산등성이 저쪽 하늘에 은빛 날개를 반짝이면서 폭음을 울리는, 세 대씩 편대를 지어 날아오는 비행기들이 보였다. 그는 햇빛을 받고 아름답게 반짝이면서 날아오는 비행기를 지켜보았다. 비행기들이 가까워지면서 햇빛이 프로펠러에 반사되는 곳에 동그란 빛이 두 개 보였다.

"뭐야?" 그는 전화를 건 사람이 뒤발이라는 것을 알자 프랑스어로 말했다. "누 솜 푸튀.(실패했어.) 위.(그래.) 콤 투주르.(언제나 마찬가지로군.) 위.(음.) 세 도마주.(유감이야.) 위.(알았어.) 소식이 이렇게 늦게 오다니 참 딱하군."

비행기가 날아오는 것을 지켜보는 그의 두 눈에 자못 자부심이 감돌았다. 그는 이제 날개의 붉은 표지와 위풍당당하게 전진해 오는 모습을 지켜보고 있었다. 이래야 제대로 되는 거지. 이건 아군 비행기였어. 나무 상자에 넣어 배에 실려 흑해에서 마르마라 해협과 다르다넬스 해협*, 지중해를 통과하여 이 나라에 도착한 뒤, 알리칸테**에서 조심스럽게 짐을 풀어 교묘하게 조립되고 시험을 거쳐 완전하다는 것이 확인된 뒤 이제 위풍당당하고 정확하게 V 자형 편대를 지어 아침 햇살 속에 높이 은빛으로 반짝이면서, 그쪽 산악 지대를 폭격하여 아군이 진격할 수 있도록 적을 날려 버리기 위해 폭음도 요란하게 출동한 거야.

골츠는 일단 비행기가 머리 위를 통과하고 나면 폭탄이 하

---

* 터키의 마르마라 해와 에게 해를 잇는 해협.
** 스페인 중남부에 있는 도시로 알리칸테 주의 주도.

늘에서 돌고래처럼 떨어지리란 것을 잘 알고 있었다. 그러면 산등성이 꼭대기가 불을 뿜으며 솟아올랐다가 거대한 뭉게구름 속으로 사라지고 말 것이다. 이어 탱크들은 이 양쪽 산비탈을 요란한 소리를 내며 오르고, 그 뒤를 따라 그의 두 개 여단이 진격할 것이다. 그리고 만약 이 작전이 불의이자 불시의 공격이라면 그들은 계속 산 위와 아래로 진격하여 휴식을 취하기도 하고 적군을 소탕하기도 하며 뒷수습을 할 것이다. 탱크의 도움을 받고, 탱크가 들락날락하며 엄호 사격을 하고, 다른 탱크들도 공격 부대의 선두에서 길을 터 주고, 다시 산을 넘고 숲속을 헤쳐 건너편으로 계속 밀고 내려가면서 빈틈없이 해치워야 할 일들이 너무나 많을 것이다. 만약 배반하는 사람 없이 전원이 자기가 맡은 책임을 완수한다면 그렇게 될 것이다.

능선이 두 개인데 선두에는 탱크들이 있고, 숲속에는 출동 태세를 갖춘 우수한 여단이 둘이나 있고, 지금 또 비행기들까지 왔다. 그가 해야 할 일들은 이제 모두 예정대로 완료된 셈이었다.

그러나 거의 머리 바로 위까지 날아온 비행기들을 지켜보고 있을 때 그는 명치끝이 뜨끔하게 아파 오는 것을 느꼈다. 전화로 들은 조던의 급보에 따르면 두 산등성이 저쪽에 적군이 하나도 없었기 때문이다. 적군은 조금 아래쪽의 좁은 참호로 퇴각해서 파편을 피해 숲속에 숨어 있다가, 폭격기들이 지나간 뒤에 조던이 보고한 기관총이며, 자동화기며, 대전차포를 갖고 돌아와 반격할 것이고, 그렇게 되면 또 한 번 좀 더 대단한 전투가 벌어질 것이다. 그러나 귀를 찢는 듯한 폭음을 울리며 날아온 비행기들은 어떻게 할 도리가 없었다. 골츠는 얼굴을 들어 비행기들을 지켜보면서 전화에 대고 부르짖었다. "안 돼. 리엥 아 페르.(아무것도 할 수 없어.) 리엥.(아무것도.) 포 파 팡세르.(생각할 필요 없어.) 포 압셉테르.(받아들일 수밖에.)"

골츠는 사태가 그렇게 될 수 있었지만 그렇게 되지는 않으리라는 사실을 알고 있는 듯한 냉정하고도 자랑스러운 눈으로 비행기들을 쳐다보았다. 비록 실제로 그렇지 않더라도 사태가 그렇게 될 수 있다는 가능성을 자랑스러워하고 또 그럴 가능성을 믿으며 프랑스어로 "봉.(좋아.) 누 페롱 노트르 프티 포시블.(어쨌든 최선을 다해 보지.)"하고 말하고는 수화기를 내려놓았다.

그러나 뒤발은 그의 말을 듣고 있지 않았다. 수화기를 들고 테이블 앞에 앉아 있는 그의 귓가에 들리는 소리라고는 비행기들의 요란한 폭음뿐이었고, 그는 이렇게 생각했다. 자, 이번에는 말이다, 비행기들이 날아오는 소리에 귀를 기울여 봐. 어쩌면 이번에야말로 폭격기들이 적들을 날려 버릴지 몰라. 어쩌면 아군은 돌격로를 확보하게 될지도 몰라. 골츠는 요구하던 예비 병력을 얻을 수 있을지도 모르지. 어쩌면 그럴지도 몰라. 어쩌면 지금이야말로 바로 그 순간일 거야. 자, 어서 와. 어서. 어서 오라고. 폭음이 너무도 요란해서 그는 자신의 생각조차 들을 수 없었다.

43

로버트 조던은 도로와 다리가 내려다보이는 비탈 위 소나무 뒤에 엎드려 새벽이 밝아 오는 것을 지켜보고 있었다. 그는 언제나 이맘때의 시간을 좋아했고, 지금은 그 모습을 바라보고 있었다. 마치 자신이 해가 뜨기 전에 밝아 오는 여명의 일부인 듯 가슴속까지 잿빛으로 물드는 느낌이었다. 견고한 물체가 거무스름하게 보이기 시작하고 텅 빈 하늘이 희미하게 훤해지며 밤새 반짝이던 불빛이 점점 노랗게 변하더니 날이 밝자 점차 흐려졌다. 바로 아래쪽 소나무 줄기들은 이제 딱딱한 갈색을 띠고 뚜렷이 드러났으며, 도로 위에는 한 줄기 안개가 걸려 빛나고 있었다. 이슬이 축축하게 그의 몸을 적시고, 땅바닥은 부드러웠으며, 팔꿈치 밑에 깔린 마른 갈색 솔잎의 탄력이 느껴졌다. 저 아래쪽 개울 바닥에서 피어오르는 아련한 안개 사이로 철교가 곧고 탄탄한 모습으로 산길에 걸려 있고 양쪽 끄트머리에 목재로 지은 초소가 있었다. 그러나 그가 바라보는 다리의 골조는 개울 위에 피어오른 안개 속에서 여전히 거미줄처럼 아름답게 보였다.

보초가 초소에서 머리에 철모를 쓰고 등에 늘어진 담요 외투를 걸친 채 석유통에 구멍을 뚫어 만든 화덕 위로 허리를 구부리고 손을 쬐고 서 있는 모습이 보였다. 로버트 조던은 저 아래쪽 바위 사이를 흐르는 개울의 물소리를 듣고 초소에서 희미하게 피어오르는 한 줄기 연기를 보았다.

그는 시계를 보며 생각에 잠겼다. 안드레스가 무사히 골츠에게 갔을까? 다리를 폭파하려면 난 아주 천천히 숨을 돌리고 다시 한 번 시간을 늦추면서 생각을 가다듬어야 해. 네 생각에는 골츠가 공격에 착수한 것 같으냐? 안드레스는 어떻게 되었지? 그리고 만약 그가 메시지를 제대로 전달했다면 그들은 공격을 중지할 수 있을까? 그들은 공격을 중지할 시간적 여유가 있을까? 케 바.(글쎄.) 하지만 걱정할 건 없어. 중지하든 않든 그 어느 쪽일 테지. 둘 중 한 가지 방법밖에는 없을 테고, 이제 조금만 있으면 곧 알게 될 게 아닌가. 만약 공격이 성공적이라고 가정해 봐. 골츠의 말로는 성공할 수 있다고 했어. 그럴 가능성이 있다고 말했지. 아군 탱크 부대가 저 도로 아래쪽으로 내려오면 군대는 오른쪽에서 돌파해 내려가 라그랑하와 산 왼쪽 전체를 통과해서 돌아올 거야. 왜 넌 이길 수 있다고 생각하지 않는 거지? 너무 오랫동안 방어전에만 참여했기 때문에 승리를 생각할 수 없는 거야. 그렇지. 하지만 그건 군수품들이 이 도로를 올라가기 전의 일이었지. 비행기들이 나타나기 전의 일이었어. 그렇게 단순하게 생각하지 마. 하지만 이 것만은 잊지 마. 우리가 이곳을 장악하고 있는 한 파시스트 놈 들은 꼼짝달싹할 수 없다는 사실을. 놈들은 우리를 소탕해 버 리지 않고는 다른 방면을 공격할 수 없지만, 우리를 절대 소탕 하지 못할 거야. 만약 프랑스가 조금만 우리를 원조해 준다면, 만약 프랑스가 국경을 개방해 준다면, 그리고 우리가 미국에 서 비행기를 입수할 수만 있다면, 놈들은 절대 우리를 해치우 지 못할 거야. 만약 우리가 무엇이든지 조금만 입수할 수 있다 면 절대로 쓰러지지 않을 거야. 무기만 충분하다면 이 나라 백 성은 언제까지라도 싸울 수 있거든.

아니, 이곳에서 승리를 기대해서는 안 돼. 아마 몇 해 동안 은. 이건 견제 공격에 지나지 않아. 이제 그것에 대한 환상을 품어서는 안 돼. 만약 오늘 돌격으로 하나를 확보한다면 어떻 게 될까? 이것은 아군의 최초 대공격전이지. 균형 감각을 잃 지 마. 하지만 만약 우리가 이 산을 점령해야 한다면 어쩌지? 흥분하지 마, 하고 그는 스스로를 타일렀다. 도로 위로 무엇이 올라갔는지 기억해. 그 일에 대해서 네가 할 수 있는 최선을 다했지. 하지만 우리에겐 휴대용 단파 무전기가 필요해. 시간 이 지나면 갖게 되겠지만. 하지만 지금은 없잖아. 이제는 그저 망이나 보면서 할 일이나 하면 돼.

오늘이라는 하루는 앞으로 다가올 수많은 날 중 하루에 지 나지 않아. 하지만 앞으로 다가올 많은 날은 오늘 네가 하는 일에 따라 결정되거든. 올해는 뭐든지 그런 식이었지. 그런 일 이 여러 번 있었어. 이 전쟁 내내 그 모양이었어. 넌 이른 아침부터 거만을 떨고 있구나, 하고 그는 스스로에게 말했다. 지금 일어나고 있는 일을 잘 지켜봐.

담요 외투를 입고 철모를 쓴 사나이 둘이 총을 어깨에 메고 도로 모퉁이를 돌아 다리 쪽으로 걸어가는 것이 보였다. 한 명은 저쪽 다리 끄트머리에서 걸음을 멈추더니 초소 쪽으로 사라졌다. 다른 한 명은 무거운 걸음걸이로 천천히 다리를 건너기 시작했다. 다리에서 걸음을 멈추고 골짜기 아래로 침을 뱉고는, 다시 어슬렁어슬렁 이쪽 다릿목까지 걸어갔다. 그곳에 있던 다른 보초가 그에게 뭐라고 말하더니 다리 저쪽으로 건너가기 시작했다. 교대를 한 보초는 먼저 사나이보다 빠른 걸음으로 걸어갔다.(커피가 마시고 싶은 모양이지, 하고 로버트 조던은 생각했다.) 그러나 이 녀석도 역시 골짜기 아래로 침을 뱉었다.

저것도 무슨 미신일까? 하고 로버트 조던은 생각했다. 나도 저기서 골짜기 아래로 침을 뱉어야 할지 모르겠군. 그때 가서 침이 나온다면 말이야. 아니, 그러면 안 돼. 그게 무슨 특별한 효험이 있을 리 없어. 아무 소용 없는 짓일 거야. 저기까지 가기 전에 그게 소용이 없다는 걸 입증해야 해.

새로 교대한 보초는 초소 안에 들어가 앉았다. 총검이 꽂힌 그의 총은 벽에 기대 세워 놓았다. 로버트 조던은 셔츠 주머니에서 쌍안경을 꺼내 이쪽 다리 끝의 회색 페인트칠을 한 금속이 뚜렷하게 보일 때까지 렌즈를 돌렸다. 그리고 나서 쌍안경을 초소 쪽으로 돌렸다.

보초는 벽에 기대어 앉아 있었다. 철모를 벗어 못에 걸어 놓아서 그의 얼굴이 똑똑히 보였다. 로버트 조던은 그가 이틀 전에 오후 당번을 섰던 바로 그 사나이라는 것을 알아차렸다. 그는 요전 날과 같이 털실로 짠 차양이 없는 모자를 쓰고 있었다. 그리고 수염을 깎지 않고 있었다. 두 뺨은 움푹 꺼져 광대뼈가 불룩 튀어나와 있었다. 짙은 눈썹이 한가운데서 거의 맞붙어 있었다. 그는 졸려 죽겠다는 표정을 짓더니 로버트 조던이 보고 있는 동안 하품을 했다. 그리고 담배쌈지와 종이 뭉치를 꺼내 담배를 말기 시작했다. 라이터를 켜려고 한참 애쓰다가 주머니에 집어넣고 화롯가로 가서 몸을 굽혀 난로를 헤치고 숯불 한 덩어리를 집어 들고는 후후 불면서 담배에 불을 붙인 뒤 숯 덩어리를 난로 속에 내던졌다.

로버트 조던은 벽에 기대어 담배를 피우는 보초의 얼굴을 차이스 8배 쌍안경을 통해 똑똑히 보았다. 그러고 나서 쌍안경을 내리고 접어 주머니에 집어넣었다

이제 두 번 다시는 놈을 보고 싶지 않아, 하고 그는 스스로에게 말했다.

그는 그곳에 엎드려 도로를 감시하면서 더 이상 아무 생각도 하지 않으려고 했다. 아래쪽 소나무에서 다람쥐 한 마리가 찍찍거렸고, 로버트 조던이 바라보자 다람쥐는 나무줄기를 타고 아래로 내려오다가 도중에 멈추고 고개를 돌려 그를 바라보았다. 그는 조그마한 다람쥐의 반짝이는 두 눈과 흥분한 탓에 간들간들 움직이는 꼬리를 지켜보았다. 마침내 다람쥐는 꼬리를 재게 움직이면서 갸름하고 조그마한 발로 땅바닥에 뛰어내리더니 다른 나무로 건너갔다. 나무줄기에 올라간 다람쥐는 다시 한 번 로버트 조던 쪽을 돌아다보고는 줄기

뒤로 돌아 사라졌다. 얼마 뒤 로버트 조던은 높은 소나무 가지 위에서 다람쥐가 찍찍거리는 소리를 들었고, 나뭇가지에 납작 달라붙어 꼬리를 간들거리는 것을 보았다.

로버트 조던은 소나무 사이로 다시 한 번 초소를 내려다보았다. 다람쥐를 잡아 주머니에 넣어 두고 싶었다. 만질 수 있는 것이라면 모조리 갖고 싶었다. 팔꿈치를 솔잎에 문질러 보았지만 느낌이 전과 같지 않았다. 사람이 이런 처지에 놓여 있을 때 얼마나 외로운지 아무도 몰라. 하지만 난 알지. 그 '귀여운 토끼'가 이 전투를 무사히 피할 수 있으면 좋겠는데. 이제 그 생각일랑 그만둬라. 그래, 그만두는 게 좋아. 하지만 그렇게 되기를 바랄 순 있겠지. 또 실제로 그렇게 되기를 바라고 있어. 내가 다리를 훌륭히 폭파하고, 그녀가 무사히 탈출하게 되기를. 좋아. 확실히 그렇게 될 수 있고말고. 그뿐이야. 지금 내가 바라는 것은 오직 그것뿐이야.

그는 그곳에 누워 도로와 초소에서 눈을 돌려 저 멀리 산을 바라보았다. 이제 아무 생각도 하지 말자, 하고 그는 스스로를 타일렀다. 가만히 누운 채 아침이 다가오는 것을 지켜보았다. 아름다운 초여름 아침이었고 5월 하순이라 날이 아주 일찍 밝아 왔다. 한번은 가죽 외투를 입고 가죽 헬멧을 쓰고 왼 다리 옆에 자동소총을 넣은 총집을 차고 오토바이를 탄 사나이 하나가 다리를 건너 도로 위쪽으로 올라갔다. 또 한번은 앰뷸런스 한 대가 다리를 건너서 그의 아래를 지나 도로 위쪽으로 올라갔다. 그러나 그것이 전부였다. 그는 소나무 향기를 맡았고, 산길의 물소리를 들었으며, 다리는 벌써 아침 햇빛 속에 뚜렷하고 아름다운 모습을 드러냈다. 그는 여전히 소나무 뒤에 누워 있었고 경기관총을 왼팔 위에 올려놓은 뒤로는 한 번도 초소 쪽을 바라보지 않았다. 마침내 아무 일도 일어나지 않을 것만 같은 오랜 시간이 지난 뒤, 그처럼 아름다운 5월 아침에는 어떤 일도 일어나지 않을 것만 같은 오랜 시간이 지난 뒤, 갑작스럽게 폭탄이 한꺼번에 터지는 소리가 들려왔다.

폭탄이 터지는 최초의 폭음을 듣고 그 울림이 우레처럼 산에서 울려오기 전에 로버트 조던은 심호흡을 하고 경기관총을 놓아둔 자리에서 집어 올렸다. 그 무게 때문에 팔이 저렸고, 마음이 내키지 않아서인지 손가락도 둔했다.

폭음을 듣자 보초도 자리에서 벌떡 일어섰다. 로버트 조던은 보초가 소총을 손에 들고 귀를 기울이면서 초소 밖으로 뛰어나오는 것을 보았다. 그는 아침 햇살을 받으며 도로에 서 있었다. 털실로 짠 모자가 머리 한쪽에 얹혀 있었고, 비행기들이 폭격을 퍼붓는 하늘을 올려다보자 수염이 텁수룩한 얼굴 위로 햇빛이 쏟아졌다.

이제 도로에는 안개가 말끔히 걷혔고, 하늘을 올려다보며 도로에 서 있는 사나이의 모습이 로버트 조던에게 뚜렷이 보였다. 햇빛은 나무 사이로 그를 환히 내리비추고 있었다.

로버트 조던은 철사 줄로 가슴을 졸라맨 것처럼 호흡이 가빠지는 것을 느꼈다. 팔꿈치를 고정하고 앞쪽 손잡이의 잘록 들어간 데를 손가락으로 느끼면서 장방형의 가늠쇠를 맞추고 뒤쪽의 장방형 가늠자를 그 사나이의 가슴 한복판을 향해 겨누고는 가만히 방아쇠를 당겼다.

그는 빠르고 우아하면서도 경련을 일으키는 듯한 기관총의 반동을 어깨에 느꼈고, 도로에 서 있던 사나이는 총알을 맞고 깜짝 놀란 표정으로 무릎을 꿇고 앞쪽으로 넘어지더니 길바닥에 이마를 처박고 고꾸라졌다. 보초가 들고 있던 총이 그의 옆에 떨어졌는데, 손목이 앞으로 겹쳐지고 손가락 하나가 방아쇠 고리에 걸려 있었다. 총은 총검이 앞으로 향한 채 길바닥에 내동댕이쳐졌다. 로버트 조던은 도로에 머리를 박고 쓰러져 있는 사나이에게서 눈을 돌려 다리와 반대쪽에 있는 초소를 바라보았다. 다른 보초의 모습이 보이지 않았기 때문에 그는 아구스틴이 숨어 있는 오른쪽 산비탈 아래쪽을 바라보았다. 그때 안셀모가 사격하는 소리가 들려오고 총성은 산골짜기에서 메아리쳐 되돌아왔다. 이어서 노인이 또 한 번 총을 쏘는 소리가 들렸다.

두 번째 총성과 함께 다리 아래쪽 모퉁이에서 수류탄이 터지는 소리가 요란하게 들려왔다. 곧이어 왼쪽 훨씬 높은 도로에서도 수류탄이 터지는 소리가 들렸다. 또 계속해서 도로 위쪽에서 총성이 들렸고, 아래쪽에서도 파블로의 기병대가 쏘는 자동소총의 따다닥거리는 소리가 수류탄 소리에 섞여 들려왔다. 안셀모가 저쪽 다리 끄트머리를 향해 험준한 낭떠러지를 기어 내려가는 것이 보였다. 조던은 경기관총을 어깨에 메고 소나무 뒤에 놓아두었던 무거운 배낭 두 개를 한 손에 하나씩 들었는데 어찌나 무거운지 어깨가 빠지는 것만 같았다. 그는 몸을 앞으로 숙이고 험한 비탈을 구르듯이 도로를 향해 뛰어 내려갔다.

그가 달려갈 때 뒤쪽에서 아구스틴이 외치는 소리가 들렸다. "부에나 카사, 잉글레스. 부에나 카사!(기가 막힌 사냥인데, 영국 양반. 기가 막힌 사냥이야!)" 그도 마음속으로 생각했다. 정말로 멋진 사냥이고말고! 멋진 사냥이야! 바로 그때 그는 안셀모가 저쪽 다리 끝에서 쏜 총알이 철교의 들보에 맞아 쨍그랑 하고 울리는 소리를 들었다. 그는 짐을 흔들거리며 보초가 쓰러져 있는 초소 옆을 지나 다리에 이르렀다.

노인이 카빈총을 한 손에 들고 그를 향해 달려왔다. "신 노베다드.(실수하지 않았어.) 투베 케 레마타를로.(죽일 수밖에 없었어.)" 그가 소리쳤다.

로버트 조던은 다리 한복판에 꿇어앉아 배낭을 열면서 눈물이 안셀모의 뺨을 타고 내려 반백의 수염에 흘러 떨어지는 것을 보았다.

"요 마테 우노 탐비엔.(나도 한 놈 죽였죠.)" 그가 안셀모에게 말하고는 다리 끝 도로에 몸을 꼽추처럼 구부리고 쓰러져 있는 보초 쪽을 머리로 가리켰다.

"그랬군, 음, 그랬어. 우린 놈들을 죽여야 하기 때문에 죽인 거고, 또 앞으로도 죽일 거야." 안셀모가 말했다.

로버트 조던은 다리의 골조로 기어 내려갔다. 두 손에 닿는 철판은 이슬에 젖어 축축했고 싸늘하게 느껴졌다. 그는 다리의 트러스에 몸을 꼭 붙이고 등에 햇볕을 느끼며 발밑에서 굽이치는 물소리와 도로 위쪽 초소에서 들려오는 요란한 총성을 들으면서 조심스럽게 기어 내려갔다. 구슬 같은 땀이 뚝뚝 흘러내렸지만 다리 밑은 싸늘했다. 한쪽 팔에 철사 타래를 걸치고 손목에는 가죽끈에 매단 펜치 한 자루를 매달고 있었다.

"비에호(영감님), 한 번에 하나씩 짐을 내려 주세요."그가 위에 있는 안셀모에게 소리를 질렀다. 노인은 다리 가장자리에서 몸을 쑥 내밀고 장방형 폭약 덩어리를 내려 주었고, 로버트 조던은 손을 내밀어 그것을 받아 원하는 곳에 밀어 넣고 꼭 채우고 비끄러매면서 "쐐기요, 비에호!(영감님!) 쐐기를 줘요!"하고 외쳤다. 그리고 막 깎은 쐐기의 싱싱한 나무 향기를 맡으며 폭약이 빠지지 않도록 들보 사이에 쐐기를 꽉 박았다.

그가 폭파 말고는 아무 생각없이 폭약을 설치하고 고정시키고 쐐기를 박아 철사로 단단히 묶으면서 외과의사가 수술을 하듯 재빨리 기술적으로 작업을 하는 동안, 도로 아래쪽에서 따다닥거리는 총성이 들려왔다. 뒤이어 수류탄이 터지는 소리가 들려왔다. 그러고 나서 또 다른 수류탄이 쾅 하고 터지는 소리가 시끄럽게 흐르는 물소리에 묻히지 않고 들렸다. 그러더니 그쪽 방향은 조용해졌다.

"제기랄! 도대체 뭐가 그들을 공격한 거야?"그가 혼잣말을 했다.

위쪽 초소에서는 아직도 총소리가 계속되고 있었다. 빌어먹을, 너무 엄청난 총성이 아닌가. 그는 묶어 놓은 폭약 덩어리 위에 수류탄 두 개를 나란히 놓고 철사로 톱니처럼 우툴두툴한 부분을 둘둘 감아서 펜치로 비틀어 꼭 조였다. 그리고 전체를 만져 보고 나서 더욱 단단하게 하기 위해 철판에 맞대어 폭약 전체를 꼭 막고 있는 수류탄 위에 쐐기 하나를 더 박았다.

"이제 다음에는 저쪽이요, 비에호.(영감님.)"그가 위쪽에 있는 안셀모에게 소리를 지르고는 마치 철판의 숲 사이를 빠져나가는 그 대단한 타잔처럼 교각 사이로 다리를 가로질러 기어갔다. 아래쪽으로 개울물이 흘러 떨어지는 가운데 어두컴컴한 속을 빠져나가 위쪽을 쳐다보니 그에게 폭약 꾸러미를 내려 주는 안셀모의 얼굴이 보였다. 참으로 근사한 얼굴이야, 하고 그는 생각했다. 이제는 울지 않는군. 결국은 참 잘된 일이야. 이제 한쪽 일은 끝났어. 이쪽만 해치우면 우리 일은 모두 끝나는 거야. 이 다리는 멋지게 내려앉고 말 거야. 자. 흥분해선 안 돼. 어서 하라니까. 마지막으로 깨끗하게 얼른 해치우는 거야. 실수해선 안 돼. 시간을 갖고 천천히 해. 네 능력 이상으로 너무 빨리 하려고 서둘지 마. 이젠 잃을 게 없으니까. 이젠 어느 누구도 한쪽 다리를 폭파하는 걸 중단시킬 수 없거든. 계획한 대로 척척 잘 진행되고 있어. 빌어먹을, 여긴 포도주 창고처럼 서늘하군. 게다가 배설물도 없어. 보통 돌다리 밑에서 일하면 으레 배설물 같은 게 많은 법인데. 그야말로 꿈의 다리야. 정말로 환상적인 다리라고. 위험한 위치에 있는 건 위쪽에 있는 영감이지. 네 능력 이상으로 서두르지 마. 위쪽 사격이 빨리 끝나면 좋겠는데. "비에호(영감님), 쐐기를 줘요." 그쪽 사격 소리가 아무래도 마음에 걸리는군. 그쪽에 있는 필라르가 곤경에 빠진 거야. 틀림없이 초소에서 몇 놈이 나와서 대항하는 거겠지. 뒤쪽에서 나와서 말이지. 그렇잖으면 제재소 뒤쪽에서 나왔거나. 아직도 총성이 들리는군. 그렇다면 제재소 안에 누가 있다는 증거야. 그 빌어먹을 놈의 톱밥! 산더미처럼 쌓여 있는 톱밥. 오래돼서 굳을 대로 굳어 버린 톱밥은 뒤에 숨어서 싸우기엔 안성맞춤이거든. 적은 아직도 몇 놈 더 있는 게 틀림없어. 저 아래 파블로 쪽은 쥐죽은 듯 고요하군. 두 번째 폭발, 그건 도대체 무엇 때문이었을까. 자동차나 오토바이를 탄 녀석이었는지도 몰라. 하느님, 제발 놈들의 장갑차나 탱크가 올라오지 않도록 해 주옵소서. 자, 어서 하자. 되도록 빨리 집어넣고 쐐기를 박고 빨리 비끄러매. 아니, 손이 빌어먹을 여편네처럼 떨리잖아. 도대체 어찌 된 거냐? 넌 지금 너무 빨리 해치우려고 서두르고 있어. 저 길 위쪽에 있는 빌어먹을 여자도 떨고 있지는 않을걸. 필라르 말이야. 아니, 어쩌면 그 여자도 떨고 있을지 모르지. 아무래도 궁지에 몰려 있는 것 같은데. 그런 상황이라면 아무리 그 여자라도 떨릴 테지. 누구나처럼 말이야.

그는 위쪽 햇빛 속으로 몸을 내밀었고, 손을 뻗어 안셀모가 내미는 짐을 받으려는 동안 그의 머리는 이제 시끄러운 소리를 내며 떨어지는 물 위쪽으로 올라와 있었으며, 도로 위쪽에서는 총소리가 한결 날카롭게 들리더니 또다시 수류탄이 터지는 소리가 들렸다. 그 뒤로 더 많은 수류탄이 터지는 소리가 들렸다.

"그렇다면 제재소로 돌격한 거야."

폭약을 덩어리로 만들어 온 건 천만다행이었어, 하고 그는 생각했다. 막대기 모양 대신에 말이야. 뭐야, 제기랄! 모양이 좀 더 산뜻할 뿐이잖아. 하기야 디러운 캔버스 천 자루에 젤리같이 흐물흐물한 걸 가득 쑤셔 넣는 편이 훨씬 빠르긴 하지. 캔버스 천 부대 두 개면 충분해. 아니, 하나로도 충분할지 몰

라. 그 기폭 장치와 귀중한 폭발 장치만 있었다면 얼마나 좋았을까. 그 망할 놈의 개새끼가 내 기폭 장치를 강물에 던져 버렸어. 그 귀중한 상자, 그리고 그것이 있던 장소들. 그놈이 바로 이 강물 속에 던져 버렸어. 개자식 파블로 놈. 지금 저 아래에서는 그놈 때문에 곤욕을 치르고 있군. "비에호(영감님), 쐐기를 더 주세요."

노인은 아주 훌륭하게 해내고 있어. 위쪽, 안성맞춤인 장소에서. 영감은 보초를 쏘기가 싫었던 거야. 물론 나도 싫었지만 그런 걸 생각할 여유가 없었지. 지금도 그것에 대해서는 생각하고 있지 않아. 넌 꼭 그렇게 했어야 했지. 하지만 그때 안셀모는 기가 죽고 말았던 거야. 기가 죽는다는 것에 대해서는 나도 잘 알지. 자동화기로 사람을 죽이는 게 한결 수월하지. 죽이는 쪽으로 보면 말이야. 바로 그 점이 다르지. 일단 손만 갖다 대면 나머지 일은 기계가 다 알아서 해 주니까. 네가 하는 것이 아니지. 다른 때를 위해 그것을 아껴 두시지. 너와 네 머리통 말이야. 넌 정말이지 잘 돌아가는 머리를 가졌군, 조던. 달려라 조던, 달려! 축구 시합에서 공을 몰고 달릴 때 모두 그렇게 응원했지. 조던, 네 녀석은 저 아래 흐르는 개울물보다 몸집이 크지 않다는 걸 알고 있나? 이 개울의 수원지에서 그렇다는 말이겠지. 수원지에서는 무엇이나 다 그렇겠지. 여기는 다리 밑이야. 고향에서 멀리 떨어진 집이야. 자, 힘을 내, 조던. 심각한 문제야, 조던. 모르겠어? 심각한 문제지. 그 어느 때도 지금처럼 심각한 적은 없었지. 반대쪽을 봐. 파라 케?(무엇 때문에?) 이제 이 다리야 어떻게 되든 괜찮아. 메인 주가 가

면 미국 전체가 가는 법.* 요르단 강**이 가면 빌어먹을 이스라
엘 백성도 가지. 다리를 두고 하는 말이지. 조던이 가면 이 끔
찍한 다리도 가는 거고. 사실은 그 반대지만 말이야.

"안셀모 영감님, 그 걸 좀 더 줘요." 그가 소리쳤다. 그러자
노인이 고개를 끄덕였다. "이젠 거의 끝나 갑니다." 로버트 조
던이 말했다. 노인은 다시 고개를 끄덕였다.

수류탄을 철사로 다 비끄러맸을 때 도로 위쪽의 총성은 더
이상 들리지 않았다. 그러다가 갑자기 그는 오직 시끄러운 물
소리만을 들으며 작업하고 있었다. 아래쪽을 내려다보니 둥
근 바위 사이에서 물이 끓는 듯 흰 거품을 일으키다가 조약돌
이 있는 맑은 여울로 떨어지는 것이 보였고, 그가 떨어뜨린 쐐
기 하나가 여울의 급류 속에 맴돌고 있었다. 이렇게 바라보고
있으려니 송어 한 마리가 벌레를 잡으려고 훌쩍 뛰어올라 그
조그마한 나뭇조각이 빙빙 돌고 있는 바로 옆 수면에 둥그런
원을 그렸다. 펜치로 철사를 비틀어 수류탄 두 개를 꼭 비끄러
매면서 그는 다리 철판 사이로 푸른 산비탈이 햇빛에 반짝이
는 것을 보았다. 사흘 전만 해도 갈색이었다는 생각이 들었다.

다리 아래 서늘한 어둠 속에서 그는 밝은 햇빛 속으로 몸을
내밀고 아래를 굽어보는 안셀모의 얼굴을 향해 소리를 질렀
다. "커다란 철사 타래를 내려 줘요."

그러자 노인은 그것을 내려 주었다.

---

* 미국 정치에서 유행하던 구절로 대통령 선거 때 메인 주에서 승리하면 다
른 지역에서도 승리할 가능성이 높다는 뜻이다.
** 서아시아 요르단 서쪽을 흐르는 강. 조던(Jordan)과 표기가 같다.

제발 이 철사가 풀어지지 않기를. 이 철사로 잡아당기고 있으니까. 모자라지 않도록 넉넉하게 동여매졌으면 좋겠는데. 하지만 지금 네가 쓴 길이라면 충분할 거야, 하고 로버트 조던은 수류탄 위쪽 레버를 풀어 줄 고리를 고정시키는 안전핀을 손으로 더듬어 보면서 생각했다. 양쪽 옆을 묶은 수류탄에서 안전핀을 뽑을 때 레버가 튀어 나갈 공간이 있는지 살펴봤다.(수류탄을 묶은 철사는 레버 밑을 통과하고 있었다.) 그러고 나서 그는 고리 하나에 적당한 길이의 철사를 매고 그것을 바깥쪽 수류탄의 고리로 이어지는 주요 전선에 연결했다. 그런 뒤 그 철사 타래에서 느슨하게 된 부분을 잡아당겨 강철 기둥 주위로 통과시켜 그 철사 타래를 위쪽에 있는 안셀모에게 올려 주었다. "조심해서 붙잡고 있어요." 그가 말했다.

조던은 다리 위로 기어 올라가 노인한테서 철사 타래를 받아 들고 재빨리 철사를 풀면서 보초가 쓰러져 있는 길 쪽으로 뒷걸음쳐 가서 다리 옆쪽으로 몸을 굽혀 아래를 내려다보면서 걸어 나갔다.

"배낭을 갖고 오세요." 그가 뒷걸음치면서 안셀모에게 소리쳤다. 지나가면서 허리를 굽혀 경기관총을 집어 들고 다시 어깨에 걸쳐 멨다.

바로 그때 철사를 풀면서 올려다보니 저 위쪽 도로에 있는 초소를 공격하러 갔던 대원들이 돌아오는 것이 보였다.

네 명이 보였다. 그러는 사이 그는 철사가 다리의 바깥쪽 난간 철재에 걸리지 않도록 조심해야 했다. 그런데 일행 속에 있어야 할 엘라디오가 보이지 않았다.

로버트 조던은 철사가 다른 곳에 걸리지 않도록 다리 끝까지 끌고 가 마지막 받침대에 한 바퀴 돌리고 거기서 다음 도로를 따라 달려가 마침내 한 표석 옆에서 걸음을 멈추었다. 그곳에서 철사를 끊고 안셀모에게 건네주었다.

"비에호(영감님), 이걸 쥐고 있어요. 자, 이제 나와 함께 다시 다리로 걸어갑시다. 영감님은 걸어가면서 그것을 들어 올려요. 아뇨, 내가 하죠." 그가 말했다.

그는 다리에서 똑바로 수류탄의 고리까지 아무것에도 걸리지 않게 뻗어 있도록 매듭지은 고리 사이로 철사를 다시 끌어낸 뒤 다리를 따라 펼쳐 아무것에도 걸리지 않는 철사를 안셀모에게 건네주었다.

"이것을 갖고 저 높은 돌 있는 데까지 돌아가십시오. 가볍게, 그러나 단단히 잡아야 합니다. 힘을 주지 말고요. 세게, 세게 당기다간 그만 다리가 날아가 버릴 테니까요. 콤프렌데스?(알겠어요?)"

"응."

"부드럽게 다루세요. 하지만 너무 늘어져서 엉키게 해서도 안 돼요. 가볍게 꼭 쥐는 거요. 당길 때가 올 때까지 당겨선 안 됩니다. 콤프렌데스?(알겠어요?)"

"응."

"잡아당겨야 할 땐 힘껏 당기는 거예요. 살며시 당겨서는 안 돼요."

로버트 조던은 이렇게 말하면서 도로 위쪽을 올려다보며 필라르 일행의 생존자를 살폈다. 그들은 벌써 가까이 다가와 있었는데, 프리미티보와 라파엘이 페르난도를 부축하고 있었다. 양쪽에서 어른과 젊은이의 부축을 받으며 사타구니를 움켜쥐고 있는 걸 보니 그곳에 총을 맞은 모양이었다. 두 사람의 부축을 받으며 그는 오른쪽 다리를 질질 끌고 있었고, 신발 바닥이 도로에 스치고 있었다. 필라르는 소총 세 자루를 들고 강둑을 기어올라 숲속으로 들어갔다. 로버트 조던에게는 그녀의 얼굴이 보이지 않았지만, 그녀는 머리를 쳐들고 안간힘을 다해 기어오르고 있었다.

"어떻게 됐어요?" 프리미티보가 큰 소리로 물었다.

"잘됐어. 조금만 있으면 끝날 거야." 로버트 조던이 소리쳐 대답했다.

그들이 한 일에 대해서는 물어볼 필요가 없었다. 그가 한눈을 파는 사이 세 사람은 도로 가장자리까지 와 있었고, 사람들이 부축해 강둑 위쪽으로 오르게 하려 하자 페르난도는 고개를 내저었다.

"내게 총을 줘." 로버트 조던의 귀에 목멘 소리로 헐떡거리며 그가 하는 말이 들렸다.

"안 돼, 옴브레.(이 사람아.) 당신을 말 있는 데까지 데리고 갈 거라고."

"내게 말이 무슨 소용이 있어? 난 이곳이 아주 좋아." 페르난도가 대꾸했다.

로버트 조던은 안셀모에게 말을 하고 있었기 때문에 다른 사람들이 뭐라고 말하는지 잘 알아들을 수 없었다.

"탱크들이 오거든 폭파해요. 하지만 다리 위까지 오기 전에는 절대로 폭파시켜선 안 돼요. 장갑차들이 와도 해치워요. 다리 위까지 오거든 말이죠. 나머지 것들은 모두 파블로가 막을 테니까요."

"당신이 다리 밑에 있는 한 난 폭파시키지 않을 거야."

"내 걱정은 하지 마요. 필요할 때 폭파하는 겁니다. 다른 철사를 고정시키고 돌아오겠습니다. 그러고서 함께 폭파하기로 해요."

그는 다리 한복판으로 달려가기 시작했다.

안셀모는 로버트 조던이 철사 타래를 팔에 걸고 한쪽 손목에 펜치를 늘어뜨리고 경기관총을 어깨에 걸치고 다리 쪽으로 달려가는 것을 보았다. 그는 다리 난간 아래로 기어 내려가 곧 자취를 감추었다. 안셀모는 철사를 오른손에 쥐고 표석 뒤에 웅크리고 앉아 도로 아래와 다리 너머를 내려다보았다. 그가 있는 곳과 다리의 중간 지점에 아까 그 보초가 쓰러져 있었다. 지금은 도로에 좀 더 가깝게, 햇빛이 그의 등에 내리비쳐 부드러운 도로 표면에 찰싹 달라붙어 있는 것처럼 보였다. 길 위에 내동댕이쳐진 총검이 꽂힌 총은 똑바로 안셀모를 겨누고 있었다. 노인은 보초의 시체를 지나 난간이 그늘을 드리운 다리 표면을 따라 도로가 골짜기를 따라 왼쪽으로 꼬부라졌다가 다시 바위 너머로 사라지는 곳으로 시선을 옮겼다. 햇빛이 비치는 건너편 초소를 바라본 뒤 손에 쥐고 있는 철사를 의식하고는 페르난도가 프리미티보와 집시에게 말을 건네고 있는 쪽으로 고개를 돌렸다.

"날 여기 그냥 내버려 둬. 부상이 너무 심하고 내출혈이 많아.

346

움직이면 속에서 그게 느껴진다니까." 페르난도가 말했다.

"우선 저 비탈 위까지 데리고 갈 거예요. 자, 그러니 두 팔로 우리 어깨를 껴안아요. 우리가 다리를 들고 갈 테니까." 프리미티보가 대꾸했다.

"아무 소용 없어. 이 바위 뒤에 그냥 내려놔 줘. 여기 있으면 위에 있는 것처럼 어딘가 쓸모가 있을 거야." 페르난도가 말했다.

"하지만 우리가 가 버리고 나면……." 프리미티보가 대꾸했다.

"여기 두고 가. 이런 부상을 입고 길을 떠나는 건 불가능해. 그러면 말 한 마리가 남잖아. 여기가 훨씬 좋아. 틀림없이 놈들이 곧 올 거야." 페르난도가 말했다.

"저 산 위까지 데리고 갈게요. 그건 그다지 어렵지 않아요." 집시가 말했다

프리미티보도 마찬가지였지만, 집시가 서둘러 이곳을 빠져나가고 싶어 하는 건 당연했다. 그런데도 그들은 그를 여기까지 데리고 왔던 것이다.

"안 돼. 난 여기 남아 있는 게 좋겠어. 엘라디오는 도대체 어떻게 된 거야?" 페르난도가 물었다.

집시는 엘라디오가 어디를 총에 맞았는지 보여 주려고 손가락으로 자기 머리를 가리켰다.

"여기. 당신이 당한 뒤였어요. 우리가 돌격했을 때였죠." 그가 말했다.

"나를 두고 가." 페르난도가 되풀이해 말했다. 그의 고통이

얼마나 심한지 안셀모도 알 수 있었다. 두 손으로 사타구니를 움켜쥐고, 양쪽 다리를 앞으로 쭉 뻗고 등을 강둑에 기대고 있었다. 그의 얼굴은 잿빛이 되어 땀을 줄줄 흘렸다.

"제발 부탁이니, 나를 여기 남겨 둬." 그가 말했다. 고통을 느끼며 두 눈을 감고 입술은 경련을 일으켰다. "여기 있으면 아주 마음이 편하니까."

"그럼 여기에 소총과 탄알을 두고 가겠어요." 프리미티보가 말했다.

"내 거야?" 눈을 감은 채 페르난도가 물었다.

"아뇨, 아저씨 것은 필라르가 갖고 있어요. 이건 내 거예요." 프리미티보가 대답했다.

"내 총이 더 좋은데. 손에 익어서 말이야." 페르난도가 말했다.

"그럼 내가 갖다줄게요. 그러니 그때까지만 이걸 갖고 있어요." 집시가 그에게 거짓말을 했다.

"내가 있을 장소치곤 너무 좋은데." 페르난도가 말을 이었다. "도로 위쪽으로 올라오는 놈을 위해서도, 다리를 지키는 데도 말이야." 그는 두 눈을 뜨고 고개를 돌려 다리 건너를 바라보더니 고통이 닥쳐오자 또다시 눈을 감았다.

집시는 그의 머리를 가볍게 어루만져 주고는 엄지손가락으로 프리미티보에게 이제 그만 가자고 신호를 보냈다.

"그럼 나중에 내려올게." 프리미티보가 이렇게 말하고 벌써 빠른 걸음으로 산비탈을 오르고 있는 집시의 뒤를 따랐다.

페르난도는 강둑에 등을 기대고 있었다. 그의 앞쪽에는 도로의 가장자리를 표시하는 하얗게 칠한 돌이 하나 있었다. 얼굴은 그늘 속에 있었지만 붕대로 임시로 틀어막아 감은 상처와 상처를 누르고 있는 손에 햇볕이 내리쬐었다. 두 다리와 발도 햇볕에 드러나 있었다. 소총이 그의 옆에 놓여 있고, 탄알의 탄창 세 개가 총 옆에서 햇빛을 받아 반짝였다. 파리 한 마리가 손등에 앉았지만 고통 때문에 간지러운 느낌은 조금도 없었다.

"페르난도!" 안셀모가 철사를 쥐고 쭈그리고 앉은 채 그에게 소리를 질렀다. 그는 철사 끝을 동그랗게 고리처럼 감아서 주먹에 잡을 수 있도록 꼬아 놓았다.

"페르난도!" 그가 다시 한 번 불렀다.

페르난도는 눈을 뜨고 그를 쳐다보았다.

"잘돼 가요?" 페르난도가 물었다.

"썩 잘돼 가. 좀 있으면 다리를 폭파할 거야." 안셀모가 대답했다.

"그럼 안심이군요. 뭐든 내가 할 수 있는 일이 있으면 알려 줘요." 페르난도가 이렇게 말하고 다시 눈을 감았다. 또다시 고통이 닥쳐왔기 때문이다.

안셀모는 그에게서 눈을 돌려 다리 쪽을 쳐다보았다.

그는 철사 타래가 다리 위로 먼저 올라오고 곧이어 잉글레스가 다리 옆쪽에서 올라와 햇볕에 탄 머리와 얼굴을 내밀기를 조심스럽게 기다렸다. 그와 동시에 저쪽 길모퉁이에서 뭔가 나타나지 않나 하고 그쪽도 살폈다. 이제 그는 조금도 두려울 것이 없었고, 하루 종일 두려웠던 적도 없었다. 모든 일이 아주 신속하게 예정대로 잘 진행되고 있군, 하고 그는 생각했다. 보초를 해치우는 것은 싫었지. 그 때문에 감정이 격해졌지만 이제는 그 감정도 사라졌어. 어째서 저 잉글레스 양반은 사람을 쏘는 게 짐승을 쏘는 것과 비슷하다고 말할 수 있었을까? 사냥할 때면 나는 언제나 가슴이 뿌듯하고 조금도 나쁜 짓을 한다는 느낌이 들지 않았지. 하지만 사람을 쏴 죽인다는 것은 어른이 다 되어 자기 형제를 후려갈기는 것과 같은 심정이거든. 그리고 사람을 쏘는 건 대개의 경우 사람을 죽이는 게 아닌가. 아니, 그런 생각은 그만두기로 하자. 그런 것을 생각하니까 감정이 격해져 여자처럼 울면서 다리를 달려간 것이 아니었던가.

이제 이 일은 모두 끝났어, 하고 그는 혼잣말을 했다. 그리고 넌 다른 일과 마찬가지로 그 일에 대해서도 속죄하려고 할지도 몰라. 하지만 어젯밤 산을 넘어 돌아오는 길에 바라던 것을 이제 이루지 않았는가. 지금 전투 중에 있고, 이제 아무런 문제도 없어. 오늘 아침 이곳에서 죽는다 해도 괜찮아.

그러고서 강둑에 등을 기대고 누워 두 손으로 사타구니를 누르고 입술이 파래지고 두 눈은 꼭 감고 헐떡이며 숨을 쉬고 있는 페르난도를 바라보면서 그는 이렇게 생각했다. 내가 죽음을 맞이할 때는 빨리 숨을 거뒀으면 좋겠는걸. 아니, 난 오늘 전투를 위해 필요한 것을 이루면 그 밖의 것은 아무것도 바라지 않는다고 말하지 않았던가. 그러니 더 이상은 바라지 않겠어. 알겠나? 아무것도 바라지 않는다고. 어떤 것도 말이지. 내가 바라는 것을 준다면, 그 나머지 모든 일은 분수에 맡기겠어.

그는 저 멀리 산길에서 들려오는 전투 소리에 귀를 기울이며 스스로에게 말했다. 정말 오늘은 굉장한 날이군. 오늘이 어떤 날인지 명심해 둬야 하겠는걸.

그러나 그의 마음속은 아무런 자랑스러움도 흥분도 느낄 수 없었다. 모든 것이 사라지고 그저 고요만이 남았을 뿐이었다. 그리고 한 손에 철사 고리를 만들어 쥐고, 손목에 다른 고리를 걸고 표석 뒤쪽 도로의 자갈에 무릎을 꿇고 쭈그리고 앉아 있는 지금, 그는 쓸쓸하다거나 외롭다거나 하는 느낌마저 들지 않았다. 한 손에 쥐고 있는 철사와 한 몸이었고, 다리와 한 몸이었으며, 잉글레스 사람이 장치한 폭약과 한 몸일 뿐이었다. 또 아직도 다리 밑에서 작업하고 있는 잉글레스 사람과 한 몸이며, 모든 전투와 공화국과도 한 몸이었다.

그러나 거기에는 아무런 흥분도 없었다. 이제는 모든 것이 고요할 뿐 햇볕이 쭈그리고 있는 그의 목덜미와 어깨에 내리쬐고 있었다. 눈을 들면 구름 한 점 없는 높은 하늘과 개울 저쪽에 솟아 있는 산비탈이 보였다. 행복하지는 않지만 그렇다고 외롭거나 두렵지도 않았다.

산비탈 위쪽에서는 필라르가 나무 한 그루를 방패 삼아 산길에서 내려오는 도로를 지키고 있었다. 그녀는 탄알을 잰 소총 세 자루를 옆에 놓고 있었고, 프리미티보가 올라와 그녀 옆에 털썩 주저앉자 그에게 한 자루를 건네주었다.

"저쪽으로 내려가. 저 나무 뒤쪽으로 말이야." 그녀가 말했다. "집시, 넌 저쪽으로 가." 그녀는 아래쪽에 있는 또 다른 나무를 가리켰다. "페르난도는 죽었나?"

"아뇨. 아직은 죽지 않았어요." 프리미티보가 대꾸했다.

"운이 나빴어. 두 사람만 더 있었더라면 이런 일은 일어나지 않았을 텐데. 그는 톱밥 더미를 돌아 기어갔어야 했어. 지금 있는 곳에서는 괜찮은가?" 필라르가 말했다.

그러자 프리미티보는 고개를 가로저었다.

"잉글레스 양반이 다리를 폭파하면 파편이 이렇게 멀리 여기까지 날아올까요?" 집시가 불쑥 나무 뒤에서 물었다.

"몰라. 하지만 기관총을 갖고 있는 아구스틴 쪽이 너보다 더 가까워. 너무 가깝다고 생각했다면 잉글레스 양반이 그 사람을 거기에다 배치하지 않았을 거야."

"하지만 기차를 폭파할 때 기관차 램프가 내 머리 위를 스치고 날아가고 쇳조각이 제비 떼처럼 사방으로 흩어져 날던 게 기억나요."

"시적(詩的)인 기억력을 지니고 있군그래. 제비들 같았다? 호데르!(제기랄!) 그건 빨래 삶는 솥 같았어. 들어 봐, 집시, 오늘은 처신을 잘했어. 그러니 이제부터는 겁쟁이가 되지 않도록 해." 필라르가 말했다.

"그저 파편이 여기까지 멀리 날아오나 물어본 것뿐인데요. 나무 그늘에 잘 숨으려고요."

"그래, 꼭 숨어 있어. 우린 몇 놈이나 죽였지?" 필라르가 그에게 물었다.

"푸에스(그러니까) 우리가 다섯이었죠. 이쪽에 두 놈. 저쪽 다리 끝에 또 하나 보이지 않나요? 다리 쪽을 봐요. 초소 보이죠? 봐요! 보이잖아요?" 그가 손가락으로 가리켰다. "그리고 아래쪽 파블로 쪽은 여덟 놈. 난 잉글레스 양반을 위해 저 초소를 망보고 있었고요."

그러자 필라르가 투덜거렸다. 그러고서 갑자기 화를 내며 말했다. "저 잉글레스 양반은 도대체 어떻게 된 거야? 제기랄, 다리 밑에서 지금 뭘 하고 있는 거야? 바야 만당가!(왜 저렇게 꾸물거린담!) 지금 다리를 세우는 거야, 아니면 폭파를 하는 거야?"

그녀는 머리를 들어 표석 뒤에 쭈그리고 있는 안셀모를 내려다보았다.

"이봐요, 비에호!(영감!) 그 우라질 잉글레스 녀석은 지금 뭘 하고 있는 거요?" 그녀가 큰 소리로 외쳤다.

"참고 기다려, 이 사람아." 안셀모가 철사를 살짝, 그러면서 꼭 쥐고는 위쪽을 향해 소리쳤다. "이제 작업을 거의 끝내 가고 있어."

"그런데 빌어먹을, 도대체 왜 이렇게 꾸물거리는 거요?"

"에스 무이 콘시엔수도.(아주 세심해.) 과학적인 작업이거든."

"염병할, 과학은 무슨 과학." 필라르가 짐시에게 화를 내며 말했다. "제기랄, 어서 빨리 날려 버리고 끝내 버리지 않고. 마리아!" 그녀가 굵직한 목소리로 산꼭대기 쪽을 향해 외쳤다. "네 잉글레스 녀석이……." 그녀는 다리 밑에서 조던이 하고 있는 일을 상상하면서 상스러운 말을 마구 퍼부어 댔다.

"진정해, 이 사람아. 그 사람은 지금 굉장한 일을 하는 중이야. 이제 거의 끝나 가고 있어." 안셀모가 도로 쪽에서 소리쳤다.

"빌어먹을! 빨리 끝내는 게 중요하지." 필라르가 화를 내며 대꾸했다.

바로 그때 도로 아래쪽 파블로가 점령하고 있는 초소에서 사격이 시작되는 소리가 들렸다. 필라르는 욕을 하다 말고 귀를 기울였다. "아, 그래. 그래. 드디어 왔구나." 그녀가 말했다.

로버트 조던은 한 손으로 철사 타래를 다리 위로 던지고 나서 몸을 일으켜 다리 위로 기어오르다 총성을 들었다. 무릎을 다리의 강철 가장자리에 걸치고 두 손으로 다리 바닥을 짚었을 때 아래쪽 모퉁이 주위에서 기관총을 쏘아 대는 소리가 들렸다. 파블로의 자동소총 소리와는 또 다른 소리였다. 그는 다리에서 벌떡 일어섰다가 몸을 굽혀 철사를 풀어 늘어뜨리면서 다리 가장자리를 따라 뒷걸음쳐 나가기 시작했다.

그가 걷고 있을 때 총소리는 마치 횡격막에 울리는 듯이 그의 명치끝에 와 닿았다. 걸어가는 동안 총성은 점점 가까워졌고, 그래서 그는 도로 모퉁이 쪽을 돌아보았다. 그러나 아직 그곳에는 자동차도 탱크도 사람의 그림자도 보이지 않았다. 다리 절반쯤 갔을 때도 여전히 아무것도 보이지 않았다. 철사가 엉클어지지 않도록 조심하면서 사분의 삼 지점에 이르렀을 때도 눈에 보이는 건 아무것도 없었다. 철골에 얽히지 않도록 철사를 붙잡고 초소 뒤를 돌 때도 도로는 여전히 텅 비어 있었다. 마침내 도로로 나가 도로의 낮은 쪽에 있을 때까지도 아무것도 보이지 않았다. 그러자 그는 말라 버린 도랑 쪽으로 철사를 탄탄하게 유지하면서 마치 멀리 날아가는 공을 받으려고 뒷걸음치는 야구 선수 같은 몸짓으로 재빨리 뒷걸음질

쳤다. 드디어 안셀모가 있는 표석 맞은편 근처까지 왔는데도 다리 아래쪽에는 아직 아무것도 보이지 않았다.

바로 그때 조던은 도로 아래쪽으로 트럭이 내려오는 소리를 들었고 어깨 너머로 돌아보니 트럭이 긴 비탈길을 막 내려오고 있었다. 그는 철사를 한 바퀴 손목에 감고 안셀모를 향해 소리를 질렀다. "폭파해요!" 그리고 발뒤꿈치에 힘을 주며 손목에 팽팽하게 감은 철사를 힘껏 잡아당겼다. 뒤쪽에서는 트럭 소리가 가까워지고, 앞에는 보초가 쓰러져 있는 도로와 긴 다리, 그 아래쪽으로는 아직 아무것도 나타나지 않은 쭉 뻗은 도로가 보였다. 바로 그때 온 천지가 뒤흔들리는 듯한 굉음과 함께 다리 한가운데가 마치 부서지는 파도처럼 공중에 솟구쳐 올랐다. 두 손으로 머리를 감싸고 자갈 깔린 도랑에 엎드린 그는 폭파에서 생긴 폭풍이 그를 향해 몰아쳐 오는 것을 느꼈다. 솟구쳐 올랐던 다리가 다시 내려앉고 엄청난 연기 속에서 코에 익은 누런 폭약 냄새가 풍겨 오고 나서 강철 파편이 비 오듯 쏟아지기 시작하자 그는 자갈에 얼굴을 처박았다.

쇳조각이 비처럼 내린 뒤에도 그는 아직 살아 있었고, 그래서 머리를 쳐들고 다리 쪽을 바라보았다. 다리 한복판이 온데간데없이 사라지고 없었다. 다리의 찢긴 가장자리나 모서리가 번득이는 가운데 톱날 같은 쇠 파편이 흩어져 있었고, 파편은 도로 위에도 널려 있었다. 트럭은 100미터 조금 안 되는 위쪽 도로에 멈춰 서 있었다. 운전병과 같이 타고 있던 사나이 둘이 도랑 쪽을 향해 뛰어가고 있었다.

페르난도는 아직도 강둑에 등을 기댄 채 누워 숨을 쉬고 있었다. 두 팔은 축 늘어져 있었고 두 손에는 힘이 없었다.

안셀모는 흰 표석 뒤에서 얼굴을 땅바닥에 처박고 있었는데 왼팔은 얼굴 밑에 깔고 오른팔은 똑바로 내뻗고 있었다. 고리 모양의 철사가 아직도 그대로 오른 손목에 감겨 있었다. 로버트 조던은 일어나서 도로를 건너가 그의 옆에 꿇어앉아 노인이 죽었는지 확인했다. 무슨 파편에 맞고 죽었는지 확인하기 위해 노인의 시체를 뒤집어 보지는 않았다. 그는 다만 죽어 있을 뿐이었다.

시체가 되니 이 노인은 아주 조그맣게 보이는군, 하고 로버트 조던은 생각했다. 조그마한 백발 노인이야. 이 노인은 정말 이렇게 조그마한 체구의 소유자였는데 도대체 무슨 수로 그렇게 큰 짐을 질 수 있었을까, 하고 로버트 조던은 생각했다. 그러고 나서 착 달라붙는 목동이 입는 회색 바지에 싸인 안셀모의 정강이와 넓적다리의 모양과, 로프로 바닥을 댄 신발의 해진 밑바닥을 본 뒤 그는 노인의 소총과 이제는 텅 비어 있는 것과 다름없는 배낭 두 개를 들고 다시 페르난도 옆에 놓여 있는 소총을 집어 들었다. 그는 도로 바닥에 흩어져 있는 쇠 파편들을 발길로 걷어찼다. 그런 뒤 소총 두 자루를 총구 쪽을 잡아 어깨에 걸치고 산비탈을 올라 숲속으로 들어가기 시작했다. 뒤를 돌아보지도 않고, 또 다리 건너편 도로를 바라보지도 않았다. 아래쪽 길모퉁이에서는 여전히 총성이 울리고 있었지만, 그는 이제 그것에 대해서는 조금도 아랑곳하지 않았다.

그는 TNT 폭약의 초연 때문에 자꾸만 기침을 했고, 온몸이 마비된 것 같은 느낌이 들었다.

그는 나무 뒤에 누워 있는 필라르 옆에 총을 한 자루 내려 놓았다. 그녀는 그것을 보고 자기 총이 다시 세 자루로 늘어난 것을 알았다.

"너무 높은 곳에 있어요." 그가 먼저 입을 열었다. "여기서 는 보이지 않지만 도로에 트럭이 있어요. 놈들은 아까 그 폭파 소리를 비행기가 낸 것으로 생각한 모양이에요. 좀 더 아래쪽 에 가 있는 게 좋겠어요. 난 아구스틴과 함께 파블로를 엄호해 주러 갈 겁니다."

"영감은 어떻게 됐어?" 필라르가 그의 얼굴을 쳐다보며 물 었다.

"죽었어요."

그는 또다시 괴롭게 기침을 하고 땅바닥에 침을 탁 뱉었다.

"다리는 날아갔어, 잉글레스 양반. 그걸 잊지 마." 필라르는 여전히 그를 쳐다보고 있었다.

"아무것도 잊지 않아요. 아주머니 목소리는 참 크더군요. 아까 고함치던 소리가 저 아래에서도 잘 들리던데요. 마리아 에게 내가 무사하다고 소리쳐 알려 줘요." 그가 말했다.

"제재소에서 두 사람을 잃었어." 필라르가 그에게 이해시 키려는 듯이 말했다.

"봤어요. 무슨 바보 같은 짓이라도 했나요?" 로버트 조던이 물었다.

"그게 무슨 염병할 소리야, 잉글레스 양반. 페르난도와 엘 라디오는 정말 사내다웠어." 필라르가 대꾸했다.

"말 있는 데나 가 보세요. 이곳은 아주머니보다 내가 더 잘 지킬 수 있으니까요." 로버트 조던이 말했다.

"당신은 파블로를 엄호해야 하잖아."

"파블로는 뭐 말라 죽은 파블로야. 그까짓 놈, 미에르다(똥)나 덮고 있으라지."

"그건 안 돼, 잉글레스 양반. 그 사람은 우리한테 돌아왔잖아. 저 아래쪽에서 꽤 열심히 싸웠어. 당신은 그 소리를 못 들었나? 지금도 싸우고 있어. 아마 꽤 강적이 나타났나 봐. 당신 귀에는 그게 들리지 않아?"

"엄호할 겁니다. 하지만 당신네들은 모두 엿이나 먹어요. 아주머니도 파블로도."

"잉글레스 양반, 진정해. 난 이번 일에 누구보다도 당신과 함께 뜻을 같이해 왔어. 파블로는 당신을 배신하긴 했지만 그래도 돌아왔잖아." 필라르가 말했다.

"폭파 장치만 있었으면 영감은 죽지 않았을 거요. 여기서도 폭파시킬 수 있었을 테니까요."

"만약, 만약, 만약에……." 필라르는 말을 잇지 못했다.

다리를 폭파한 뒤 얼굴을 파묻고 몸을 웅크리고 있던 곳에서 안셀모가 죽어 있는 것을 보았을 때 느낀 분노와 공허감과 증오심의 불길이 아직도 그의 몸속에 타오르고 있었다. 조던의 가슴속에는 비애감에서 오는 절망감이 도사리고 있었다. 그런데 군인들은 군인으로 계속 남아 있기 위해 그 비애감을 증오심으로 바꾸게 마련이다. 이제 일단 그 일이 끝나자 그는 외롭고 쓸쓸하고 침울한 기분에 사로잡혀 눈앞에 보이는 사람마다 증오심을 느꼈던 것이다.

"만약 눈만 오지 않았으면…….." 필라르가 말했다. 그러자 (이를테면 이 여자가 한 팔로 그를 껴안기라도 한 것처럼) 육체적인 해방감을 맛볼 때처럼 그렇게 급격하지는 않지만, 천천히 그리고 이성적으로 그는 그녀의 말을 받아들여 증오감을 차츰 몰아내기 시작했다. 확실히 눈 때문이야. 눈 때문에 일이 이렇게 된 거야. 눈 때문이거든. 눈 때문에 다른 사람들이 그렇게 됐어. 한때 너도 다른 사람들처럼 눈 때문이라고 생각했잖아. 한때는 너도 네 자아를 잊어버렸지. 싸움터에서는 언제나 자아를 잊어버려야 하거든. 그런 곳에서는 자아란 있을 수 없어. 너 자신이 있는 곳에 오직 패배만 있을 뿐이지. 바로 그때 자아를 버리고 나자 그의 귀에 필라르의 목소리가 들려왔다. "엘소르도 영감은…….."

"뭐라고요?" 그가 물었다.

"엘소르도 영감은…….."

"그래요." 로버트 조던이 말했다. 그는 그녀에게 히죽 웃어 보였지만 얼굴에 경련이 이는 듯 딱딱하게 굳어 있었고 너무 경직된 웃음이었다. "그만 잊어버려요. 내가 잘못했어요. 미안해요, 아주머니. 이 일도 다른 일들도 함께 잘해 나가기로 해요. 그리고 아주머니 말대로 다리는 날아가 버렸으니까."

"그래. 뭐든지 현실을 그대로 받아들여야 해."

"그럼 난 이제 아구스틴이 있는 데로 가겠어요. 도로가 잘 보이도록 집시를 좀 더 아래쪽으로 내려 보내세요. 그 총들은 프리미티보에게 내주고 아주머니는 이 기관총을 갖고 있어요. 쏘는 방법을 가르쳐 드릴 테니."

"기관총은 당신이 갖고 있어. 언제까지나 이곳에 있을 수만은 없을 테니까. 파블로가 오면 우리도 곧 떠나야지." 필라르가 대꾸했다.

"라파엘, 이리로 내려와." 로버트 조던이 불렀다. "여기야. 됐어. 이봐, 저기 도랑 속에서 나오는 녀석 보이지? 저기 트럭 위쪽 말이야. 트럭 쪽으로 오고 있지? 그중 한 놈을 맞혀 봐. 버티고 앉아서. 천천히 해 봐."

집시는 조심스레 총을 겨누어 쏘았다. 공이치기를 뒤로 젖히고 탄피를 꺼내자 로버트 조던이 말했다. "좀 위쪽이었어. 위쪽 바위에 맞았다고. 바위에서 먼지가 솟는 게 보이지? 좀 더 아래쪽으로, 70센티미터쯤 아래쪽을 겨눠 봐. 자, 조심해서. 놈들이 지금 뛰고 있군. 됐어. 시게 티란도!(발사!)"

"한 놈 맞혔어요." 집시가 말했다. 그 사나이는 도랑과 트럭 중간 지점 도로에 쓰러졌다. 다른 두 녀석은 걸음을 멈추고 그를 끌고 가지도 않았다. 그들은 도랑 쪽으로 뛰어가 숨어 버렸다.

"나머지 놈은 쏘지 마." 로버트 조던이 말했다. "트럭의 앞 타이어 위쪽을 쏴. 잘못 쏘면 엔진에 맞을 테니까. 좋았어!" 그는 쌍안경으로 지켜보았다. "좀 더 낮게. 좋았어. 무척 잘 쏘는데. 무초!(좋았어!) 무초!(좋았어!) 라디에이터 꼭대기를 쏴. 라디에이터라면 아무데라도 좋아. 자넨 사격선수인걸. 이봐, 개미 새끼 한 마리 저 지점을 통과시켜서는 안 돼. 알겠어?"

"트럭의 앞쪽 유리를 맞혀 볼 테니 봐요." 집시가 기분 좋게 말했다.

"아냐. 트럭은 이미 못쓰게 됐어. 도로에 뭔가 나타날 때까지 탄알을 아껴. 저 도랑 정면에 나타나면 쏘기 시작하는 거야. 되도록 운전병을 겨눠. 그때는 다 함께 쏴도 좋아." 그는 프리미티보와 함께 산비탈 좀 더 아래쪽으로 내려온 필라르에게 말을 건넸다. "여기는 장소가 참 좋군요. 저 깎아지른 낭떠러지가 측면을 얼마나 잘 막아 주고 있습니까?"

"이제 어서 아구스틴 있는 데로 가 봐. 연설은 그만두시고. 난 벌써 지형을 모두 봐 두었거든." 필라르가 대꾸했다.

"프리미티보를 좀 더 위쪽에 올려 보내요. 저쪽으로 말이죠. 알겠어요? 저 강둑이 급경사가 되는 이쪽이요." 로버트 조던이 말했다.

"내게 맡기라니까. 어서 가 봐, 잉글레스 양반. 당신 일을 완벽하게 해. 이곳은 염려 없으니까." 필라르가 말했다.

바로 그때 비행기 소리가 들려왔다.

마리아는 오랫동안 말들과 함께 있었지만 말들은 전혀 그녀의 마음을 위로해 주지 못했다. 그녀도 말들에게 위로가 되지 못했다. 그녀가 있는 숲속에서는 도로도 다리도 보이지 않았다. 총성이 시작되었을 때 그녀는 말들이 캠프 아래쪽 숲속 우리 안에 있었을 때 귀여워해 주고 자주 먹이를 가져다주던 얼굴이 흰 커다란 밤색 종마의 목덜미를 한 팔로 감고 있었다. 그러나 그녀가 초조해지자 이 커다란 종마까지도 초조해했다. 총성이나 폭탄 터지는 소리가 날 때마다 말은 목을 내젓거나 콧구멍을 크게 벌름거렸다. 마리아는 가만히 있을 수가 없어서 근처를 서성거리며 말들을 가볍게 두드려 주고 쓰다듬어 달래기도 했지만 말들은 더욱 신경이 날카로워져 흥분할 뿐이었다.

그녀는 총성이 들린다고 곧 무서운 일이 일어나는 것은 아니라고 생각했다. 총을 쏘는 것은 새로 온 대원들을 거느리고 있는 아래쪽 파블로와 다른 대원을 거느린 위쪽 필라르일 뿐이며, 자신은 걱정하거나 공포에 질리지 않고 로베르토를 믿어야 한다고 생각하려고 애썼다. 그러나 그녀는 도저히 그럴 수가 없었다. 다리 위쪽과 아래쪽에서 들려오는 총성, 메마르게 구르는 듯한 소리를 간직한 먼 폭풍우처럼 산길에서 굴러오는 전투 소리, 불규칙하게 들리는 폭탄 소리를 들으며 그녀는 공포에 사로잡혀 제대로 숨을 쉴 수 없을 정도였다.

얼마 뒤 아래쪽 산비탈에서 필라르가 큰 소리로 자기에게 뭐라고 욕설을 외치는 소리가 들렸다. 조금도 알아들을 수는 없었지만 그녀는 마음속으로 이렇게 생각했다. 아, 제발, 그럼 안 돼요, 안 돼. 그가 위험에 빠져 있는 이때, 제발 그런 식으로 말하면 안 돼요. 누구라도 노하게 해서 쓸데없이 위험에 빠지게 해서는 안 돼요. 제발 남의 비위도 건드리지 마요.

그러고 나서 마리아는 학창 시절에 그랬듯 빠르고도 기계적으로 로베르토를 위해 기도를 하기 시작했다. 되도록 빨리 기도를 하면서 왼손가락을 꼽아 가며 두 가지 기도를 열 번씩 되풀이했다. 그때 다리가 폭파되고 폭음이 울리자 말 한 마리가 홀쩍 뛰어오르며 목을 내휘두르는 바람에 매어 놓은 밧줄이 끊어지고 말은 나무 사이로 달아나 버리고 말았다. 마리아는 가까스로 그 말을 붙잡아 끌고 왔지만, 말은 온몸을 벌벌

떨면서 앞가슴이 땀에 흠뻑 젖어 꺼멓게 되고 안장을 배 밑에 떨어뜨리고 있었다. 그녀가 나무 사이로 말을 끌고 올 때 아래쪽에서 총소리가 들려왔다. 그녀는 이렇게 생각했다. 이제 더 이상은 견뎌 낼 수 없어. 지금 형세가 어떻게 되고 있는지도 모른 채 살아 나갈 순 없지. 숨을 쉴 수도 없고, 입이 바싹바싹 타고 있어. 그리고 무서워. 난 이 전투에 아무 도움도 되지 못하는 거야. 말들을 놀라게만 했고, 달아난 말을 간신히 붙잡기는 했지만, 그건 말이 나무에 부딪혀서 안장을 떨어뜨리고 스스로 박차 속에 발이 걸린 때문이었거든. 이제야 겨우 안장을 다시 올려놓긴 했지만 말이야. 아, 하느님, 전 잘 모르겠습니다. 더 이상은 참을 수 없어요. 아, 부디 제 몸과 마음이 모두 다리에만 가 있으니 그를 무사히 지켜 주세요. 공화국과 전쟁에서 승리하는 건 별개의 문제입니다. 하지만 아, 거룩하신 성모 마리아님, 그를 다리에서 무사히 제게로 돌려보내 주세요. 그렇게만 해 주시면 뭐든지 당신이 하라는 대로 하겠어요. 전 지금 여기에 있지 않습니다. 저라는 인간은 이제 없습니다. 오직 그와 함께 있을 뿐입니다. 그러니 아무쪼록 저를 위해 그를 지켜 주시면 그건 저를 지켜 주시는 것과 마찬가집니다. 그렇게만 해 주시면 당신을 위해 무슨 일이든지 하겠어요. 그도 괜찮다고 할 겁니다. 공화국을 위해서도 해가 될 리 없습니다. 아, 부디 저를 용서해 주세요. 전 뭐가 뭔지 잘 모르겠어요. 너무 마음이 산란합니다. 하지만 당신께서 그만 지켜 주신다면 옳은 일이라면 뭐든지 다 하겠어요. 그가 말하는 것을, 당신이 말씀하시는 것을 뭐든지 다 하겠어요. 제 몸으로 무슨 일이든

다 하겠어요. 하지만 형세가 어떤지도 모른다는 것만은 더 이상 참을 수가 없습니다.

얼마 뒤 다시 말을 붙들어 매고 안장을 얹고 담요를 매만지고 배띠를 꼭 죄어 주고 있으려니 아래쪽 숲속에서 굵직하고 깊은 목소리가 들려왔다. "마리아! 마리아! 네 잉글레스 양반은 무사해. 내 말 들려? 신 노베다드!(무사하다고!)"

마리아는 두 손으로 안장을 끌어 잡고 까까머리를 안장에 세게 박고 울음을 터뜨렸다. 그녀는 다시 한 번 그윽한 목소리로 외치는 소리를 듣고 안장에서 고개를 돌려 목멘 소리로 외쳤다. "네! 고마워요!" 그런 뒤 또다시 목이 메었다. "고마워요! 정말 고마워요!"

비행기 소리가 들리자 그들은 모두 하늘을 올려다보았다. 비행기들은 세고비아 쪽에서 아주 높이, 다른 모든 소리를 제압하는 폭음을 울리며 은빛으로 반짝이며 날아왔다.

"저걸 봐! 이제껏 저런 비행기들은 오지 않았잖아!" 필라르가 말했다.

로버트 조던은 비행기들을 올려다보면서 그녀의 어깨에 한 손을 얹었다. "아닙니다, 필라르 아주머니. 저 비행기들은 우리를 도우러 온 게 아니에요. 우리를 도와줄 겨를이 없어요. 그러니 진정해요."

"지긋지긋한 놈들."

"그건 나도 동감이에요. 하지만 난 아구스틴이 있는 데로 가 봐야 해요."

그가 소나무 사이로 산허리를 돌아가는 동안에도 비행기 폭음은 계속 들렸고, 파괴된 다리 건너편 길모퉁이에서는 중기관총 소리가 망치질하듯 이따금씩 들려왔다.

로버트 조던은 잔솔밭에 자동소총을 놓고 엎드려 있는 아구스틴 옆으로 내려갔다. 더 많은 비행기가 잇달아 날아왔다.

"저 아래쪽에서는 도대체 무슨 일이 일어나고 있는 거요? 파블로는 지금 뭘 하고 있소? 다리가 날아가 버린 것을 아직 모르나?" 아구스틴이 물었다.

"아마 도망칠 수 없는 모양이죠."

"그럼 우리끼리 떠나지. 빌어먹을 놈."

"올 수만 있다면 올 거요. 이제 곧 만나게 될 테죠." 로버트 조던이 말했다.

"그놈 소리를 못 들었소. 그런 지 벌써 오 분쯤 됐어. 소리가 안 들렸어. 저기! 저기 좀 봐! 저기 있네. 파블로야." 아구스틴이 말했다.

따다닥거리는 경기관총 터지는 소리가 들리더니 곧이어, 그리고 또 잇달아 들렸다.

"그 개자식이군." 로버트 조던이 말했다.

그는 구름 한 점 없는 드높고 푸른 하늘로 아직도 잇달아 날아오고 있는 비행기들을 지켜보았고, 그 비행기들을 쳐다보고 있는 아구스틴의 얼굴을 바라보았다. 그러고 나서 조던은 눈길을 아래로 옮겨 파괴된 철교와 아직 아무것도 나타나지 않은 쭉 뻗은 도로를 내려다보았다. 기침을 하고 침을 뱉고 또다시 길모퉁이 아래쪽에서 들려오는 중기관총 소리에 귀를 기울였다. 소리로 미루어 보아 아까와 똑같은 장소에서 쏘고 있는 듯했다.

"저건 또 무슨 소리요? 저 정체불명의 소리 말이야." 아구스틴이 물었다.

"저 소린 내가 다리를 폭파하기 전부터 들렸소." 로버트 조던이 대답했다. 다리를 내려다보니 한복판이 내려앉아 축 늘어진 강철 에이프런처럼 걸려 있는 사이로 흐르는 개울물이 보였다. 맨 처음 머리 위로 날아간 비행기들이 산길을 포격하는 소리가 들리고 그 뒤로도 비행기가 몇 대 더 날아왔다. 엔진의 폭음이 하늘을 뒤덮었고, 고개를 들어 보고 있으려니 조그마한 추격기 한 대가 그들 머리 위를 빙빙 돌고 있었다.

"저놈들 요전 날 아침에 전선을 넘어가지 않은 것 같은데요. 틀림없이 서쪽으로 갔다가 돌아왔을 거예요. 이렇게 많은 비행기를 봤으면 놈들도 공격할 수 없었을걸요." 프리미티보가 말했다.

"지금 날아온 비행기들은 대부분이 새 거야." 로버트 조던이 대꾸했다.

그는 처음에는 보통으로 시작했던 일이 얼마 뒤에 크고 엄청나게 거대한 반향을 일으킨 것 같은 기분을 느꼈다. 마치 조그마한 돌 하나를 던져서 그 돌이 잔물결을 일으키고, 그 잔물결이 무서운 거대한 파도가 되어 요란한 소리를 내면서 되돌아오는 것과 같다고 할까. 또는 소리를 지르면 그 울림이 귀를 찢는 것처럼 치명적인 천둥이 되어 되돌아오는 것과 같았다. 또는 한 사나이를 때려 넘어뜨리자 수많은 사람이 모두 갑옷을 입고 무기를 들고 덤벼드는 것과도 같았다. 그는 골츠와 함께 산길 위쪽에 있지 않은 것이 천만다행이라고 생각했다.

그는 아구스틴 옆에 누워 날아가는 비행기들을 쳐다보고 뒤쪽에서 들려오는 총성에 귀를 기울이며, 반드시 뭔가가 있을 것 같으면서도 그 정체를 알 수 없는 도로를 지켜보았지만 다리 폭파 때 살아남았다는 놀라움으로 아직도 멍멍한 상태에 있었다. 자신의 죽음을 너무도 완벽한 사실로 받아들이고 있었기 때문에 현재의 일이 모두 비현실적으로 느껴졌다. 그런 생각은 이제 그만둬, 하고 그는 스스로를 타일렀다. 그 생각은 떨쳐 버려. 오늘 해야 할 일이 아직도 태산처럼 쌓여 있어. 하지만 그 생각은 그에게서 좀처럼 떠나려 하지 않았고, 그래서 그는 눈앞의 모든 일이 꿈같이 되어 가고 있다고 의식적으로 생각했다.

"넌 연기를 너무 많이 들이마셨군." 그가 혼잣말을 했다. 그러나 그렇지 않다는 것은 스스로도 잘 알고 있었다. 이 절대적인 현실 속에서 모든 것이 얼마나 비현실적인지 확고하게 느낄 수 있었다. 다리 아래쪽을 내려다보고 길 위에 쓰러져 있는 보초를 본 뒤 누워 있는 안셀모를 보고, 이번에는 강둑에 등을 기대고 있는 페르난도를 보다가 다시 매끈한 갈색 도로 위쪽으로 오도 가도 못하고 멈춰 있는 트럭을 보았다. 그러나 그것은 여전히 비현실적으로 보였다.

"어서 빨리 네 일에서 물러나는 게 좋겠는걸. 마치 투계장에 들어가 있는 수탉 같군. 아무도 상처 입은 걸 본 일이 없고 상처가 눈에 띄지도 않는데, 상처 때문에 벌써 싸늘하게 식어

가는 수탉 말이야." 그가 혼잣말을 했다.

"바보 같은 녀석. 좀 피로해서 그런 것뿐이야. 책임을 완수한 뒤에 오는 실망감이라고. 그러니 느긋하게 생각해."

바로 그때 아구스틴이 그의 팔을 잡아 흔들면서 손가락으로 가리켰고 골짜기 건너 쪽을 바라보니 파블로의 모습이 보였다.

파블로가 모퉁이를 돌아 이쪽으로 달려오고 있었다. 도로가 시야에서 벗어나는 곳에 있는 깎아지른 듯한 바위에서 파블로는 걸음을 멈추더니 바위에 몸을 의지해 도로 위쪽을 향해 총을 발사했다. 로버트 조던은 키가 작고 땅딸막한 파블로가 모자도 어디론지 날려 버린 채 바위에 기대서서 그 짧은 기병용 자동소총으로 사격하고 있고, 놋쇠 탄피가 조그마한 폭포처럼 튀어 햇빛에 반짝이는 모습을 보았다. 파블로가 쪼그리고 앉아 또다시 자동소총을 쏘았다. 그러고 나서 그는 뒤돌아보지 않고 머리를 숙이고 안으로 휜 짧은 다리로 곧장 다리 쪽을 향해 달려왔다.

로버트 조던은 아구스틴을 밀어 젖히고 어깨에 대형 자동소총의 총대를 대고 길 모퉁이를 겨누었다. 그의 경기관총은 왼손 옆에 놓여 있었다. 경기관총은 그 정도 거리를 쏘기에는 정확하지 않았기 때문이다.

파블로가 이쪽으로 달려오는 동안 로버트 조던은 계속 모퉁이를 겨누고 있었지만 아무것도 나타나지 않았다. 파블로는 다리에 이르자 어깨 너머로 다리 쪽을 한 번 힐끗 쳐다보고 곧 왼쪽으로 돌아 골짜기로 내려가더니 자취를 감추었다. 로버트 조던은 여전히 길모퉁이를 겨누고 있었지만 끝내 아무 것도 나타나지 않았다. 아구스틴은 한쪽 무릎을 세우고 몸을 일으켰다. 그에게는 파블로가 산양처럼 골짜기로 기어 내려 가는 것이 보였다. 그들이 파블로를 처음 본 이후 아래쪽에서 는 한 번도 총소리가 들려오지 않았다.

"위쪽에 뭔가 보입니까? 위쪽 바위 위에 말이오." 로버트 조던이 물었다

"아무것도."

로버트 조던은 도로 모퉁이를 지켜보고 있었다. 모퉁이 바 로 아래의 바위는 너무도 가팔라서 아무도 기어 올라갈 수 없 지만 그 아래쪽 바위는 좀 평평해서 돌아서 올라갈 수 있을지 모른다는 것을 잘 알고 있었다.

지금까지 사건들이 비현실적으로 여겨졌다면 이제는 갑자 기 아주 현실적으로 느껴졌다. 그것은 마치 카메라 반사 렌즈 가 갑자기 초점이 딱 들어맞는 것과 같았다. 바로 그때 몸체가 낮고 모가 난 주둥이에 기관총이 불쑥 나온 녹색과 회색과 갈 색으로 위장한 작달막한 포탑이 길모퉁이를 돌아 밝은 햇빛 속으로 나타나는 것이 보였다. 그가 그것을 향해 총을 발사하 자 철판에 탄알이 맞아서 튀는 소리가 들렸다. 조그마한 고속 경전차는 바위 뒤쪽으로 재빨리 후퇴해 버렸다. 모퉁이를 지 켜보고 있던 로버트 조던은 탱크의 앞부분이 다시 나타나고 곧이어 포탑 끝이 나타나는 것을 보았다. 포탑이 빙 돌더니 총 구가 도로 아래쪽을 향했다.

"꼭 생쥐가 쥐구멍에서 나오는 것 같군. 저, 저걸 좀 봐요,

잉글레스 양반." 아구스틴이 말했다.

"놈은 별로 자신이 없는 거요." 로버트 조던이 말했다.

"파블로가 싸우고 있던 게 저 큰 벌레였군. 또 한 번만 쏴 봐요, 잉글레스 양반." 아구스틴이 말했다.

"아니, 쏴 봤자 꿈쩍도 안 할 거요. 괜히 우리가 있는 곳을 놈들에게 알려 주고 싶지 않소."

탱크는 도로 아래쪽을 향해 사격을 하기 시작했다. 탄알은 도로 표면에 맞아 튀어 오르고, 다리 철판에 맞아 핑 하는 소리와 땡그랑 하는 요란한 소리를 냈다. 아래쪽에서 듣던 것과 똑같은 기관총 소리였다.

"카브론!(제기랄!) 저게 그 유명한 탱크요, 잉글레스 양반?" 안드레스가 물었다.

"소형 탱크죠."

"카브론!(제기랄!) 가솔린이 가득 든 우유병이라도 있다면 꼭대기에 기어 올라가 저놈을 불살라 버릴 텐데. 저놈이 도대체 어떻게 할 셈일까, 잉글레스 양반?"

"조금 있다가 다시 한 번 쳐다보겠죠."

"저게 바로 사람들이 무서워하는 거지. 저걸 좀 봐요, 잉글레스 양반! 저놈은 죽은 보초들을 다시 쏘고 있어." 아구스틴이 말했다.

"달리 쏠 목표물이 없으니까요. 놈을 탓할 것 없소." 로버트 조던이 대꾸했다.

그러나 그는 곰곰이 생각하고 있었다. 그래, 녀석을 골려 주자. 하지만 녀석이 너 자신이고, 넌 지금 네 땅인 여기에 와 있다고 가정해 봐. 적들이 기관총을 간선 도로에 쏘아 대며 너를 꼼짝달싹 못하게 하고 있다고 생각해 봐. 게다가 다리마저 날아가 버리고. 너 같으면 앞길에 지뢰가 묻혀 있다든지, 무슨 함정이 있다고 생각하지 않겠어? 물론 그렇게 생각할 테지. 그렇다면 녀석이 한 짓은 옳아. 녀석은 다른 뭔가가 올라오기를 기다리는 거야. 적과 교전하고 있는 중이지. 적은 우리뿐인데 말이야. 하지만 녀석은 그것을 알 리 없거든. 저 조그마한 개자식을 보란 말이야.

그 조그마한 탱크는 모퉁이 근처에서 좀 더 앞쪽으로 코를 내밀었다.

마침 그때 아구스틴은 파블로가 손과 무릎을 짚고 몸을 추켜세우면서 골짜기 낭떠러지 끝에서 기어오르는 것을 보았다. 그의 텁석부리 얼굴에는 땀이 비 오듯 흘러내렸다.

"저기 개자식이 오는군." 그가 말했다.

"누가 온다고?"

"파블로."

로버트 조던은 파블로를 바라보았다. 그러고 나서 위장 채색을 한 탱크의 포탑을 사격하기 시작했는데, 그가 알기로는 기관총 위쪽에 있는 가늘고 길게 째진 곳이었다. 조그마한 탱크는 후퇴하며 허겁지겁 자취를 감춰 버렸다. 로버트 조던은 자동소총을 집어 들고 삼각대를 총열에 붙여 접은 뒤, 아직 뜨거운 총열을 어깨에 번쩍 들어 멨다. 총열은 너무 달구어져서 어깨가 데일 정도였기 때문에 그는 총대를 손으로 평평하게 돌려 총구를 훨씬 뒤쪽으로 밀어 버렸다.

"탄창 부대와 내 경기관총을 들고 빨리 뛰어오시오." 그가 소리쳤다.

로버트 조던은 소나무 사이를 빠져 산비탈 위쪽으로 뛰어 올라갔다. 아구스틴이 바로 그 뒤를 따랐고, 뒤이어 파블로가 따라왔다.

"필라르! 이쪽으로 빨리 와요, 아주머니!" 조던이 언덕 너머로 소리를 질렀다.

세 사람은 안간힘을 다해 산비탈을 기어 올라갔다. 경사가 너무 가팔라서 더 이상 뛸 수가 없었고, 기병용 경기관총 말고는 아무 짐도 들지 않은 파블로는 이내 그들 뒤를 바짝 따라붙었다.

"당신 부하들은 어떻게 됐지?" 아구스틴이 바짝 마른 입으로 파블로에게 물었다.

"모두 죽었어." 파블로가 대답했다. 그는 거의 숨도 쉬지 못할 지경이었다. 아구스틴이 뒤돌아서 그를 쳐다보았다.

"잉글레스 양반, 이제 말이 남아 돌겠어요." 파블로가 숨을 헐떡거리며 말했다.

"잘됐군요." 로버트 조던이 말했다. 이 살인마, 하고 그는 마음속으로 생각했다. "뭣과 맞부딪쳐 싸운 거죠?"

"맞부딪쳐 싸우지 않은 게 없지." 파블로가 대답했다. 그는 숨이 차서 어깨를 들썩이고 있었다. "필라르는 어떻게 됐지?"

"그녀 쪽에선 페르난도와 그 형제가……."

"엘라디오 말이오." 아구스틴이 말했다.

"당신들은?" 파블로가 물었다.

"우린 안셀모를 잃었소."

"그럼 말은 충분하겠군. 짐까지 실을 수 있겠는걸." 파블로가 말했다.

아구스틴은 입술을 깨물고 로버트 조던을 바라보며 고개를 흔들었다. 그들 아래쪽은 나무에 가로막혀 보이지는 않았지만 탱크가 또다시 도로와 다리를 향해 사격하는 소리가 들렸다.

로버트 조던은 갑자기 고개를 움직였다. "저건 도대체 어떻게 된 거요?" 그가 파블로에게 물었다. 그는 파블로의 얼굴을 쳐다보고 싶지도 않았고, 냄새도 맡고 싶지 않았지만 얘기만은 듣고 싶었다.

"저놈이 저쪽에 나타나는 바람에 우린 자리를 뜰 수 없었어. 초소 아래쪽 모퉁이에서 오도 가도 못 하게 되었단 말이야. 마침내 저놈이 뭔가 찾으러 되돌아간 틈을 타서 빠져나온 거야." 파블로가 설명했다.

"그럼 저 모퉁이에서 뭐에 대고 쏜 거요?" 아구스틴이 노골적으로 물었다.

파블로가 그를 바라보며 히죽 웃더니 생각이 달라졌는지 아무 대답도 하지 않았다.

"그들을 모두 쏴 죽인 거야?" 아구스틴이 물었다. 로버트 조던은 생각하고 있었다. 넌 입 다물고 잠자코 있어. 지금 네가 상관할 바가 아냐. 그들은 네가 기대한 모든 걸, 아니 그 이상의 일을 해 준 게 아닌가. 이건 종족 간의 문제야. 도덕적인 판단을 내려서는 안 돼. 살인마한테서 뭘 기대할 건가? 넌 지금 살인마와 손을 잡고 일하고 있는 거야. 그러니 입 다물고 잠자코 있어. 이 사나이에 대해선 지금까지 충분히 알고 있었 잖아. 새삼스러운 일은 아니거든. 하지만 이 얼마나 더러운 개 자식인가, 하고 그는 생각했다. 더럽고 썩어 문드러질 개자식.

가파른 오르막을 올라온 탓에 그의 가슴은 마치 달리고 난 뒤처럼 터질 듯 숨이 막혔다. 앞쪽 나무 사이로 이제 말들의 모습이 보였다.

"어서 말해 봐. 왜 모두 쏴 죽였다고 말하지 않는 거지?" 아 구스틴이 다그치고 있었다.

"입 닥쳐. 난 오늘 힘껏 그리고 훌륭히 싸웠어. 어디 잉글레 스 양반한테 물어봐."

"그리고 이제부터는 당신이 모든 걸 맡아서 해요. 이 계획 을 세운 건 당신이니까." 로버트 조던이 말했다.

"좋은 계획이 있지. 운이 조금만 따라 주면 우린 무사히 이 곳을 빠져나갈 수 있어." 파블로가 대꾸했다.

그는 아까보다는 숨을 편히 내쉬고 있었다.

"설마 우리 중 누구를 쏴 죽이려는 건 아닐 테지? 그렇다면 내가 당장 네놈을 쏴 죽일 테야." 아구스틴이 말했다.

"입 닥치라니까. 난 네놈 이익과 대원의 이익을 생각해야 해. 이건 전쟁이야. 누구든 저 하고 싶은 대로 할 순 없는 거 야." 파블로가 말했다.

"카브론!(비겁한 놈!) 저 혼자서 전리품을 독차지하는군." 아구스틴이 내뱉었다.

"아래쪽에서 뭘 만났는지 얘기해 봐요." 로버트 조던이 파 블로에게 말했다.

"만나지 않은 게 없지." 파블로가 똑같은 말을 되풀이했다. 그는 아직도 가슴이 터질 듯 숨을 쉬고 있었지만 말은 제대로 할 수 있었다. 얼굴과 머리에서 땀이 줄줄 흘러내려 어깨와 가슴이 흠뻑 젖어 있었다. 그는 로버트 조던이 진심으로 자기에게 친절하게 대해 주는 것인지 아닌지를 알려고 찬찬히 그의 얼굴을 들여다보다가 히죽 웃었다. "만나지 않은 게 없지." 그가 다시 말을 이었다. "먼저 우린 초소를 점령했어. 그러자 오토바이가 한 대 오더군. 그리고 다시 한 대가 왔고. 그다음에는 앰뷸런스가 왔지. 그다음엔 트럭이 한 대 왔어. 그러고 나서 저 탱크가 오더군. 자네가 다리를 폭파하기 바로 직전에."

"그러고 나서는……."

"탱크가 우리를 해치울 순 없었지만 그놈이 도로를 장악하고 있어서 퇴각할 수가 있어야지. 그러다가 그놈이 되돌아간 틈에 겨우 도망쳐 온 거야."

"그럼 당신 부하들은?" 아구스틴이 아직도 시비를 거는 말투로 물었다.

"닥쳐." 파블로가 아구스틴을 똑바로 노려보며 쏘아붙였다. 그는 비록 다른 어떤 일이 있었다 해도 그때까지는 아주 잘 싸운 사나이의 표정을 짓고 있었다. "그놈들은 우리 대원이 아니었잖아."

그때 그들은 햇빛이 소나무 가지 사이로 스며들어 나무에 매여 있는 말들 위로 내리비치는 것을 보았다. 말들은 목을 쳐들고 파리를 쫓으려고 발길질하고 있었다. 로버트 조던은 마리아를 보자 재빨리 자동소총을 옆구리에 단단하게 기대 세우고 총부리를 늑골에 착 붙인 채 마리아를 꼭 껴안았다. 마리아가 말했다. "당신, 로베르토. 아, 당신."

"그래, 토끼. 내 소중하고 사랑스러운 토끼. 자, 이제 우린 떠날 거야."

"당신 정말 지금 여기 있는 거죠?"

"암, 그럼. 여기 있고말고. 정말이야. 아, 당신!"

그는 전투가 벌어지고 있는 동안 한 여자가 존재한다는 사실을 한 번도 생각하지 않았다. 자신의 어떤 부분도 그것을 알거나 그것에 반응할 수 있으리라고는 꿈에도 생각하지 않았다. 비록 한 여자가 있다 해도, 그녀가 셔츠 아래 조그맣고 둥그런 젖가슴을 자신의 몸에 부딪쳐 오리라고는 생각하지 않았다. 그리고 전투가 한참 벌어지고 있는 동안 그 젖가슴이 두 사람을 알아보리라고는 전혀 생각하지 못했다. 하지만 그것은 사실이었다. 그래서 그는 생각했다. 좋아. 나도 이런 일이 있으리라곤 믿지 않았어. 그는 그녀를 다시 한 번 꼭 껴안았지만 그녀의 얼굴은 바라보지 않았다. 그러고서 여태껏 한 번도 두드려 본 일이 없는 그녀의 그곳을 툭 치며 말했다. "자, 어서 타. 말에 올라타. 저 안장 위에 올라가, 아가씨."

그러자 그들은 말고삐를 풀었고 로버트 조던은 자동소총을 아구스틴에게 돌려주고 자기 경기관총을 어깨에 멨다. 또 수류탄을 주머니에서 꺼내 말안장의 배낭에 넣고 빈 자루는 다른 하나의 자루 속에 쑤셔 넣은 뒤 안장에 달아맸다. 그때 필라르가 험한 산길을 올라왔고, 그녀는 헉헉대며 말도 제대로 못 하고 몸짓만 했다.

파블로는 들고 있던 말 다리를 묶는 밧줄 세 개를 안장에 집어넣고 일어나며 필라르에게 말을 건넸다. "케 탈(어땠소), 마누라?" 그녀는 그저 고개만 끄덕였고 그들은 모두 말에 올라탔다.

로버트 조던은 엊그제 아침 눈 속에서 처음 본 그 커다란 회색 말에 올라탔고, 두 다리로 꼭 끼고 두 손을 올려놓으니 훌륭한 말이라는 느낌이 들었다. 그는 로프로 바닥을 댄 신발을 신고 있어 등자가 조금 짧았다. 경기관총을 어깨에 걸쳐 메고 있었고 주머니에는 탄창이 가득 들어 있었다. 그는 안장에 앉아 한쪽 팔 밑에 고삐를 꼭 끼우고 다 쓴 탄창에 탄알을 채우면서 필라르가 사슴 가죽 안장에 붙들어 맨 캠프 용품 꼭대기의 이상한 자리에 올라타는 모습을 바라보았다.

"제발 그런 괴상한 물건은 버리고 가요. 말에서 떨어질지도 몰라요. 말도 그렇게 그런 걸 싣고 가지 못해요." 프리미티보가 말했다.

"입 닥쳐. 이게 없으면 살아갈 수가 없어." 필라르가 대꾸했다.

"그렇게 타고 갈 수 있겠어, 마누라?" 파블로가 커다란 밤색 말에 얹어 놓은 민병대 안장에 앉아 물었다.

"우유 장수처럼 가면 되지. 영감, 그래 어떻게 가는 거야?" 필라르가 그에게 물었다.

"여기로 똑바로 내려가는 거야. 도로를 건너서 저쪽 산비탈로 오르고 언덕길이 좁아지는 숲으로 돌아가면 돼."

"도로를 건넌다고요?" 프리미티보는 파블로가 지난밤에

끌고 온 말 중 뻣뻣하게 반응을 보이지 않는 놈에 올라타서 배를 부드러운 헝겊신으로 걷어차 파블로 옆으로 다가갔다.

"그래. 그 길밖엔 없어." 파블로가 대답했다. 그러면서 그는 아구스틴에게 말을 끄는 줄을 하나 건네주었다. 프리미티보와 집시도 하나씩 갖고 있었다.

"잉글레스 양반, 괜찮다면 맨 나중에 오도록 하지. 우린 저 기관총의 사정권 밖에서 벗어날 만큼 충분히 높이 가로질러 갈 거야. 각자 흩어져 달린 뒤 저 위쪽 길이 좁아지는 곳에서 모이는 거야" 파블로가 말했다.

"좋아요." 로버트 조던이 대꾸했다.

그들은 도로 가장자리를 향해 숲을 내려갔다. 로버트 조던은 마리아 바로 뒤를 따랐다. 나무에 걸려 나란히 갈 수는 없었다. 그는 허벅지로 회색 말을 한 번 쓰다듬어 주고 나서 빠른 속도로 솔밭 사이를 미끄러지듯 내려가는 동안 말을 꼭 붙잡고 있었다. 평지라면 회색 말에게 아마 박차를 가해 달리게 했을 것이지만 지금은 허벅지로 달리게 하면서 내려갔다.

"이봐, 길을 건너갈 때 두 번째로 가도록 해. 첫 번째도 나쁠 것 같아도 생각하는 것만큼 그리 나쁘진 않아. 그래도 두 번째가 좋아. 놈들이 노리는 건 언제나 나중이니까." 그가 마리아에게 말했다.

"하지만 당신은……."

"난 틈을 봐서 단숨에 건너갈 거야. 아무 문제없어. 줄을 지어 갈 때가 위험하거든."

그는 자동소총을 어깨에 메고 말을 달리면서 양쪽 어깨 사이에 파묻혀 있는 수염투성이의 동그스름한 파블로의 얼굴을 바라보았다. 또 그는 머리에 아무것도 쓰지 않고 어깨가 넓은 필라르의 모습을 지켜보았다. 발꿈치를 짐 보따리 속에 박고 있어 무릎이 허벅지보다 높아 보였다. 그녀는 한 번 고개를 돌려 그의 얼굴을 보고는 고개를 내저었다.

"도로를 건너기 전에 필라르를 앞질러." 로버트 조던이 마리아에게 말했다.

얼마 뒤 듬성듬성해진 나무 사이로 아래쪽 포장된 검은 도로와 그 너머로 푸른 언덕의 비탈이 보였다. 우린 지금 도랑 위쪽에 와 있군, 하고 그는 생각했다. 도로가 똑바로 다리를 향해 뻗어 있는 그 꼭대기 바로 아래쪽이야. 지금 다리 위쪽 700미터가 조금 넘는 지점에 와 있어. 만약 놈들이 다리까지 와 있다면 피아트 탱크의 사정거리에서 벗어나지는 않아.

"마리아, 우리가 도로에 이르기 전에 필라르를 앞질러 나가 저 산비탈 위쪽으로 달려 올라가는 거야." 그가 말했다.

그녀는 고개를 돌려 그를 쳐다보았지만 아무 말도 하지 않았다. 그는 오직 자신이 한 말을 그녀가 알아들었는지 살펴보기 위해 그녀를 바라보았다.

"콤프렌데스?(알았지?)" 그가 그녀에게 물었다.

그러자 그녀는 고개를 끄덕여 보였다.

"앞서 가." 그가 말했다.

그녀는 고개를 내저었다.

"어서 앞으로 나가!"

"싫어요. 지금 가는 순서대로 갈래요." 그녀가 고개를 뒤로 돌려 흔들면서 대답했다.

바로 그때 파블로가 밤색 말에 양발로 박차를 가하며 솔잎이 깔린 마지막 산비탈을 단숨에 내려가더니 말발굽에서 불꽃을 튀기면서 쏜살같이 도로를 질주해 건너갔다. 다른 사람들도 그 뒤를 따랐다. 로버트 조던은 그들이 도로를 가로질러 푸른 산비탈을 달려 올라가는 것을 쳐다보았고 동시에 다리 쪽에서 기관총을 쏘아 대는 소리를 들었다. 곧이어 쉬잇-쾅-쾅 하는 소리가 들려왔다! 요란하게 터지는 폭음은 날카로운 음향이 되어 점차 멀리 퍼져 나갔고, 산허리에 잿빛 연기 기둥과 함께 흙먼지가 분수처럼 솟구치는 것이 보였다. 쉬잇-쾅-쾅! 요란한 폭음 같은 소리가 또다시 들리자 저 멀리 산비탈 위쪽에 다시 흙이 날리고 연기가 피어올랐다.

그의 앞쪽에서 집시가 길 옆 마지막 나무 그늘에 말을 멈추고 서 있었다. 집시는 앞쪽 산비탈을 올려다보고 고개를 돌려 로버트 조던을 쳐다봤다.

"어서 가, 라파엘. 어서 말을 달려!" 로버트 조던이 재촉했다.

짐을 실은 말이 집시 뒤에서 자꾸 머리를 뒤쪽으로 젖히며 팽팽하게 잡아당기고 있었고 집시는 말을 맨 끈을 손에 꼭 쥐고 있었다.

"짐 실은 말은 그냥 두고 어서 달려!" 로버트 조던이 외쳤다.

집시는 손이 뒤로 당겨진 채 발뒤꿈치로 말의 옆구리를 힘껏 걷어찼고 그러자 손이 점점 높아져 영원히 말고삐를 놓치지 않으려는 듯 고삐가 팽팽해졌지만 이내 그것을 놓는 것이 보였다. 다음 순간 그는 고삐를 늦추고 길을 건너갔고, 그가 단단하고 거무스름한 도로를 뛰어넘을 때 놀라서 뒷걸음질 친 짐말이 로버트 조던의 무릎을 쳤다. 집시는 산비탈 위쪽으로 전속력으로 말을 몰았고 말은 요란한 말발굽 소리를 냈다.

쉬-쉬잇-콰-쾅! 포탄이 수평으로 탄도를 그리며 날아왔다. 앞쪽 땅에서 짙은 잿빛 흙과 연기가 조그만 분수처럼 솟아오르는 사이 집시가 질주하는 멧돼지처럼 날렵하게 몸을 피하는 모습이 보였다. 집시가 길고 푸른 산비탈 위쪽으로 꾸준히 달려 올라가는 동안 탄알이 그의 앞뒤로 마구 떨어졌고, 얼마 뒤 그가 언덕의 움푹 파인 곳 아래서 다른 사람들과 합류하는 모습이 보였다.

이 빌어먹을 짐말을 끌고 갈 순 없겠군, 하고 로버트 조던은 생각했다. 하기야 이 빌어먹을 것을 내 오른쪽에 세워 끌고 갈 수 있으면 좋으련만. 이놈을 나와 놈들이 쏘아 대고 있는 저 47밀리 포 사이에 놓아두면 좋겠는걸. 어쨌든 이놈을 거기까지 끌고 가 보자.

그는 짐말 옆으로 가까이 다가가 고삐와 밧줄을 잡고 나무 사이로 50미터쯤 위쪽으로 끌고 갔다. 숲 끝에서 그는 트럭 너머로 다리로 통하는 도로를 내려다보았다. 다리 위에서 서성거리는 병사들의 모습이 보였고, 그 뒤쪽은 마치 교통이 번잡한 도로 같았다. 로버트 조던은 주위를 살피다가 마침내 찾고 있던 것을 발견하자 손을 뻗어 소나무에서 마른 나뭇가지 하나를 꺾었다. 그리고 고삐를 놓고 짐말을 도로 쪽 비탈 가장자리로 데리고 가 나뭇가지로 엉덩이를 힘껏 후려갈겼다 "어서 달려, 이 자식아!" 짐말이 도로를 건너 산비탈을 올라가기 시작하자 그는 말 뒤에 마른 나뭇가지를 던져 버렸다. 나뭇가지에 맞은 말은 더욱 빨리 전속력으로 질주하기 시작했다.

로버트 조던은 30미터쯤 도로 위쪽으로 달렸다. 그 건너쪽으로는 비탈이 무척 가팔랐다. 포탄은 로켓처럼 쉬잇 소리와 요란한 소리를 내고 여기저기 흙먼지를 일으키며 터졌다. "자, 어서 가자, 이 파시스트 놈의 개자식아." 로버트 조던은 말에게 욕설을 퍼부으며 산비탈을 미끄러지듯 곧장 아래로 달리게 했다. 마침내 탁 트인 빈터와 도로로 나왔는데, 말발굽에 닿는 표면이 너무도 딱딱해서 한 발 한 발 내디딜 때마다 충격이 어깨에서 목으로, 목에서 치아로 전해졌다. 다음 순간 평평한 비탈로 들어서자 말굽은 땅을 찾아 그것을 갈라 놓고 두드리듯 몸을 앞쪽으로 쭉 뻗어 내던지듯 달렸다. 그때 내려다보니 산비탈 너머 저 아래에 있는 다리가 전에 한 번도 본일이 없는 각도로 눈에 들어왔다. 다리는 조금도 원근법적으로 작게 보이지 않고 옆모습으로 걸려 있었는데 한복판이 파괴되어 있었다. 그 뒤쪽 도로에는 조그마한 탱크가 그대로 있었고, 그 탱크 뒤에는 거울처럼 노란빛을 번쩍거리는 포가 달린 커다란 탱크 한 대가 있었다. 그런데 공기를 찢는 듯한 날카로운 소리가 그가 탄 회색 말 목덜미 바로 위에서 들리는 듯했다. 돌아다보니 산허리 위쪽에서 흙이 분수처럼 공중으로 치솟았다. 앞에서 달리고 있던 짐말은 오른쪽으로 크게 돌면서 걸음을 늦추었고, 로버트 조던이 전속력으로 달리면서 고개를 조금 돌려 다리 쪽을 내려다보니 점점 높아져서 뚜렷하게 내려다보이는 도로 모퉁이 뒤에 트럭들이 줄지어 늘어서 있었다. 그 순간 번쩍하고 노란 섬광이 터지더니 즉시 쉬잇 소리와 쾅 소리를 내며 포탄이 낮게 떨어졌고 흙먼지가 일어난 곳에서 금속 파편이 날아와 떨어지는 소리가 들렸다.

그는 앞쪽 숲 끝에 있는 일행 모두가 자기를 지켜보는 것을 보고는 이렇게 소리쳤다. "아레 카바요!(말아 달려라!)" 바로 그 순간 커다란 말의 가슴이 가파른 비탈 때문에 파도치는 것이 느껴졌고, 회색 목덜미를 앞으로 쭉 빼고 회색 귀를 앞쪽으로 내밀고 있는 것이 보였다. 그는 땀에 흠뻑 젖은 회색 목덜미를 손바닥으로 툭툭 두드려 주고 다리 쪽을 다시 돌아보았는데 도로에 서 있던 육중하고 작달막한 흙빛 탱크가 번쩍 불을 토하는 것이 보였다. 그러나 이번에는 쉬잇 하는 소리는 들리지 않고 보일러가 박살날 때처럼 코를 찌르는 듯한 냄새가 나더니 쾅 하는 폭음과 함께 그는 회색 말 아래에 깔리고 말았다. 회색 말은 일어나려고 발버둥쳤고, 그는 말의 무게에서 벗어나려고 몸부림쳤다.

그는 몸을 움직일 수는 있었다. 오른쪽으로는 움직일 수 있었다. 그러나 몸을 오른쪽으로 움직일 때 왼 다리는 말 아래에 완전히 짓눌린 채 깔려 있었다. 마치 새로운 관절이 생긴 듯한 느낌이 들었다. 허리 관절이 아니라 돌쩌귀처럼 옆쪽으로 움직이는 관절 말이다. 그는 어디가 괜찮은지 알 수 있었다. 바로 그때 회색 말이 무릎을 세우자, 등자를 느슨하게 걷어찬 로버트 조던의 오른 다리가 안장 위로 미끄러지듯 빠져나왔다. 그는 두 손으로 땅바닥에 납작 붙어 있는 왼 다리의 넓적다리 뼈를 만져 보았다. 피부 밑으로 날카로운 뼈가 느껴졌다.

회색 말이 그의 위쪽에 서 있다시피 하여 말의 늑골이 아래위로 움직이는 것이 보였다. 그가 앉아 있는 자리는 온갖 들꽃이 여기저기 피어 있는 푸른 풀밭이었다. 산비탈을 내려다보니 그 너머로 도로와 다리와 골짜기와 또다시 도로가 보였다. 그는 탱크를 바라보며 또다시 섬광을 번쩍하고 내뿜기를 기다렸다. 거의 동시에 또다시 섬광이 번쩍였고 이번에는 쉬잇하는 소리가 아니라 고성능 폭약 냄새와 흙먼지와 파편이 흩어졌고 커다란 회색 말은 마치 곡마단의 말처럼 얌전히 그의 옆에 웅크리고 앉았다. 그는 그곳에 웅크려 앉은 말을 바라보면서 말이 내는 소리를 들었다.

얼마 뒤 프리미티보와 아구스틴이 그의 겨드랑이 아래를 부축하여 마지막 산비탈을 끌고 올라갔다. 왼 다리의 새 관절은 땅의 기복에 따라 이리저리 움직였다. 한번은 포탄이 그들 바로 머리 위로 쉬잇 하면서 지나가자 두 사람은 그를 내던지고 땅 위에 납작 엎드렸다. 그러나 흙먼지가 그들을 덮고 금속 파편이 스치고 지나가자 그들은 다시 그를 일으켰다. 얼마 뒤 그들은 말들이 있던 숲속 긴 도랑 쪽 안전한 곳으로 그를 데리고 들어갔다. 마리아와 필라르와 파블로가 그를 내려다보면서 있었다.

마리아가 그의 옆에 무릎을 꿇고 앉아서 물었다. "로베르토, 어떻게 된 거예요?"

그는 땀을 뻘뻘 흘리면서 대답했다. "왼쪽 다리가 부러졌어, 아가씨."

"붕대를 꼭 매 주지." 필라르가 말했다. "그러면 말을 탈 수 있거든." 그녀는 짐을 실은 말 한 마리를 가리켰다. "저 짐을 내려."

로버트 조던은 파블로가 고개를 내젓는 것을 보고 그에게 고개를 끄덕여 보였다.

"어서들 가요." 그가 말했다. 그러고 말을 이었다. "이봐요, 파블로, 이리 좀 와 봐요."

파블로가 땀으로 얼룩진 수염투성이의 얼굴을 그의 옆쪽에서 숙이자 체취가 물씬 풍겨 왔다.

"얘기 좀 하게 해 줘. 파블로에게 할 얘기가 있거든." 그가 필라르와 마리아에게 말했다.

"많이 아픈가?" 파블로가 물었다. 그는 로버트 조던 가까이로 몸을 숙이고 있었다.

"아뇨. 신경이 엉망이 된 것 같아요. 들어 봐요. 어서 이곳을 떠나요. 난 틀렸어요. 알겠어요? 잠깐 마리아하고 얘기하고 싶어요. 저 아가씨를 데리고 가라고 하면 빨리 데리고 가 줘요. 그녀는 남아 있으려고 할 테니까. 잠깐만 그녀하고 얘기하겠어요."

"알겠지만, 그다지 시간이 없어." 파블로가 말했다.

"알아요."

"내 생각 같아서는 모두 공화국으로 가는 게 좋겠어요." 로버트 조던이 말했다.

"아냐. 난 그레도스로 가겠어."

"잘 생각해 봐요."

"그럼 마리아하고 얘기해 봐. 시간이 얼마 남지 않았어. 이렇게 돼서 안됐군, 잉글레스 양반."

"이렇게 된 이상…… 그 얘기는 그만하죠." 로버트 조던이 대꾸했다. "하지만 다시 한 번 생각해 봐요. 당신은 머리가 좋으니까. 그걸 사용해 봐요."

"사용해 보긴 하지. 그럼 잉글레스 양반, 빨리 얘기해. 시간이 없으니까." 파블로가 말했다.

파블로는 가장 가까운 나무 그늘로 가서 산비탈 아래쪽을 내려다보고 건너 쪽 도로와 도로 위쪽 계곡을 바라보았다. 그리고 진심으로 서운한 표정을 지으며 산비탈에 쓰러져 있는 회색 말을 바라보았다. 필라르와 마리아는 나무줄기에 기대고 앉아 있는 로버트 조던과 함께 있었다.

"바지를 좀 찢어 주겠소?" 그가 필라르에게 부탁했다. 마리아는 그의 옆에 꿇어앉은 채 아무 말이 없었다. 햇빛이 그녀의 머리카락 위에서 반짝거렸고, 그녀의 얼굴은 금방이라도 울음을 터트릴 것 같은 아이처럼 잔뜩 일그러져 있었다. 그러나 그녀는 울지 않았다.

필라르가 칼을 꺼내 왼쪽 주머니 아래까지 그의 왼쪽 바짓가랑이를 찢었다. 로버트 조던은 두 손으로 찢긴 자락을 들치고 자기 넓적다리를 들여다보았다. 허리 관절에서 아래쪽으로 25센티미터쯤에 뾰족하고 조그마한 천막처럼 자줏빛 살이 솟아 있었다. 손가락으로 돌기를 만져 보니 피부 바로 밑에 부러진 넓적다리뼈가 툭 튀어나와 있는 것이 느껴졌다. 다리는 이상한 각도로 놓여 있었다. 그는 필라르의 얼굴을 바라보았다. 그녀는 마리아와 똑같은 표정을 짓고 있었다.

"안다.(가세요.)"그가 필라르에게 말했다.

그러자 그녀는 고개를 숙이고 아무 말 없이 뒤도 돌아보지 않고 저쪽으로 물러갔고, 로버트 조던은 그녀의 어깨가 들썩이는 것을 보았다.

"아가씨, 잘 들어."그가 마리아에게 말하며 그녀의 두 손을 꼭 잡았다. "우린 마드리드에 가지 않아……."

그러자 그녀는 울기 시작했다.

"안 돼, 아가씨, 안 돼. 잘 들어. 지금은 마드리드에 가지 않지만, 당신이 어디에 가든 난 늘 함께 가겠어. 알겠어?"그가 말했다.

그녀는 아무 말도 하지 않고 그를 껴안으며 뺨에 머리를 부빌 뿐이었다.

"잘 들어, 토끼."그가 말했다. 아주 서둘러 이야기해야 한다는 것을 그는 알고 있었다. 땀이 몹시 흘러내렸지만 이것만은 분명히 말해서 그녀가 잘 알아듣도록 해야겠다고 생각했다. "이제 당신은 가야 해, 토끼. 하지만 난 당신과 함께 가는 거야. 둘 중 하나가 있는 한, 두 사람 모두가 있는 거야. 알겠어?"

"싫어요. 당신 곁에 남겠어요."

"안 돼, 토끼. 이제부터 내가 할 일은 혼자서 해야 해. 당신이 있으면 잘할 수 없어. 당신이 가면 나도 함께 가는 거야. 어떻게 그렇게 되는지 모르겠어? 누구든 한 사람만 있어도 언제나 둘이 함께 있는 거야."

"당신과 함께 남겠어요."

"안 된다니까, 토끼. 잘 들어. 이 일만은 함께할 수 없어. 누구나 혼자 해야 하거든. 하지만 당신이 가면 나도 당신과 함께 가는 거야. 그런 식으로 나도 함께 가는 거야. 이젠 갈 거지, 난 알아. 당신은 착하고 상냥하니까. 우리 두 사람을 위해 당신이 가는 거야."

"하지만 여기 남는 게 더 쉬워. 그 편이 더 좋아요." 그녀가 말했다.

"그래. 그러니까 부탁이니 제발 가. 날 위해 그렇게 해 줘. 당신은 그렇게 해 줄 수 있으니까."

"하지만 로베르토, 당신은 내 마음을 몰라요. 난 도대체 어떻게 되는 거죠? 가는 게 더 괴로워요."

"그래. 더 괴로울 테지. 하지만 이제 난 곧 당신인걸."

그녀는 아무 말 없이 잠자코 있었다.

그녀의 얼굴을 쳐다보고 있는 그는 몹시 땀을 흘렸다. 지금껏 살아오면서 한 번도 느껴본 적이 없는 열성으로 무엇인가를 해 보려고 애쓰면서 그는 말을 이었다.

"자, 우리 두 사람을 위해 당신은 가야 하는 거야. 고집 부려선 안 돼, 토끼. 이젠 당신의 의무를 다하지 않으면 안 돼."

그녀는 머리를 흔들었다.

"이젠 당신이 곧 나야. 당신도 확실히 그것을 느껴야 돼, 토끼. 내 말 잘 들어, 토끼. 정말로 나도 가는 거야. 당신에게 맹세해." 그가 말했다.

그녀는 아무 말 하지 않았다.

"이젠 알겠지? 나도 이젠 확실히 알았어." 그가 다시 말을 이었다. "그럼 이젠 갈 테지. 옳지. 이제 가겠군. 가겠다고 내게 말한 거야."

그녀는 아무 말도 하지 않았다.

"고마워. 당신은 이제 무사히, 빨리, 멀리 가는 거야. 그리고 당신 속에서 우리 둘은 함께 가는 거지. 자, 당신 손을 여기 놔 봐. 자, 머리를 숙여. 그래, 머리를 숙여 봐. 이제 됐어. 그럼 내 손을 거기에 얹겠어. 됐어. 당신은 참 착해. 이제 쓸데없는 생각은 하지 마. 당신이 해야 할 일을 하는 거야. 이제 얌전하게 내 말을 잘 듣고 있군. 내게가 아니라 우리 두 사람에게지. 당신 속에 있는 내게 말이야. 자, 이제 우리 둘을 위해 어서 가. 정말이야. 이제 우린 당신 안에서 함께 가는 거야. 이 일을 난 당신에게 약속했어. 당신은 아주 착하고 상냥하니까 이젠 가 줄 거야."

그가 나무 아래에서 넌지시 자기를 바라보고 있는 파블로에게 머리를 흔들어 보이자 파블로는 걸음을 옮기기 시작했다. 그는 필라르에게 엄지손가락으로 신호를 보냈다.

"마드리드는 이다음에 가기로 하지, 토끼. 정말이야. 자, 이제 일어나 어서 가. 우린 함께 가는 거야. 자, 어서 일어나. 알겠어?"

"싫어요." 그녀가 이렇게 말하고는 그의 목을 힘껏 껴안았다.

그는 여전히 침착하고 분별 있으면서도 자못 위엄을 갖추고 말했다.

"일어나. 이제 당신은 나이기도 한 거야. 당신은 미래의 내 모습이기도 해. 일어나." 그가 말했다.

그녀는 울면서 머리를 숙이고 천천히 일어섰다. 다음 순간 그녀는 쓰러지듯 그의 옆에 털썩 주저앉았다. 그러고 나서 그가 "일어나, 아가씨." 하고 말하자 또다시 그녀는 지친 듯 천천히 일어났다.

필라르가 그녀의 팔을 붙잡아 주며 그곳에 서 있었다.

"바모노스.(가자.)" 필라르가 말했다. "뭐 바라는 건 없소, 잉글레스 양반?" 그녀가 이번에는 그의 얼굴을 바라보며 고개를 흔들었다.

"없어요." 그가 대답하고는 다시 마리아에게 말을 건넸다.

"우린 헤어지는 게 아니니까 작별 인사를 할 필요도 없어, 아가씨. 그레도스에 가면 모든 일이 잘될 거야. 자, 어서 가. 잘 가." 그는 필라르가 마리아를 데리고 가는 것을 바라보면서 또다시 부드러운 목소리로 타이르듯 말을 이었다. "아니, 뒤돌아봐선 안 돼. 자, 발을 떼어 놔 봐. 옳지, 됐어. 발을 떼 놓는 거야." 그가 말했다. "그녀를 좀 거들어 줘요." 그가 필라르에게 말했다. "안장에 앉혀 줘요. 자, 어서 올라타."

그는 온통 땀투성이가 된 얼굴을 돌려 산비탈을 내려다보다가, 옆에서는 필라르가 바로 뒤에서는 파블로가 부축하여 안장에 올라탄 마리아 쪽으로 시선을 돌렸다. "가요, 어서 가." 그가 재촉했다.

그녀가 돌아보려고 했다. "돌아봐선 안 돼." 로버트 조던이 말했다. "어서 가." 그러자 파블로가 말 다리를 묶는 가죽끈으로 말 엉덩이를 찰싹 후려갈겼다. 마리아는 안장에서 미끄러질 것 같았지만, 필라르와 파블로가 그녀 곁에 바싹 달라붙어 말을 몰았고 필라르가 그녀를 붙잡고 있었다. 말 세 마리가 나란히 도랑 위쪽으로 올라갔다.

"로베르토, 남게 해 줘요! 해 달라고요!" 마리아가 뒤돌아보며 소리쳤다.

"난 당신과 함께야. 이제 당신과 함께 있는 거야. 우리 둘이 함께 있는 거야. 어서 가!" 로버트 조던도 큰 소리로 외쳤다. 얼마 뒤 그들은 도랑 모퉁이를 돌아 시야에서 사라져 버렸고, 그는 물을 끼얹은 듯 온몸이 땀으로 흠뻑 젖은 채 아무것도 보이지 않았다.

아구스틴이 그 곁에 서 있었다.

"잉글레스 양반, 총으로 쏴 줄까?" 그가 가까이 몸을 굽히며 물었다. "키에레스?(그렇게 해 줄까?) 그렇게 하는 건 아무 일도 아니지."

"노 아세 팔타.(그럴 필요 없소.) 어서 가요. 난 여기서 이렇게 있는 게 좋아." 로버트 조던이 대답했다.

"메 카고 엔 라 레체 메 안 다도!(아, 염병할, 어쩌다 이렇게 됐단 말이야, 제기랄!)" 아구스틴이 내뱉었다. 그는 울고 있었기에 로버트 조던의 모습이 똑똑히 보이지 않았다. "살루드(잘 있어), 잉글레스 양반."

"살루드(잘 가), 친구!" 로버트 조던이 말했다. 그는 이제 산비탈 아래쪽을 내려다보았다. "저 까까머리 아가씨를 잘 돌봐 주겠지?"

"그야 물론. 뭐 필요한 건 없나?" 아구스틴이 물었다.

"이 기관총 탄알은 이제 얼마 남지 않았으니 이 총은 내가 갖고 있겠소. 다른 총들은 더 갖고 가요. 다른 사람 총하고 파블로의 총 말이오." 로버트 조던이 대꾸했다.

"내가 총신을 닦아 놨어. 당신이 떨어질 때 흙속에 박혀 버렸거든."

"그 짐말은 어떻게 됐죠?"

"집시가 붙잡았어."

아구스틴은 이제 말을 타고 있었지만 차마 발걸음이 떨어지지 않았다. 그는 로버트 조던이 기대고 누워 있는 나무 쪽으로 몸을 나지막하게 숙였다.

"자, 이제 그만 가지, 비에호(친구). 전쟁에선 이런 일이 자주 일어나니까." 로버트 조던이 그에게 말했다.

"케 푸타 에스 라 게라!(전쟁이란 빌어먹을 좆 같은 거야!)" 아구스틴이 내뱉었다.

"그래, 맞아, 친구. 정말 그 말이 옳아. 하지만 이제 어서 가요."

"그럼, 살루드(잘 있어요), 잉글레스 양반." 아구스틴은 오른주먹을 힘껏 움켜쥐며 말했다.

"살루드.(잘 가요.) 어서 가요, 친구."

아구스틴은 말머리를 돌려 마치 그런 동작으로 또 한 번 전쟁을 저주하는 듯 오른 주먹을 휘두르고는 도랑 위쪽으로 올라갔다. 다른 사람들이 시야에서 사라진 지는 벌써 오래되었다. 그는 도랑길이 숲속으로 구부러져 들어가는 모퉁이에서 다시 한 번 뒤돌아보며 주먹을 휘둘렀다. 로버트 조던도 손을 흔들었고, 곧이어 아구스틴의 모습도 시야에서 사라져 버렸다……. 로버트 조던은 푸른 산비탈에서 도로와 다리 쪽을 내려다보았다. 이렇게 있어도 편하군, 하고 그는 생각했다. 아직

배로 기어 움직일 위험을 무릅쓸 필요는 없고, 또 최후의 순간이 그렇게 가까이 다가오지도 않았어. 이렇게 있는 게 더 잘 보이거든.

이 모든 일이며 동지들이 모두 떠나가 버렸다는 사실에 공허하고 힘이 쭉 빠지고 피로한 느낌이 들면서 입 안에 담즙처럼 쓴맛이 돌았다. 이제 드디어 아무런 문제도 없게 되었다. 지금까지의 모든 일이 어떻게 되었건, 또 앞으로 어떻게 되건 그에게는 이제 아무런 문제도 없었다.

동지들은 이제 모두 떠나 버렸고, 그는 홀로 남아서 나무에 기대어 앉아 있었다. 푸른 산비탈 건너 쪽을 내려다보았다. 아구스틴이 쏘아 죽인 회색 말이 보이고, 도로로 올라가는 산비탈과 그 뒤로 숲으로 뒤덮인 들판이 보였다. 그리고 그는 다리와 다리 건너편으로 시선을 돌려 다리 위와 도로에서 벌어지고 있는 활발한 움직임을 바라보았다. 이제 아래쪽 도로에 트럭들이 모두 내려와 있었다. 트럭의 회색이 나무 사이로 보였다. 그런 뒤 그는 눈길을 돌려 도로 위쪽 산으로부터 내리막이 되어 있는 곳을 바라보았다. 이제 곧 놈들이 올 테지, 하고 그는 생각했다.

필라르가 누구 못지않게 그녀를 잘 보살펴 줄 거야. 그건 나도 잘 알고 있어. 파블로는 틀림없이 확실하게 계획을 세웠을 거야. 그렇지 않았다면 시도하려 들지도 않았을 테지. 파블로에 대해선 걱정할 필요 없어. 마리아에 대해 생각하는 것도 아무 소용 없어. 네가 그녀에게 한 말을 믿도록 해. 그것이 가장 좋은 일일 테니. 어느 누가 그것이 진실이 아니라고 말할 수 있단 말인가? 넌 그럴 수 없겠지. 실제로 있었던 사실을 없었다고 말하지 않는 것과 마찬가지로, 넌 그런 말도 하지 않을 인간이야. 그러니 이제 네가 믿고 있는 것을 그대로 믿는 거야. 냉소적이 되어서는 안 돼. 시간적 여유가 너무 없는 데다 방금 그녀를 보내지 않았는가. 사람은 자기가 할 수 있는 일을 하게 마련이거든. 넌 너 자신을 위해선 아무 일도 할 수 없지만 남을 위해서라면 아마 뭔가 해 줄 수 있을 거야. 어쨌든 우린 이 나흘 동안 모든 행복을 실컷 맛본 셈이야. 나흘이 아니지. 내가 처음 도착한 것은 그날 오후이고, 오늘은 아직 한낮도 되지 않았어. 그렇다면 정확히 사흘 낮과 사흘 밤도 채 되지 않았어. 셈은 정확히 하시지, 하고 그는 마음속으로 말했다. 셈을 정확하게 하라고.

이젠 슬슬 아래로 내려가 보는 게 좋겠는데, 하고 그는 생각했다. 부랑자처럼 이 나무에 기대 있지만 말고 어디든 도움이 될 만한 곳에 고정하고 앉아 있는 게 좋겠어. 넌 정말 운이 좋았어. 이보다 훨씬 운이 나쁜 일도 얼마든지 있는 법이거든. 누구나 다 언젠가는 이런 일을 당하고야 말지. 일단 이렇게 해야 한다는 것을 아는 이상, 그것에 대해 겁을 집어먹진 않겠지? 아냐, 절대로 그렇지 않아, 그가 말했다. 신경이 망가진 게 천만다행이지 뭐야. 이 상처 아래에 무엇이 있는지조차 전혀 느껴지지 않으니. 그는 다리 아래 부분을 만져 보았지만 자기 신체의 일부가 아닌 것 같았다.

그는 또다시 산비탈을 내려다보며 생각에 잠겼다. 난 이 세상을 떠나기 싫을 뿐이야. 이 세상을 떠나기가 정말로 싫어.

그리고 내 인생에서 뭔가 좋은 일을 했기를 바라. 내가 갖고 있던 재능이나마 그것으로 그렇게 시도해 봤지. '갖고 있는'이라는 뜻이겠지. 그래, '갖고 있는' 재능 말이야.

나는 내가 믿고 있던 것을 위해 지난 일 년 동안 싸워 왔지. 만약 우리가 여기서 승리를 거두면 우린 어디서나 승리를 거두게 될 거야. 이 세계는 아름다운 곳이고, 그것을 위해 싸울 만한 가치가 있는 곳이지. 그래서 이 세계를 떠나기가 싫은 거야. 이렇게 훌륭한 삶을 보낼 수 있었으니 넌 행운아였어, 하고 그는 스스로에게 말했다. 할아버지의 삶처럼 그렇게 길지는 못했어도 할아버지 못지않게 훌륭한 삶을 살았어. 이 마지막 며칠 때문에 넌 누구 못지않게 훌륭한 삶을 보낼 수 있었지. 이런 행운을 얻고도 설마 불평할 생각은 하지 않겠지. 하지만 어떻게 해서든지 내가 배운 것을 사람들에게 전할 방법이 있었으면 좋겠어. 제기랄, 죽음을 눈앞에 두고서야 정신없이 그것을 배우고 있군. 카르코프와 이야기를 나누고 싶어. 그 사람은 지금 마드리드에 있겠지. 바로 저 산맥을 넘어 평야 건너편에. 잿빛 바위와 솔밭과 히스와 가시금작화 숲을 빠져나가 노란 고원 지대를 가로질러 가면 바로 그곳에 그 도시가 하얗고 아름답게 솟아 있지. 그곳은 필라르가 들려준 도살장에서 짐승의 피를 마시는 할머니들의 이야기처럼 현실적이지. 진실한 것이 하나만 있다는 법은 없어. 모두가 진실인 거야. 아군의 것이건 적의 것이건 비행기는 하나같이 아름답거든. 빌어먹을 비행기들, 하고 그는 생각했다.

이젠 느긋하게 생각하자, 하고 그는 자신을 타일렀다. 아직 시간이 있는 동안 자세를 뒤집자. 그렇지, 한 가지 일이 더 있어. 기억하고 있나? 필라르와 그 손금 말이야. 넌 엉터리 수작을 믿어? 그래, 믿지 않아, 하고 그가 말했다. 지금까지 이 모든 일을 겪고도 역시 믿지 않는 거야? 그래, 난 믿지 않아. 오늘 아침 일찍 이 연극이 시작되기 전에 그 여자는 그것에 대해 그럴듯하게 말했지. 내가 손금을 믿지나 않을까 하고 걱정했던 거야. 하지만 난 믿지 않아. 그런데 그녀는 믿고 있었어. 그들은 뭔가 알고 있었던 거야. 그게 아니라면 뭔가 느꼈던 거야. 새를 잡는 사냥개처럼 말이지. 초감각적인 지각은 어떻게 되는 건가? 또 음란한 욕지거리는 어떻게 되는 건가? 하고 그는 스스로에게 물었다. 그녀는 작별 인사를 하려고 하지 않았지, 하고 그는 생각했다. 만약 작별 인사를 하면 마리아가 절대로 가려 하지 않을 것을 알고 있었기 때문이었어. 그 필라르라는 여자. 이봐, 로버트 조던, 이제는 자세를 뒤집어 보시지. 하지만 그는 그렇게 하고 싶지 않았다.

그때 그는 자신의 뒷주머니에 조그마한 술통이 있다는 게 기억났다. 그는 이렇게 생각했다. 이 독한 놈을 한 잔 마시고서 한번 해 보자. 그러나 손으로 만져 봐도 술통은 없었다. 그것마저 없어졌다는 생각이 들자 그는 한층 더 외로워졌다. 그런 것에 의지하고 있었구나, 하고 그는 혼잣말을 했다.

파블로가 가져갔다고 생각하는가? 어리석게 굴지 마. 다리를 폭파할 때 잃어버렸을 거야. "자, 힘을 내, 조던. 이제 움직여 보자." 그가 말했다.

그래서 그는 두 손으로 왼 다리를 붙잡고 기대고 앉아 있던 나무 옆으로 벌렁 드러누우면서 발목 쪽으로 힘껏 잡아당겼다. 그런 뒤 납작 엎드려서 뼈끝이 솟아나와 넓적다리 살갗을 꿰뚫지 않도록 조심해서 힘껏 다리를 잡아당기면서 엉덩이를 중심으로 천천히 돌아 마침내 뒤통수가 언덕 아래쪽으로 향하게 했다. 그러고 나서 산 위쪽을 향해 부러진 다리를 두 손으로 받쳐 들고 왼쪽 발등에 오른쪽 발바닥을 댄 다음 힘차게 누르면서 땀투성이가 되어 얼굴과 가슴으로 굴렀다. 그는 팔꿈치로 몸을 일으켜 두 손으로 왼 다리를 들어 뒤쪽으로 똑바로 폈고, 땀을 흘리면서 멀리 오른발로 힘껏 밀었고, 잠시 그 자리에 그대로 있었다. 손가락으로 왼쪽 넓적다리를 만져 보니 제대로 되어 있었다. 뼈끝이 살갗을 뚫지도 않았고, 부러진 끝은 근육 속에 제대로 파묻혀 있었다.

그 망할 놈의 말이 구를 때 신경이 완전히 망가진 게 틀림없어, 하고 그는 생각했다. 조금도 아프지 않아. 그저 자세가 바뀔 때만 아플 뿐이야. 자세가 바뀌면서 뼈가 뭔가를 찌를 때 말이야. 알고 있는 거야? 하고 그는 말했다. 얼마나 운이 좋은지 알고 있는 거야? 너한테는 진통제 같은 건 전혀 필요가 없거든.

그는 경기관총으로 손을 뻗어 탄창 속에서 탄알 집을 꺼냈고, 주머니 안에서 탄창을 더듬어 찾아 기계장치를 열고 총열을 살펴본 뒤 탄창 집 속으로 철컥 밀어 넣고 다시 산비탈 아래쪽을 내려다보았다. 이제 반시간은 지났겠지, 하고 그는 생각했다. 그러니 이제 느긋하게 생각하자.

그러고 나서 그는 산허리와 솔밭을 바라보면서 아무것도

생각하지 않으려고 했다.

그는 개울을 내려다보며 다리 아래 서늘한 그늘에 있을 때의 기분을 떠올려 보았다. 놈들이 어서 왔으면 좋겠는걸, 하고 그는 생각했다. 놈들이 오기 전에는 어떤 혼란에도 빠지고 싶지 않거든.

이런 상황을 나보다 쉽게 받아들일 수 있는 사람이 있을까? 종교가 있는 인간일까, 아니면 그저 정면으로 그것을 받아들이는 인간일까? 죽음이란 그런 인간들에겐 커다란 위안이 되겠지만, 우리 역시 무서울 건 하나도 없다는 걸 알고 있지. 죽음에서 나쁜 점이란 무엇인가를 놓친다는 것뿐이야. 죽음은 오래 시간을 끌거나 고통이 너무 심해서 본인에게 곤욕을 줄 때만 나쁜 거지. 그런 점에서 넌 아주 운이 좋다는 걸 알고 있는 거야? 넌 조금도 그런 것을 겪을 필요가 없잖아.

그들이 모두 도망칠 수 있었다는 건 참 놀라운 일이야. 모두가 도망친 이상 이제 조금도 마음에 거리낄 것이 없어. 내가 말한 그대로잖아. 정말로 내가 말한 대로 되었군. 만약 모두가 지금 회색 말이 쓰러져 있는 저 산비탈에 여기저기 흩어져 있다면 문제는 얼마나 달라졌을까. 또는 우리 모두가 죽음을 기다리면서 여기 갇혀 있다면? 그래, 그들은 도망쳤어. 모두 이곳을 떠나 버렸어. 이제 남은 건 공격이 성공했는지 하는 문제뿐이야. 네가 바라는 건 뭐지? 무엇이고 모두 바라지. 난 모든 것을 바라며, 손에 넣을 수 있는 것이라면 무엇이든 손에 넣을 거야. 만약 이 공격이 실패한다 해도 다른 공격에는 성공할 테지. 난 비행기들이 언제 돌아왔는지 알아채지 못했어. 아, 그녀를 도망치게 할 수 있었다는 게 얼마나 다행인가.

이번 일에 대해 할아버지에게 이야기하고 싶구나. 할아버지도 아마 사람들을 찾아내어 이만큼 멋지게 일을 해내지는 못했을 거야. 하지만 네가 그걸 어떻게 알 수 있단 말이냐? 그분은 이런 일을 어쩌면 쉰 번이나 해치울 수 있었을지도 몰라. 아니, 그럴 리 없어, 하고 그는 말했다. 계산을 정확히 하자고. 이런 일은 아무도 다섯 번도 할 수 없었어. 어느 누구도 다섯 번 해 본 사람이 없지. 이런 일은 단 한 번 해 본 사람도 없을지 몰라. 확실히 그래. 틀림없이 그럴 거야.

놈들이 이제 왔으면 좋겠는데, 하고 그가 혼잣말을 했다. 이제 다리가 쑤시기 시작하니 놈들이 곧 와 주었으면 좋겠는데. 상처가 부어오르는 모양이야.

그 탱크 놈이 우리를 공격했을 때 우린 정말 근사하게 해내고 있었어, 하고 그는 생각했다. 하지만 내가 다리 밑에 있을 때 그놈이 오지 않은 건 천만다행이었어. 일이 그릇되려면 반드시 무슨 일이든 일어나게 마련이거든. 골츠가 그런 명령을 받았을 때 넌 이미 이렇게 될 운명이었던 거야. 너도 그걸 알고 있었고, 어쩌면 필라르도 예감했을지도 몰라. 하지만 장차 이러한 일들은 좀 더 조직적으로 하게 될 거야. 휴대용 단파 송신기를 반드시 갖춰야 해. 그래, 갖춰야 할 장비가 너무나 많군. 무엇보다도 난 예비용 다리를 하나 더 갖고 다녀야겠지.

여기까지 생각이 미치자 그는 땀을 흘리면서 쓴웃음을 지었다. 말에서 떨어질 때 신경이 엉망이 된 다리가 이제 와서 쑤시기 시작했기 때문이다. 아, 놈들아, 어서 와라, 하고 그는 혼잣말을 했다. 난 아버지가 한 짓은 하고 싶지 않아. 나도 그 일은 잘 해낼 수 있겠지만 그런 짓은 하고 싶지 않아. 그런 건 반대야. 그런 일은 생각지도 마. 아예 생각지도 마. 망할 놈의 녀석들이 빨리 왔으면 좋겠는데, 하고 그는 혼잣말을 했다. 제발 빨리 오거라.

이제 다리가 몹시 아파 왔다. 다리를 움직인 뒤부터 부어올랐고 갑자기 아프기 시작했다. 그래서 그는 혼잣말로 중얼거렸다. 어쩌면 이제 단숨에 해치워 버리는 것이 좋지 않을까. 고통은 도무지 견디지 못하는 위인이거든. 이봐, 만약 내가 지금 그렇게 한다면, 넌 이해하지 못하겠지? 넌 지금 누구에게 말을 건네고 있는 거야? 어느 누구한테도 말을 건네는 게 아니지, 하고 그가 중얼거렸다. 어쩌면 할아버지한테 하는 거겠지. 아냐. 아무한테도 아냐. 아, 빌어먹을, 어서 놈들이나 왔으면 좋겠군.

이봐, 내가 그렇게 할 수밖에 없는 까닭은, 정신을 잃거나 그와 비슷한 상태에 빠지면 곤란해지기 때문이야. 만약 놈들이 내 의식이 돌아오게 한다면, 놈들은 시시콜콜하게 심문하거나, 고문하거나, 어쨌든 그러한 비열한 짓거리를 할 거야. 놈들이 그런 일을 못 하게 하는 게 가장 좋을지 몰라. 그러니 이제 단연코 그 일을 해서 만사를 끝내 버리는 게 낫지 않을까? 그 까닭은, 아, 내 말 좀 들어 봐, 그래, 내 말 좀 들어 보라고. 놈들이 빨리 왔으면 좋겠는걸.

넌 이런 일을 그다지 잘하지 못해, 조던, 하고 그는 혼잣말

400

을 했다. 이런 일에 서툴거든. 하지만 어느 놈이 이 일을 그렇게 잘하겠어? 난 잘 모르겠고, 또 지금은 관심도 없어. 하지만 넌 아니야. 정말이야. 넌 전혀 아니야. 아, 전혀 아니라고, 전혀. 기왕이면 지금 해치워 버리는 게 좋지 않을까? 그렇게 생각하지 않아?

안 돼, 그래선 안 돼. 네가 할 수 있는 일이 남아 있기 때문이야. 그게 뭔지 알고 있는 한, 넌 그것을 해야 해. 그게 뭔지 기억하고 있는 한, 그것을 기다리고 있어야 해. 자, 와라. 어서 놈들이 오게 해 줘. 놈들을 어서 오게 해. 오게 해 달란 말이야!

이곳을 떠난 그 사람들을 생각해 봐, 하고 그는 혼잣말을 했다. 숲속으로 사라져 버린 친구들을 생각해 봐. 그들이 개울을 건너는 걸 생각해 봐. 히스 사이를 헤치고 말을 타고 빠져나가는 걸 생각해 봐. 산비탈을 따라 올라가는 걸 생각해 봐. 오늘 밤이면 모두 무사히 도망칠 수 있다는 걸 생각해 봐. 밤새 이동할 것을 생각해 봐. 내일 낮에 어디엔가 숨을 것을 생각해 봐. 그들을 생각해 보란 말이야. 빌어먹을, 그들에 대해 생각해 봐. 내가 그들 일을 생각할 수 있는 것도 바로 거기까지군, 하고 그는 혼잣말을 했다.

몬태나를 생각해 봐. 안 돼. 마드리드를 생각해 봐. 안 돼. 시원한 냉수를 한 모금 마신다고 생각해 봐. 좋아, 꼭 그런 기분일 거야. 시원한 냉수를 한 모금 쭉 들이켜는 맛. 넌 거짓말쟁이야. 아무것도 아닐 거야. 아마 그뿐일 거야. 아무것도 없을 거야. 그렇다면 해 버려. 해 버리라고. 지금 당장 해 버려. 지금 해치워 버리는 게 좋을 거야. 자, 어서 지금 해 버려. 아냐, 넌 기다려야 해. 무엇 때문에 기다려. 넌 잘 알고 있잖아. 그럼 기다려 봐.

이젠 더 이상 기다릴 수 없어, 하고 그가 혼잣말을 했다. 더 이상 기다리다간 정신을 잃을 거야. 이제까지 세 번이나 그럴 뻔했는데 그럴 적마다 가까스로 참아 냈으니 난 그것을 잘 알고 있지. 훌륭히 견뎌 왔어. 하지만 이제부터의 일은 자신이 없어. 내가 생각할 수 있는 것은, 부러진 넓적다리뼈 주위에서 내출혈이 일어났다는 사실이야. 특히 몸을 돌릴 때 그런 것 같아. 그래서 상처가 부어올랐고, 또 그래서 힘이 빠지고 정신이 혼미해지기 시작한 거야. 지금 얼른 해 버리는 게 좋을 텐데. 정말로 그게 나을 거라고 지금 네게 말하고 있는 거야.

하지만 기다렸다가 잠깐 동안이라도 놈들을 막을 수 있다면, 또는 그저 장교 놈이라도 쏴 죽일 수 있다면, 그렇다면 얘기는 달라지지. 한 가지 일이라도 제대로 해낼 수 있다면…….

좋아, 하고 그는 혼잣말을 했다. 그리고 가만히 누워 눈덩이가 산비탈 위로 이따금 굴러 떨어질 때처럼 정신이 가물가물 사라져 가는 것을 느끼면서 자신을 꼭 붙잡으려고 애썼다. 그는 혼잣말을 했다. 이제 가만히, 놈들이 올 때까지 지탱해 보자.

바로 그때 기병대가 숲속에서 나타나 도로를 가로지르는 것이 보였기 때문에 로버트 조던은 정말 운이 좋았다. 그는 그들이 산비탈을 올라오는 것을 지켜보았다. 기병 하나가 쓰러져 있는 회색 말 옆에 말을 세우고 뒤에서 쫓아오던 장교에게 외쳤다. 두 사람이 말 위에서 회색 말을 내려다보는 것이 보였다. 물론 그들은 그 말을 알아보았다. 어제 이른 아침 그 말과 그 말에 타고 있던 사람이 실종되었던 것이다.

로버트 조던은 이제 한층 더 가까이에서 산비탈에 있는 그들을 바라보았다. 아래쪽으로 도로와 다리와 그 아래로 길게 늘어선 차량들의 대열이 보였다. 그는 이제 주변과 완전히 하나가 되어 모든 것을 한눈에 똑똑히 바라보았다. 그러고 나서 하늘을 쳐다보았다. 커다란 흰 구름이 둥실 떠 있었다. 그는 엎드려 있는 땅바닥에 깔린 솔잎을 만져 보았고, 또 뒤에 기대고 있던 소나무 줄기의 껍질을 만져 보았다.

그러고 나서 그는 두 팔꿈치를 되도록 편안하게 솔잎 위에 세우고 경기관총의 총구를 소나무 줄기에 걸쳐 놓았다.

장교는 이제 일당이 타고 간 말들의 발자국을 따라 조금 빠른 속도로 달려왔기 때문에 로버트 조던이 누워 있는 곳에서 20미터쯤 아래쪽을 통과할 참이었다. 그만한 거리라면 아무런 문제가 없을 것이다. 그 장교는 베렌도 중위였다. 그는 아래쪽 초소가 공격당했다는 최초의 보고 후에 명령을 받고 라그랑하에서 올라온 것이었다. 그들은 열심히 말을 달렸지만 다리가 폭파되어 있었기 때문에 다시 돌아가 훨씬 상류 쪽 골짜기를 건너 솔밭을 통과해 왔다. 그들이 타고 있는 말들은 땀에 흠뻑 젖고 지칠 대로 지쳐 있어 조금이라도 속도를 내려면 박차를 가해야 했다.

베렌도 중위는 여윈 얼굴에 심각하고 엄숙한 표정을 지으며 말발굽 자국을 조심스럽게 살피면서 위쪽으로 올라왔다. 그의 경기관총은 왼팔을 구부린 곳에 안장을 가로질러 비스듬히 놓여 있었다. 로버트 조던은 나무 뒤에 엎드려 아주 주의 깊고도 능란하게 두 손이 떨리지 않도록 정신을 바짝 차리고 있었다. 그러고는 장교가 솔밭의 첫 번째 나무들과 초원의 초록빛 경사면이 합쳐지는 양지바른 곳까지 다가오기를 기다렸다. 그는 심장이 숲에 깔려 있는 솔잎에 부딪혀 고동치는 것을 느낄 수 있었다.

작품 해설

미국 작가뿐 아니라 세계 작가를 통틀어서도 어니스트 헤밍웨이만큼 전쟁에 그렇게 깊은 관심을 기울인 작가도 드물다. 그는 전쟁이 있는 곳이라면 어느 곳이든 위험을 무릅쓰고 달려갔다. 제1차 세계대전처럼 군인으로 직접 참가한 적도 있고, 군인으로 참가할 수 없을 때는 전쟁을 취재하는 특파원 자격으로 참가했다. 제2차 세계대전 중에는 특파원인데도 영국 공군 비행기에 탑승하고 노르망디 상륙 작전에 직접 참가하며 파리를 탈환하는 데 앞장서는 등 일반 정규군 못지않게 활약했다. 이러한 행동은 제네바 협정을 위반하는 것이어서 때로는 물의를 빚기도 했다. 이렇듯 일생 동안 전쟁에 지칠 줄 모르는 관심을 보인 헤밍웨이는 서재에 전쟁에 관한 책을 무려 26여 권이나 소장하고 있었다.

그렇다면 헤밍웨이는 도대체 왜 피에 굶주린 늑대처럼 이렇게 전쟁터를 쫓아 다녔을까? 전쟁에 깊은 관심을 기울인 것은 단순한 치기 어린 모험심이나 영웅심 때문만은 아니었다. 전쟁이 작가에게 적잖이 도움이 된다고 판단했기 때문이었다. 산문집 『아프리카의 푸른 언덕』(1935)에서 헤밍웨이는 19세기 러시아의 문호 레프 톨스토이를 언급하면서 "전쟁 경험이 작가에게 얼마나 도움이 많이 되는지"에 대하여 말한다. 전쟁이야말로 작가에게 중요한 소재 중 하나가 될 수 있다는 것이다. 그러면서도 전쟁에 관한 작품을 진실하게 쓰기란 가장 힘들다는 말도 잊지 않는다. 또 1925년 F. 스콧 피츠제럴드에게 보낸 편지에서도 헤밍웨이는 전쟁이야말로 작가가 작품을 쓰는 데 가장 좋은 소재라고 밝히기도 한다.

그런데 여기에서 한 가지 흥미로운 것은 헤밍웨이가 여러 종류의 전쟁 중에서도 특히 내전에 관심을 둔다는 점이다. 이 점과 관련하여 그는 "작가에게 가장 좋은 전쟁은 내전이다."라고 잘라 말한다. 그러면서 내전이 작가에게 '가장 완전하다.'라는 말을 덧붙인다. 헤밍웨이 특유의 생략 어법으로 말하는 탓에 이 '완전하다.'라는 말을 어떻게 받아들여야 할지 망설이게 된다. 모르긴 몰라도 아마 한 나라 안에서 민족끼리 벌이는 내전이 국가와 국가 사이에서 일어나는 국제적인 전쟁보다 훨씬 더 극적이고 비극적이라는 뜻으로 받아들일 수 있을 것이다. 동족상잔의 비극 한국전쟁을 생각해 보면 쉽게 이해가 간다.

그러고 보니 헤밍웨이의 친가 쪽과 외가 쪽 할아버지 모두 미국의 남북전쟁에서 싸웠으며, 두 집안은 선조 중에 용맹스러운 군인이 있다는 사실을 무척 자랑스럽게 생각했다. 『누구를 위하여 좋은 울리나』(1940)의 한 장면에서 주인공 로버트 조던은 남북전쟁 때 용감하게 싸운 할아버지의 모험심과 지금 스페인 내전에 참가하고 있는 자신의 경험을 비교한다. 미국의 남북전쟁이 흑인 노예제도를 두고 남과 북으로 갈라져 싸웠다면, 스페인 내전은 우파와 좌파 같은 정치적 이데올로기를 두고 다툰 싸움이었다.

1

헤밍웨이의 『무기여 잘 있어라』(1929)가 제1차 세계대전 중 이탈리아 전선을 배경으로 쓴 작품이라면 『누구를 위하여 좋은 울리나』는 스페인 내전을 소재로 쓴 작품이다. 미국 작가이면서도 미국을 지리적 배경으로 삼거나 미국적 경험을 소재로 삼아 쓴 작품은 별로 없다는 사실이 흥미롭다. 그의 작품 중에서 실패한 소설로 일컫는 『유산자와 무산자』(1937)만이 플로리다 주 남단 키웨스트 섬을 공간적 배경으로 삼고 있을 따름이다. 그러나 이 작품마저도 좀 더 엄밀히 말하면 플로리다뿐 아니라 쿠바를 지리적 배경을 삼고 있기도 하다.

헤밍웨이는 유럽의 여러 나라 가운데에서도 스페인과 스페인 사람에 남다른 애정이 있었다. 그에게 스페인은 유럽 국가 중 유일하게 남아 있는 중세 국가이며, 스페인 사람들은 유럽인 중에서는 가장 인간적인 사람들이었다. 『누구를 위하여 좋은 울리나』의 첫 부분에서 미국 몬태나 주 출신 주인공 로버트 조던은 "스페인 같은 나라는 이 세상에 없죠."라고 말한다. 그러자 옆에 있던 페르난도가 "당신 말이 맞아요. 이 세상 어딜 가도 스페인 같은 나라는 없어요."라고 대답한다. 로버트의 말은 작가 헤밍웨이의 말로 받아들여도 크게 틀리지 않을 것 같다.

헤밍웨이는 한 비평가에게 보낸 편지에서 "기본적으로 작가는 두 사람을 위해 작품을 쓴다. 완벽하게 하려고, 완벽하지 않다면 멋지게 만들려고 자신을 위해 작품을 쓴다. 그런 뒤 그는 사랑하는 사람을 위해 작품을 쓴다. 그녀가 글을 읽고 쓸 수 있던 없던, 또 그녀가 지금 살아 있던 죽었던 말이다."라고 말한 적이 있다. 그런데 여기에서 '사랑하는 사람'을 단순히 연인에만 한정하는 것은 좁은 생각이다. 작가가 사랑하는 대상은 무엇이든 얼마든지 이 범주에 들어갈 수 있기 때문이다. 가령 작가의 고향일 수도 있고 조국일 수도 있고, 아니면 그가 남달리 좋아하는 다른 나라일 수도 있다. 헤밍웨이는 어떤 의미에서 고국보다도 더 사랑한 스페인을 위해 『누구를 위하여 종은 울리나』를 썼는지도 모른다.

헤밍웨이는 이 작품에서 스페인을 중심적인 지리적 배경으로 삼는다. 좀 더 정확히 말하자면 그는 수도 마드리드와 그 남쪽 세고비아 사이에 위치한 과다라마 산맥을 이 소설의 중심적인 배경으로 삼고 있다. 그는 이미 『태양은 다시 떠오른다』(1926)의 후반부에서 스페인 북부 지방 나바레의 부르게테와 팜플로나를 중요한 배경으로 삼은 적이 있다. 그러나 스페인을 작품 전체의 배경을 삼기는 『누구를 위하여 좋은 울리나』가 처음이다. 물론 과거 회상 장면이나 내면 독백 장면에서는 스페인 전역과 미국의 몬태나 주 등을 공간적 배경으로 삼기도 한다.

한편 이 작품의 시간적 배경은 공간적 배경과 비교해 볼 때 그렇게 광범위하지 않다. 중심 사건은 스페인 내전이 발발한 이듬해인 1937년 여름에 일어난다. 자세히 말하자면 이해 5월 마지막 주 나흘 낮과 사흘 밤 안에 일어난다. 좀 더 자세히 말하면 이 작품에서 핵심적 사건은 토요일 오후에서 그다음 주 화요일 정오까지 벌어진다. 그렇다면 헤밍웨이 작품 중에서 가장 방대한 소설에서 실제 사건이 일어나는 시간은 겨우 70여 시간밖에는 되지 않는 셈이다. 『태양은 다시 떠오른다』에서 중심적인 사건은 프랑스와 스페인을 옮겨 다니며 몇 주 동안 일어나고, 『무기여 잘 있어라』에서는 사건이 2년 남짓에 걸쳐 일어난다. 헤밍웨이가 『누구를 위하여 좋은 울리나』에서 이렇게 짧은 시간 안에 내전을 둘러싼 사건을 압축하여 다루는 것은 그의 작가적 역량이다. 플래시백을 통한 과거 회상과 내면 독백 같은 기법, 그리고 대위법적 구성 방법을 효과적으로 구사하여 시간적 제약을 극복한다.

헤밍웨이는 『누구를 위하여 좋은 울리나』에서 스페인 내전을 중심적인 배경으로 삼고 있을 뿐만 아니라 그것에서 핵심적인 소재를 취해 온다. 그가 이 작품을 처음 구상하기 시작한 것은 1930년대 초엽, 그러니까 1931년 알폰소 13세가 왕위에서 물러나고 스페인 제2공화국이 막 출범한 직후였다.

의회는 우파와 좌파로 첨예하게 대립하고 정국은 걷잡을 수 없이 혼란스러웠다. 시기적으로는 조금 늦게 일어났지만 헤밍웨이가 예상한 대로 스페인에서는 1936년에 내전이 일어났다. 1936년 7월 17일 모로코에서 프란시스코 프랑코 장군이 쿠데타를 일으킨 것이 도화선이 되어 마침내 전쟁이 시작되었던 것이다.

반(反)파시즘 진영인 인민전선을 소비에트 연방과 각국에서 모여든 의용군인 국제 여단이 지원하고, 프랑코 파를 파시스트 진영인 나치 독일과 이탈리아의 무솔리니 정권, 그리고 안토니우 드 올리베이라 살라자르가 집권하고 있던 포르투갈이 지원하여 제2차 세계대전의 전초전 양상을 띠었다. 아울러 스페인의 가톨릭교회와 왕당파는 프랑코 파를 지원했다. 영국과 프랑스는 공화국 정부에 군수 물자를 지원했지만 국제 연맹의 불간섭 조약을 이유로 스페인 정부에 대한 지원에는 미온적인 태도를 취했다. 미국은 공식적으로는 중립을 표방하면서도 공화군 측에는 비행기를, 프랑코 측에는 가솔린을 팔아 이익을 챙겼다. 스페인 내전은 1939년 4월 공화파 정부가 마드리드에서 항복하여 프랑코 측의 승리로 끝이 났다. 3년여 동안 계속된 이 내전으로 스페인은 전 지역이 황폐화되다시피 했다.

스페인 내전은 독일의 나치주의와 소련의 공산주의 그리고 이탈리아의 파시즘 등 유럽의 온갖 정치 이데올로기가 서로 다투는 이념의 각축장과 크게 다르지 않았다. 내전이 일어나자 헤밍웨이는 스페인 좌파 공화국 정부를 지원하기 위하여

자금을 모금하는 데 누구보다 앞장섰다. 1937년에는 북아메리카 뉴스 연합(NANA)의 통신 특파원 자격으로 직접 스페인을 방문하여 내전을 취재했다. 헤밍웨이는 스페인에 도착한 지 몇 달 되지 않아 스페인 내전을 소재로 삼아 새로운 소설을 집필 중이라고 발표하여 미국 문단은 말할 것도 없고 전 세계 문단의 관심을 모았다.

그러나 헤밍웨이는 내전 중에는 차분히 앉아 작품을 집필할 시간적인 여유도 정신적인 여유도 없었다. 내전 중 여러 차례 스페인을 오가면서 스페인과 그 국민을 위해 헌신적으로 일했기 때문이다. 내전이 끝난 직후인 1939년 3월에야 비로소 차분히 앉아 이 작품을 집필할 수 있었다. 헤밍웨이는 쿠바의 아바나에 있는 암보스-문도스 호텔 방에서 이 소설을 처음 집필하기 시작하여 아바나 근처에 있는 그의 자택 '핑카 비히아', 미국 플로리다 주 키웨스트, 아이다호 주 선밸리 등 여러 지역을 옮겨 다니면서 집필을 계속했다. 헤밍웨이는 이 작품을 완성하기까지 무려 18개월이나 걸렸다. 길이가 긴 탓도 있지만 『태양은 다시 떠오른다』를 집필하는 데 6주가 걸리고 『무기여 잘 있어라』를 집필하는 데 6개월이 걸린 것과 비교해 보면 무척 오랫동안 이 원고에 매달린 셈이다. 그만큼 그는 이 소설을 집필하는 데 온힘을 쏟았다. 이 원고를 읽은 편집자 맥스웰 퍼킨스는 "작가의 기능이 삶의 실재를 보여 주는 것이라면 〔헤밍웨이만큼〕 이 작업을 그렇게 완벽하게 해 낸 사람이 없다."라고 말했다. 이처럼 퍼킨스는 헤밍웨이가 스페인 내전을 설득력 있게 표현했다고 판단했던 것이다.

셔우드 앤더슨을 풍자한 『봄의 계류』(1925) 이후 헤밍웨이의 모든 작품이 그러하듯이 『누구를 위하여 종은 울리나』도 역시 뉴욕에 본부를 두고 있는 출판사 찰스 스크리브너스가 출간했다. 1940년 10월 출간된 이 작품은 초판 75,000권이 곧바로 팔리고 몇 달 안에 무려 50만 부 이상 팔려 나갈 정도로 무척 큰 인기를 끌었다. 북오브더먼스 클럽에서 지정 도서로 선정하는가 하면, 소설 부문 퓰리처 상 후보에 올랐다. 심사위원들이 거의 만장일치로 퓰리처 수상을 결정하였지만 선정위원 한 사람이 완강히 반대하는 바람에 결국 상은 받지 못하고 후보작에 그치고 말았다.

이 작품을 두고 비평가들의 평가는 극단적으로 엇갈린다. 가령 앨프리드 카진은 이 소설을 헤밍웨이 작품 중에서 "가장 떨어지는" 작품에 속한다고 평가한다. 그러나 맬컴 카울리나 칼로스 베이커 같은 비평가나 학자는 이 작품이야말로 헤밍웨이 작품 중에서 "가장 뛰어난" 작품으로 간주한다. 전자의 평가보다는 아무래도 후자의 평가가 옳다고 할 수 있다. 비록 "가장 뛰어난" 작품은 아닐지 몰라도 적어도 헤밍웨이 작품 중에서 『태양은 다시 떠오른다』와 『무기여 잘 있어라』, 『노인과 바다』와 더불어 그의 대표작이라는 점에서는 조금도 의심의 여지가 없다.

헤밍웨이 작품이 흔히 그러하듯이 이 작품에서도 작가의 체취를 강하게 느낄 수 있다. 그러나 그 이전의 작품과 비교해 보면 자전적인 요소는 비교적 적게 드러난다. 가령 주인공 로버트 조던만 하여도 누구를 모델로 삼았는지 불분명하다. 스페인 내란에 직접 참여한 헤밍웨이 자신에 바탕을 둔 인물로 볼 수도 있고, 스페인에서 미국의 지원 부대인 '에이브러햄 링컨 대대'를 이끈 로버트 메리먼에 바탕에 둔 인물로 볼 수도 있다. 이 소설에 등장하는 작중인물은 크게 세 부류로 나뉜다. 첫째는 헤밍웨이가 상상력을 빌려 빚어낸 순전히 허구적 인물이다. 둘째는 스페인 내전 중 실제로 활약하였던 역사적 인물이다. 셋째는 허구적 인물과 실제 역사적 인물을 교묘하게 결합해 놓은 제3의 인물이다. 작품 분량에 걸맞게 비교적 많은 작중인물들이 모여 스페인 내전을 배경으로 웅대한 현대의 서사시를 펼친다.

2

헤밍웨이의 『누구를 위하여 좋은 울리나』의 주제를 좀 더 쉽게 이해하려면 작가가 제사(題詞)로 삼고 있는 존 던의 구절을 찬찬히 살펴볼 필요가 있다. 17세기 영국에서 살았던 목사이며 시인으로 형이상학파 시의 선구자로 흔히 일컫는 던은 사망하기 몇 해 전 『비상한 때를 위한 기도문』(1624)이라는 책을 출간했다. 이 책에서 그는 시인과 성공회 사제로 삶과 죽음에 대한 명상을 시로 표현한다. 질병, 경제적 빈곤, 친구들의 죽음 등이 그의 후기 작품에 음산한 그림자를 드리우고 있다.

어떤 사람도 그 혼자서는 온전한 섬이 아니다. 모든 사람은 대륙의 한 조각, 본토의 일부이니. 흙 한 덩이가 바닷물에 씻겨 내려가면, 유럽 땅은 그만큼 줄어들기 마련이다. 한 곶〔岬〕이 씻겨 나가도 마찬가지고, 그대의 친구나 그대의 영토가 씻겨 나가도 마찬가지다. 어떤 사람의 죽음도 그만큼 나를 줄어들게 한다. 나는 인류 속에 속해 있기 때문이다. 그러니 누구를 위하여 종은 울리나 알려고 사람을 보내지 마라. 그것은 그대를 위하여 울리는 것이니.

존 던이 이 기도문을 쓴 것은 치명적인 질병으로 죽음의 벼랑 끝까지 가까이 다가갔다가 겨우 몸을 추스르고 살아남았을 때였다. 죽음의 문턱 앞에 서서 그는 죽음에 대해 깊이 명상할 수 있었다. 위 기도문에서 후반부는 바로 죽음에 관한 명상이다. 헤밍웨이는 "그러니 누구를 위하여 종은 울리나 알려고 사람을 보내지 마라."라는 구절에서 이 작품의 제목을 빌려 온다. 죽음은 누구에게나 찾아오는 것이기 때문에 지금 울리는 저 조종(弔鐘)이 누구를 위하여 울리는지 굳이 사람을 보내 물어볼 필요가 없다는 말이다. 위 인용문은 열일곱 번째 기도문으로 이 작품에는 "다른 사람을 위하여 울리고 있는 이 조종은 이제 그대가 죽어야 한다는 사실을 나에게 말하고 있다."라는 부제가 붙어 있다. 그렇다면 '누구를 위하여 종은 울리나'라는 제목에서 '종'은 일반적인 종이 아니라 누군가가 죽었음을 알리는 조종을 가리킨다.

헤밍웨이는 『누구를 위하여 종은 울리나』에서 실존주의적인 관점에서 죽음의 문제를 심도 있게 다룬다. 그의 작품이 흔히 그러하듯이 이 작품에서도 죽음은 가장 핵심적인 주제 가운데 하나이다. 주인공 로버트 조던은 스페인 내전이 일어나자 이 무렵 미국과 유럽의 많은 지식인이 그러했듯 내전에 참가하여 파시스트에 맞서 공화파의 대의명분을 위해 싸웠다. 로버트는 그가 속해 있는 공화파 사령부로부터 세고비아 공격의 사전 단계로 다리를 폭파하라는 명령을 받는다. 그리하여 안셀모라는 노인의 안내로 과다라마 산맥의 산중에 숨어 있는 공화파 유격대원들을 찾아간다. 산중에서 유격대원을 이끌고 있는 사람은 파블로이다.

작전지에 도착한 로버트 조던은 자신이 다리를 폭파하는 과정에서 살아남기 힘들다는 사실을 깨닫는다. 특히 유격대장인 파블로의 아내 필라르는 그의 손금을 보고 직감적으로 그의 죽음을 알아차린다. 그녀가 마리아라는 젊은 아가씨를 로버트와 가깝게 하도록 일부러 유도하는 것도 따지고 보면 그의 삶이 얼마 남지 않았다는 사실을 잘 알고 있기 때문이다. 물론 필라르의 행동은 파시스트들에게 끌려가 능욕을 당한 마리아를 정신적으로 치유해 주기 위한 시도로도 볼 수 있다. 파블로와 엘소르도를 비롯한 다른 유격대 대원들도 비록 정도의 차이는 있지만 그들의 죽음이 불가피하다는 사실을 알아차린다.

헤밍웨이의 모든 작품 중에서 이 소설처럼 죽음을 시각, 청각, 후각 등 온갖 감각을 통해 아주 구체적인 이미지로 표현하는 작품도 찾아보기 쉽지 않다. 유격대원들이 활동하고 있는 과다라마 산맥의 언덕과 계곡 시냇가에 아련하게 피어

오르는 안개처럼 죽음은 이 작품 곳곳에 스며들어 있다. 한 장면에서 필라르는 이 죽음의 냄새를 아주 구체적으로 이렇게 묘사한다.

그 냄새는 말이야, 배에서 폭풍우를 만나 선창을 꼭꼭 닫아 놨을 때 맡게 되는 그런 냄새와 비슷하니까. 흔들리는 배 안에서 꽉 닫힌 선창의 구리 손잡이에 코를 갖다 대 봐. 그러면 정신이 멍해지고 배 속이 텅 빈 것 같아지면서 어디선가 그 냄새 비슷한 게 풍겨 오거든. (중략) 배의 냄새를 맡은 뒤에는 말이지, 이번엔 아침 일찍 마드리드의 언덕을 내려가 마타데로(도살장)로 빠지는 톨레도 푸엔테 다리로 가는 거야. 만사나레스 강에서 안개가 자욱이 피어오르고, 아직은 이슬이 촉촉한 포장 도로 위에 서서, 해도 뜨기 전에 일어나 도살한 소의 피를 마시고 돌아오는 노파들을 기다리는 거야. 그러면 어깨에 숄을 걸치고 창백한 얼굴에 눈이 움푹 파인 노파들이 도살장에서 나오지. (중략) 그 노파를 두 팔로 꼭 안고 끌어당겨 그 입에 키스해 봐. 그때 나는 냄새가 그 나머지 냄새야.

이 인용문에서 필라르는 죽음을 특히 후각으로 표현한다. 코로 죽음을 맡을 수 있다는 것은 죽음이 일상과는 거리가 먼 추상적 개념이 아니라 아주 가까이 있는, 구체적이고 현실적인 문제라는 말이다. 배 안 선창의 구리 손잡이도, 도살장에서 피를 마시고 돌아오는 노파들도 하나같이 일상생활에서 쉽게 볼 수 있는 모습이다. 죽음이란 이렇게 인간에게 그림자처럼 피할 수 없는 운명이요 늘 그의 주변에 가까이 있는 실체다.

그러나 로버트 조던은 죽음을 좀처럼 두려워하지 않는다. 이 소설의 한 장면에서 그는 "죽음은 다만 의무를 이행하는 데 방해가 되기 때문에 피해야 하는 것"이라고 말하면서 죽음이 그에게 그다지 큰 문제가 되지 않는다고 밝힌다. 존 던도 앞에 언급한 기도문에서 "죽음아, 뽐내지 마라./어떤 이들은 너를 강하고 두렵다고 했지만 너는 그렇지 못하나니/한숨 자고 나면 우리는 영원히 깨어나 더 이상 죽음은 없으리라./죽음아, 네가 죽으리라."라고 당당히 노래한다. 죽음에게 네가 죽으리라는 표현은 수사법(修辭法)치고는 대단한 수사법이다. 로버트에게는 죽음보다는 맡은 임무를 성공적으로 수행할 수 있는지가 무엇보다도 중요할 따름이다. 만약 이 임무를 성공적으로 수행할 수만 있다면 그는 어떤 희생도 기꺼이 감수할 마음의 준비가 되어 있다.

로버트가 죽음을 첨예하게 깨닫는 것은 비단 자신이 맡은 임무가 위험하기 때문만은 아니다. 『무기여 잘 있어라』의 주인공 프레더릭 헨리가 인간이란 죽음이라는 '생리적 덫'에 걸려 있다는 사실을 깨닫듯이, 로버트도 누구보다도 삶의 비극적 의미를 깊이 깨닫고 있다. 로버트에게 삶이란 궁극적으로 죽음을 향하여 한 걸음씩 나아가는 과정에 지나지 않는다. 더구나 그는 인간이 죽으면 그뿐 그 이상도 그 이하도 아니라는 사실도 잘 알고 있다.

이렇게 죽음 이후의 내세에 대한 확신이나 기약이 없다면 인간은 과연 어떻게 살아야 할까? 헤밍웨이의 주인공들이 흔히 그러하듯이 로버트 조던도 될 수 있는 대로 현세의 삶을 충실히 살려고 애쓴다. 마치 단물을 모두 빨아먹고 뱉어 버리는 추잉껌처럼 그는 '이곳에서의 지금', 즉 지상에서의 삶을 만끽하려고 노력한다. 쾌락주의자처럼 그가 음식을 먹고 술을 마시고 섹스를 하는 등 감각적인 쾌락에 무게를 싣는 까닭이 바로 여기에 있다.

로버트와 마리아의 성행위 장면은 이를 뒷받침한다. 엘소르도 영감을 방문하고 돌아오던 중 필라르는 젊은 두 사람을 뒤에 남겨 놓고 먼저 발길을 재촉하여 걸어간다. 두말할 나위 없이 두 사람에게 사랑을 나눌 기회를 주기 위해서이다. 로버트는 마리아와 성행위를 한 뒤 함께 시냇가를 따라 걸어오면서 이 일을 두고 대화를 나눈다.

"마리아, 난 당신을 사랑해. 당신이 너무도 귀엽고 너무도 황홀하고 너무도 아름다워서, 당신과 사랑을 나누고 있을 때는 그만 죽고 싶은 심정이었어."

"아, 난 그때마다 죽는걸요. 당신은 죽지 않아요?" 그녀가 말했다.

"아니. 하지만 거의 죽어 가는 기분이지. 그런데 당신은 땅바닥이 움직이는 걸 느꼈어?"

"그럼요, 느꼈어요. 죽어 갈 때요. 그 팔로 나를 껴안아 줘요."

마리아가 성행위를 하면서 지축이 흔들렸다고 말하는 것을 보면 그 행위가 얼마나 격렬하였는지 쉽게 미루어 볼 수 있다.

이 작품이 출간된 뒤, 또 이 소설이 할리우드 영화로 만들어진 뒤 '땅바닥이 움직인다.'라는 표현은 이제 서양에서 성적 쾌감을 가리키는 문화적 상투어가 되다시피 했다. 위 장면에서 로버트와 마리아가 성적 쾌락을 죽음과 관련시킨다는 점도 눈여겨볼 필요가 있다. 섹스를 하는 동안 마리아만큼은 아닐지라도 로버트도 "거의 죽어 가는 기분"을 느낀다. 여기에서 굳이 지그문트 프로이트를 언급하지 않는다고 하더라도 사랑과 죽음은 서로 깊이 관련되어 있다.

그런데 땅바닥이 움직였다는 것은 비단 젊은 남녀가 섹스를 하면서 느끼는 격렬한 감정만을 뜻하지 않는다. 더 나아가 흙냄새 물씬 풍기는 대지와 살갗을 맞대고 함께 호흡했다는 것을 뜻하기도 한다. 마리아와의 성행위가 끝난 뒤 로버트의 모습을 두고 이 소설의 화자는 "그다음 순간 그는 옆으로 누워 머리를 히스 숲속으로 깊이 파묻고 그 뿌리 냄새와 흙냄새를 들이마셨다. 햇빛이 히스 사이로 스며들고 있었고, 벌거벗은 어깨와 옆구리를 히스 가지가 따끔하게 간질였다."라고 말한다. 또한 화자는 마리아에 대해서도 "짓이겨진 히스의 향기가 풍겨 오고, 그녀의 머리 밑에서 구부러진 줄기가 거칠거칠하게 느껴졌다. 지그시 감고 있는 그녀의 두 눈 위로 햇살이 밝게 쏟아졌다."라고 말한다. 이 두 인용문에서 대지를 표현하는 후각 이미지를 비롯하여 시각 이미지와 촉각 이미지가 너무 강렬하여 직접 눈으로 보고 코로 냄새를 맡고 손을 만져보는 듯하다.

이 점과 관련하여 『누구를 위하여 종은 울리나』의 첫 장면과 마지막 장면도 찬찬히 눈여겨보아야 한다. 작품의 시작과 끝에서 헤밍웨이는 주인공이 느끼는 감각적 쾌감에 자못 깊은 관심을 기울인다. 이 두 장면에서 작가는 유난히 소나무 숲과 그 바닥에 깔린 솔잎을 강조한다. 누구보다도 로버트 조던은 피부에 닿는 날카로운 솔잎의 감촉과 그 향내를 예민하게 느낀다. 이 작품은 "그는 갈색 솔잎이 깔린 숲 바닥에 두 팔을 포개고 그 위에 턱을 고인 채 납작 엎드려 있었다."라는 문장으로 시작한다. 그리고 "그는 심장이 숲에 깔려 있는 솔잎에 부딪쳐 고동치는 것을 느낄 수 있었다."라는 문장으로 끝을 맺는다. 자칫 놓쳐 버리기 쉽지만 주인공이 얼마나 감각적 경험을 중요하게 생각하는지 알 수 있는 대목이다. 소나무와 솔잎은 곧 스페인의 대지로 이어지고, 스페인의 대지는 곧 감각적이고 구체적인 삶으로 이어지며, 감각적이고 구체적인 삶은 다시 대자연의 삼라만상으로 이어진다.

로버트 조던과 마리아의 성행위에서 볼 수 있듯이 『누구를 위하여 종은 울리나』에서도 사랑은 주인공에게 자못 중요한 구실을 한다. 『무기여 잘 있어라』와 마찬가지로 이 작품에서도 사랑은 주인공에게 삶의 역동적 활력이요 구원의 은총이다. 《프라우다》지의 해외 특파원으로 로버트의 친구인 카르코프를 비롯하여 마드리드의 게일로드 호텔에 묵고 있는 소비에트 사람들과 동굴에서 살고 있는 몇몇 유격대원들은 좀처럼 받아들이지 않지만, 몇몇 작중 인물들은 낭만적 사랑을 진지하게 받아들인다. 심지어 세속적인 필라르마저 옛 애인 피니토와의 사랑을 회상하면서 자주 낭만적 사랑에 젖는다.

그러나 이러한 낭만적 사랑을 가장 뚜렷이 엿볼 수 있는 인물은 역시 로버트 조던과 마리아이다. 마리아와의 성행위로 구현되는 낭만적 사랑 때문에 로버트는 삶의 새로운 의미를 찾을 뿐만 아니라 공화파 정부의 대의명분에 환멸을 느낀 뒤에도 절망하지 않고 여전히 투쟁할 수 있는 새로운 힘을 얻는다. 또한 그가 추상적 이론 대신에 직관과 행동에 무게를 둘 수 있는 것도 따지고 보면 마리아와의 구체적인 사랑 때문이다. 이 점에서 마리아는 로버트가 자아를 실현하는 데 산파 역할을 한다. 마리아와의 사랑을 통해 로버트는 자신이 아닌 다른 사람 속에 자신을 잃어버리고 합일을 이루어 낸다.

로버트가 마리아와 한 몸이라고 생각하는 것은 두 사람이 헤어지는 마지막 장면에서 단적으로 엿볼 수 있다. 그는 마리아에게 "이젠 당신이 곧 나야."라든지, "〔당신과 함께〕 정말로 나도 가는 거야."라고 말하면서 어서 늦기 전에 파블로 일행과 함께 안전한 곳으로 피하라고 설득한다.

고마워. 당신은 이제 무사히, 빨리, 멀리 가는 거야. 그리고 당신 속에서 우리 둘은 함께 가는 거지. 자, 당신 손을 여기 놔 봐. 자, 머리를 숙여. 그래, 머리를 숙여 봐. 이제 됐어. 그럼 내 손을 거기에 얹겠어. 됐어. 당신은 참 착해. 이젠 쓸데없는 생각을 하지 마. 당신이 해야 할 일을 하는 거야. 이제 얌전하게 내 말을 잘 듣고 있군. 내게가 아니라 우리 두 사람에게지. 당신 속에 있는 내게 말이야. 자, 이제 우리 둘을 위해 어서 가. 정말이야. 이제 우린 당신 안에서 함께 가는 거야.

위 인용문에서 "당신 속에서 우리 둘은 함께 가는 거지."라는 문장과 "당신 속에 있는 내게 말이야."라는 문장을 눈여겨보아야 한다. 로버트는 마리아의 몸속에 자신이 들어 있다고 말한다. 다시 말해서 로버트는 이제 자신과 마리아는 하나일 뿐 서로 분리하여 생각할 수 없다. 헤밍웨이가 하고 많은 이름 중에서 그녀의 이름을 하필이면 왜 '마리아'로 붙였는지 이제 알 만하다. 성모 마리아는 인류의 어머니요 교회의 어머니로 숭앙받는다. 작가가 이 소설의 인물 마리아를 성모 마리아와 관련짓고 있음은 두말할 나위가 없다.

그러고 보니 로버트와 마리아의 낭만적 사랑은 『무기여 잘 있어라』에서 프레더릭 헨리와 캐서린 바클리의 사랑과는 사뭇 다르다. 캐서린은 프레더릭에게 "이미 '나'라는 존재는 없어요. 내가 바로 '당신'이에요. 나를 당신과 떼어 놓고 생각하지 마세요."라고 말한다. 또 캐서린은 그에게 "당신이 내 종교예요. 당신은 내가 가진 전부라고요."라고 말하기도 한다. 물론 마리아도 캐서린처럼 남성에게 지나치다 할 만큼 순종적이고 헌신적이다. 오죽하면 '아메바와 같은' 인물이라고 일컫겠는가? 그러나 『무기여 잘 있어라』에서 캐서린이 맡은 역할을 『누구를 위하여 종은 울리나』에서는 로버트 조던이 맡고 있다.

3

만약 삶이 종국에는 죽음으로밖에 이어질 수 없다면 스스로 목숨을 끊음으로써 삶을 마감하거나 포기할 수도 있을 것이다. 헤밍웨이 작품에는 실제로 그렇게 행동한 사람이 적지 않다. 예를 들어 「깨끗하고 밝은 곳」에 등장하는 노인도 그가 '나다'라고 부르는 삶의 허무에 절망하여 자살을 시도했지만 조카에게 발견되어 가까스로 살아남는다. 헤밍웨이의 초기 단편소설에 자주 등장하는 닉 애덤스의 아버지는 권총으로 자살했다. 로버트 조던의 아버지도 닉의 아버지처럼 권총으로 스스로 목숨을 끊었다.

그러나 로버트 조던은 장폴 사르트르나 알베르 카뮈 같은 실존주의자처럼 자살을 비겁한 행동을 간주한다. 삶이 장밋빛처럼 그렇게 낙관적이고 희망적인 것은 아니지만 이 삶만이 인간에게 주어진 모든 것이기 때문이다. 『무기여 잘 있어라』에서 프레더릭 헨리와 함께 당구를 치는 그레피 백작은 그에게 "자넨 삶을 소중하게 생각하나?"라고 묻는다. 프레더릭이 "물론이죠."라고 대답하자 백작은 "나도 그래. 그게 우리가 갖고 있는 전부니까."라고 말한다. 백작의 말대로 현세의 삶이 인간이 가지고 있는 모든 것이다. 특히 내세나 피안을 믿지 않는 사람들에게는 더더욱 그러할 수밖에 없다.

『누구를 위하여 종은 울리나』에서 로버트는 할아버지를 존경하면서도 아버지는 별로 존경하지 않는다고 여러 번 밝힌다. 아버지를 존경하기는커녕 오히려 부끄럽게 생각한다고 말한다. 그도 그럴 것이 할아버지는 남북전쟁에 참가하여 영웅적으로 싸운 반면, 아버지는 삶에 좌절한 나머지 스스로 목숨을 끊었기 때문이다. 로버트에게 자살은 비겁한 행위요 삶에 대한 배반일 뿐이다. 그래서 그는 작품 결말 부분에서 계획대로 다리를 폭파한 뒤 허벅지에 심한 부상을 입고 고통을 느끼면서 자살할까 하는 충동도 느끼지만 끝내 자살을 포기하고 적군을 한 사람이라도 처치하려고 애쓴다. 마리아를 비롯해 살아남은 대원들을 모두 떠나보낸 뒤 언덕 위에 홀로 남은 로버트는 "난 아버지가 한 짓은 하고 싶지 않아. 나도 그 일은 잘해 낼 수 있겠지만 그런 짓은 하고 싶지 않아. 그런 건 반대야. 그런 일은 생각지도 마."라고 되뇐다. 마침내 엘소르도 영감을 죽인 적군 중위가 나타나자 로버트는 그를 향하여 경기관총을 조준한 채 그가 좀 더 가까이 다가오기를 기다린다. 어차피 죽을 바에야 적군 한 사람이라도 더 죽여 공화파의 승리를 앞당기고 싶기 때문이다.

이와 더불어 『누구를 위하여 종은 울리나』에서 헤밍웨이는 생명의 아름다움과 소중함을 다루기도 한다. 내전을 겪기 때문에 이 작품에서는 많은 작중인물이 목숨을 잃는다. 그렇다면 인간이 동료 인간을 죽이는 행동을 어떻게 정당화할 수 있을까? 이 물음에 대하여 안셀모와 파블로는 극단적으로 다른 입장을 취한다.

"하지만 하느님이 계시든 계시지 않든 사람을 죽이는 건 죄악이라고 생각해. 다른 사람의 생명을 빼앗는 건 내게는 굉장히 중대한 일이거든. 피할 길이 없을 때엔 할 수 없이 사람을 죽이지만, 그렇다고 해도 난 파블로 같은 족속은 아니야." 안셀모가 말했다.

"전쟁에 승리하려면 사람을 죽여야만 합니다. 그건 태곳적부터 변치 않는 진리죠."

"그야 그렇지. 전쟁이라면 죽여야만 하지. 하지만 난 다른 사람들이 좀처럼 생각하지 않는 걸 생각하지."

폭파할 다리를 살핀 뒤 유격대원이 살고 있는 동굴로 돌아가면서 로버트 조던과 안셀모가 나누는 대화의 일부이다. 안셀모는 신앙 문제를 떠나서 어떠한 경우라도 사람을 죽여서는 안 된다고 생각한다. 그는 한 인간이 다른 인간의 생명을 빼앗는 것은 '죄악'이며 '굉장히 중대한' 문제라고 생각한다. 물론 다리를 폭파하는 중요한 임무처럼 피치 못할 경우에는 예외지만 말이다. "난 다른 사람들이 좀처럼 생각하지 않는 걸 생각하지."라는 말에서도 엿볼 수 있듯이 그의 생각은 다른 일반 사람들의 생각과는 크게 다르다. 특히 지금처럼 전쟁을 하고 있는 경우는 더더욱 그러하다.

한편 파블로는 살인을 삶의 일부로 받아들인다. 심지어 다리를 폭파하고 난 뒤 말들을 빼앗기 위하여 자신이 데려온 부하들마저 서슴지 않고 죽이는 그는 가히 살인마라고 할 수 있을 것이다. 그에게 동료 인간의 목숨은 파리 목숨처럼 그렇게 소중하지 않다. 파블로와 정도는 조금 다르지만 안드레스나 아구스틴, 라파엘 같은 다른 작중 인물들도 때로는 살인을 하며 일종의 흥분이나 희열을 느낀다. 러시아인 카슈킨과 함께 파시스트 쪽의 기차를 폭파하던 장면은 이 점을 뒷받침한다.

로버트 조던의 입장은 안셀모의 입장과 파블로의 입장 그 중간 어디에 놓여 있다. 안셀모처럼 사람을 죽이는 것을 좋아하지는 않지만 그는 전쟁에서 이런저런 임무를 수행하면서 파블로처럼 많은 사람을 죽였다. 로버트의 태도는 "전쟁에 승리하려면 사람을 죽여야만 합니다. 그건 태곳적부터 변치 않는 진리죠."라는 말에서 단적으로 드러난다. 다만 파블로와 다른 것은 로버트는 살인을 불가피한 경우로만 한정 짓는다는 점이다.

그러나 이 작품에서 살인 행위를 둘러싼 윤리적 문제는 언뜻 보이는 것처럼 그렇게 단순하지 않다. 살인 행위를 어느 정도까지 정당화할 수 있는지는 이 소설에서 여전히 문제로 남는다. 헤밍웨이는 이 문제에 대하여 분명한 입장을 취하지 않는다. 이 문제는 헤밍웨이의 실리적인 도덕관이나 윤리관에 따를 수밖에 없다. 『오후의 죽음』(1932)에서 그는 "도덕이란 어떤 행동을 한 뒤에 기분이 좋은 것이고, 부도덕이란 어떤 행동을 한 뒤에 기분이 나쁜 것이다."라고 정의를 내린 적이 있다. 그렇다면 동료 인간을 죽인 뒤에 기분이 좋으면 도덕적 행위를 한 것이고, 그와 반대로 기분이 나쁘면 부도덕한 행위를 한 것으로 볼 수 있다.

4

삶이 일회적인 것에 지나지 않는다면 소중한 삶을 낭비할 수 없을 것이다. 일회적 삶이기 때문에 두 번 세 번 사는 것보다 더욱 보람 있고 소중하게 살아야 할 것이다. 헤밍웨이는 주인공 로버트 조던의 행동을 통해 이 일회적 삶을 어떻게 살아야 하는지 보여 준다. 언뜻 역설처럼 보일지 모르지만 인간은 죽음에 직면할 때 자신의 존재감, 가능성, 잠재력을 발견하여 그것을 한껏 발휘할 수 있다. 이것이 헤밍웨이가 말하는 '억압 속의 우아함'이다. 폭력이나 죽음 같은 위협 속에서도 로버트를 비롯한 그의 주인공들은 하나같이 우아함을 잃지 않는다. 『태양은 다시 떠오른다』에서 투우사 페드로 로메로가 황소에 맞서 싸우면서 죽음에 직면해 있으면서도 한순간도 우아함을 잃지 않고 끝까지 투우사로서의 아름다운 모습을 보여 주는 것과 같다. 젊은 투우사 페드로처럼 로버트도 온갖 역경과 위험 속에서 다리를 폭파하는 임무를 수행하면서도 인간으로서의 위엄을 지키려고 노력한다.

로버트는 개인의 사사로운 이익이나 안녕을 포기한 채 오직 공동선을 이룩하기 위해 온 힘을 기울인다. 앞에서 이미 언급했듯이 미국인인 그는 미국 중서부에 있는 대학에서 스페인어를 강의했으며 스페인 내전이 일어나자 휴가를 내고 스페인 공화파를 돕기 위해 내전에 참가하고 있다. 어떤 특별한 정치적 신념이 있는 것도 아니다. 다만 로버트로서는 그가 평소 사랑하고 아끼는 사람들을 고통과 비참에서 해방시키는 것이 삶을 보람 있고 가치 있게 살아가는 방법이라고 생각할 뿐이다. 또 그가 다리를 폭파하는 임무를 맡게 된 것은 다이너마이트를 다루는 기술이 있었기 때문이다.

로버트는 무엇보다도 동지애에 무게를 싣고 공동선을 이룩하려는 데 온갖 희생을 무릅쓴다. 공산주의자도 아니면서 그가 공화 정부 편에서 싸우는 것은 오직 파시즘을 증오하기 때문이다. 베네토 무솔리니를 두 번이나 직접 만나 인터뷰를 한 헤밍웨이는 평소 어떤 정치체제보다도 파시즘을 끔찍하게 생각했다. 그의 태도는 "좋은 작가가 나올 수 없는 단 하나의 정부 형태가 있다. 그 체제는 바로 파시즘이다."라고 말하는 데서도 단적으로 엿볼 수 있다. 몇몇 비평가는 헤밍웨이의 사상을 의심하기도 하지만 그나 로버트가 공산주의자들의 좌파 인민전선에서 싸우는 것은 공산주의를 신봉하기 때문이 아니다. 첫째는 파시즘을 몹시 싫어하기 때문이고, 둘째는 공산주의자들이 기율을 가장 잘 지키고 있기 때문이다. 로버트는 마리아에 대한 사랑과 관련하여 순수한 유물론적 사회관에서는 사랑 같은 것은 아예 존재하지 않는다고 잘라 말한다.

도대체 언제부터 그런 사회관을 갖게 됐지? 하고 내면의 그가 물었다. 한 번도 가져 본 적이 없었지. 또 가지고 싶어도 그럴 수가 없었어. 넌 '자유', '평등', '박애'를 믿지. '생명', '자유', '행복의 추구'를 신봉하고. 그러니 필요 이상의 변증법으로 자신을 속이지 마. 변증법 같은 건 누군가 다른 사람을 위한 것일 뿐 너를 위한 것은 아니니까.

위 인용문에서도 잘 드러나 있듯이 로버트 조던은 자유와 평등과 박애 정신을 믿을 뿐 변증법적 유물론은 믿지 않는다. 그가 믿는 생명과 자유 그리고 행복의 추구는 「미국 독립선언서」에서도 영혼과 같은 핵심 부분이다. 이 선언서에서 "모든 인간은 평등하게 창조되었으며, 어떤 천부적인 권리를 조물주로부터 부여받았으니, 거기에는 생명과 자유와 행복 추구의 권리가 포함된다."라고 천명하기 때문이다. 그러므로 로버트나 헤밍웨이를 공산주의자로 몰아세우는 것은 옳지 않다.

로버트 조던은 파시즘으로부터 스페인을 구한다는 공동선을 위해 투쟁할 뿐이다. 그는 죽음을 무릅쓰고라도 골츠 장군에게 받은 명령대로 다리를 폭파하는 일에 최선의 노력을 기울인다. 이 점과 관련하여 그는 "내일 그들이 죽는다면 어떻게 될까? 다리만 잘 폭파하고 죽는다면 죽는 것쯤은 문제될 것도 없잖은가? 내일 그들이 할 일이라고는 그것뿐이야."라고 밝힌다. 스페인을 좋아하고 그 민족을 사랑한다는 것 말고는 아무런 이해관계가 없는 남의 나라에 와서 이렇게 죽음을 무릅쓰면서까지 임무를 수행한다는 것은 무척 용기 있는 일이요 고귀한 희생정신의 발로다.

이렇게 공동선을 구호로만 부르짖는 것이 아니라 몸소 구현하기 위해서는 개인은 기꺼이 자신을 버려 희생해야 한다. '나'와 '우리', 개인과 공동사회는 서로 양립하기 어렵고 거의 언제나 나침판의 S극과 N극처럼 대립하기 마련이다. 전자에 힘을 실어 주면 후자가 약해지고, 후자에 힘에 무게를 두면 전자가 힘이 빠진다. 이 작품의 첫 머리에서 로버트는 임무를 수행하기 위해서는 '나'라는 존재를 버려야 한다고 생각한다.

　너라는 존재는 없어. 절대 아무 일도 당하지 않는 사람은 없지. 나도 이 노인도 따지고 보면 아무것도 아니야. 다만 네 임무를 완수하기 위한 도구에 지나지 않거든. 세상에는 꼭 필요한 명령이라는 것이 있는데, 그건 네 탓이 아니야. 지금 다리가 하나 있고, 그 다리가 인류의 장래를 결정하는 분기점이 될 수도 있는 거야. 이 전쟁에서 일어나는 모든 일이 그것에 달려 있는 것처럼. 그러니 내가 할 일이라곤 오직 한 가지밖에 없고, 무슨 일이 있어도 그것을 완수해야 해.

이 내면 독백에서 로버트는 다리 폭파라는 공동선을 위해서라면 '나'라는 개인을 기꺼이 희생할 각오가 되어 있다고 말한다. 상부로부터 받은 명령대로 다리를 폭파할 수 있느냐 없느냐에 따라 "인류의 장래를 결정하는 분기점이 될 수도" 있다고 생각한다. 그렇다면 여기서 그는 왜 '스페인 국민의 장래'라고 말하지 않고 굳이 '인류의 장래'라고 말할까? 물론 좁게는 스페인 국민의 장래가 달린 문제지만 궁극적으로는 국경을 초월하여 인류 전체의 장래가 달려 있기 때문이다. 로버트가 파괴하도록 명령 받은 철교는 이 소설에서 원의 중심과 같은 역할을 한다. 소설의 사건은 이 다리를 중심으로 원심적으로 점차 넓게 확산된다. 한 계곡에 걸려 있는 이 조그마한 다리는 마치 물 위에 퍼지는 파문처럼 과다라마 산맥을 넘어 스페인으로 퍼지고, 스페인을 넘어 다시 유럽으로 퍼진 뒤 온 세계로 퍼져 나갈 것이다. 로버트는 비록 자신을 포함하여 안셀모와 페르난도의 죽음이라는 희생을 치렀지만 결국 다리를 폭파한 것에 대해 자못 가슴 뿌듯하게 느낀다. 그의 자부심은 "이번 일에 대해 할아버지에게 이야기하고 싶구나. 할아버지도 아마 사람들을 찾아내어 이만큼 멋지게 일을 해내지는 못했을 거야."라는 말에서도 단적으로 엿볼 수 있다.

로버트가 추구하는 동지애나 공동선은 작중인물들이 자주 하는 상징적 몸짓에서 좀 더 구체적으로 드러난다.『누구를 위하여 종은 울리나』에서는 유격대원들이 서로 포옹하는 장면이 자주 나온다. 예를 들어 엘소르도 영감 밑에서 유격대 활동을 하는 젊은이 호아킨이 파시스트들한테 몰살당한 가족 이야기를 들려주자 그 이야기를 듣고 난 동료들은 그를 포옹하면서 위로한다. 가령 마리아는 그에게 키스하면서 "이건 동생에게 한 키스야. 당신을 동생이라고 생각하고 키스한 거야."라고 말한다. 그러자 호아킨은 "난 네 누나야. 그러니 널 사랑해 줄게. 네겐 이제 가족이 생긴 거야. 우린 모두 당신 가족이야."라고 대꾸한다. 옆에서 이 말을 듣고 있던 필라르는 호아킨에게 로버트를 가리키며 "이 잉글레스 양반도 포함해서 말이야."라고 말하면서 로버트에게 "맞지, 잉글레스 양반?"이라고 동의를 구한다. 그러자 로버트는 "그렇고말고요. (중략) 우린 모두 자네의 집안 식구야, 호아킨."이라고 대답한다. 그러면서 로버트는 한 손으로 호아킨의 어깨를 감으며 "우리는 모두가 형제야."라고 다시 한 번 힘주어 말한다. 출신과 지역은 모두 달라도 그들은 거대한 인간 가족의 구성원이라는 사실을 말하는 대목이다.

이 주제와 관련하여 앞에서 언급한 존 던의 기도문 중 앞 구절 "어떤 사람도 그 혼자서는 온전한 섬이 아니다. 모든 사람은 대륙의 한 조각, 본토의 일부이니."라는 구절을 다시 한 번 찬찬히 살펴보아야 한다. 『누구를 위하여 종은 울리나』는 헤밍웨이가 인간이 외딴 섬이 아니라 어디까지나 대륙의 일부라는 존 던의 메시지를 극적으로 형상화한 작품이라고 할 수 있다. 따뜻한 포옹이 사람들을 하나로 묶듯이 조종도 모든 사람에게 죽음의 불가피성을 알리는 한편 종소리를 듣는 모든 사람을 하나로 묶는 구실을 한다. 다시 말해서 종소리의 가청권(可聽圈) 안에 있는 이상 모든 사람은 "대륙의 한 조각, 본토의 일부"에 속한다.

『누구를 위하여 종은 울리나』의 마지막 장면에서 다리에 부상을 당한 로버트 조던이 죽음을 맞는 것을 애석하게 생각하는 것은 이제까지 그의 행동과 생각에 비추어 보면 어긋나는 것처럼 보일지 모른다. 그러나 그가 죽음을 애석하게 생각하는 것은 바로 그가 성취하여야 할 공동선과 대의명분이 있기 때문이다. 비록 죽음을 바로 앞둔 시점에서 얻은 것이기는 하지만 로버트의 이러한 깨달음은 아주 값지고 소중하다.

나는 내가 믿고 있던 것을 위해 지난 일 년 동안 싸워 왔지. 만약 우리가 여기서 승리를 거두면 우린 어디서나 승리를 거두게 될 거야. 이 세계는 아름다운 곳이고, 그것을 위해 싸울 만한 가치가 있는 곳이지. 그래서 이 세계를 떠나기가 싫은 거야. 이렇게 훌륭한 삶을 보낼 수 있었으니 넌 행운아였어, 하고 그는 스스로에게 말했다. 할아버지의 삶처럼 그렇게 길지는 못했어도 할아버지 못지않게 훌륭한 삶을 살았어. 이 마지막 며칠 때문에 넌 누구 못지않게 훌륭한 삶을 보낼 수 있었지. 이런 행운을 얻고도 설마 불평할 생각은 하지 않겠지. 하지만 어떻게 해서든지 내가 배운 것을 사람들에게 전할 방법이 있었으면 좋겠어. 제기랄, 죽음을 눈앞에 두고서야 정신없이 그것을 배우고 있군.

위 인용문에서 "이 세계는 아름다운 곳이고, 그것을 위해 싸울 만한 가치가 있는 곳이지."라는 문장은 이 작품이 출간된 1940년대는 말할 것도 없고 그로부터 70여 년이 지난 요즈음에도 사람들의 입에 자주 오르내린다. 이 세계를 고통의 바다나 눈물의 골짜기로 보는 태도에 쐐기를 박는 말이다. 폭력과 죽음의 그림자가 짙게 드리워진 헤밍웨이의 초기 작품과 비교해 보면 참으로 놀라운 발전이다. "그래서 이 세계를 떠나기가 싫은 거야."라는 말은 초기 작중인물들에게서는 좀처럼 들어 볼 수 없다. 또한 마지막 구절 "내가 배운 것을"이나 "정신없이 그것을 배우고 있군."도 눈여겨봐야 한다. 인식론적 특징이 강한 헤밍웨이 작품에서 주인공은 삶에 대하여 무엇인가를 끊임없이 배워 나간다. 적어도 이 점에서 로버트 조던은 『무기여 잘 있어라』의 주인공 프레더릭 헨리와 허구적 형제라고 할 만하다. 스페인 내전도 이탈리아 북부의 전쟁터처럼 삶의 현장을 축소해 놓은 소우주와 같다.

5

한 개인도 마찬가지지만 작가의 경우도 시간이 지나면서 젊은 시절의 세계관이 조금씩 달라지게 마련이다. 가령 '미국 문학의 링컨'이자 '미국의 셰익스피어'로 흔히 일컫는 마크 트웨인은 젊은 시절에는 삶을 긍정적이고 희극적으로 파악하였지만 시간이 지나면서 점차 비극적으로 바뀌었다. 만년에 이르러서는 아예 '빌어먹을 인류'라고 저주에 가까울 만큼 삶을 비관적으로 보았다. 한편 트웨인과는 정반대로 헤밍웨이는 처음에는 삶을 비관적으로 보았지만 점차 낙관적인 세계관을 받아들였다. 헤밍웨이는 선배 작가를 높이 평가했지만 인생관이나 세계관에서는 이렇게 사뭇 달랐다.

헤밍웨이는 본격적인 의미에서 첫 장편소설이라고 할 『태양은 다시 떠오른다』와 두 번째 작품인 『무기여 잘 있어라』에서 삶을 '승산 없는 싸움'으로 간주하기 일쑤였다. 그의 초기 작품에 등장하는 주인공들은 실제 전쟁이건 삶이라는 전쟁이건 '단독 강화'를 맺은 채 끊임없이 사회에서 이탈하여 홀로 살아가는 개인주의적인 인물이 대부분이었다. 초기 단편에 등장하는 닉 애덤스를 비롯하여 제이크 반스와 프레더릭 헨리 등이 바로 그러하다. 이들 주인공은 하나같이 어린 나이에 전쟁에 참가하여 여러 번 죽을 고비를 넘기며 가까스로 살아남고, 전쟁이 끝난 뒤에도 신체적으로나 정신적으로 절룩거리는 불구자로 남아 있다.

그런데 헤밍웨이는 『유산자와 무산자』를 분수령으로 점차 개인주의의 굴레에서 벗어나 좀 더 책임 있는 사회 구성원으로서의 역할을 수행하려는 인물을 다루기 시작한다. 이 작품의 주인공 해리 모건은 마지막 숨을 거두면서 "인간은 아무리해도 혼자서는 정말로 기회가 없어."라고 내뱉는다. 물론 헤밍웨이가 이렇게 사회의식을 깨닫기 시작한 것은 시대적 상황과 무관하지 않다. 1930년대라면 뉴욕 월가의 증권시장이 붕괴하면서 경제 대공황이 불어 닥쳐 미국인들이 무척 고생하던 시기였다. 이 작품은 바로 미국 사회가 장밋빛 자본주의의 환상에서 깨어나기 시작하던 무렵에 집필한 작품이다. 그렇기 때문에 헤밍웨이는 이 무렵의 많은 작가와 지식이 그러했듯이 어떤 식으로든 개인주의적인 삶의 태도를 버리고 공동체 의식을 표현하지 않을 수 없었다.

헤밍웨이의 사회의식은 『누구를 위하여 종은 울리나』에 이르러 좀 더 원숙한 모습을 띈다. 주인공 로버트 조던은 사회의식과 함께 인간이 공동선을 지향하는 것이 얼마나 소중한지 깊이 깨닫는다. 공동체의 가치를 받아들이는 헤밍웨이의 세계관은 그가 살아 있을 때 마지막으로 출간한 작품인 『노인과 바다』(1952)에 이르러 정점에 이른다. 이렇게 부정에서 긍정으로, 비관주의에서 낙관주의로, 개인주의에서 공동체 의식으로 발전하는 헤밍웨이의 세계관을 이해하는 데 핵심적인 역할을 한 작품이 바로 『누구를 위하여 종은 울리나』이다. 이 소설은 개별적인 작품으로도 찬란한 빛을 내뿜지만 작가의 문학관이나 세계관의 변화를 이해하는 데도 아주 중요하다.

6

『누구를 위하여 좋은 울리나』는 헤밍웨이가 야심차게 구상하고 집필한 작품이다. 이 소설은 그의 작품 중에서 가장 스케일이 크고 가장 캔버스가 넓다. 그의 모든 작품을 통틀어 이 소설만큼 인간의 감각적 경험을 극적으로 여실히 보여 준 작품도 찾아보기 어렵다. 이 작품을 읽을 때는 오감을 활짝 열어 놓아야 하는 것은 바로 그 때문이다. 계곡을 흐르는 개울 물소리가 귓가에 청명하게 들리고, 때늦게 5월에 내리는 흰 눈이 눈앞에 선하게 나타나며, 온갖 풀 냄새가 코끝에 와 닿는다. 마지막 장면의 "커다란 흰 구름이 둥실 떠 있었다. 그는 엎드려 있는 땅바닥에 깔린 솔잎을 만져 보았고, 또 뒤에 기대고 있던 소나무 줄기의 껍질을 만져 보았다."라는 문장에서는 하얀 뭉게구름이 눈앞에 보이고 거칠고 딱딱한 소나무 껍질에 손끝에 느껴진다. 동굴 안에서 식사를 할 때나, 적군을 기다리며 언덕에서 식사를 할 때는 온갖 음식 냄새가 진동하여 식욕을 자극하기도 한다.

이 작품에서 헤밍웨이가 사용하는 대위법적 또는 다성적 플롯 구성도 돋보이는 부분이다. 다리 폭파와 관련한 플롯은 기승전결의 전통적인 방법에 따라 연대기적으로 발전한다. 그러나 이 소설에서 가장 감동적인 장면 중의 하나라고 할, 파블로가 한 마을을 공격하여 파시스트들을 처형하는 장면은 플래시백 수법으로 처리되어 있다. 헤밍웨이는 현재 사건을 잠시 멈추고 필라르의 입을 빌려 이 사건을 전달하게 한다. 그런데 요한 제바스티안 바흐의 푸가나 카논처럼 스페인 내전의 참상을 다룬 이 두 선율은 각각 독립성을 유지한 채 나란히 놓여 있다. 현재 플롯으로 좁혀 보면 헤밍웨이는 이 작품의 마지막 부분에서 이 대위법적 구성을 사용하기도 한다. 로버트 조던은 다리를 폭파하는 작전이 의미가 없다는 사실을 깨닫고 골츠 장군에게 안드레스를 보내 작전을 연기하도록 부탁한다. 헤밍웨이는 안드레스가 온갖 위험을 극복하며 골츠 사령부로 가는 사건, 그리고 로버트 일행이 산속에 남아 다리를 폭파하는 사건을 교차하여 묘사한다. 시간은 동일한 차원에 놓여 있지만 사건은 대위법처럼 서로 독립성을 유지한다.

그런가 하면 헤밍웨이는 이 작품에서 보조적인 작중인물들을 효과적으로 사용한다. 이전의 작품에서는 중심인물들에 주로 무게를 실었을 뿐 보조적 역할을 하는 작중인물들에 대해서는 별다른 관심을 기울이지 않았다. 그러나 이 작품에서는 로버트 조던과 파블로, 필라르, 마리아를 중심인물로 다루지만, 안셀모를 비롯하여 아구스틴, 페르난도, 프리미티보, 라파엘, 안드레스, 엘라디오, 엘소르도, 호아킨 같은 인물들도 저마다 역할을 충실히 한다. 그 밖에 골츠나 카르코프, 고메스, 앙드레 마르티, 베렌도, 모로 등도 소도구 이상의 중요한 역할을 한다. 이 소설에서는 중심인물 못지않게 보조적 인물들도 조명을 받고 있다.

그러나 『누구를 위하여 종은 울리나』는 야심에 찬 작품인 만큼 크고 작은 여러 문제점이 있다. 헤밍웨이는 스페인에 대한 애정에도 불구하고 스페인의 문화와 사회적 관습에 대해 잘 모르는 경우가 있다는 비판을 면하기 어렵다. 스페인 내전 기간 동안 헤밍웨이와 잘 알고 지내던 스페인의 소설가 아르투로 바레아는 헤밍웨이가 투우를 제외하고는 스페인에 대해 별로 아는 것이 없다고 비판의 칼날을 들이댄다. 스페인 내전의 실상을 제대로 파악하지 못할뿐더러 이 무렵 스페인인과 시대적 분위기를 이해하지 못하고 있다는 것이다.

바레아는 다섯 가지 점에서 헤밍웨이가 이 작품에서 실수나 과오를 범한다고 지적한다. 첫째, 카스티야 농민들이라면 말 도둑인 파블로와 안달루시아 출신의 집시 창녀인 필라르를 자신들의 유격대 지도자로 받아들이지 않을 것이다. 둘째, 카스티야 주민들은 파블로를 따라 파시스트들을 조직적으로 짐승처럼 도륙하지 않을 것이다. 셋째, 스페인 남성은 다른 남성이 갓 강간한 여성을 곧바로 또다시 강간하지는 않을 것이다. 넷째, 마리아는 외국인 남자를 만난 첫날 밤 그와 육체적 관계를 맺으면서도 여전히 유격대원들로부터 전처럼 존경 받을 수는 없을 것이다. 다섯째, 헤밍웨이는 살아 숨 쉬는 스페인어를 "인위적이고 과장된 영어"로 옮겨 놓았다.

바레아가 지적하는 이 다섯 가지 실수나 과오 중에서도 특히 다섯 번째 항목은 주목해 볼 필요가 있다. 이 작품이 처음 출간될 때부터 언어 문제가 비평의 도마에 올랐기 때문이다. 에드먼드 윌슨은 일찍이 로버트 조던과 마리아가 사용하는 언어에서 "문학적 중세주의의 이상한 분위기"를 발견했다. 헤밍웨이는 스페인어의 2인칭 평칭 대명사 '투(tú)'와 2인칭 존칭 대명사 '우스테드(usted)'를 변별하기 위하여 영어 'you'와

'thou'를 구분하여 사용하지만, 현대인이 갑자기 셰익스피어 시대의 영어를 구사하는 것처럼 어딘지 모르게 어울리지 않는다. 한국인에 빗대어 말하자면 조선 시대에 입는 도포에 갓을 쓰고 택시를 타고 광화문 네거리에 나온 격이다.

헤밍웨이는 이 작품에서 언어학이나 번역 이론에서 흔히 '거짓 짝'으로 일컫는 것을 사용해 혼란을 초래하기도 한다. '거짓 짝'이란 서로 다른 언어 사이에 형태나 소리는 유사하지만 그 의미가 다른 단어의 쌍을 일컫는다. 의미 전달에 자칫 혼란을 가져다주기 때문 번역 이론에서는 이러한 거짓 짝을 경계한다. 헤밍웨이는 스페인어 'raro' 대신에 영어 'rare'를 사용하고, 스페인어 'syndicato' 대신에 영어 'syndicate'를 사용한다. 그러나 영어 단어와 스페인 단어는 물론 같은 뿌리에서 갈라져 나왔기 때문에 형태나 발음은 비슷해도 의미는 조금 다르다. 그러므로 전자는 'strange'라는 단어를, 후자는 'trade union'이라는 단어를 사용하는 쪽이 더 옳았을 것이다.

2012년 5월

김욱동

작가 연보

1899년   7월 21일 미국 일리노이 주의 오크파크에서 의사
인 아버지 클래런스 헤밍웨이와 음악 교사 그레이
스 헤밍웨이의 여섯 자녀 중 둘째로 출생.

1913년   오크파크 고등학교(후에 오크파크 및 리버포리스트
고등학교로 개명) 입학. 재학 시절 저널리스트와 작
가로서 재능을 보임.

1917년   고등학교 졸업. 10월 대학 입학을 포기하고《캔자
스시티 스타》신문사의 수습기자로 취직. 이때 특
유의 '하드보일드(강건체)' 문체를 익히기 시작.

1918년   4월 신문기자를 그만두고 제1차 세계대전에 참전
하기 위해 미 육군에 자원하지만 권투 연습 중 다
친 시력 때문에 입대가 거부됨. 5월 23일 미 적십
자 부대의 앰뷸런스 운전사로 지원해 이탈리아 전

선에 투입됨. 7월 8일 이탈리아 북부 포살타 디 피아베에서 박격포 포탄 및 중기관총 사격을 당해 두 다리에 중상을 입음. 이탈리아 정부로부터 무공훈장을 받음. 밀라노 육군병원에서 치료를 받던 중 여섯 살 연상인 미국 간호장교 애그니스 본 쿠로스키와 사랑에 빠짐.

1919년   제1차 세계대전 휴전 후 미국에 돌아오지만 나이가 어리다는 이유로 애그니스 본 쿠로스키로부터 결혼을 거절당함.

1920년   어린 시절부터 계속된 어머니와의 불화로 집을 나감. 캐나다의 온타리오 주 토론토로 이주해《토론토 스타》지의 기자로 일함. 이해 말 시카고로 돌아와 주식 투자 잡지사에서 편집인으로 잠시 일함. 이 무렵 소설가 셔우드 앤더슨과 친교를 맺기 시작.

1921년   9월 3일 해들리 리처드슨과 결혼. 11월《토론토 스타》및《스타 위클리》의 기자 겸 해외 특파원 자격으로 파리에 감. 이때 셔우드 앤더슨이 파리에 거주하는 미국 작가 거트루드 스타인에게 추천서를 써 줌. 파리에 머물면서 '국외 추방 작가'들과 교류하며 문학 수업을 받음.

1922년   《토론토 스타》특파원 자격으로 그리스-터키 전쟁을 취재하기 위해 오늘날의 터키 이즈미르에 해당하는 스미르나를 여행함. 파리에서 에즈라 파운드와 거트루드 스타인에게서 소설 작법을 배움.

12월 해들리가 파리의 리옹 역에서 헤밍웨이의 미발표 원고 전부를 분실.

1923년 임신 중인 아내 해들리와 함께 스페인의 팜플로나로 투우 구경을 감. 10월, 첫아들 존 해들리(범비) 출생. 그 때문에 잠시 토론토를 방문. 7월 『세 편의 단편과 열 편의 시(Three Stories and Ten Poems)』를 한정판으로 파리에서 출간.

1924년 포드 매덕스 포드를 도와 《트랜스아틀랜틱 리뷰》 지를 편집함. 1월 단편 소품집 『우리 시대에(in our time)』를 파리에서 출간. 아내와 존 더스패서스 등과 함께 스페인의 팜플로나를 두 번째로 여행.

1925년 7월 아내와 어린 시절의 친구 빌 스미스 등과 함께 스페인의 팜플로나를 세 번째로 여행. 4월 파리의 '딩고 바'에서 세 살 위인 F. 스콧 피츠제럴드를 만나 교류하게 됨. 10월 자전적인 인물인 닉 애덤스를 주인공으로 하는 일련의 단편소설이 수록된 『우리 시대에(In Our Time)』를 미국의 보니 앤드 라이브라이트 출판사에서 출간. 오스트리아 슈룬스에서 겨울을 보냄.

1926년 스콧 피츠제럴드의 소개로 미국의 유수 출판사 찰스 스크리브너와 편집자 맥스웰 퍼킨스를 알게 됨. 5월 셔우드 앤더슨을 패러디한 중편소설 『봄의 계류(The Torrents of Spring)』를 찰스 스크리브너에서 출간. 그 후 헤밍웨이의 모든 작품은 이 출판사에서 출간됨. 6월 아내 해들리와 두 번째 아내가 될 폴린 파이퍼와 함께 스페인의 팜플로나를 여행. 10월『태양은 다시 떠오른다(The Sun Also Rises)』를 출간.

1927년   4월 해들리와 이혼하고 한 달 뒤 파리 《보그》지에서 근무하던 부유한 패션 작가 폴린 파이퍼와 재혼. 10월 단편집『여자 없는 남자(Men Without Women)』를 출간.

1928년   프랑스 파리를 떠나 미국 플로리다 주 키웨스트로 이주. 1950년대까지 이곳에서 살면서 주요 작품을 집필. 6월 둘째 아들 패트릭 출생. 12월 아버지가 권총으로 자살.

1929년   9월『무기여 잘 있어라(A Farewell to Arms)』를 출간. 상업적으로 성공한 첫 작품으로 출간 4개월 만에 8만 부가 판매됨.

1931년   11월 셋째 아들 그레고리 핸콕 출생.

1932년   9월 투우에 관한 논픽션『오후의 죽음(Death in the Afternoon)』을 출간.

1933년   10월 단편집『승자에게는 아무것도 주지 마라(Winner Take Nothing)』를 출간. 아프리카 케냐로 10주에 걸친 사파리 사냥을 감.

1935년   10월 아프리카 사파리를 다룬 논픽션『아프리카의 푸른 언덕(Green Hills of Africa)』을 출간.

1937년   북아메리카신문연맹(NANA)의 통신 특파원 자격으로 스페인 내전을 취재. 이때 공화정부파를 지원해 저술과 강연 등을 통해서 모금 활동을 함. 10월 『유산자와 무산자(To Have and Have Not)』를 출간.

1938년 6월 선전 영화 대본인 『스페인의 땅(The Spanish Earth)』을 출간. 10월 『제5열 및 최초의 49단편 (The Fifth Column and the First Forth-Nine Stories)』을 출간. 「제5열」은 헤밍웨이의 유일한 희곡 작품.

1939년 11월 폴린 파이퍼와 별거하고 쿠바 아바나 교외에 저택을 구입해 '전망 좋은 농장'이라는 뜻의 '핑카 비히아'로 명명하고 그곳으로 이주.

1940년 11월 작가이자 신문기자인 마사 겔혼과 세 번째로 결혼. 6월 희곡 작품 『제5열』을 단행본으로 출간. 10월 『누구를 위하여 종은 울리나(For Whom the Bell Tolls)』를 출간.

1942년 제2차 세계대전 중 미 해군에 자원해 자신의 보트 '필라'호로 쿠바 해안에서 독일 잠수함을 수색하지만 한 척도 발견하지 못함. 10월 전쟁 이야기를 모은 『싸우는 사람들(Men at War)』을 편집하고 서문을 씀.

1943년 신문 및 잡지 특파원으로 유럽 전쟁 취재 시작.

1944년 《콜리어》지의 전쟁 특파원으로 연합군의 노르망디 상륙작전과 독일 진격 등을 취재하고 파리 입성에도 참가. 런던에서 신문기자이자 특파원인 메리 웰시를 만나 사귀기 시작.

1945년	12월 마사 겔혼에게 이혼당함.
1946년	3월 메리 웰시와 네 번째로 결혼한 뒤 쿠바와 미국 아이다호 주 케첨에서 살기 시작.
1947년	제2차 세계대전 중 독일 잠수함 수색에 공헌한 점을 인정받아 미국 정부로부터 훈장을 받음.
1950년	9월 『강을 건너 숲속으로(Across the River and Into the Trees)』를 출간.
1951년	6월 어머니 사망.
1952년	9월 『노인과 바다(The Old Man and the Sea)』를 《라이프》지에 발표한 후 단행본으로 출간.
1953년	『노인과 바다』로 퓰리처상 소설 부문 수상. 메리 웰시와 함께 동아프리카로 두 번째 사파리 사냥 여행을 떠남.
1954년	1월 아프리카에서 연이은 두 번의 비행기 사고와 들불로 중상을 입음. 한때 헤밍웨이가 사망했다는 풍문이 전 세계에 퍼짐. 12월 미국 작가로서는 다섯 번째로 노벨 문학상 수상.
1959년	스페인을 방문해 투우 관람. 이 무렵 건강이 계속 악화됨.
1960년	샌프란시스코에서 『시 선집(Collected Poems)』이 작가의 허가 없이 출간됨.
1961년	쿠바를 영원히 떠남. 그동안 헤밍웨이와 친교를 맺어 온 피델 카스트로가 권좌에 오름. '핑카 비히

아'를 정부에서 소유하다 뒷날 헤밍웨이 박물관으로 개조. 우울증, 알코올중독증, 기타 질병에 시달리다 7월 2일 캐첨의 자택에서 엽총으로 자살. 가톨릭 의식으로 장례식을 치른 뒤 아이다호 주 선밸리에 묻힘.

1964년   유작『움직이는 축제일(A Moveable Feast)』이 출간됨.

1970년   유작『해류 속의 섬들(Islands in the Stream)』이 출간됨.

1972년   유작『닉 애덤스 이야기(The Nick Adams Stories)』가 출간됨.

1977년   유작『88편의 시(88 Poems)』가 출간됨.

1985년   유작『위험한 여름(The Dangerous Summer)』이 출간됨.

1986년   유작『에덴동산(The Garden of Eden)』이 출간됨.

1987년   『어니스트 헤밍웨이 단편전집(The Complete Short Stories of Ernest Hemingway)』이 출간됨.

1999년   허구적 자서전『여명의 진실(True at First Light)』을 아들 패트릭이 편집해서 출간함.

세계문학전집 **289**

누구를 위하여 종은 울리나 2

1판 1쇄 펴냄 2012년 5월 31일
1판 20쇄 펴냄 2023년 10월 26일

지은이 어니스트 헤밍웨이
옮긴이 김욱동
발행인 박근섭, 박상준
펴낸곳 (주)민음사

출판등록 1966. 5. 19. (제 16-490호)
서울특별시 강남구 도산대로1길 62(신사동) 강남출판문화센터 5층 (우편번호 06027)
대표전화 02-515-2000 팩시밀리 02-515-2007
www.minumsa.com

ISBN 978-89-374-6289-4 04800
ISBN 978-89-374-6000-5 (세트)

* 잘못 만들어진 책은 구입처에서 교환해 드립니다.

세계문학전집 목록

1·2 변신 이야기 오비디우스·이윤기 옮김 서울대 권장도서 100선

3 햄릿 셰익스피어·최종철 옮김 서울대 권장도서 100선 | 미국대학위원회 선정 SAT 추천도서

4 변신·시골의사 카프카·전영애 옮김 서울대 권장도서 100선

5 동물농장 오웰·도정일 옮김 미국대학위원회 선정 SAT 추천도서 | 《타임》 선정 현대 100대 영문소설

6 허클베리 핀의 모험 트웨인·김욱동 옮김 《뉴스위크》 선정 100대 명저

7 암흑의 핵심 콘래드·이상옥 옮김 미국대학위원회 선정 SAT 추천도서 | 《뉴스위크》 선정 10대 명저

8 토니오 크뢰거·트리스탄·베네치아에서의 죽음 토마스 만·안삼환 외 옮김 노벨 문학상 수상 작가

9 문학이란 무엇인가 사르트르·정명환 옮김

10 한국단편문학선 1 김동인 외·이남호 엮음 국립중앙도서관 선정 청소년 권장도서

11·12 인간의 굴레에서 서머싯 몸·송무 옮김

13 이반 데니소비치, 수용소의 하루 솔제니친·이영의 옮김 노벨 문학상 수상 작가

14 너새니얼 호손 단편선 호손·천승걸 옮김

15 나의 미카엘 오즈·최창모 옮김

16·17 중국신화전설 위앤커·전인초, 김선자 옮김

18 고리오 영감 발자크·박영근 옮김

19 파리대왕 골딩·유종호 옮김 노벨 문학상 수상 작가 | 《타임》 선정 현대 100대 영문소설

20 한국단편문학선 2 김동리 외·이남호 엮음

21·22 파우스트 괴테·정서웅 옮김 서울대 권장도서 100선 | 미국대학위원회 선정 SAT 추천도서

23·24 빌헬름 마이스터의 수업시대 괴테·안삼환 옮김

25 젊은 베르테르의 슬픔 괴테·박찬기 옮김 논술 및 수능에 출제된 책(1998~2005)

26 이피게니에·스텔라 괴테·박찬기 외 옮김

27 다섯째 아이 레싱·정덕애 옮김 노벨 문학상 수상 작가

28 삶의 한가운데 린저·박찬일 옮김

29 농담 쿤데라·방미경 옮김

30 야성의 부름 런던·권택영 옮김

31 아메리칸 제임스·최경도 옮김

32·33 양철북 그라스·장희창 옮김 노벨 문학상 수상 작가 | 서울대 권장도서 100선

34·35 백년의 고독 마르케스·조구호 옮김 노벨 문학상 수상 작가 | 서울대 권장도서 100선

36 마담 보바리 플로베르·김화영 옮김 서울대 권장도서 100선

37 거미여인의 키스 푸익·송병선 옮김

38 달과 6펜스 서머싯 몸·송무 옮김

39 폴란드의 풍차 지오노·박인철 옮김

40·41 독일어 시간 렌츠·정서웅 옮김

42 말테의 수기 릴케·문현미 옮김

43 고도를 기다리며 베케트·오증자 옮김 노벨 문학상 수상 작가 | 서울대 권장도서 100선

44 데미안 헤세·전영애 옮김 노벨 문학상 수상 작가

45 젊은 예술가의 초상 조이스·이상옥 옮김 서울대 권장도서 100선

46 카탈로니아 찬가 오웰·정영목 옮김

47 호밀밭의 파수꾼 샐린저·정영목 옮김 《타임》 선정 현대 100대 영문소설 | 미국대학위원회 선정 SAT 추천도서 | 《뉴스위크》 선정 100대 명저 | BBC 선정 꼭 읽어야 할 책

48·49 파르마의 수도원 스탕달·원윤수, 임미경 옮김

50 수레바퀴 아래서 헤세·김이섭 옮김 노벨 문학상 수상 작가 | 국립중앙도서관 선정 청소년 권장도서

51·52 내 이름은 빨강 파묵 · 이난아 옮김 노벨 문학상 수상 작가

53 오셀로 셰익스피어 · 최종철 옮김 서울대 권장도서 100선

54 조서 르 클레지오 · 김윤진 옮김 노벨 문학상 수상 작가

55 모래의 여자 아베 코보 · 김난주 옮김

56·57 부덴브로크 가의 사람들 토마스 만 · 홍성광 옮김 노벨 문학상 수상 작가

58 싯다르타 헤세 · 박병덕 옮김 노벨 문학상 수상 작가

59·60 아들과 연인 로렌스 · 정상준 옮김 《뉴스위크》 선정 100대 명저

61 설국 가와바타 야스나리 · 유숙자 옮김 노벨 문학상 수상 작가 | 서울대 권장도서 100선

62 벨킨 이야기 · 스페이드 여왕 푸슈킨 · 최선 옮김

63·64 넙치 그라스 · 김재혁 옮김 노벨 문학상 수상 작가

65 소망 없는 불행 한트케 · 윤용호 옮김 노벨 문학상 수상 작가

66 나르치스와 골드문트 헤세 · 임홍배 옮김 노벨 문학상 수상 작가

67 황야의 이리 헤세 · 김누리 옮김 노벨 문학상 수상 작가

68 페테르부르크 이야기 고골 · 조주관 옮김

69 밤으로의 긴 여로 오닐 · 민승남 옮김 노벨 문학상 수상 작가 | 미국대학위원회 선정 SAT 추천도서

70 체호프 단편선 체호프 · 박현섭 옮김

71 버스 정류장 가오싱젠 · 오수경 옮김 노벨 문학상 수상 작가

72 구운몽 김만중 · 송성욱 옮김 서울대 권장도서 100선 | 국립중앙도서관 선정 청소년 권장도서

73 대머리 여가수 이오네스코 · 오세곤 옮김

74 이솝 우화집 이솝 · 유종호 옮김 논술 및 수능에 출제된 책(1998~2005)

75 위대한 개츠비 피츠제럴드 · 김욱동 옮김 《타임》 선정 현대 100대 영문소설

76 푸른 꽃 노발리스 · 김재혁 옮김

77 1984 오웰 · 정회성 옮김 《타임》 선정 현대 100대 영문소설 | 《뉴스위크》 선정 100대 명저

78·79 영혼의 집 아옌데 · 권미선 옮김

80 첫사랑 투르게네프 · 이항재 옮김

81 내가 죽어 누워 있을 때 포크너 · 김명주 옮김 노벨 문학상 수상 작가

82 런던 스케치 레싱 · 서숙 옮김 노벨 문학상 수상 작가

83 팡세 파스칼 · 이환 옮김

84 질투 로브그리예 · 박이문, 박희원 옮김

85·86 채털리 부인의 연인 로렌스 · 이인규 옮김

87 그 후 나쓰메 소세키 · 윤상인 옮김

88 오만과 편견 오스틴 · 윤지관, 전승희 옮김 미국대학위원회 선정 SAT 추천도서

89·90 부활 톨스토이 · 연진희 옮김 논술 및 수능에 출제된 책(1998~2005)

91 방드르디, 태평양의 끝 투르니에 · 김화영 옮김

92 미겔 스트리트 나이폴 · 이상옥 옮김 노벨 문학상 수상 작가

93 페드로 파라모 룰포 · 정창 옮김

94 차라투스트라는 이렇게 말했다 니체 · 장희창 옮김 국립중앙도서관 선정 청소년 권장도서

95·96 적과 흑 스탕달 · 이동렬 옮김 국립중앙도서관 선정 청소년 권장도서

97·98 콜레라 시대의 사랑 마르케스 · 송병선 옮김 노벨 문학상 수상 작가 | BBC 선정 꼭 읽어야 할 책

99 맥베스 셰익스피어 · 최종철 옮김 서울대 권장도서 100선 | 미국대학위원회 선정 SAT 추천도서

100 춘향전 작자 미상 · 송성욱 풀어 옮김 서울대 권장도서 100선

101 페르디두르케 곰브로비치 · 윤진 옮김

102 포르노그라피아 곰브로비치 · 임미경 옮김

103 인간 실격 다자이 오사무 · 김춘미 옮김

104 네루다의 우편배달부 스카르메타 · 우석균 옮김

105·106 이탈리아 기행 괴테 · 박찬기 외 옮김

107 나무 위의 남작 칼비노 · 이현경 옮김

108 달콤 쌉싸름한 초콜릿 에스키벨 · 권미선 옮김

109·110 제인 에어 C. 브론테 · 유종호 옮김 BBC 선정 꼭 읽어야 할 책

111 크눌프 헤세 · 이노은 옮김 노벨 문학상 수상 작가

112 시계태엽 오렌지 버지스 · 박시영 옮김 《타임》 선정 현대 100대 영문소설 |《뉴스위크》 선정 100대 명저

113·114 파리의 노트르담 위고 · 정기수 옮김 미국대학위원회 선정 SAT 추천도서

115 새로운 인생 단테 · 박우수 옮김

116·117 로드 짐 콘래드 · 이상옥 옮김 《뉴스위크》 선정 100대 명저

118 폭풍의 언덕 E. 브론테 · 김종길 옮김 미국대학위원회 선정 SAT 추천도서

119 텔크테에서의 만남 그라스 · 안삼환 옮김 노벨 문학상 수상 작가

120 검찰관 고골 · 조주관 옮김

121 안개 우나무노 · 조민현 옮김

122 나사의 회전 제임스 · 최경도 옮김 미국대학위원회 선정 SAT 추천도서

123 피츠제럴드 단편선 1 피츠제럴드 · 김욱동 옮김

124 목화밭의 고독 속에서 콜테스 · 임수현 옮김

125 돼지꿈 황석영

126 라셀라스 존슨 · 이인규 옮김

127 리어 왕 셰익스피어 · 최종철 옮김 서울대 권장도서 100선 |《뉴스위크》 선정 100대 명저

128·129 쿠오 바디스 시엔키에비츠 · 최성은 옮김 노벨 문학상 수상 작가

130 자기만의 방·3기니 울프 · 이미애 옮김

131 시르트의 바닷가 그라크 · 송진석 옮김

132 이성과 감성 오스틴 · 윤지관 옮김

133 바덴바덴에서의 여름 치프킨 · 이장욱 옮김

134 새로운 인생 파묵 · 이난아 옮김 노벨 문학상 수상 작가

135·136 무지개 로렌스 · 김정매 옮김

137 인생의 베일 서머싯 몸 · 황소연 옮김

138 보이지 않는 도시들 칼비노 · 이현경 옮김

139·140·141 연초 도매상 바스 · 이운경 옮김 《타임》 선정 현대 100대 영문소설

142·143 플로스 강의 물방앗간 엘리엇 · 한애경, 이봉지 옮김 미국대학위원회 선정 SAT 추천도서

144 연인 뒤라스 · 김인환 옮김

145·146 이름 없는 주드 하디 · 정종화 옮김

147 제49호 품목의 경매 핀천 · 김성곤 옮김 《타임》 선정 현대 100대 영문소설

148 성역 포크너 · 이진준 옮김 노벨 문학상 수상 작가 | 퓰리처상 수상 작가

149 무진기행 김승옥

150·151·152 신곡(지옥편·연옥편·천국편) 단테 · 박상진 옮김 《뉴스위크》 선정 100대 명저

153 구덩이 플라토노프 · 정보라 옮김

154·155·156 카라마조프가의 형제들 도스토옙스키 · 김연경 옮김

157 지상의 양식 지드 · 김화영 옮김 노벨 문학상 수상 작가

158 밤의 군대들 메일러 · 권택영 옮김 퓰리처상 수상 작가

159 주홍 글자 호손 · 김욱동 옮김 서울대 권장도서 100선 | 미국대학위원회 선정 SAT 추천도서

160 깊은 강 엔도 슈사쿠 · 유숙자 옮김

161 욕망이라는 이름의 전차 윌리엄스 · 김소임 옮김

162 마사 퀘스트 레싱 · 나영균 옮김 노벨 문학상 수상 작가

163·164 운명의 딸 아옌데 · 권미선 옮김

165 모렐의 발명 비오이 카사레스 · 송병선 옮김

166 삼국유사 일연 · 김원중 옮김 서울대 권장도서 100선

167 풀잎은 노래한다 레싱 · 이태동 옮김 노벨 문학상 수상 작가

168 파리의 우울 보들레르 · 윤영애 옮김

169 포스트맨은 벨을 두 번 울린다 케인 · 이만식 옮김

170 썩은 잎 마르케스 · 송병선 옮김 노벨 문학상 수상 작가

171 모든 것이 산산이 부서지다 아체베 · 조규형 옮김 《타임》 선정 현대 100대 영문소설

172 한여름 밤의 꿈 셰익스피어 · 최종철 옮김 미국대학위원회 선정 SAT 추천도서

173 로미오와 줄리엣 셰익스피어 · 최종철 옮김 미국대학위원회 선정 SAT 추천도서

174·175 분노의 포도 스타인벡 · 김승욱 옮김 노벨 문학상 수상 작가 | 《타임》 선정 현대 100대 영문소설

176·177 괴테와의 대화 에커만 · 장희창 옮김

178 그물을 헤치고 머독 · 유종호 옮김 《타임》 선정 현대 100대 영문소설

179 브람스를 좋아하세요... 사강 · 김남주 옮김

180 카타리나 블룸의 잃어버린 명예 하인리히 뵐 · 김연수 옮김 노벨 문학상 수상 작가

181·182 에덴의 동쪽 스타인벡 · 정회성 옮김 노벨 문학상 수상 작가

183 순수의 시대 워튼 · 송은주 옮김 《뉴스위크》 선정 100대 명저 | 퓰리처상 수상작

184 도둑 일기 주네 · 박형섭 옮김

185 나자 브르통 · 오생근 옮김

186·187 캐치-22 헬러 · 안정효 옮김 《타임》 선정 현대 100대 영문소설

188 숄로호프 단편선 숄로호프 · 이항재 옮김 노벨 문학상 수상 작가

189 말 사르트르 · 정명환 옮김

190·191 보이지 않는 인간 엘리슨 · 조영환 옮김 《타임》 선정 현대 100대 영문소설

192 왑샷 가문 연대기 치버 · 김승욱 옮김 퓰리처상 수상 작가

193 왑샷 가문 몰락기 치버 · 김승욱 옮김 퓰리처상 수상 작가

194 필립과 다른 사람들 노터봄 · 지명숙 옮김

195·196 하드리아누스 황제의 회상록 유르스나르 · 곽광수 옮김

197·198 소피의 선택 스타이런 · 한정아 옮김 퓰리처상 수상 작가

199 피츠제럴드 단편선 2 피츠제럴드 · 한은경 옮김

200 홍길동전 허균 · 김탁환 옮김

201 요술 부지깽이 쿠버 · 양윤희 옮김

202 북호텔 다비 · 원윤수 옮김

203 톰 소여의 모험 트웨인 · 김욱동 옮김

204 금오신화 김시습 · 이지하 옮김

205·206 테스 하디 · 정종화 옮김 미국대학위원회 선정 SAT 추천도서 | BBC 선정 꼭 읽어야 할 책

207 브루스터플레이스의 여자들 네일러 · 이소영 옮김

208 더 이상 평안은 없다 아체베 · 이소영 옮김

209 그레인지 코플랜드의 세 번째 인생 워커 · 김시현 옮김 퓰리처상 수상 작가

210 어느 시골 신부의 일기 베르나노스 · 정영란 옮김

211 타라스 불바 고골 · 조주관 옮김

212·213 위대한 유산 디킨스 · 이인규 옮김 서울대 권장도서 100선 | BBC 선정 꼭 읽어야 할 책

214 면도날 서머싯 몸 · 안진환 옮김

215·216 성채 크로닌 · 이은정 옮김

217 오이디푸스 왕 소포클레스 · 강대진 옮김 서울대 권장도서 100선

218 세일즈맨의 죽음 밀러 · 강유나 옮김

219·220·221 안나 카레니나 톨스토이 · 연진희 옮김 서울대 권장도서 100선

222 오스카 와일드 작품선 와일드 · 정영목 옮김

223 벨아미 모파상 · 송덕호 옮김

224 파스쿠알 두아르테 가족 호세 셀라 · 정동섭 옮김 노벨 문학상 수상 작가

225 시칠리아에서의 대화 비토리니 · 김운찬 옮김

226·227 길 위에서 케루악 · 이만식 옮김 《타임》 선정 현대 100대 영문소설 | 《뉴스위크》 선정 100대 명저

228 우리 시대의 영웅 레르몬토프 · 오정미 옮김

229 아우라 푸엔테스 · 송상기 옮김

230 클링조어의 마지막 여름 헤세 · 황승환 옮김 노벨 문학상 수상 작가

231 리스본의 겨울 무뇨스 몰리나 · 나송주 옮김

232 뻐꾸기 둥지 위로 날아간 새 키지 · 정회성 옮김 《타임》 선정 현대 100대 영문소설

233 페널티킥 앞에 선 골키퍼의 불안 한트케 · 윤용호 옮김 노벨 문학상 수상 작가

234 참을 수 없는 존재의 가벼움 쿤데라 · 이재룡 옮김

235·236 바다여, 바다여 머독 · 최옥영 옮김

237 한 줌의 먼지 에벌린 워 · 안진환 옮김 《타임》 선정 현대 100대 영문소설

238 뜨거운 양철 지붕 위의 고양이 · 유리 동물원 윌리엄스 · 김소임 옮김 퓰리처상 수상작

239 지하로부터의 수기 도스토옙스키 · 김연경 옮김

240 키메라 바스 · 이운경 옮김

241 반쪼가리 자작 칼비노 · 이현경 옮김

242 벌집 호세 셀라 · 남진희 옮김 노벨 문학상 수상 작가

243 불멸 쿤데라 · 김병욱 옮김

244·245 파우스트 박사 토마스 만 · 임홍배, 박병덕 옮김 노벨 문학상 수상 작가

246 사랑할 때와 죽을 때 레마르크 · 장희창 옮김

247 누가 버지니아 울프를 두려워하랴? 올비 · 강유나 옮김

248 인형의 집 입센 · 안미란 옮김

249 위폐범들 지드 · 원윤수 옮김 노벨 문학상 수상 작가

250 무정 이광수 · 정영훈 책임 편집 서울대 권장도서 100선

251·252 의지와 운명 푸엔테스 · 김현철 옮김

253 폭력적인 삶 파솔리니 · 이승수 옮김

254 거장과 마르가리타 불가코프 · 정보라 옮김

255·256 경이로운 도시 멘도사 · 김현철 옮김

257 야콥을 둘러싼 추측들 욘존 · 손대영 옮김

258 왕자와 거지 트웨인 · 김욱동 옮김

259 존재하지 않는 기사 칼비노 · 이현경 옮김

260·261 눈먼 암살자 애트우드 · 차은정 옮김 《타임》 선정 현대 100대 영문소설

262 베니스의 상인 셰익스피어 · 최종철 옮김

263 말리나 바흐만 · 남정애 옮김

264 사볼타 사건의 진실 멘도사 · 권미선 옮김

265 뒤렌마트 희곡선 뒤렌마트 · 김혜숙 옮김

266 이방인 카뮈 · 김화영 옮김 노벨 문학상 수상 작가 | 미국대학위원회 선정 SAT 추천도서

267 페스트 카뮈 · 김화영 옮김 노벨 문학상 수상 작가 | 국립중앙도서관 선정 청소년 권장도서

268 검은 튤립 뒤마 · 송진석 옮김

269·270 베를린 알렉산더 광장 되블린 · 김재혁 옮김

271 하얀 성 파묵 · 이난아 옮김 노벨 문학상 수상 작가

272 푸슈킨 선집 푸슈킨 · 최선 옮김

273·274 유리알 유희 헤세 · 이영임 옮김 노벨 문학상 수상 작가

275 픽션들 보르헤스 · 송병선 옮김 서울대 권장도서 100선

276 신의 화살 아체베 · 이소영 옮김

277 빌헬름 텔 · 간계와 사랑 실러 · 홍성광 옮김

278 노인과 바다 헤밍웨이 · 김욱동 옮김 노벨 문학상 수상 작가 | 퓰리처상 수상작

279 무기여 잘 있어라 헤밍웨이 · 김욱동 옮김 미국대학위원회 선정 SAT 추천도서

280 태양은 다시 떠오른다 헤밍웨이 · 김욱동 옮김 《타임》 선정 현대 100대 영문 소설

281 알레프 보르헤스 · 송병선 옮김

282 일곱 박공의 집 호손 · 정소영 옮김

283 에마 오스틴 · 윤지관, 김영희 옮김

284·285 죄와 벌 도스토옙스키 · 김연경 옮김 미국대학위원회 선정 SAT 추천도서

286 시련 밀러 · 최영 옮김

287 모두가 나의 아들 밀러 · 최영 옮김

288·289 누구를 위하여 종은 울리나 헤밍웨이 · 김욱동 옮김 노벨 문학상 수상 작가

290 구르브 연락 없다 멘도사 · 정창 옮김

291·292·293 데카메론 보카치오 · 박상진 옮김

294 나누어진 하늘 볼프 · 전영애 옮김

295·296 제브데트 씨와 아들들 파묵 · 이난아 옮김 노벨 문학상 수상 작가

297·298 여인의 초상 제임스 · 최경도 옮김 미국대학위원회 선정 SAT 추천도서

299 압살롬, 압살롬! 포크너 · 이태동 옮김 노벨 문학상 수상 작가

300 이상 소설 전집 이상 · 권영민 책임 편집

301·302·303·304·305 레 미제라블 위고 · 정기수 옮김

306 관객모독 한트케 · 윤용호 옮김 노벨 문학상 수상 작가

307 더블린 사람들 조이스 · 이종일 옮김

308 에드거 앨런 포 단편선 앨런 포 · 전승희 옮김 미국대학위원회 선정 SAT 추천도서

309 보이체크 · 당통의 죽음 뷔히너 · 홍성광 옮김

310 노르웨이의 숲 무라카미 하루키 · 양억관 옮김

311 운명론자 자크와 그의 주인 디드로 · 김희영 옮김

312·313 헤밍웨이 단편선 헤밍웨이 · 김욱동 옮김 노벨 문학상 수상 작가

314 피라미드 골딩 · 안지현 옮김 노벨 문학상 수상 작가

315 닫힌 방 · 악마와 선한 신 사르트르 · 지영래 옮김

316 등대로 울프 · 이미애 옮김 《타임》 선정 현대 100대 영문소설 | 《뉴스위크》 선정 100대 명저

317·318 한국 희곡선 송영 외 · 양승국 엮음

319 여자의 일생 모파상 · 이동렬 옮김

320 의식 노터봄 · 김영중 옮김

321 육체의 악마 라디게 · 원윤수 옮김

322·323 감정 교육 플로베르 · 지영화 옮김

324 불타는 평원 룰포 · 정창 옮김

325 위대한 몬느 알랭푸르니에 · 박영근 옮김

326 라쇼몬 아쿠타가와 류노스케 · 서은혜 옮김

327 반바지 당나귀 보스코 · 정영란 옮김

328 정복자들 말로 · 최윤주 옮김

329·330 우리 동네 아이들 마흐푸즈 · 배혜경 옮김 노벨 문학상 수상 작가

331·332 개선문 레마르크 · 장희창 옮김

333 사바나의 개미 언덕 아체베 · 이소영 옮김

334 게걸음으로 그라스 · 장희창 옮김 노벨 문학상 수상 작가

335 코스모스 곰브로비치 · 최성은 옮김

336 좁은 문 · 전원교향곡 · 배덕자 지드 · 동성식 옮김 노벨 문학상 수상 작가

337·338 암 병동 솔제니친 · 이영의 옮김 노벨 문학상 수상 작가

339 피의 꽃잎들 응구기 와 시옹오 · 왕은철 옮김

340 운명 케르테스 · 유진일 옮김 노벨 문학상 수상 작가

341·342 벌거벗은 자와 죽은 자 메일러 · 이운경 옮김 퓰리처상 수상 작가

343 시지프 신화 카뮈 · 김화영 옮김 노벨 문학상 수상 작가

344 뇌우 차오위 · 오수경 옮김

345 모옌 중단편선 모옌 · 심규호, 유소영 옮김 노벨 문학상 수상 작가

346 일야서 한사오궁 · 심규호, 유소영 옮김

347 상속자들 골딩 · 안지현 옮김 노벨 문학상 수상 작가

348 설득 오스틴 · 전승희 옮김

349 히로시마 내 사랑 뒤라스 · 방미경 옮김

350 오 헨리 단편선 오 헨리 · 김희용 옮김

351·352 올리버 트위스트 디킨스 · 이인규 옮김

353·354·355·356 전쟁과 평화 톨스토이 · 연진희 옮김

357 다시 찾은 브라이즈헤드 에벌린 워 · 백지민 옮김

358 아무도 대령에게 편지하지 않다 마르케스 · 송병선 옮김

359 사양 다자이 오사무 · 유숙자 옮김

360 좌절 케르테스 · 한경민 옮김 노벨 문학상 수상 작가

361·362 닥터 지바고 파스테르나크 · 김연경 옮김 노벨 문학상 수상 작가

363 노생거 사원 오스틴 · 윤지관 옮김

364 개구리 모옌 · 심규호, 유소영 옮김 노벨 문학상 수상 작가

365 마왕 투르니에 · 이원복 옮김 공쿠르상 수상 작가

366 맨스필드 파크 오스틴 · 김영희 옮김

367 이선 프롬 이디스 워튼 · 김욱동 옮김 퓰리처상 수상 작가

368 여름 이디스 워튼 · 김욱동 옮김 퓰리처상 수상 작가

369·370·371 나는 고백한다 자우메 카브레 · 권가람 옮김

372·373·374 태엽 감는 새 연대기 무라카미 하루키 · 김난주 옮김

375·376 대사들 제임스 · 정소영 옮김

377 족장의 가을 마르케스 · 송병선 옮김 노벨 문학상 수상 작가

378 핏빛 자오선 매카시 · 김시현 옮김

379 모두 다 예쁜 말들 매카시 · 김시현 옮김

380 국경을 넘어 매카시 · 김시현 옮김

381 평원의 도시들 매카시 · 김시현 옮김

382 만년 다자이 오사무 · 유숙자 옮김

383 반항하는 인간 카뮈 · 김화영 옮김 노벨 문학상 수상 작가

384·385·386 악령 도스토옙스키 · 김연경 옮김

387 태평양을 막는 제방 뒤라스 · 윤진 옮김

388 남아 있는 나날 가즈오 이시구로 · 송은경 옮김

389 앙리 브륄라르의 생애 스탕달 · 원윤수 옮김

390 찻집 라오서 · 오수경 옮김

391 태어나지 않은 아이를 위한 기도 케르테스 · 이상동 옮김 노벨 문학상 수상 작가

392·393 서머싯 몸 단편선 서머싯 몸 · 황소연 옮김

394 케이크와 맥주 서머싯 몸 · 황소연 옮김

395 월든 소로 · 정회성 옮김

396 모래 사나이 E. T. A. 호프만 · 신동화 옮김

397·398 검은 책 오르한 파묵 · 이난아 옮김 노벨 문학상 수상 작가

399 방랑자들 올가 토카르추크 · 최성은 옮김 노벨 문학상 수상 작가

400 시여, 침을 뱉어라 김수영 · 이영준 엮음

401·402 환락의 집 이디스 워튼 · 전승희 옮김

403 달려라 메로스 다자이 오사무 · 유숙자 옮김

404 아버지와 자식 투르게네프 · 연진희 옮김

405 청부 살인자의 성모 바예호 · 송병선 옮김

406 세피아빛 초상 아옌데 · 조영실 옮김

407·408·409·410 사기 열전 사마천 · 김원중 옮김 서울대 권장도서 100선

411 이상 시 전집 이상 · 권영민 책임 편집

412 어둠 속의 사건 발자크 · 이동렬 옮김

413 태평천하 채만식 · 권영민 책임 편집

414·415 노스트로모 콘래드 · 이미애 옮김

416·417 제르미날 졸라 · 강충권 옮김

418 명인 가와바타 야스나리 · 유숙자 옮김 노벨 문학상 수상 작가

419 핀처 마틴 골딩 · 백지민 옮김 노벨 문학상 수상 작가

420 사라진 · 샤베르 대령 발자크 · 선영아 옮김

421 빅 서 케루악 · 김재성 옮김

422 코뿔소 이오네스코 · 박형섭 옮김

423 블랙박스 오즈 · 윤성덕, 김영화 옮김

424·425 고양이 눈 애트우드 · 차은정 옮김

426·427 도둑 신부 애트우드 · 이은선 옮김

428 슈니츨러 작품선 슈니츨러 · 신동화 옮김

429·430 세계의 끝과 하드보일드 원더랜드 무라카미 하루키 · 김난주 옮김

431 멜랑콜리아 I–II 욘 포세 · 손화수 옮김 노벨 문학상 수상 작가

세계문학전집은 계속 간행됩니다.